BASTEI
LÜBBE
TASCHENBUCH

Weitere Titel der Autorinnen:

Landluft für Anfänger. Die E-Book-Serie

Titel auch als Hörbuch erhältlich

Über die Autorinnen:

Simone Höft, geboren 1968, und Nora Lämmermann, geboren 1978, trennen – wie die Protagonistinnen ihrer Romanreihe – zehn Jahre Lebenserfahrung, ein Kind und 475 Kilometer Luftlinie zwischen Köln und München. Gemeinsam sind ihnen ein abgeschlossenes Germanistikstudium, die langjährige Arbeit für Film und Fernsehen sowie eine mal mehr, mal weniger gut funktionierende WLAN-Verbindung. »Landluft für Anfänger« ist ihr erster gemeinsamer Roman.

Nora Lämmermann &
Simone Höft

LANDLUFT FÜR ANFÄNGER

Roman

Gekürzte Taschenbuchausgabe
der bei Lübbe Digital erschienenen E-Book-Serie

Kürzung durch Ulla Mothes

BASTEI LÜBBE
TASCHENBUCH

BASTEI LÜBBE TASCHENBUCH
Band 17144

MIX
Papier aus verantwortungsvollen Quellen
FSC® C006701

Gekürzte Taschenbuchausgabe
der bei Lübbe Digital erschienenen E-Book-Serie

Kürzung: Ulla Mothes, Berlin
Titelillustration: © shutterstock/Virunja; © shutterstock/Menna;
© Marina Boda; © shutterstock/Le Do;
© shutterstock/Elena Elisseeva; © shutterstock/Photobac
Umschlaggestaltung: Sandra Taufer, München
Satz: Urban SatzKonzept, Düsseldorf
Gesetzt aus der Garamond
Druck und Verarbeitung: CPI books GmbH, Leck-Germany
Printed in Germany
ISBN 978-3-404-17144-6

1 3 5 7 6 4 2

1

»Großstadtmädchen haben's schwer«
Oder: Wie eine Woche im Oktober das Leben zweier Schwestern verändert. Und ein Leben auf dem Land seinen Anfang nimmt.

Samstag, 5. Oktober

07:30. Flughafen Tokio. Lufthansa Lounge

OUTLOOKKALENDER VON IRIS NEUBERGER
Termin: Rückflug Tokio–Frankfurt.
~~*Zeit: Sonntag, 06. Oktober, 11:25. Buchungsnummer für Iris und Michael Neuberger: 3J86BV.*~~
Neue Rückflugzeit für Iris Neuberger: Samstag, 05. Oktober, 09:45. Umbuchungskosten: 1300 Euro.

Neuer Termin: Montag, 07. Oktober: Alice Glück kündigen. ~~*Grund: Schläft mit meinem Mann. Sexuelle Belästigung am Arbeitsplatz. Noch zu finden.*~~

11:20. Berlin. Letzte Tankstelle kurz vor der A 100

Eur 42,50 Super bleifrei
Eur 5,00 Kaffee to go 2x
Eur 1,80 Schokoriegel
Eur 9,90 Kondome

Eur 59,20

Kartenzahlung Girocard
Sparkasse Berlin, Mia Mann

12:45. Mitten im Spreewald
Goldenes Oktoberlicht fällt durch die rot und gelb gefärbten Bäume. Bis zu 23 Grad soll es heute werden. Und das Anfang Oktober! Ich kurble das Fenster ganz herunter und lasse meine Hand im Wind tanzen.

Fast könnte ich gute Laune bekommen, wäre da nicht der gähnend leere Beifahrersitz. David hätte wenigstens absagen können. Vielleicht fühlt er sich bedrängt! Schließlich kennen wir uns erst fünf Wochen und haben die meiste Zeit zwischen ein Uhr nachts und zehn Uhr morgens in (meist meinem!) Bett verbracht. Ist ein Samstagsausflug so etwas wie ein Beziehungsbekenntnis? Mia. Hör auf zu grübeln. Machst du dir eben alleine einen schönen Tag! Schließlich erbt man nicht alle Tage ein Haus im Spreewald!

Wild entschlossen greife ich zu dem Pappbecher neben mir. Igitt, schmeckt kalter Kaffee widerlich!

Ein Traktor biegt vor mir ein, ich bremse scharf und werfe den leeren Becher zu seinem Kollegen in den Fußraum des Beifahrersitzes. (Notiz an mich: Auto UNBEDINGT entmüllen und AUFTANKEN, bevor ich es Matti zurückgebe. Sonst leiht er es mir nie wieder.) Etwas seltsam ist es ja schon, dass Oma Hedwig ausgerechnet mir ihr Haus vererbt hat. Der Brief vom Notar war ein gefundenes Fressen für meine Mutter, um am Telefon mal wieder über Bernd und seine Sippe vom Leder ziehen zu können. Mehr als den Fakt, dass ich geerbt habe, habe ich als Info von ihr nicht erhalten.

Pling, pling.

Eine SMS! David?!

12:35 (MEZ). Flieger Tokio–Frankfurt. Business Class

War das mein Blackberry? Nein, war wohl der vom Nachbarn ... Der Typ muss mindestens 130 Kilo wiegen. Wie kann man sich nur so gehen lassen? Noch drei Stunden bis zur Landung. Am besten fange ich mit den Mails an.

Der Immobilienmakler fragt, ob er mir die Wertermittlung für das Haus per Post oder per E-Mail zukommen lassen soll. Natürlich per Mail. Und ja, ich weiß, dass ich nicht die einzige Erbin bin. Das ist aber nun wirklich nicht seine Angelegenheit. Obwohl ich auch nicht verstehe, warum Oma Hedwig die »süße Kleene« von Papa und seiner zweiten Frau zur gleichberechtigten Miterbin ernannt hat. Die haben sich doch überhaupt nicht gekannt. Mia. Ein völlig planloses und unselbstständiges Geschöpf, wenn ich mich richtig erinnere. Ärgerlich, aber die muss ich im Bedarfsfall halt auszahlen.

12:40. Spreewald

🖂 *SMS von LAURA an MIA*

Liebes Rehlein, ich hoffe, Du hast einen romantischen Ausflug mit dem jungen Mann. Bin sehr gespannt, was du erzählst. Von DEINEM Landhaus. Vielleicht ist das ja der ideale Ort, um ein Kind zu zeugen? ;-) Bringst du für heute Abend noch zwei Flaschen alkoholfreien Sekt mit? Einen Kuss vom Füchschen.

Früher haben Laura und ich alles zusammen gemacht. Zum ersten Mal Tampons ausprobiert, die erste Zigarette geraucht, sogar beim ersten Zungenkuss habe ich mich mit ihr abgestimmt. Aber sie kann doch nicht allen Ernstes von mir erwarten, dass ich mich schwängern lasse, nur weil sie plötzlich auf Familie machen muss! Am liebsten wäre ihr natürlich, ich käme mit ihr zurück ins piefige München. Aber das kann sie voll vergessen.

🖂 *SMS von MIA an LAURA*

Romantischer Ausflug fällt aus. D. hat sich nicht gemeldet. Komm heute Abend wahrscheinlich alleine. Jetzt gibt es zwei Gründe, sich ordentlich zu betrinken. Und ICH darf ja.

13:00

MÜSCHENITZ SAGT »AUF WIEDERSEHEN«. Das nächste Dorf muss es sein: Feulenitz. Jetzt werde ich doch langsam nervös. Und höre mein Handy klingeln! David? Ich krieche zu Kaffeebecher und Karte in den Fußraum des Beifahrersitzes und ziehe nach einigem Wühlen das Handy hervor. In diesem Moment endet das Klingeln. Mit dem Handy in der Hand tauche ich wieder auf – und steige voll auf die Bremse. Vor mir steht ein Kleintransporter quer auf der Straße! Es knallt.

13:01. Flug Tokio–Frankfurt
Hmm, die »Kleene« geht nicht dran. Im hippen Berlin schläft man sicher noch.

Zur selben Zeit quer stehend auf einer Brandenburger Landstraße
Scheiße. Die eingeknautschte Front von Mattis Saab kann ich selbst vom Fahrersitz aus sehen. Was ist der Typ nur für ein Arsch, dem dieser Lieferwagen gehört. Dem hätte ich einen qualvollen Tod fast schon gegönnt. Leider waren das einzig Tote in seinem Wagen die glupschäugigen Fische im Plastikeimer. Kommt da quicklebendig in seiner lächerlichen Anglerhose und einem Metallica-T-Shirt (!) angeschlendert, begutachtet den Schaden und sagt lakonisch: »Das wird teuer«. Er hätte jetzt gerne meine Nummer. (Normalerweise lächeln Männer, wenn sie nach meiner Nummer fragen. Aber hier komme ich mit Charme nicht weiter. Ich sage nur: Metallica-T-Shirt.) Wo ist denn jetzt meine verdammte …? Mia, wie kann man ein Auto innerhalb von knapp zwei Stunden so vermüllen! Ah, da. Meine Visitenkarte: Mia Mann. Bildredakteurin. Beim Magazin PINK. Davon kann der ja wohl nur träumen. Ich bezweifle, dass Pop, Style und Politik den beeindrucken. – Wenn man von Landeiern spricht: Da kommt noch so einer angefahren. Im Landrover, was sonst, oh je, die scheinen sich zu kennen!

13:20
Der andere Typ macht jetzt Fotos. Sieht ziemlich gut aus, soweit ich das von hier aus beurteilen kann. Ich bin sicher, dass sie über mich reden. Das hippe Stadtmädchen mit ihrem dünnen Sommerkleid hat das Auto ihres Mitbewohners zu Schrott gefahren. (Mattis Saab lässt sich nicht mehr starten.) Mir ist zum Heulen zumute. Und ja, ich friere! Aber ich werde nicht

weinen. Die Blöße gebe ich mir nicht. Freizeichen. Wie sag ich's Matti nur?

14:10. Im Landrover des schönen Fremden kurz vor Feulenitz

Tja. Jetzt habe ich doch geheult. Kaum habe ich Mattis vertraute Stimme gehört, ging's los. Was soll ich machen, Matti ist irgendwie Heimat. Warum kann ich mich nur nicht in den verknallen? (An Hemdkragen unter Strickpullis sollte man sich doch gewöhnen können.) Matti war zum Glück nett wie immer. Ich soll das Auto in eine Werkstatt bringen lassen, der Fahrzeugschein wäre im Handschuhfach. Den Rest könnten wir dann heute Abend bei der Party besprechen.

Lauras Abschiedsparty. Da musste ich fast wieder heulen. Na ja, das Gute ist: Ohne Auffahrunfall würde ich jetzt nicht im Auto dieses Fremden sitzen, diesem Freund vom Froschmann. Der sieht echt ziemlich gut aus. Einer von diesen jungenhaften Typen, könnte Anfang oder Mitte vierzig sein. Und, im Gegensatz zu dem Idioten mit der Anglerhose, voll der Gentleman. Hat mich ungefragt zur nächsten Werkstatt abgeschleppt (also den Saab, nicht mich ...), kutschiert mich jetzt zu meinem Haus (das er anscheinend kennt). Und ... ähh ... streckt mir gerade seine Karte entgegen, damit ich ihn später anrufen und er mich zum Bahnhof bringen kann, denn mit den Öffentlichen scheint's hier schwierig zu sein ... Torben Kühn. Tierarzt. Wenn das mal kein Name ist. Und wie er lächelt. David kann sich schon mal warm anziehen!

14:20. Das Haus der Schwestern in Feulenitz

Wie süß! Mein Haus liegt auf einer Insel und ist nur mit einem Bötchen zu erreichen. Torben hat mich netterweise rübergeschippert, das war fast wie in einer venezianischen Gondel!

Und erst das Haus. Ein altes, wunderschönes Bauernhaus mit bunten Fensterläden und einer verschnörkelten Eingangstür. Und Schafen auf der Weide! Gehört die schnuckelige alte Remise etwa auch noch dazu? Sieht irgendwie bewohnt aus.

14:20. Flieger Tokio–Frankfurt. Landeanflug

»Vorläufiger Sachwert (Gebäude, Außenanlagen, Bodenwert): 280 699,84 Euro.« Das wäre ja okay, aber hier kommt's: »Unterstellte Modernisierungsmaßnahmen (Strom, Gas, Wasser, Einbau einer neuen Sammel- bzw. Etagenheizung, Wärmedämmung …): insg. geschätzte 200 000 Euro«. Allein an Sanierungskosten! Sachwert daher am Ende: schlappe achtzigtausend Euro. Hätte ich mir denken können, dass der alte Kasten nicht mehr viel wert ist. Ist ja schon damals immer nur beigeflickt worden. Fehlte eben alles. Und nach der Wende hatten die vermutlich auch kein Geld, um das Haus zu sanieren. Aber das Grundstück! Das lohnt sich, trotz oder gerade wegen der Nähe zum Spreewaldfließ. Also, ich denke: gewinnbringend verkaufen.

14:25. Flieger Tokio–Frankfurt. Über dem Frankfurter Flughafen

Um Martha muss ich mich dann auch noch kümmern, im Testament steht ja: »Einschränkend beschwere ich meine beiden Erben – Iris Neuberger und Mia Mann – mit folgendem Vermächtnis: Martha Dubizak erhält die Remise auf dem Grundstück und lebenslanges Wohnrecht«. Oma Hedwigs Freundin. Im Dorf munkelte man damals, da sei mehr zwischen den beiden als nur Freundschaft. Weil sie zusammen auf dem Hof gelebt haben. Die muss ja bald neunzig sein! Da wäre ein schöner Platz in einer dieser Seniorenresidenzen doch sowieso viel besser für sie.

18:00. Am Bahnsteig mitten im Spreewald

»Tschüs. Und danke noch mal fürs Herfahren!« Das war ja schon ein wenig flirty, wie sich Torben verabschiedet hat. Auch wenn die Fragen nach meiner Halbschwester echt genervt haben. Woher soll ich wissen, wie es der geht?

18:00. Nobelstadtteil Frankfurt-Lerchesberg. Villa Iris und Michael Neuberger

›Home, sweet home‹ war früher. Das Panoramafenster unseres Wohnzimmers bietet mir immer noch einen atemberaubenden Ausblick auf die Skyline der Stadt. Aber seit zwei Jahren donnern im Minutentakt Flugzeuge im Landeanflug auf die Nordwestbahn über unsere Köpfe hinweg. Ts!

Meinen Blackberry höre ich nur, wenn der Anrufer eine Pause zwischen zwei Maschinen erwischt. So wie jetzt. Vielleicht Mia, die zurückruft? Oh nein. Das ist Michael ... Nein, Iris, den lässt du zappeln ... Aber wenn ... vielleicht will er mir ja sagen, dass ihm alles furchtbar leidtut ... Nein, so leicht bin ich nicht wieder zu ... Mist, das Klingeln hat aufgehört. Ich ruf zurück.

Die Nacht von Samstag auf Sonntag

4:00 in der Nacht. Frankfurter Lerchesberg. Iris' Schlafzimmer

Michael wollte mir also nur mitteilen, dass eine Anfrage vom Coaching Magazin gekommen ist. Ein Artikel zum Cross Cultural Management, und dass ich das einfach besser könne als er. Schleimer! Der hat nur keine Zeit, weil er Besseres zu tun hat. Weil er nämlich meine Assistentin vögeln muss. Iris. Du musst schlafen.

Wie alt ist Alice noch mal? Einunddreißig! Diese falsche

Schlange! Ihr kaum verhüllter, praller Arsch, der leider nicht einen Quadratmillimeter Cellulite aufweist, war das Erste, was mir ins Auge stach, als mir der Hotelangestellte – typisch japanisch – höflich lächelnd die Zimmertür öffnete. Hotel kann man den Ort eigentlich gar nicht nennen, an dem sich diese entwürdigende Szene abgespielt hat. Puff passt schon eher. Da mietet man sein Zimmer nämlich stundenweise. Je nach Vorliebe eingerichtet und für vergnügte Stunden zu zweit. Love Hotel, nennen das die Japaner. Love! Liebe! Pah! Ich hab genug gesehen. Ich sag nur: Handschellen, die über dem Bett an Ketten von der Decke baumeln … Zum Glück war noch keiner der beiden … Oh Gott, dass Michael überhaupt auf so was … Ich meine, mit mir war immer nur Blümchensex! Klammer auf: Wann eigentlich das letzte Mal? Klammer zu. Ich hätte mich aber auch nicht mehr gefreut, wäre Michaels Gesicht in einem dieser Zimmer mit Hello-Kitty-Ausstattung neben dem Hintern meiner Assistentin aufgetaucht. Wie der geguckt hat! Und dann sie! Ist von meinem Mann gehüpft, als hätte er sich urplötzlich in eine Seewespe verwandelt. Und dann fragt sie doch tatsächlich meinen Mann, warum ich hier sei?! Das konnte ich ihr sagen. Michael hatte offenbar eine für sie bestimmte SMS mit Uhrzeit und Treffpunkt versehentlich auch an mich geschickt:

✉ *Zwei Stunden für uns! Machen wir's wie die Japaner … Heute 14 Uhr im Hotel Shibuya Princess. Kann es kaum erwarten … M.*

Und ich hatte mich angesprochen gefühlt. Wie blöd kann ein Mensch eigentlich sein? Aber da war schließlich sein Herumgedruckse am Vortag im Hotel, von wegen, unsere Beziehung sei ermüdet, und er ertrage das so nicht mehr, und wir müssten reden, oder so. Reden ging gerade nicht wegen des anstehenden Kongress-Vortrags. Aber als gestern Michaels SMS kam, erinnerte ich mich an diesen Moment und hielt seine Nachricht für einen romantischen Vorstoß, albern, aber rührend. Meine nächste Assistentin wird X-Beine, ein nässendes Ekzem im Gesicht und keinen Hintern haben. Ich brauch noch eine Schlaftablette. ... Ach, verdammt, jetzt habe ich vor lauter Paranoia meine Knirschschiene im Bad vergessen.

Berlin. Mias Bad. Hier ist man ebenfalls noch wach.
Ich sitze auf der Toilette und heule. Warum auf der Toilette? Damit David, der in meinem Bett liegt (jippie!), nicht aufwacht und flieht, weil er mich weinen sieht und denkt: Mein Gott, ist die kompliziert, nichts wie weg. Laura findet mein Verhalten auf jeden Fall bedenklich. Die ist jetzt sauer, weil ich Knall auf Fall von ihrer Abschiedsparty abgehauen bin, als David um 23:30 Uhr endlich ein Lebenszeichen gegeben hat. Kann mir aber auch egal sein. Laura ist ja ohnehin bald weg. Wie Matti. Mein Mitbewohner geht nämlich nach London! Und zwar schon in fünf Wochen! Alle verlassen mich! Deswegen war er auch so gnädig bei dem Autoschaden. Linksverkehr – da braucht er sein Auto gar nicht!

Montag, 7. Oktober

11:45. Berlin. Großraumbüro, Magazin PINK
Wie kann auf einen so schönen Sonntag (Highlight: Mauerparkflohmarkt mit David, dabei ein Kleid erstanden!) ein sooo fürchterlicher Montag folgen! Es ist Viertel vor zwölf, ich sitze hellwach auf meinem Drehstuhl in der Redaktion und versu-

che, den bösen Blicken auszuweichen, die David mir aus drei Metern Entfernung zuwirft. Patrick sollte die Giftpfeile zu spüren bekommen, schließlich ist er der hinterhältige Verräter. Gibt der doch glatt Davids Kolumnenidee als seine eigene aus! Nur weil er Druck von oben kriegt und dringend seine Onlineseite aufmotzen muss. David findet, ich hätte was sagen müssen.

11:50. Frankfurt. Büro Neuberger & Neuberger

Dass Alice es gewagt hat, hier überhaupt noch mal aufzukreuzen! Wollte reden! Hab ich mich zusammengerissen! »Das trifft sich gut«, hab ich ganz kühl gesagt. Und: »Ich nehme an, du möchtest, dass ***wir dir*** *die Kündigung aussprechen. Und, ach ja, das Zeugnis schreibst du dir am besten selbst. Ich will dir keine Steine in den Weg legen, Alice.«*

✉ *Von: Iris*
An: Michael
Betreff: Kündigung
Michael, setzt du bitte Kündigungsschreiben für Alice auf? Danke. Iris.

Von: Michael
An: Iris
Betreff: Terminanfrage
Hallo Iris. Lass uns doch gemeinsam Mittag essen. 12:45 bis 13:30 sieht in deinem Kalender gut aus. Habe schon mal einen Tisch für zwei bei Luigi bestellt.

Hmm, was das wohl heißt? Na, von mir aus. Zugesagt.

Berlin. Großraumbüro, Magazin PINK. Nach der Mittagspause

Mir ist schlecht. Und das nicht nur wegen des vielen Glutamats. Ich habe gerade für Ente süß-sauer und zwei Frühlingsrollen mein Schweigen verkauft. Patrick ist schon ein gewiefter Hund. Meinte einfach nur eiskalt: »So läuft das eben.« Unten wird gearbeitet und oben abgesahnt. Außerdem könne ich mich ja nun wirklich nicht über Seilschaften beschweren, oder müsse er mich daran erinnern, wer mich für den Job vorgeschlagen hat? Meine Vertragsverlängerung stünde ja auch demnächst an. (War das eigentlich eine Drohung?) Mann, wenn David mich noch länger so anstarrt, ist mein Herz wirklich bald ein durchlöcherter Käse.Ah! Mann, Mia Mann, du Sensibelchen! Jetzt erschrecke ich schon zu Tode, nur weil mein Handy klingelt ... Was ist denn das für eine Vorwahl?

»Hallo? Ja, hier ist Mia Mann. Ach, der Saab, ja ... Samstag? Ja, das geht, da kann ich ihn holen. Wie viel kostet denn jetzt ...? ... ach, die Stoßdämpfer waren vorne auch ... (schwitz) ... bitte? Ja, für den Schaden dieses Maik Nowak komme ich auch auf.« Grrr.

Zur selben Zeit in Frankfurt

Dieses Mittagessen ist mir auf den Magen geschlagen. Hab mir zu viel Essig über den Salat gegossen. Und aus Versehen auch den Mais gegessen, was ärgerlich ist. Hundert Gramm haben 81 Kalorien, sagt die App. Michael sagte, dass er Alice als seine persönliche Assistentin einstellt, sollte ich ihr kündigen! Er findet es unvernünftig, so viel Know-how zu diesem Zeitpunkt einfach gehen zu lassen. Und ich sei doch sonst so professionell. Ich verachte mangelnde Selbstdisziplin. Aber allmählich verstehe ich, dass es so etwas wie »Mord im Affekt« gibt.

18:30. Berlin. Feierabendverkehr. Mit Fahrrad an der Ampel
Toll, Laura geht nicht ran. Ich könnte nach diesem Höllentag jetzt echt Rückendeckung gebrauchen! Gegen sechzehn Uhr hat David aufgehört, mich mit seinen Blicken zu steinigen, und ist in die nächste Phase übergetreten: ignorieren. Ihhh, was ist denn so nass an meinem Bein?

»Äh. Entschuldigung.«

»Wat'n, junget Frollein?«

»Ihr Hund, der pinkelt an mein Fahrrad.« (Und an meine Strumpfhose. Die in meinen 50er-Jahre-Lieblingsstiefeln stecken ... Ahh!)

»Haste jehört, Luna? Bei Fuß, sach ick!« Halbherzig zieht die Dame an der Leine, der röchelnde Mops krallt sich in den Asphalt, fest entschlossen zu beenden, was er angefangen ...

»Äh, könnten Sie ihn vielleicht ...«.

»Komm jetzt. Luna. Luna!« Zerr. Krallen knirschen auf dem Asphalt. Im Weggehen: »Dreckiger wird dit Fahrrad dadurch aber auch nicht mehr.«

Ahh, jetzt wäre ich auch noch fast überfahren worden! Wofür braucht die schöne, arme Hauptstadt Fahrradwege, wenn wir die parasitären Hartz-IV-Kreativen ganz einfach mittels gutbetuchter Mercedesfahrer ins Jenseits befördern können?

19:15 Uhr. Berlin. Gemüseabteilung Edeka
Ich hasse einkaufen. Man schleppt zwei Tüten voll mit dem immer gleichen Gedöns in den vierten Stock, nur um dann festzustellen, dass man auf nichts davon wirklich Lust hat. Was esse ich denn? Karotten aus Israel, Paprika aus Marokko? Praktisch. Wenn man schon selbst nicht mehr in der Welt herumkommt, dann wenigstens das Gemüse, das man isst. Ach, egal. Wenn jetzt mein nicht vorhandenes Vermögen für den Auffahrunfall draufgeht, nur weil dieser Froschmann seine

Karre generalüberholen lässt, kann ich mir eh kein Bio mehr leisten.

20:30. Frankfurt. Büro Neuberger & Neuberger

»Iris?« Ah, der Kopf meines Mannes erscheint in der Tür. »Ich mach jetzt Schluss, wie sieht's bei dir aus ...? Sollen wir zusammen heim ... heimfahren?«

»Ähh, nee, ich ... hab noch zu tun. Wollte auch noch Fabienne anrufen. Mathe, du weißt ja. (Er nickt, aber seinem Gesicht sehe ich an, dass er keine Ahnung hat. Und trotzdem glaubt unsere Tochter, dass er sich mehr um sie sorgt als ich.) Ich komm nach.«

Pling!

ERINNERUNG OUTLOOK
Anruf Mia Mann. Wg. Erbe und Hausverkauf.

Ah, richtig, aber zuerst Fabienne.

»Ja?«

»Hallo Fabienne. Hier ist deine ... Hier ist Mama.«

»Ja. Was willst du?«

»Wie war Mathe?«

Pause. Dann: »Wieso?«

»Wieso ›wieso‹? Heißt das, du konntest es nicht?«

»Kann dir doch egal sein.«

»Es ist mir aber nicht egal, Fabienne. Immerhin geht es hier um deine ...«

»Boah, Mama, du nervst!« Klick. Aufgelegt.

Jedes Mal, wenn ich mit meiner Tochter spreche, fühle ich mich wie ein Seeungeheuer. Fabienne ist sechzehn. In diesem Alter müssen Kinder ihre Eltern entthronen. Aber manchmal frage ich mich, ob meine Tochter es damit nicht etwas über-

treibt. Mama meint, Fabienne fühlt sich abgeschoben. Sie fand es nicht gut, dass wir sie auf ein Internat geschickt haben. Aber, Entschuldigung, Fabienne kann doch von Glück sagen, dass sie auf diese Schule gehen darf. Erstklassiges Internat bei London. Sieht aus wie Hogwarts! Kosten: achtzigtausend Euro im Jahr. Hier hat sie die neunte Klasse geschafft, allerdings nur mit Mühe und Not. Die kriegen sie in den Griff, ohne dabei Magengeschwüre zu bekommen. Fabienne wird dort weniger Ablenkung haben. Und weniger Gras! Was soll denn sonst aus ihr werden? »Ja, was denn? Denkst du, ich will so werden wie du? Wann hast du zuletzt in den Spiegel geschaut?«, hat sie kürzlich charmanterweise zu mir gesagt. Aber Geld braucht sie schon, für alles Mögliche. Ich frage mich, ob ihr klar ist, dass man es nicht illegal auf dem Balkon anbauen kann.

Apropos erwachsen. Mia muss doch auch schon über dreißig sein. Vielleicht hält sie es ja mal für angebracht, ans Telefon zu gehen.

21.00. Mias WG. Wieder auf der Toilette

Schon wieder das Telefon! Verdammt, kann man nicht ein Mal ... Wenn das jetzt David ... Bitte, lass es David sein! Bitte, bitte, David, hab nachgedacht und sei zu der Überzeugung gekommen, dass du mich doch zu gern hast, um länger sauer auf mich zu sein! (Aua. Jetzt bin ich über meine heruntergezogene Hose gestolpert.) Shit, war nicht schnell genug. Soll ich zurückrufen? Hm. Unbekannte Nummer.

21:31. Nur noch im Büro von Iris brennt Licht.

Natürlich war sie nicht zu erreichen. Ganz schön still hier. Ich sollte jetzt auch mal gehen. Wie mahnte meine Mutter gestern? »Kind, du arbeitest zu viel!« Wieso hat Mutti das überhaupt gesagt? Ihr schlechtes Gewissen. Dass sie das nicht mal ablegt!

Dreißig Jahre, nachdem ... »Ostpocke« haben sie mich damals in West-Berlin genannt ... Stopp, Iris, schlechte Erinnerungen gleich Zeitvergeudung. Vorbei ist vorbei. Heute leben doch die meisten deiner reizenden Westberliner Klassenkameraden ein biederes Reihenhaus-Leben oder von Hartz IV. Und du mischst ganz oben mit. Nur die Harten komm' in' Garten ... Wenn die Firma laufen soll, **müssen** *Michael und ich viel arbeiten. Wir haben ein gemeinsames Ziel. Dafür haben wir uns damals entschieden!*

21:35
Ich frage mich nur, ob Michael das noch weiß.

21:36
Liest Mama eigentlich Frauenzeitschriften? Sie meinte doch gestern tatsächlich, es wäre keine Schande, in Paartherapie zu gehen, wenn es mal nicht so läuft. Therapie. Ich bin doch der Coach. Sich auf die Couch legen, das ist doch was für Weicheier und Narzissten.

Mittwoch, 9. Oktober

09:40. Berlin. In der Waagrechten bei Frau Blum-Neufeldt
»Sie haben also Angst, David zu verlieren, wenn Sie ihn wegen dieser Sache nicht bei Ihrem Chef rehabilitieren.« (So lautet Frau BNs knappe Zusammenfassung meines vorangegangenen zwanzigminütigen Monologs.)

»Ja, so ungefähr«, sage ich vage.

»Wie lange kennen Sie David jetzt schon?«

»Fünf Wochen.« (Und vier Tage.) Was soll denn diese ketzerische Frage? »Ich bin dreiunddreißig, da kann man nicht mehr ewig so weitertändeln. Wissen Sie, wie viele meiner Freundinnen sich schon mit künstlicher Befruchtung rumschlagen? Andere haben in meinem Alter schon geheiratet, mindestens ein Kind bekommen und eine eigene Firma gegründet.«

»Mit ›anderen‹ meinen Sie sicher ...« Ja, genau. Die. Diese Ich-habe-alles-im-Griff-bin-glücklich-verheiratet-verdiene-scheiße-viel-Geld-und-spreche-vier-Sprachen-Übertochter! Meine verdammte Halbschwester! Oh nein, klingelt da jetzt etwa mein Handy?

»Hier ist die Mailbox von Mia Mann. Bitte hinterlass mir eine Nachricht, ich rufe zurück!« Genau, Mia Engelsstimmchen Mann. Ruf mich zurück. Ich sprech dir jetzt auf die Mailbox.

Shit, Shit, Shit! Telefon nicht leise gestellt. Schnell wegdrücken. Strafender Blick von Frau BN. Ich weiß genau, was sie denkt: Sie schüttelt innerlich den Kopf und findet, das ist ein Zeichen dafür, dass ich mich selbst nicht ernst nehme.

»Wären Sie denn gerne wie Ihre Halbschwester?« Hm. Tausche Humor, Klamottengeschmack und ein Leben voller Alkoholexzesse gegen langweiligen Mann, nerviges Kind und eine spießige Karriere? Nääh.

10:05. Berlin. U-Bahn, Linie 2

»Sie haben eine neue Nachricht. Erste Nachricht ...«

Albern, jetzt habe ich schon wieder Herzklopfen. Mann, Mia, es kann sich doch nicht alles in deinem Leben um diesen Typen drehen ... Ist es ... Äh, nein ... Das klingt eher wie die Mitteilung einer Außerirdischen mit Bronchitis: »Rausch, rausch, rausch, krtz krtz krtz, Schrieb bekommen, krtz krtz rausch, ruf zurück, krtz rausch, Freitag in Berlin, krtz krtz piiiiiiiep (Aua!), Nummer, krtz rausch, krtz null drei. Neuberger Consulting Frankfurt.« Wer ist Neuberger Consulting? Bestimmt verwählt. Nummer: unbekannt. Sind die das, die mich seit ein paar Tagen terrorisieren?

16:30. Berlin. Mias Küche. Home office

Ups. Stimmt. Ich hatte versprochen, mich für das Cover-Shooting um eine Assistenz zu kümmern, die Aufhelllicht und Bounceboard hält. Verpeilt. Ist jetzt aber auch kein Grund, gleich so ausfällig zu werden, Zicke von Fotografin. Manchmal frage ich mich wirklich, warum ich diesen Job mache. Seit DREI Wochen bin ich mit der »Verschlagwortung des stetig wachsenden Bildbestandes« beschäftigt. Ich weiß echt nicht, ob ich ein weiteres Jahr durchhalte. Aber wer kündigt schon freiwillig bei PINK! Und verpasst Events wie dieses:

> *www.Facebook.com/events*
> PINK created an event: Halfway through the week-Party.
> Going: 45 (unter anderem David)

Shit, dafür wollte ich doch noch Ohrringe zum neu erstandenen Kleid kaufen. Das schieb ich schnell dazwischen. Brauch jetzt eh mal 'ne Pause.

20:30. »On the road« auf dem Frankfurter Lerchesberg

Ich liebe es, wenn der Schweiß rinnt. Da spürt man förmlich, wie die Pfunde schmelzen. Und die Aggressionen … Vielleicht hat Mama recht, und wir sollten ein wenig an unserer Beziehung arbeiten … Ob ich einfach Sushi für uns beide bestelle? Als Überraschung, wenn Michael vom Squash kommt?

22:00. Frankfurter Lerchesberg. Iris' offene Küche

Michael und Thorsten gehen doch sonst nach dem Squash keinen trinken. Wo bleibt der denn? Oder ist er bei ... Nein ... Das kann doch nicht ... Mir ist auf jeden Fall der Appetit vergangen. Ich stell den blöden Fisch jetzt in den Kühlschrank. Oder werf ich den gleich in den Müll? Sushi soll ja die Libido ... dann bin ich nachher noch schuld, wenn Michael einen Assistentinnen-Rückfall hat! Iris, ich bitte dich. Das hat fünfzig Euro gekostet. Also Kühlschrank.

22:10. Ein Club in Berlin Kreuzberg

Da ist David. Steht cool an der Bar. Mit Kim Ji-Young aus der Moderedaktion. Dass die auf ihn steht, ist eh das offenste Geheimnis der Welt.

22:50. Ein Bier später

Laura hat recht, Privatleben geht vor Job. Was habe ich davon, mit 45 in einem schicken Büro, aber ohne Familie dazusitzen? Eben. Ich sag's Patrick jetzt. Entweder korrigiert er die Sache, oder ich sag's dem Chef. Vorher aber besser noch einen Klaren.

23:20. Zweieinhalb Biere und einen Schnaps später

Oh je. Patrick war erst echt ungläubig und dann echt sauer. Ich sehe mich schon ab morgen auch noch das alte Archiv ordnen. Aber er hat gesagt, er regelt die Angelegenheit. Jetzt kann ich David wieder unter die Augen treten. Jippie! Einen Gin Tonic hab ich mir jetzt echt verdient!

00:20. Zweieinhalb Biere, einen Schnaps und einen Gin Tonic später

Hmpf. Das hatte so gut angefangen. Ich lässig zu ihm hin, Aufeinandertreffen Höhe Kondomautomat, sanft-rotes Licht.

Ich, gebrüllt: »Hallo.«

»Hey! Na?«

»Ich hab's Patrick gesagt.«

»Was gesagt?«

»Dass ich dem Chef Bescheid gebe. Wegen deiner Kolumne.«

Irritiertes: »Okay?!«

Während ich noch versuche klarzumachen, dass uns so eine Lappalie ja nicht von unserer Beziehung abhalten sollte, meinte er nur, er hätte das mit Patrick längst geklärt.

»Trotzdem süß von dir.«

Und hat mich GEKÜSST! Als wir dann eine Pause gemacht haben und er von meinem Gin Tonic getrunken hat, dachte ich, ich frag ihn jetzt einfach. Man wird ja nicht jünger.

»Ich such übrigens einen neuen Mitbewohner.«

»Ach ja? Was ist mit diesem Anwalt?«

»Matti zieht aus. Ich dachte, also, vielleicht hast du ja ...«

»Ja, klar. Ich denk mal drüber nach.«

»Echt?« Jippiee. Er kann es sich vorstellen!

»Na ja, ich kann nichts versprechen, aber ...« Klar, wir kennen uns ja auch erst fünf Wochen und vier Tage, da muss man schon noch mal in sich gehen. Dachte ich. Aber dann sagte er: »... aber vielleicht fällt mir ja jemand ein.« Jemand? Ich dachte: du. Also: er. Also: wir. So als Paar.

Ab da ging's bergab, erst kam die ultimative Beleidigung: »Ich bin ja echt froh, allein zu wohnen, man ist ja nicht mehr zwanzig. Aber ihr Mädchen tickt da wahrscheinlich anders.«

Und dann die schlechteste Idee aller Ideen überhaupt: »Hey. Lisa, suchst du nicht eine Wohnung?«

Wollte David mir doch glatt die Praktikantin ans Bein binden. Nur weil die gerade vorbeilief. Das kann ja wohl nicht sein Ernst sein, die ist maximal fünfundzwanzig! Vielleicht wohne ich nicht gerne alleine, aber ich bin doch keine Studentensammelstelle!

00:30. Zweieinhalb Biere, drei Schnäpse und eineinhalb Gin Tonic später

So. Ich bin betrunken. David tanzt mit Kim Ji-Young. Egal. Was die können …

00:33. Bar

Scheiße. Beim ersten Lied ausgerutscht. Mit Gin Tonic in der Hand. Peinlich. Besser, ich kauf mir mal 'ne Tüte Chips.

1:20. Iris' Schlafzimmer

Ein Uhr vorbei, und Michael ist immer noch nicht da. Ist jetzt wohl klar, wo er sich rumtreibt. Hab sein Bettzeug vorhin ins Gästezimmer geworfen und dann wieder zurückgeholt. Ich weigere mich, dieses Klischee der betrogenen Ehefrau zu erfüllen.

1:35

Das kann doch nicht wahr sein! Ist der hier auf Zehenspitzen reingeschlichen, hat vorsichtig sein Bettzeug gepackt und ist ins Gästezimmer gezogen. Wie erniedrigend. Die Alkoholfahne und das Parfüm habe ich trotz seiner Abendtoilette gerochen. Ahh! Wenn das so ist, buche ich das gemeinsame Hotelzimmer in Berlin um. Kein Bedarf, mit Michael und seinen feuchten Träumen ein Bett zu teilen. Brauch jetzt dringend eine Schlaftablette!

Freitag, 11. Oktober

9:00. Flieger Frankfurt–Berlin

Wünschen Sie eine Penisvergrößerung? Nein danke. Spam-Mails sind wirklich ein Ärgernis. Ab in den Müll damit. Oder vielleicht sollte ich Michael … Ich weiß ja nicht, was für Ansprüche Alice hat … Pfui, Iris. Ich hätte Michael alleine zu der Tagung fahren lassen sollen. Hätte er eben beide Vorträge gehalten. Er hatte das Zimmer bereits umgebucht. Das hat mir nun doch einen kleinen Stich versetzt. Dabei verabscheue ich Sentimentalität.

10:30. Berlin. Büroräume, Magazin PINK. Toilette

Was für ein hinterhältiger Arsch! Hat er das gemeint mit: Ich regle die Angelegenheit? Selbst zum Chef zu rennen und mich anzuschwärzen? Lässt mich Patrick einfach vom Chef feuern! Darf er das überhaupt? Patrick behauptet, ich käme nie vor zehn Uhr ins Büro (woher will Patrick das wissen, der ist nie vor elf Uhr da!) und sei eine Chaotin im Organisieren, erst gestern gab es wieder eine Beschwerde (ich kann mir schon denken, von wem) … Arrg!

»Mia?« (Na toll. Die Praktikantin, die hat mir gerade noch gefehlt.)

»Hab dich grad reingehen sehen. Du, ich wollte nur mal fragen, klappt das jetzt mit der Wohnung? Oh. Weinst du? Hey? Mach doch mal auf.«

»Alles super. Kannst wieder gehen.«

»Hast du deine Tage? Meine Mutter …«

»Wirklich alles gut.«

»Also, ich mein nur, wenn wir zusammenwohnen, ich helfe gerne. Ich finde, wir sollten keine Zweck-WG …«

»Lisa.«

»Ja?«

»Hau ab!«

Soll SIE doch für Patrick katalogisieren. Bei A wie Arschloch kann gleich sein Foto rein.

22:00. Hotel-Restaurant in Berlin-Mitte

Ich habe mir etwas gedünstetes Gemüse bestellt. Was soll man um diese Zeit, bitte schön, sonst essen?

Michael räuspert sich. »Ich bin froh, dass du ... Dass alles gut gelaufen ist heute.«

Ich schlucke ein Stück Möhre herunter. Ein Gespräch! Ich könnte jetzt zum Angriff übergehen, aber ich sage betont salopp: »Wir sind eben ein eingespieltes Team, oder?«

Michael nickt.

»Es tut mir leid, dass du es auf diese Weise erfahren hast. ... Vermutlich war es ein Freudscher, dass ich dir aus Versehen die SMS geschickt hab. Ich wollte, dass du es endlich weißt.«

»So lange ging es ja nun auch noch nicht«, sage ich schnell. Ich kann Mitleid wirklich nicht ertragen. Michael guckt erstaunt. »Ich verstehe nur nicht, warum es ausgerechnet meine Assistentin sein musste. Du siehst doch noch gut aus, du hättest sicher viele jüngere Frauen gefunden, um, du weißt schon, dein Mütchen zu kühlen.« Was rede ich da eigentlich?

Kurzes Schweigen. Dann sagt Michael: »Iris, ich glaube, du verstehst da was nicht.«

»Dass Männer ab und zu mal eine kleine Bettgeschichte ...« Ich breche ab, weil Michael so komisch guckt.

»Iris.«

»Michael?«

»Ich liebe Alice.«

BOFF. Voll in die Magengrube. Mir entfährt ein kleiner

hysterischer Lacher. Hat er das wirklich gesagt? Ich ertappe mich dabei, dass ich meinen Ehemann anstarre.

»Und was soll das jetzt heißen?«

22:00. Ein paar Kilometer weiter, auf Mias Bett

Laura meinte, ich sollte doch selbst noch mal mit dem Chef reden. Mein Gefühl sagt mir, da ist nichts mehr zu machen. Genauso schnell, wie du drinnen bist, bist du auch wieder draußen.

22:30. Berlin. Iris' Hotelzimmer

Wieso tut er mir das an? Denkt er, ich habe überhaupt keine Gefühle? Ich meine, es stimmt schon. Gefühlsduselei und ich, wir sind einander noch nicht vorgestellt worden. Aber gerade habe ich das Zahnputzglas fallen lassen, weil ich so gezittert habe. Man bringe mir Kampfer oder eine Waffe, mit der ich Michael und Alice einen möglichst schmerzhaften Tod bereiten kann. Als hätte es nicht gereicht, dass das Wort »Liebe« im Zusammenhang mit dieser falschen Schlange gefallen ist. Nein, das Ganze musste noch durch die Offenbarung getoppt werden, dass Alice morgen hier angereist kommt, damit mein Ehemann ein verliebtes Berlin-Wochenende mit ihr verbringen kann.

2:30. Mias Bett

Ich muss jetzt endlich schlafen, schließlich muss ich morgen um sieben Uhr raus, um Mattis Auto zu holen Am Montag holt ihn irgend so ein Typ ab, hat Mattis Angebot in den Kleinanzeigen gesehen. Mein Leben passt auch in eine Kleinanzeige: »Hübsche Frau sucht vorzeigbares Leben. Volles Programm: Karriere, Freunde, Mann.« – Und bald auch Wohnung. Denn wenn der Job weg ist, kann ich mir die Wohnung auch bald abschminken.

David, dieser Schleimer, kann mich auch mal kreuzweise. Kurz nach meiner Kündigung war das die nächste Mail, die mich im CC erreicht hat:

✉ Von: David
An: Patrick
CC: Mia, Leonie, Manuel
Betreff: Kolumne
Klingt super, Patrick. Genauso machen wir's. Kolumne im Heft und online Videos als Ergänzung. Freu mich! David.

Verräter.

✉ *SMS von LAURA an MIA*
Danke, Rehlein, fürs Packenhelfen. Ist jetzt alles verstaut. Kommst du morgen zum Winken? Ich drück dich. L. P.S.: Wir haben noch Kisten übrig. Die kann Matti gerne haben.

AHHHH!

Samstag, 12. Oktober

9:40. Autobahnausfahrt Boblitz/Calau
Pling! Der Blackberry kann grad mal die Klappe halten. »In einer Stunde Check-in Tegel, Rückflug nach Frankfurt«, will er mir sagen. Das Gerät weiß nicht, dass diese Erinnerung für mich nicht mehr relevant ist.

Hoppla, nicht so schnell in die Kurve! Muss wohl so eine Art Kurzschluss gewesen sein heute Morgen. Bin schon schlecht aus dem Bett gekommen. Engegefühl im Brustkorb, die Zimmerwände schienen näher zu kommen. Panik. Ich bin raus auf den Balkon, hab mich gezwungen, ruhig zu atmen, und dann heulte ich plötzlich los. Konnte nichts dagegen machen. Zum Glück hat mich keiner gesehen! Ich hab mir das Weinen schon vor langer Zeit abgewöhnt. Ich hab mich mühsam zusammengerissen, meine Sachen gepackt und ausgecheckt. Wollte auf keinen Fall Michael begegnen, schon gar nicht in diesem Zustand. Bin mit dem Taxi Hals über Kopf los. Weg, nur weg. Erst ging es Richtung Flughafen. Aber dann lief alles wie von selbst, wie ferngesteuert. Hab mich zu meiner Leihwagenfirma kutschieren lassen, und jetzt sitze ich in einem schicken Porsche Panamera, der mich gerade mit hundertsiebzig Sachen direkt in meine Vergangenheit befördert. Allein die gelben Wegweiser. Boblitz, Lübbenau … der Spreewald. Ist das zu fassen? Ich hab Feulenitz und das alles vor so langer Zeit hinter mir gelassen. Und jetzt gurke ich völlig kopflos in einer Gegend herum, in der mich nichts erwartet als ein altes, baufälliges Haus, das Fließ und Gurken. Bin ich meschugge geworden?

9:40. Regionalexpress in Richtung Cottbus

Regionalexpress – was für eine Tortur! Es stinkt nach Erbrochenem (Dorfpartymäuse der letzten Nacht), Urin (defektes Klo) und süßlichem Frauenparfüm. Eine Frauengruppe vor mir. Die Flasche Sekt, die sie sich innerhalb der letzten halben Stunde hinter die Binde gekippt haben, sorgt dafür, dass jetzt auch wirklich jeder Reisende in diesem Regionalexpress über das kleinste Detail einer Krampfaderentfernung bestens informiert ist. Wegen solcher Leute sollte man über ein Alkoholverbot im Bahnverkehr nachdenken.

10:10. Im Porsche auf der Landstraße

«Wenn möglich, bitte we...« Ah, Scheiße, jetzt ist das Navi abgestürzt, diese dämlichen Saugnäpfe... Ah hier, hab's! Scheiße, ein Trecker! Und eine Schlange dahinter! Bremsen, Iris, BREMSEN! Aaaaaaah! Es knallt!

10:11

Na großartig! Panamera knutscht Landrover. Der vor mir steigt aus.

»Sind Sie verletzt?«

»Nein, Sie?« Was für ein absurder Dialog.

»Sie sind zu schnell gefahren.« Sehr scharfsinnig! Brauchst gar nicht so galant die Sonnenbrille abzunehmen.

»Also...«

Die Worte bleiben mir im Halse stecken. Denn entgegen blitzen mir zwei smaragdgrüne Augen, die ich nur zu gut kenne, auch wenn sie damals noch von Pickeln umrahmt waren ... Torben!

»... Mein Pummelchen! Ist das zu ... Hab dich fast nicht erkannt! Nach all den Jahren!«

Pummelchen! Das war doch früher! Dachte immer, dass dieser Anzug meine Problemzonen ganz gut kaschiert?

10:15. Im Linienbus auf ebenderselben Landstraße

Warum bremsen wir denn jetzt? – Oh. Unfall. Das muss hier wohl eine typische Gefahrenstrecke sein. Ha, diesmal hat es eine dieser Berliner Bonzenkarren erwischt. Ist voll auf so 'nen Geländewagen geknallt. – Äh. Wieso kurbelt denn der Busfahrer jetzt sein Fenster runter, können wir nicht einfach weiter...

»Torben, brauchste Hilfe?«

Wie witzig. Diesmal hat's den Helfer in der Not höchstpersönlich selbst erwischt. Und das ist wohl die blöde Schnalle, die ihm draufgefahren ist. Wieso stehen die denn voreinander und starren sich nur an? Jetzt dreht sich die Schnalle um ... Moment, das ist doch ...

Da draußen umarmt Torben meine bescheuerte Halbschwester! Was macht die denn hier? Oh Gott. Torben guckt her, ich ducke mich besser.

»Hey, ist das nicht Mia? Deine Schwester?« Shit. Er klopft ans Fenster.

»Mia?« Ich tauche auf und hebe die Hand zum Gruß, peinlich. Iris steht die Kinnlade aber auch auf ...

10:45. Landrover. Beifahrersitz

Na toll. Jetzt sitze ich ausgerechnet mit der herzallerliebsten Mia Jungspund in Torbens Auto. Wie sie Torben direkt von der Bustreppe aus in die Arme geflogen ist. Hat ihn umarmt, als würden SIE sich seit Jahrzehnten kennen ... Und wie sie sich über den doppelten Auffahrunfall amüsiert haben! Na ja, wenigstens das mit dem Porsche ging reibungslos. Der ADAC hat ihn abgeholt, und die Mietwagenfirma hat mir versprochen, bis heute Abend einen neuen Wagen zu bringen. Oh, Püppchen beugt sich vor.

»Das ist echt nett, dass du mich zur Werkstatt fährst, Torben.«

»Mit dem Bus hättest du noch zwanzig Minuten laufen müssen.«

Ja, das hätten ihre ausgelatschten Schuhe sicher NICHT ausgehalten! Was soll denn dieser Augenaufschlag, flirtet die etwa mit dem? Typisch Torben, immer um Deeskalation bemüht: »Ihr habt euch also acht Jahre nicht mehr gesehen.«

Nein, und es hätten gern auch noch mehr Jahre werden dürfen.

10:50. Landrover. Rückbank

Wie die mich giftig beobachtet im Seitenspiegel. Kotzt mich eh an, dass ich hinten sitzen muss. Schließlich hab eindeutig ICH die längeren Beine. Und wie die sich aufgeführt hat in ihrem Businessdress. Kaum, dass ich aus dem Bus ausgestiegen war, schmettert die mir entgegen: »Ach, sieh an. Du lebst also doch noch.«

War wohl angepisst, weil ich Torben kenne. Ich hab ganz cool reagiert: »Guten Tag. Mia Mann. Kennen wir uns?« Da ist der blöden Schnalle erst mal alles aus dem Gesicht gefallen.

»Iris Neuberger, Schätzchen. Deine Halbschwester. Ich dachte, in deinem Alter funktioniert das Gedächtnis noch etwas besser.«

»Kommt immer drauf an, wie gerne ich mich an etwas erinnern möchte. Und wie sehr es sich verändert hat.« Daraufhin guckte sie säuerlich. Treffer.

»Wie auch immer, an den Erbschein, den du bekommen hast, wirst du dich ja bestimmt noch erinnern.«

»Klar.« Muss sie ja nicht wissen, dass ich den nie zu Gesicht bekommen habe.

»Ich hab keine Ahnung, was Oma Hedwig sich dabei gedacht hat, das Haus uns beiden zu vererben«, setzte sie im Oberlehrerinnen-Ton fort. »aber da müssen wir jetzt durch. Ich bin netterweise bereit, den Verkauf zu regeln.«

Wie gütig. Grrr! Ganz toll! Ein Haus gemeinsam mit DER zu erben! Das hätte mir meine Mutter am Telefon ja ruhig noch sagen können.

»Am besten, ich geb dir einfach meine Karte, und wir telefonieren, sobald ich einen Verkäufer ...« Moment, ich lass mich von der doch nicht abschieben!

»Danke, sehr freundlich. Aber ich möchte doch noch zu meinem Haus.«

»Unserem.«
»Ich verkaufe nämlich nicht.«
Torben hält vor der Werkstatt. Ich knalle die Tür zu.

11:10. Landrover. Beifahrersitz

Torben schaut mich an. Er grinst. Ich lächle und sage: »Also, meine sechzehnjährige Tochter ist auch nicht schlimmer.«

»Du hast eine Tochter?«

»Ja, auch wenn sie unsere Verwandtschaft alle paar Tage gerichtlich prüfen lassen will.«

Torben lacht. Ein lautes, sympathisches, herzliches Lachen.

»Hast du denn ... Kinder?«

Er schüttelt den Kopf.

»Weißt du noch, wie ich dich hier aufgelesen habe, als du mit dem Fahrrad ...«

Und ob ich das noch weiß ... Scheiße, jetzt werde ich auch noch rot! Was reißt denn jetzt das Püppchen so genervt die Tür auf und wirft sich wieder auf die Rückbank? Hat man nicht mal fünf Minuten Ruhe vor der!

»In diesem Kaff haben Werkstätten anscheinend keine EC-Kartenlesegeräte. Ich muss noch den Schaden von dem Unfallgegner zahlen, ich brauch also 'ne Bank. Oder hat von euch zufällig jemand 850 Euro Cash?«

»Äh, nee, tut mir leid, Mia, mein Gespartes liegt auf dem Konto.« Torben lacht.

Ich seufze und zähle aus meinem Geldbeutel vier Zweihundert-Euro-Scheine und einen Fünfziger. »Die krieg ich aber wieder. Plus Zinsen.« Jetzt steht dem Jungspund aber die Klappe offen. Zumindest für eine knappe Sekunde.

»Keine Sorge, kann ich dir gleich am EC-Automat ziehen.«

»Haben wir keinen«, meldet sich Torben wieder zu Wort.

»Was?« Das heißt »wie bitte«, die hat echt keine Manieren.

»Einen EC-Automat. In Feulenitz«, ergänzt Torben für die Begriffsstutzige. Hat die sich alle Gehirnzellen in Berlin weggekifft?

»Okee ...? Dann überweis ich halt.« (Na hoffentlich!)

Zack, Tür wieder zu. Wir sind wieder allein.

»Läuft wohl gut, dein Geschäft?« Ist das ein irritierter Blick, den Torben mir da zuwirft? Wieso ist mir das vor ihm jetzt peinlich? Anstatt einer Antwort klingelt mein Telefon. Michael. Was soll's.

»Was willst du? Nein, die Unterlagen von London habe ich gerade nicht da. Ich bin unterwegs.« Ich lege einfach wieder auf. Seitenblick von Torben.

»Bist du aufgeregt, das Haus ... nach so vielen Jahren ...?«

Ich zucke die Schultern. Und denke: Ja, bin ich. Sehr sogar. Kindisch. Schweigend sitzen wir nebeneinander im Auto. Durch das offene Fenster höre ich den Wind durch die rot gefärbten Baumkronen wehen. Dahinten grasen ein paar Pferde. Ich bin zu Hause.

11:30. Im Kahn. Auf dem Fließ vor dem Haus der Schwestern

»Nein, Feulenitz mit ›e‹ Gut, Sie bringen das Auto? In etwa einer Stunde. Vielen Dank.« Das ist doch nicht zu glauben. Jetzt telefoniert die auch noch. Ich bin doch nicht ihr Chauffeur. Wie funktioniert denn das überhaupt mit diesem Stecken hier? Reinstechen ins Wasser und abstoßen, hat Torben gesagt, bevor er zu einer dringenden Pferdekolik aufgebrochen ist (igitt).

»Ich übernehm mal besser.« Oh, Madame hat aufgelegt. Und spielt schon wieder die Besserwisserin.

»Bitte, wenn du meinst, du kannst es besser.« Shit. Kann sie wirklich. Ein paar Mal beherzt ins Wasser gestoßen, schon legen wir an.

Ich springe von Bord. Oh, eine Gans. Wir haben also auch Federvieh ... »Ja, hallo, du Gans ...« Ahhhh! Die beißt. Hilfe!

11.35

»Spinnst du?« Springt die wie von der Tarantel gestochen zurück ins Boot!

»Entschuldige, aber hast du gesehen, wie der auf mich zugeschossen kam?«

»Ach, stell dich nicht so an.« Ich habe definitiv keine Zeit, den Rest des Tages auf dem Wasser zu verbringen. Scheiße, jetzt bin ich etwas unelegant am Ufer abgerutscht und auf den Knien gelandet, toll, das gibt Grasflecken ... Ahh, der Gänserich! Pickt der mir auf den Kopf! Der ist ja aggressiv! »Mia, den Stecken! Schnell!«

»Wieso? Stell dich nicht so an.«

Das findet die wohl lustig. »Mia!«

11:37

Wie die da rumfuchtelt mit diesem Stecken. Und dieses Kampfgeschrei. »Wahaaahh! Wahaaahh!« Man könnte meinen, sie wäre früher Teil eines Indianderstammes und nicht Bürgerin der Deutschen Demokratischen Republik gewesen. Na ja, scheint gewirkt zu haben. Das Viech macht sich schnatternd vom Acker. Wer lacht denn da so doof? Oh nee, ne? Maik Nowak, Froschmann und Unfallgegner, schippert auf seinem Fischerkahn vorbei.

»Hallo. Die haben's hier eben nicht so mit Eindringlingen.«

»Sehr witzig. Keine Sorge, die Generalüberholung Ihres Autos ist schon bezahlt.«

Ich ziehe das Boot zu dem Anleger und binde es an. Hey, was stakst die denn schon auf das Haus zu? Und wieso hat die einen Schlüssel dafür?

»Ich gehöre zur Familie.«

Hmpf. Schnell hinterher.

11:45. Im Haus

Von drinnen ist das Haus noch viel toller als von außen. Ich versuche, betont lässig zu bleiben, aber das übersteigt meine kühnsten Träume! Das sind doch tatsächlich locker zehn Zimmer! Zwei Stockwerke, eine alte Holztreppe, und auch wenn hier in vielen Zimmern PVC liegt, dadrunter ist doch sicher Holzboden, so wie das knarrt!

Die ist offensichtlich beeindruckt. Sieht halt die Schäden nicht … Aber ich muss auch sagen, besser in Schuss, als ich erwartet habe … Das Haus sollten wir loskriegen. Wo ist denn jetzt das Püppchen? Ah, auf der Bank am Fluss, wie romantisch.

»Also, mein Mietwagen sollte gleich hier sein. Ich geb dir meine Karte. Lass es dir durch den Kopf gehen, und ruf mich dann an.«

Denkste, Puppe! Was du kannst, kann ich schon lange. Ich hab nämlich auch 'ne Karte.

»Ruf DU doch MICH an!« Shit! Wo hab ich diese blöden Karten denn bloß hingesteckt …

Was kramt die denn da ewig in diesem gammligen Jutebeutel rum? Das soll eine Visitenkarte sein? Total zerknittert!

»Also, die Bürofestnetznummer … die stimmt gerade nicht so. Besser auf dem Handy.«

Reißt sie mir die Karte wieder weg, kritzelt eine Handynummer drauf und streicht die andere Nummer durch. Will die mich veräppeln?

»Liebes, die Handynummer habe ich schon. Und ich kann nicht gerade behaupten, dass du dort besser zu erreichen bist.«

»Woher willst du denn das wissen?«
»Weil ich dich x-mal angerufen hab?«

Hm. Jetzt werfe ich auch einen Blick auf ihre Karte. »International Executive Coach. Neuberger Consulting«. Neuberger Consulting, war das nicht ... Ha, alles klar, dann ist sie für diesen »Unbekannte Nummer«-Telefonterror verantwortlich! Wie albern, sich mit dem Firmennamen zu melden!

»Ich habe eben auch Termine. Sonst schreib mir halt 'ne Mail.« Ach nee, Scheiße, die Adresse gilt ja auch nicht ...

Reißt die mir WIEDER die Karte weg und kritzelt so 'ne gmx-Adresse drauf.

»Du arbeitest da aber schon noch? Bei ... äh ... PINK«

»Klar, wieso? Bist du blöd? Wir haben gerade Schwierigkeiten mit der Telefon- und Internetanlage. – Ich behalte das Haus auf jeden Fall.«

»Okay. Dann zahl mich aus. Hundertvierzigtausend. Ich schick dir meine Kontodaten.«

Hundertvierzigtausend? Schluck! Hundertvierzig könnte ich ihr anbieten. Doch Gott scheint ein Einsehen zu haben, denn von irgendwoher tönt eine raue Stimme: »Das Haus wird nicht verkauft! Und jetzt bringt gefälligst meinen Kahn wieder hier rüber!« Nee, das ist nicht Gott, am anderen Flussufer steht eine alte Frau.

Ah, Martha. Die muss gute Ohren für ihr Alter haben ... »Hallo Martha ... Warte, ich komme dich holen.«

Das ist also die Freundin von Oma Hedwig. Geschieht Iris recht, dass sie jetzt die Chauffeuse geben muss! Ich wüsste nur zu gern, womit sie die arme Alte zutextet. Iris' Worte scheinen die Alte auf jeden Fall ziemlich wütend zu machen. »Solche Albernheiten kannst du dir sparen, Mädchen! (Mädchen, hihi!) Ist das zu glauben. Kommt hier nach einer halben Ewigkeit wieder an und will mich aus meinem eigenen Haus werfen.« Ich fasse es nicht, hat Iris etwa versucht, der Alten eine Abfindung anzudrehen, damit die aus der Remise auszieht? Aua, jetzt wirft die Alte mir das Seil vor die Füße und streckt mir ihre Hand entgegen, damit ich ihr aussteigen helfe. »Ich nehme an, du bist die kleine Mia.« Klein?! »Wasch dir die Hände. Wir essen in einer halben Stunde!«

Kurz darauf. In Marthas Küche

Die ist ja schlimmer als die Vorsteherin des bayerischen Hortes, in den mich meine Mutter als Kind abgeschoben hat!

Ist das zu fassen, dass ich mich unter Marthas eisernem Blick gleich wieder wie das sechzehnjährige Ostmädchen fühle? Jetzt sitze ich hier, in dieser Küche, die tatsächlich so aussieht, als hätte es den Mauerfall nie gegeben und schäle brav Gurken, die Martha vor uns auf den Tisch geknallt hat.

Was legt die denn jetzt wortlos so einen Zettel hin. Ist das in Sütterlin geschrieben? Wer soll das denn lesen? … »Verpflichten sich die Erben …« Wie bitte? Wir sollen … Mensch, wer ruft denn jetzt schon wieder an! »Ja, bitte?« Ah, der Mietwagen, endlich. »Nein, den können Sie vor dem Fließ parken. Ja, Moment. Ja, ich kann Sie sehen … Bitte, was ist DAS denn?«

Einige Minuten später. Vor dem Haus mit Blick auf die andere Fließseite

Hihi. Ein goldener Twingo. Aber Iris hat echt einen an der Waffel. WIE die sich über das Fahrzeug aufregt.

»Sie glauben doch nicht im Ernst, dass ich in dieses knallfarbene Bonbon einsteige! Ich habe eine S-Klasse bestellt! Das ist auch in meiner Kundenakte vermerkt.«

»Das tut mir jetzt leid, aber ...«

»Das können Sie wieder mitnehmen.«

»Aber ich bin jetzt extra aus Cottbus hierhergefahren ...«

»Ja, dann kommen Sie eben noch mal.«

»Vor morgen klappt das aber nicht.«

Bei dem Spektakel hätte ich jetzt beinahe den Schrieb vergessen, den Mylady vor Schreck auf dem Tisch hat liegen lassen. Schnell zurück ins Haus ...

Am Tisch in Marthas Küche

Was steht da?

»Das Erbe gilt unter der Bedingung, dass die beiden Erbinnen ein Jahr lang in dem Haus wohnen. Sollte sich nur eine von beiden dazu bereiterklären, fällt ihr das ganze Erbe zu. Lehnen beide diese Bedingung ab, geht das Haus an die Dorfgemeinde über.«

Das kann doch nicht ... Wie soll denn ... Oh, die Furie kehrt zurück.

»Iris, wir sollen beide hier wohnen.«

»Hab ich gelesen. Ich bleibe!«

»Gut, dann bleibe ich auch!«

Freitag, 25. Oktober

20:00. Berlin. Mias WG
Ich hatte nicht gecheckt, dass Iris mit »Ich bleibe!« nur eine Nacht gemeint hat. (»Liebes, ich meinte doch nicht für immer! Das kannst du dir vielleicht nicht vorstellen, aber es gibt Leute, die haben Verpflichtungen!«) Gnagnagna. Aber jetzt mach ich keinen Rückzieher mehr. Was Laura und Matti können, kann ich schon lange! Dann ziehe ich eben hierher! In einem Anfall von Größenwahn habe ich direkt am nächsten Tag ganz cool Resturlaub eingereicht. Musste ab sofort nicht mehr in die Redaktion. Hat sich einen ganzen Tag lang super angefühlt, bis eine kleine unwichtige Frage anfing, sich mit schnipsenden Fingern ziemlich penetrant zu melden: Mia, wovon willst du da im Spreewald noch mal genau leben? Aber, ach, irgendwas wird sich schon finden. Wer wagt, gewinnt. Ich bin nicht Iris, die sich nix Besseres vorstellen kann, als in ihrem spießigen Armanianzug-Leben in Frankfurt zu versauern. So. Und deshalb: Es gibt keinen Grund, mich am Berliner Asphalt festtackern zu lassen, bis ich zu Staub zerfalle. Morgen geht's los!

FACEBOOK
Wer hilft noch beim Kistenschleppen? Samstag, den 26.10. Frankfurter und Bier als Belohnung.
Marlene: Für dich immer.

Lisa: Tausend Dank für die Wohnung. Wird voll retro!
David: Komme. Kann aber nicht lang. Sry.

Laura (private Message): Rehlein, bist du dir wirklich sicher? Was ist denn mit deiner Halbschwester? Hast du jetzt das ganze Haus für dich?

20:00. Iris' Villa in Frankfurt-Lerchesberg

Das hat sich Mia so gedacht, dass ich ihr so einfach das Feld überlasse. Typisch Westmädchen. Natürlich ziehe ich jetzt nicht richtig in den Spreewald. Für irrationale Entscheidungen ist meine Halbschwester zuständig. Oma Hedwigs Knebelschrieb lässt sich sicher dehnbar auslegen. (Wenn er überhaupt juristisch haltbar ist. Da muss Dr. Röder ran.)

Die Idee für das Haus ist mir noch in der einen Nacht gekommen, die ich da in der Pension verbracht habe. Plötzlich dachte ich: »Businesscoaching-Seminare im Spreewald«! Dann bin ich eingeschlafen. Zum ersten Mal seit langer Zeit ohne Tablette. Kein Fluglärm! (Aber vielleicht lag's auch an dem einen Bier, das ich noch mit Torben getrunken hatte.)

Jedenfalls habe ich jetzt diesen Plan. Michael bedenkt mich seitdem immer mit so einem eigenartigen Blick. Aber die Konkurrenzanalyse gibt mir recht. Ich spreche von der geschäftlichen. Meinen Status im Vergleich mit Michaels Konkubine Alice möchte ich derzeit nicht analysieren. Ich denke da – wie stets – strategisch: Mach dich rar, und du bist der Star. Wollen wir doch mal sehen, was sich aus dem Haus machen lässt!

OUTLOOKKALENDER
Businessplan Spreewald vorbereiten.
Oma-Hedwig-Knebel-Schrieb durch Dr. Röder prüfen lassen.
~~Mia rausekeln~~. (Erledigt sich von alleine)

Das erste Rezept aus Marthas Küche

Mia: Schmeckt einfach wunderbar! Frisch und würzig wie ein bunter Herbstwald!
Iris: Hat auch einen ähnlichen Brennwert wie ein Herbstwald, fürchte ich …

Kartoffelpuffer mit Pilzsoße und Gurkensalat
(für drei Personen)

Kartoffelpuffer
600 g Kartoffeln
2 Zwiebeln
3 Eier
2 EL Haferflocken
Salz/Zucker
Leinöl zum Braten

Geschälte Kartoffeln und Zwiebeln mittelgrob reiben und Flüssigkeit ausdrücken. Eier verquirlen, mit allen anderen Zutaten vermischen. Mit Salz und Zucker vorsichtig abschmecken. Leinöl in der Pfanne erhitzen (Achtung, nicht zu heiß werden lassen, Öl darf nicht rauchen!), und Masse portionsweise darin goldgelb braten. Kartoffelpuffer auf Küchenkrepp abtropfen lassen und heiß servieren.

Pilzsoße

40 g Butter
3 Schalotten
500 g gemischte Pilze der Saison
l Fleisch- oder Gemüsebrühe
1 EL weißer Balsamico-Essig
Salz und Pfeffer
1 Eigelb
120 g Sauerrahm

Zwiebel fein hacken und in der Butter anschwitzen. Geputzte, in Scheiben geschnittene Pilze dazugeben und anbraten. Mit Brühe und Essig aufgießen, 15 Minuten köcheln lassen, Eigelb hineinrühren und mit Salz und Pfeffer abschmecken. Abschließend mit dem Sauerrahm verfeinern.

Gurkensalat

1 große Salatgurke
80 g Sauerrahm
1 EL Essig
Dill, Petersilie, Schnittlauch (fein gehackt)
1 EL Leinöl
Salz, Pfeffer, Zucker

Die Gurke in feine Scheiben hobeln. Sauerrahm mit Essig, Leinöl und Kräutern verquirlen. Mit Salz, Pfeffer und Zucker abschmecken. Alles miteinander vermischen.

2

»Wirklich Landei?«
Wie ein regenreicher November, zwei verliebte Schafe und eine Horde Handwerker die beiden Stadtpflanzen auf die Probe stellen

Montag, 28. Oktober

Personalausweis Mia Mann
Gegenwärtige Adresse:
Berlin. Kastanienallee 40 (überklebt)
Feulenitz. Kaupen 10 (in Schönschrift notiert)

Donnerstag, 31. Oktober

10:50. Haus der Schwestern. Erdgeschoss. Küche
Seit Montag bin ich ganz offiziell Bürgerin von Feulenitz. Mein Vater würde es nicht glauben, dass ich mich innerhalb von nur drei Tagen umgemeldet habe. Ich wollte aber auf keinen Fall Scherereien mit dem Arbeitsamt riskieren, nicht dass die mir wegen einer verspäteten Wohnsitzummeldung noch das ALG kürzen. Denn ohne das Geld sähe es bald ziemlich düster aus bei mir. Sind am Samstagnachmittag zu viert hier aufgeschlagen

und haben bis weit nach Einbruch der Dunkelheit Kisten mit dem Kahn über das Wasser geschippert. Pia, Marlene und ihr Freund sind dann Sonntagfrüh nach einem ausführlichen Frühstück (in meinem eigenen Garten!) abgefahren, Matti hat noch bis Sonntagabend mit mir Lampen angebracht und die Waschmaschine in der Küche wieder angeschlossen. Schade, dass David nicht dabei war, die anderen waren ganz begeistert von meinem neuen Reich! – Seitdem habe ich keine Menschenseele mehr gesehen (außer Omas alter Freundin Martha, aber der gehe ich lieber aus dem Weg.)

Hier ist es so still, dass ich fast nicht länger schlafe als in Berlin, gab in den letzten Tagen aber auch wenig Gründe, sich frühzeitig aus dem Bett zu schälen, es hat seit Montagabend ohne Unterlass geregnet. Mein Ankleide- und Schlafzimmer liegt im ersten Stock – mit Blick nach hinten in den Garten. Noch etwas provisorisch eingerichtet mit Matratze auf dem Boden und meiner Ikea-Kleiderstange, die unter dem Gewicht meiner Klamotten ächzt. Aber mein 50er-Jahre-Spiegel passt hierhin wie die Faust aufs Auge! Im ersten Stock gibt es weder Heizung noch fließendes Wasser im Bad. Aber in einem der unteren Zimmer, in dem noch Oma Hedwigs altes Bett steht, ist ein Nachtspeicherofen. Und aus der Dusche in dem kleinen Bad unter der Treppe kommt Wasser – wenn auch nur kaltes! Ein Glück, dass in der Küche ein alter Kachelofen steht. Okay, Mia: Kaffee aufsetzen, warme Gedanken machen und dann … ab unter die Eisdusche!

11:00. Badezimmer. Erdgeschoss

»Hier rechts sind die Zimmer, mit denen fangen wir an …« Habe ich mir das jetzt eingebildet? Da draußen redet doch jemand …

»Und hier ist das Bad … Oh, entschuldigen Sie!« Ahh! Vier männliche Augenpaare glotzen auf meinen spärlich ausgestatteten Vorderbau! Schnell verschränke ich meine Arme vor der Brust und blaffe diejenige an, die hinter den Männern zum Vorschein kommt: meine Halbschwester Iris, die tut, als wäre *ich* der Eindringling und sagt: »Was machst *du* denn hier?«

Was für eine blöde Frage. »Ich dusche.«

Na, das sehe ich. Ich meinte auch eher so grundsätzlich. Eigentlich bin ich nach unserem ersten Zusammenstoß davon ausgegangen, dass sich Prinzesschen zurück nach Berlin verkrümelt. Ihr patziges »Ich bleibe hier« war doch nur eine pubertäre Reaktion. Aber nein, sie sagt: »Ich wohne hier. Wie angekündigt. Und was willst **du** *hier?«*

»Ich baue um. Ich hatte dir erst eine E-Mail geschickt, aber nur eine seltsame Out-of-office-Reply bekommen, von wegen ›Ich bin nicht mehr für PINK tätig. Bitte wenden Sie sich bei Fragen an ...‹«.

Scheiße. Was schreibt die denn an meine alte Arbeitsadresse! Die hatte ich doch extra durchgestrichen, als ich Iris meine Visitenkarte gegeben habe! Jetzt ist ja glasklar, dass ich nicht mehr für das Magazin arbeite und ihr die Karte nur gegeben habe, um aufzutrumpfen! Wie die drauf ist, hat sie diese Info (»Die kleine Mia hat keinen *Johob!*«) sicher gleich unserem Vater gesteckt ...

Ich brauche ein wenig Zeit, um die in mir aufkeimende Panik zu verdrängen, und höre so nur noch, wie Iris sagt: »... habe ich beschlossen, aus dem Haus ein Seminarzentrum zu machen. Ich hätte dich mit vierzigtausend Euro ausbezahlt.«

Seminarzentrum? »Für Priester?«, frage ich etwas verdutzt.

»Na, diet wär ja mal was. Kuttenträger uff unseren Kähnen.« Der Männerverein grinst. Iris verdreht die Augen.

»Seminare für Führungskräfte aus der Industrie.«

Ist die bescheuert? Will hier Anzugträger einfliegen lassen, ohne mich zu fragen?

»Ich bin dagegen. Und ohne mich kannst du gar nichts. Schließlich gehört das Haus auch mir.«

Langsam wird das kalt hier so oben ohne. Einer der Handwerker reicht mir grinsend ein Handtuch. Iris räuspert sich verkniffen.

»Wir werden uns schon einigen. Es ist ja genügend Platz. Und nach ein paar Wochen siehst du die Landromantik sicher mit anderen Augen. Und dann reden wir noch mal.«

So wie der vorhin die Gesichtszüge entgleist sind, hatte ich mit meiner Vermutung recht und Prinzesschen hat keinen Job mehr. Da wird sie das Geld bestens gebrauchen können.

Ich will gerade zur Gegenattacke blasen, da sagt einer von denen (ziemlich jung, trägt, obwohl fast November ist, ein Muscleshirt mit nix drüber): »Da brennt was auf dem Herd ...«

»Mein Kaffee!« Prinzesschen stürmt wie ein aufgescheuchtes Reh in den Flur und präsentiert der Welt ihren Knackarsch. Die Herren bemühen sich nicht einmal, ihr Starren zu verbergen.

Au. Das Ding ist scheißeheiß. Mia. Beruhig dich. Ungefrühstückt, ohne Kaffee und halbbekleidet diskutiert es sich schlecht. Als hätte der Typ, der mir das Handtuch gereicht hat, meine Gedanken gelesen, hält er mir eine Bäckereitüte hin: »Brötchen zum Kaffee?« Ich greife zu, bedanke mich bei Ernesto (so stellt sich der nette Spender vor) und verschwinde fröstelnd in den ersten Stock.

12:20. In der Küche

So ein Brötchen ist besser als nix. Dankenswerterweise war der junge Mann so gnädig, mir auch eins anzubieten. Solange der Statiker auf sich warten lässt, hab ich auch Ruhe, es zu essen. Beruhigt meinen Magen, der im Begriff ist, sich in seiner eigenen Säure aufzulösen. Hat heute Morgen den Kürzeren gezogen, als ich entschieden habe, ihm im nüchternen Zustand Aspirin und Kaffee zuzumuten. Aber ohne meine beiden Freunde hätte mein hämmernder Kopf sich geweigert anzuspringen. Und ohne meinen Kopf schaffe ich dieses ganze Stressprogramm nicht. Frankfurt – Feulenitz – Frankfurt – Berlin – Köln – London – Feulenitz innerhalb von fünf Tagen.

Ob Michael Fabienne angerufen hat? Ob er ihr von Alice erzählt hat? Nein, das bringt er dann doch nicht. Oder? Wie auch immer, wenn ich morgen in London bin, treffe ich meine Tochter. Ürgs, was klebt denn hier? Ist hoffentlich nur Marmelade! Puh, in dieser Küche herrscht hygienischer Ausnahmezustand. Mia weiß anscheinend nicht, dass das Wort ›Spüle‹ von spülen kommt.

12:35. Mit Retro-Klapprad auf der Landstraße im Nirgendwo

Es regnet. Wenn hier nur endlich mal ein Wegweiser wäre. Weit und breit nichts als Wasser und Bäume. Ich hoffe, ich fahre in die richtige Richtung. Lange pack ich das nicht mit dem Klapprad. Was muss dieser blöde Tante-Emma-Laden im Dorf auch zuhaben! Und was muss diese blöde Kuh von Iris hier auftauchen! Wie viel, hatte die gesagt, wollte sie mir zahlen? Vierzigtausend? Ich sollte bei unserem letzten Zusammentreffen noch hundertvierzigtausend hinblättern, um sie auszuzahlen. Die will mich doch über den Tisch ziehen! – Ihh, ist das nass.

Mittlerweile schüttet es wie aus Kübeln, und Martha treibt in Regenschutz-Vollmontur die Schafe in den Stall. Mit Anfeuerungsrufen auf Sorbisch. Auf ihre Wurzeln hat sie ja immer Wert gelegt, die Martha. Das gibt man auch im Alter nicht auf. Aber ob das mit den Viechern noch sein muss, sollte sie sich allmählich mal überlegen.

13:30. Supermarkt in Burg. Vor dem Dosenregal

Was glotzen die denn hier alle so? So sieht man eben aus, wenn man sechs Kilometer durch strömenden Regen geradelt ist. Jetzt hebt der eine sein T-Shirt hoch und zeigt seine Hühnerbrust. »Kannst dich auch gerne bei mir zu Hause umziehen!« Gegacker. Ach so. Sehr witzig. Das ist ja klar, dass die hier prüde sind. Als ich angekommen bin, habe ich mir, versteckt hinter dem Einkaufswagenhäuschen am Eingang, mein klitschnasses T-Shirt vom Leib gezerrt und gegen meinen trockenen Pulli getauscht. Am besten wäre, ich nehme gleich eine ganze Palette Dosentomaten. Wer weiß, wann ich wieder hierherkomme. »Sie wissen schon, dass Sie hier alles nass machen?« Ich drehe mich um und will schon zurückblöken, da grinst mich Torben an. »Hallo.«

»Hallo!« Hat der gerade auf meinen Busen geguckt?

»Mal wieder den fahrbaren Untersatz zu Schrott gefahren? Oder mit dem Cabrio unterwegs?«

Ich lache.

»So ähnlich. Lässt sich zumindest falten.«

14:00. In Torbens Landrover

Torben fährt mich heim, und er hat extra die Heizung für mich voll aufgedreht.

»Hast du Besuch?«

»Ich? Wieso?«

»Na, wegen der Autos.«

»Nee, das ist Iris. Mit irgendwelchen Handwerkern.«

»Ah, stimmt, der Ausbau. Geht das heute schon los?« Woher weiß er denn davon? Torben steigt aus und hebt mein Fahrrad und die Einkaufstüten aus dem Kofferraum.

»Schaffst du's alleine mit dem Kahn?«, ruft er von hinten. Logisch. Was denkt der denn?

14:15. Im Haus der Schwestern. Küche

»Hallo Torben!« Ich freue mich genau fünf Sekunden lang, als meine alte Jugendliebe in der Küche erscheint. Dann erscheint meine Halbschwester in Gestalt einer nassen Katze hinter ihm im Türrahmen. Jetzt starren alle Mia an. Zum zweiten Mal heute. Kein Wunder. Hatte die vorhin nicht einen BH oder so was an? Durch diesen Pulli sieht man ihre Brustwarzen aus fünf Metern Entfernung! Ich räuspere mich.

»Lieferservice?«, grinse ich Torben an.

»Mia hat mit dem Kahn gerade beinahe 'ne Fährmannsrolle gemacht ...« Torben grinst zurück. »Tückische Untiefe. Wann geht's denn los?«

Bevor ich antworten kann, krakeelt Andi schon los. »Na, wie jesacht, Montag, Meister! Det jibt Staub wie in zehn Jahren im Krematorium, kannste glooben. Dit wird sportlich bis Ende des Jahres!«

Ende des Jahres? Heißt das etwa, die wollen hier zwei Monate ...?

»Hoffentlich klappt die Rummelbude nich schon vorher zusammen. Mit uns drunter ...«, brummt der Älteste der Truppe, Rainer. Torben sieht sich um. »Ist wirklich nötig, dass renoviert wird. Wenn der erste Frost kommt, wird's nicht nur kalt. Da kann's auch mit den alten Leitungen schwierig werden.«

Na toll. Iris sieht mich mit so einem Siehste-Blick an.

»Aber billig ist das nicht ...«, setzt Torben noch eins drauf.

Ist Torben eigentlich nur mit reingekommen, um mir in den Rücken zu fallen? Iris guckt schon wieder so triumphierend. Ich sollte zeigen, wer hier das Sagen hat (oder zumindest bis heute früh noch hatte): »Jetzt, wo ich dank dir so viele Vorräte habe«, sage ich zu Torben, »vielleicht möchtest du zum Essen bleiben. Oder wird diese Besprechung hier tagesfüllend?«

»Nee, keene Sorge. Wir machen gleich wech hier. Mensch, Torben, det war ne Einladung zum romantischen Dinner«, ruft Lutz grinsend von hinten. »Von sonner schönen Dame!«

Iris guckt säuerlich, und mich überfällt für einen Moment Panik: Was habe ich außer Spaghetti mit Tomatensoße noch im Repertoire? Irgendwie bin ich deshalb auch fast ein wenig erleichtert, als Torben sagt: »Ich muss leider gleich weiter. Verdacht auf Moderhinke auf dem alten Gubatz-Hof.«

Moderhinke? Was soll das denn sein?

»Tja, noch nie 'n Schaf gesehen, aber gleich einen auf Landwirt machen, wa? Aber die aus Berlin wissen ja immer allet besser. Und Kohle hamse, um hier allet schick zu machen.«

»Wir könnten später im Schlangenkönig was essen, da ist heute Halloween-Party«, nimmt Torben den Faden wieder auf.

»Gern«, sage ich, und Iris' Gesicht schrumpelt.

»Iris, was meinst du? Eine Welcome-Back-Party? Bist du am Abend noch da?«

Wie? Soll die etwa auch mit? Und was heißt hier »welcome back«?

Haha. Die Prinzessin fällt aus ihren rosaroten Wolken. Hat wohl gedacht, das wäre ein Date. »Welcome back« ist zwar ein wenig übertrieben, aber ich bleibe ja tatsächlich über Nacht. Und etwas Warmes essen sollte ich heute auch noch. Außerdem kann ich die Kleene unmöglich alleine auf Torben loslassen. »Gut, warum nicht«, höre ich mich sagen.

»Schön, dann bis später.« Torben küsst erst Mia und dann mich auf die Wange. Warum macht mein Herz denn da einen blöden Hüpfer? Meine Halbschwester sorgt dafür, dass ich schnell wieder in der Realität lande: »Weißt du auch schon, dass Iris hier so ein Dingsbums für ihre Manager aufmachen will?«, fragt sie, und: »Findest du, das passt hierher?«, setzt Mademoiselle noch einen drauf. »Sie meint ein Seminarzentrum«, sage ich, bevor Torben nachfragen kann. »Für Managercoaching-Seminare.«

Torben runzelt die Stirn. »Findest du, das passt hierher?«, fragt er. Strike!

19:20. Wellnesshotel Spreewald in Burg. Iris' Zimmer

Natürlich finde ich, das passt hierher. Aber klar, wenn man nach 28 Jahren zurückkommt, hat man gefälligst keine Pläne im Gepäck zu haben. Weggegangen, Platz vergangen. Jetzt soll ich wohl erst mal kleine Brötchen backen. Na ja, kann mir eigentlich auch egal sein, was Torben davon hält. Soll ich mich noch umziehen? Papperlapapp. Prinzesschen hübscht sich sicher für zwei auf.

20:00. Pension »Schlangenkönig«. Gaststätte

Torben ist schon da. Er sitzt am Fenster an einem der schweren Holztische. Sein weißes Hemd trotzt der geschmacklosen Halloween-Dekoration, die sich über die rustikale Einrichtung der Gaststätte ergossen hat. In der Kneipe hat sich in den knapp dreißig Jahren meiner Abwesenheit nicht viel verändert. Noch immer die gleiche abgeschabte Einrichtung. Nur über der Theke, wo früher Honecker auf die Trinkenden herablächelte, grinst jetzt ein Gerippe. Wohl für die Halloweenparty. Ich muss unbedingt den Abgang machen, bevor diese Albernheit beginnt! Gut, dass ich für meine Klienten mit dem Restaurant im Wellness-Hotel eine Alternative habe. Hier ist auch wirklich nichts los. Bis auf den Stammtisch, sind gerade mal zwei Tische besetzt. Jetzt hat Torben mich gesehen. Und winkt. Na dann. Auf in den vergnüglichen Abend. Mit Schwester und Jugendliebe.

»Privat oder geschäftlich?«, holt mich Torben aus meinen Gedanken zurück. Wie? Unser Treffen? Erst als Torben auf meinen Blackberry deutet, den ich auf die Plastiktischdecke gelegt habe, verstehe ich, was er meint. Meine Dauererreichbarkeit. Ich lächle sauer.

»Das kommt bei mir aufs Gleiche raus. Mein Mann und ich führen die Firma gemeinsam.«

»Funktioniert das gut? Sich den ganzen Tag im Büro zu sehen und dann noch zu Hause ... (er lacht) ... im Bett?«

Oh Gott. Muss der denn so direkt ...? Ich könnte antworten: Bei Alice und meinem Mann scheint das zumindest kein Problem zu sein! Aber ich werde Torben sicher nicht mit der Affäre meines Gatten behelligen.

»Darf's schon was zu trinken sein?« Ein Glück, die Bedienung.

»Torben, ein Pils wie immer?«

»Ja, danke, Marlies.« – Marlies?

»Und für Sie?«

»Ähh ...« Ist das etwa DIE Marlies? Die ehemals beste Freundin meiner Mutter? Ja, das ist sie!

»Ein Wasser. Still. Danke. Ich muss noch fahren.«

Torben fragt überrascht: »Wohnst du denn gar nicht hier in der Pension?«

Und mit »Nein, ich wohne in Burg, im Wellness-Hotel Spreewald« bringe ich die Lawine ins Rollen.

»Dann habt ihr euch also noch gar nicht ...?«, Torbens Zeigefinger wedelt zwischen Marlies und mir hin und her. Jetzt schaut Marlies mich genauer an.

»Iris?«

»Hallo Marlies.«

»Du siehst ... anders aus.«

»Ich bin fast dreißig Jahre älter.« Und wiege zehn Kilo weniger. Mein Lachen fällt etwas künstlich aus.

»Ich meine eher ... so schick. Na ja, es hieß ja, du wärest jetzt eine erfolgreiche Geschäftsfrau.«

»Und du? Dir gehört jetzt der Schlangenkönig? Glückwunsch.«

»Hilft wenig, wenn die Gäste alle schick im Wellnesstempel wohnen.«

Die Spitze sitzt. Marlies legt die Speisekarte vor mir auf den Tisch und geht die Getränke holen.

»Hat ja niemand so richtig verstanden, warum sich deine Mutter, nachdem ihr rübergemacht hattet, nie mehr gemeldet hat.«

»Ich glaube, meine Mutter hat sich geschämt, dass sie trotz Marlies' Warnung an Bernd festgehalten und die große Liebe beschworen hat. Als wir im Westen ankamen, hatte mein Vater längst eine andere. Na ja, wer naiv ist, glaubt eben auch mit vierzig noch an die wahre Liebe.« – Upps, habe ich jetzt von mir selbst gesprochen?

20:20

Auftritt Engelchen. Alle Köpfe drehen sich nach ihr um. Am Stammtisch wird getuschelt. Ts, kein Wunder. Dieser Einteiler mit Leopardenmuster könnte ja direkt aus den Achtzigern kommen! Und ohne Träger, wenn das mal gut geht mit Mias Hühnerbrust. Mehr als 75 A ist das nicht.

Iris schaut schon wieder so zitronig. In ihrem Alter sollte man aufpassen, welche Gesichtsfalten man ausbildet. Torben sieht dafür umso besser aus. »Tut mir leid, dass ich so spät bin.«

Sie schiebt sich an Torben vorbei auf die Bank.

»Ist das 'ne Weinschorle?«

»Nein, Mineralwasser.«

Mia verzieht das Gesicht. »Bist du krank?«

»Ich muss noch fahren.« Was ist so unüblich daran, an einem Donnerstagabend keinen Alkohol zu trinken?

»Wollt ihr jetzt bestellen?« Marlies guckt, als hoffe sie, wir würden einfach aufstehen und gehen. Dem Glückskind Mia fällt das natürlich nicht auf. Sie trällert fröhlich: »Ach, hallo ... Welche Rotweine habt ihr denn?«

»Wir haben Spätburgunder und Merlot.«

Ja, Mialein, brauchst nicht so erwartungsvoll zu gucken, da kommt nichts mehr, das ist die Auswahl. Jetzt hat sie 's kapiert und sagt: »Und als Flaschenwein?«

Marlies seufzt genervt: »Spätburgunder und Merlot.«

Prinzessin lässt sich nicht beirren. »Wollen wir eine Flasche zusammen nehmen?«

Das Partygirl möchte wohl vorglühen. So nannte Fabienne den Zustand, wenn sie sich zu Hause mit ihren Freundinnen mit Alcopops betrunken hat.

»Ich passe«, antworte ich lakonisch.

»Ich auch. Bin mehr so der Biertyp«, grinst Torben.

»Gut, dann nehme ich ein Glas von ... dem Merlot.«

»Und zum Essen?« Torben lässt mir den Vortritt, während sich Prinzessin in die Speisekarte vertieft.

»Ich hätte gerne einen kleinen Salat, aber bitte ohne Dressing. Ich mache ihn selbst an. Habt ihr Öl und Essig?« Marlies deutet wortlos auf das Tischpotpourri.

»Ich nehme ein Steak, mit Bratkartoffeln. Und bitte viel Kräuterbutter.« So. Soll Iris ruhig ihre Senioren-Schonkost zu sich nehmen. Torben atmet aus und bestellt Rinderbrust mit Meerrettichsoße. Der Arme. Bereut sicher schon, seinen Abend mit uns zu verbringen. Iris tippt schon wieder auf ihrem Blackberry rum. Das ist doch zwanghaft! Torben wendet sich zu mir. »Was arbeitest du denn so, Mia?« Shit. Das musste ja kommen.

»Bildredakteurin. Was auch immer man sich darunter vorstellen soll«, kommt mir eine Stimme aus dem Hintergrund zuvor.

Ich erschrecke, denn hinter mir steht der Tod! Ach nein, das ist der Froschmann, Maik Nowak, mein Unfallgegner. Er trägt ein bescheuertes Halloweenkostüm! Obwohl, sieht eigentlich ganz süß aus.

»Und für den Fall, dass es damit nicht klappt, scheint die Dame an einer Stripteasekarriere zu arbeiten, wie man hört. In- und Outdoor«, setzt Maik noch eins drauf, worauf ich mein Urteil sofort wieder revidieren möchte. Vom Stammtisch aus prosten mir Robin, der Jungspund unter den Handwerkern, jetzt mit Zombie-T-Shirt statt des Muscleshirts, und ein Skelett zu, das ich beim näheren Hinsehen als einen der Teenager aus dem Supermarkt identifiziere.

»Muss hart sein, wenn im eigenen Leben so wenig passiert«, versuche ich Maiks Attacke trotz meiner rot glühenden Ohren zu parieren.

»Und das geht von hier aus?«

»Ich mach das inzwischen freiberuflich.« Und zu Iris: »Deswegen die Out-of-Office-Reply. Aber morgen muss ich nach Berlin.«

Uff. Scheint, als hätte Iris das geschluckt. Und das mit Berlin ist nicht einmal gelogen. Wenn die Herren denken, ich gehe morgen in die Redaktion, ist das ihre eigene Interpretation. Ich muss ja nicht ausdrücklich erwähnen, dass morgen nur der Umzug von Matti stattfindet.

21:50. Der DJ alias Glöckner von Notre Dame baut sein Pult auf

»Schnaps?«, frage ich in die Runde. Nach diesem zähen Gespräch und der ordentlichen Portion Fleisch könnte ich einen Grappa vertragen. Torben hat Iris und mir aufgeschwatzt, dass wir morgen zusammen nach Berlin fahren, da Iris von dort den Flieger nach London nimmt. Eine echte Macherin. Immer unterwegs in der Weltgeschichte.

»Definitiv.« Torben gibt der Bedienung ein Zeichen.

»Für mich nicht. Danke. – Ich zahle, bitte!«

»Warst doch früher nicht so zimperlich!«

Uhh, die Bedienung hat Iris aber gefressen. War meine Halbschwester etwa früher eine Partyqueen? Kaum zu glauben.

»Zahlst du für deine Tochter?«

»Wir sind Schwestern. Halbschwestern. Mia Mann. Ich wohne jetzt Kaupen zehn.«

Anstatt Mias Hand anzunehmen, sagt Marlies: »Ach, du bist die Irre, die das Auto meines Sohnes zu Schrott gefahren hat.« Und an mich gewandt: »Ich dachte, ihr wolltet verkaufen.«

»Nein, ich habe mich entschlossen, ein Seminarzentrum aufzumachen«, erwidere ich stoisch.

»Für Lehrer?«
»Nein, Manager.«
»Aha. Dann bist du der große Bauauftrag.«
Na, hier scheinen ja alle bereits Bescheid zu wissen.

Hier wissen offenbar echt alle außer mir Bescheid. Marlies sagt säuerlich: »Na, falls ihr Catering braucht ...«

»Klar.« Iris ist eine schlechte Heuchlerin. Das hieß eindeutig: Nie im Leben.

00:00. Wellness-Hotel in Burg

⌧ *SMS von IRIS an Tochter FABIENNE*
Fabienne, bin morgen um 15 Uhr in diesem Café in der Nähe deiner Schule. Freu mich auf dich, Mama.

Von: Iris
An: Michael
Betreff: GZU Group Meeting London
Schickst du mir bitte noch mal den Geschäftsbericht? Danke. Iris.

2:30. Schlangenkönig. Die Stühle stehen schon auf den Tischen

Torben, Maik und ich sind die Letzten. Als der DJ loslegte, wollte ich mich schleunigst vom Acker machen. Klang, als hätte jemand das Bayern-3-Programm der letzten zehn Jahre aufgenommen. Außerdem haben mich, »Bernds Westkind«, alle so blöd angeglotzt. Aber nach dem dritten Glas Wein wurde es dann sehr lustig. Maik hat mich dann zum Tanzen aufgefordert, sozusagen zur Versöhnung, weil mich die Kerle vom Stammtisch immer wieder mit meinem Striptease aufgezogen haben. Ist ein richtig guter Tänzer, der Froschmann. Alle Achtung. Jetzt ist Torben auf der Toilette. Und Maik räumt hinter dem Tresen auf.

»Gibt's noch einen für den Heimweg?«, frage ich.

»Für eine so zierliche Person schluckst du aber ziemlich viel. Ich möchte nicht schuld sein, wenn du im Fließ ertrinkst. Oder wieder einen Unfall baust.«

»Zwischen Leber und Milz passt immer noch ein Pils.«

Den Spruch habe ich heute Abend gelernt. Maik schenkt sich und mir noch einen Kurzen ein, und wir stoßen an. Kleidergeschmack hat er zwar keinen, dafür aber schöne warme Rehaugen.

»Wollen wir?« Das ist Torben. Ich nicke und mache einen ungalanten Abgang vom Barhocker. Bin doch schon ziemlich betrunken. Ich hake mich bei Torben unter. »Tschüs.« Maik hebt hinterm Tresen nur die Hand aus dem Spülwasser.

3:00. Im Kahn auf dem Fließ vor dem Haus der Schwestern

Scheiße. Regnet es hier eigentlich nur? Torben hat mir seine Jacke geliehen und stakt uns (das Wort habe ich inzwischen gelernt) routiniert auf die andere Seite. Was stehen denn da für dunkle Berge auf unserer Seite? Blökende Berge. Das sind ... die Schafe! Warum sind die denn noch draußen?

3:15. Vor der Haustür

Nicht nur die Schafe, auch die beiden Gänse sind überfordert durch den Matsch gestakst. Waren ganz aus dem Häuschen. Torben meint, das wären Gewohnheitstiere, die kommen nicht damit klar, wenn sich der Tagesablauf ändert. Den Gänsen mussten wir nur die Tür öffnen, die sind in den Stall geschossen und haben sich schnatternd ihr Zuhause zurückerobert. Die

Schafe waren da etwas träger. Torben und ich mussten die nassen, müffelnden Wesen geradezu in den Stall schieben.

Martha muss wohl im Wohnzimmer eingeschlafen sein. Als Torben nach ihr geschaut hat, kam sie ihm etwas fiebrig vor, zum Arzt wollte sie aber nicht. Torben hat mir das Versprechen abgenommen, morgen früh nach ihr zu sehen, bevor ich mit Iris nach Berlin fahre. Okay. Für Torben würde ich so einiges machen. Und jetzt? Jetzt stehen wir vor meinem Haus. Klitschnass und außer Atem.

»Gute Nacht, Mia.« Er küsst mich. Auf die Wange. Ganz nah an meinem Mund. Also eigentlich nur knapp verfehlt. Ich will mehr! Doch Torben winkt nur, dreht sich um, und dann verschluckt ihn die Nacht. In meinen Ohren rauscht es. Oder ist das das Fließ? Puhh, bin ich betrunken.

Freitag, 1. November

8:00. Im Leihwagen vor dem Haus der Schwestern

Natürlich steht sie nicht draußen. Die hat doch bis in die Puppen gefeiert! Wette, vor zwölf ist die heute nicht auf den Beinen. Ich warte noch genau fünf Minuten, dann fahre ich ohne sie. Soll sie doch sehen, wie sie nach Berlin kommt.

14:00. Im Haus der Schwestern. Mias Bett

Au, mein Kopf. Nie wieder Schnaps. – Wie spät ist es denn? Oh Gott. Iris ist sicher schon weg.

14:47. Vor dem Haus der Schwestern

»Hast du Bettina gerufen?«, herrscht mich Martha an, kaum dass ich zur Haustür hinausstolpere.

Wer um alles in der Welt ist Bettina?

»Das Taxi.« Ach so. Hätte ich mir denken können, dass hier nicht mal Taxifahren anonym verläuft.

»Ich muss zum Bahnhof ...«

»Aha. Und da kann man nicht den Bus nehmen?« Nein, kann man nicht. Weil hier hinter dem Mond ist. Und ich zu spät dran bin. Martha hustet.

»Hast du Fieber?« Ich will ihre Temperatur fühlen, doch blitzschnell schlägt sie mir die Hand weg.

»Ich bin kein Pflegefall. 37,9. Nicht der Rede wert.«

»Das ist Fieber. Du gehörst ins Bett.«

»Und wer kümmert sich dann um die Tiere?«

»Das kann ich doch machen.« Was schaut Martha mich denn so prüfend an?

Gerade will ich ihr ein »Dann eben nicht« entgegenschleudern, da drückt Martha mir schon einen Eimer in die Hand und gebietet der Taxifahrerin per Handzeichen zu warten.

15:00. In der Nähe von London. Im Café

Warum habe ich noch mal einen späteren Rückflug gebucht? Genau, ich wollte meine Tochter treffen, die ich seit zwei Monaten nicht gesehen habe. Sie zieht allerdings ein Gesicht, als hätte es dabei auch bleiben können. Als sie ihr Stück Apple Pie verdrückt hat, schafft sie es, den Mund zum Sprechen zu öffnen: »Musst du nicht bald los? Nicht dass du deinen Flieger zum nächsten Termin verpasst.«

15:10. Spreewald. Im Taxi nach Vetschau

Wegen Martha wird's jetzt fast ein wenig eng mit meinem Zug! Gibt die mir eine generelle Einführung in die Schaf- und Gänsehaltung. Bin ich jetzt etwa offiziell zur Tierpflegerin erkoren? Oh Gott.

15:15. In der Nähe von London. Immer noch im Café

Pubertierende Kinder sind unberechenbar wie wilde Tiere. Man darf keine falsche Bewegung machen.

»Wie sind denn deine Mitschüler so?«

Sie betrachtet mich einen Augenblick abschätzig.

»Da sind nur Vollhonks. Die spasten einen alle voll. Echt.« Ich schätze, das heißt so viel wie: »Ich mag meine Mitschüler nicht besonders«.

»Was für Strategien hast du dir denn überlegt, um sie besser kennenzulernen?«

»Boah, Mama! Ich bin keine von deinen Klientinnen!« Ihre Vehemenz nimmt mir kurz den Wind aus den Segeln.

»Fabienne, ich versuche nur, ins Gespräch mit dir zu kommen. Führ dich bitte nicht so auf!«

Fürchte, das war jetzt nicht souverän. Die Quittung kommt prompt und laut.

»Guck doch lieber mal, wie **du** *dich aufführst, Mann!«*

Es herrscht einen Augenblick Stille, dann sagt mein Töchterlein: »Ich fänd ganz gut, wenn du die Hosen runterlassen und unter den Tisch pinkeln würdest. Dann schmeißen sie dich raus, und ich hab endlich Ruhe vor dir.«

Während ich versuche, ruhig zu atmen und meinen plötzlich manisch galoppierenden Herzschlag unter Kontrolle zu kriegen, huscht Fabiennes Blick zum Fenster. Auf der anderen Straßenseite steht ein Typ. Macht der ihr Zeichen? Kennt meine Tochter den etwa? Der sieht doch viel zu manierlich aus: Jeans, schickes Hemd, schnittige Frisur, keine Rastalocken und auch kein Piercing, soweit ich erkennen kann.

»Wer …«

»Muss jetzt los.« Schon ist sie auf und davon. Ich verstehe nicht, warum fast jeder meiner Klienten mich als Gesprächspartnerin höher schätzt, als meine Tochter es tut.

Samstag, 2. November

12:00. In einem Café in Berlin-Kreuzberg
Sitze seit einer Stunde über einem kalten Cappuccino und mache mir Sorgen, dass ich gerade den Mann meines Lebens verloren habe. Matti ist weg. Wir hatten gestern noch eine seltsame Nacht, in der ich ihm plötzlich nahe sein wollte und ihn geküsst habe. Was das denn solle, jetzt, wo er morgen fliegen würde, hat er mich angeherrscht und sich weggedreht. Manchmal benehme ich mich echt ziemlich bescheuert. Vor dreißig Minuten hat sein Flieger dann abgehoben. Matti hat mich am Schluss doch noch mal auf den Mund geküsst. Kurz vor der Sicherheitsschleuse. Es hat mich ins Herz getroffen, zu spüren, dass er es nicht richtig fand, aber nicht anders konnte, als mich zu küssen. »Pass auf dich auf, Mia«, hat er dann noch gesagt und ist, ohne sich noch einmal umzudrehen, verschwunden. Ich hab geheult wie ein Schlosshund. Zurück in der Stadt habe ich mich in einen Frustkauf gestürzt und quietschrote Gummistiefel erworben.

12:02.
Ist das David da draußen?

12:02. Frankfurter Lerchesberg, Villa Neuberger
Nachdem ich eine Woche in der Welt herumgejettet bin, sitze ich jetzt zu Hause auf unserem Sofa und starre seit ein paar Minuten regungslos auf einen Ohrring. Diesen Ohrring kenne ich, aber er gehört nicht mir. Er gehört Alice. Ich habe ihn oft an einem ihrer Ohrläppchen baumeln sehen. Die Magensäure steigt mir schon wieder die Speiseröhre hoch und verursacht diesen unerträglichen Druck im Brustkorb. Ob sie auch oben im Schlafzimmer …? Ich glaube, ich muss mich …

12:06. Vor der Kloschüssel im Badezimmer der Villa Neuberger
Meinem Magen geht es besser. Dafür habe ich jetzt dieses Piepen im rechten Ohr …

Montag, 4. November

07:10. Erdgeschoss. Oma Hedwigs altes Schlafzimmer
Bin aufgewacht, weil ich dachte, das Haus bricht über mir zusammen. Unten krachte ein Wandstück nach dem anderen ein! Wollte mich – an den grinsenden Handwerkern vorbei – ins Bad verkrümeln, aber selbiges gab es überhaupt nicht mehr! Die Toilette und das Waschbecken waren aus der Wand gerissen! Sind die bescheuert? – Geht Iris jetzt bitte mal ans Telefon?!

07:10. Frankfurt. Büro von Iris Neuberger
Mist, wo ist denn dieser Blackberry. Au, mir tut alles weh. Bin gestern Abend noch zum Arbeiten ins Büro geflüchtet. Nachdem ich mich gegen drei Uhr schlafend am Büro-Schreibtisch wiederfand, habe ich mich auf die Besuchercouch verfrachtet. Die mit ihrem einen Meter fünfzig eindeutig zu kurz für mich ist.

»Mia, was gibt's?«

»Kein Klo gibt's. Das gibt's.« Schlafwandelt die oder was redet die für wirres Zeug?

»Könntest du dich etwas genauer ausdrücken?«

»Sehr gerne. Deine völlig verblödeten Dorftrottel von Handwerkern haben unten das Bad und die Toilette rausgerissen!« Ja, und?

»Wo ist das Problem? Geh doch ins Bad im ersten Stock.«

»Hast du schon mal versucht, im Bad oben einen Hahn aufzudrehen?«

»Warum sollte ich?«

»Weil du dann rausgefunden hättest, dass dort oben kein Wasser kommt! Kannst du mir jetzt mal verraten, wo ich mich waschen, geschweige denn hinpissen soll!« Uhh, charmante Ausdrucksweise.

»Mia, das ist jetzt nur eine Übergangsphase. Zur Not besorge ich ein Dixie-Klo ... Und waschen kannst du dich ja in der Küche. In ein paar Tagen ...«

»Ick hab einen Eimer mit Wasser nebens Klo gestellt. Als Spülung für kleene Jeschäfte ...«, ruft ein Handwerker von hinten dazwischen. Aha.

»Iris, ich mach das nicht mit ...«

»Iris, alles gut?«, diese Stimme kam jetzt von der Tür und gehört meinem Mann. Der steht da mit Alice. Die beiden kommen anscheinend zur Arbeit. Gemeinsam. Ich starre sie an, während meine Halbschwester weiterhin ins Telefon zetert. In meinem Ohr wird der Pfeifton gerade um eine Stufe lauter.

»Mia, ich ruf dich zurück.«

Dienstag, 5. November

14:00. Vor dem Haus der Schwestern
Ist das zu fassen? Mimt das durchtriebene Luder von Halbschwester doch tatsächlich verantwortungsvolle Tierliebe, nur um sich an Torben ranzuschmeißen. Huch!

»Aaaaaaaah!«

... Himmel, dieses Schaf ist einfach losgeprescht, aus dem Stall raus wie eine wilde Wutz. Nicht ohne meinen Anzug dabei vollzuspritzen! Und nicht ohne Mia, die halb über dem Schaf

hängt, halb gezogen wird, die Finger verbissen in die Wolle gekrallt. Die lässt sich allen Ernstes von dem Viech durch den Matsch zerren! Damit Torben sie mal wieder retten muss, oder was? Na, das schau ich mir nicht länger an. Ich geh ins Haus.

Glaub bloß nicht, dass ich loslasse, du blödes Mistviech!

»Aua!« Na super, mehrfach aufgeschlagen und im Matsch liegen geblieben. Sah sicher obersexy und elegant aus. Wenn Torben jetzt lacht …

»Hast du dich verletzt?« Nein, das klang eher besorgt. Torben hilft mir auf und ortet das blöde Schaf, das anklagend aus sicherer Entfernung zu uns rüberblökt. Wir müssen das Schaf einfangen und es »hinsetzen«. Torben sagt, in dieser Position können Schafe sich kaum noch bewegen, und das ist wichtig, wenn man sie in Ruhe behandeln will.

Hat mit der ersten Patientin auch prima geklappt. Die eine Klaue stank faulig und sah genauso eklig aus wie das, was die Ursache ist, klingt: »Moderhinke«! Irgendwelche Bakterien sorgen dafür, dass sich das Horn der Klauen zersetzt, und man muss, würg, die befallenen Stellen ausschneiden und mit Antibiotikum behandeln. Eine Krankheit, die von Bakterien verursacht , aber durch feuchte Böden begünstigt wird.

Torben glaubt, es gibt ein heimliches Techtelmechtel zwischen unserer Patientin Nummer eins und dem Bock auf dem alten Gubatz-Hof, wo gerade die Moderhinke grassiert. Denn: Unsere Patientin Nummer eins hat nicht nur ein Problem mit den Klauen, sie ist auch schwanger! Da wird sich Martha wundern, der eigentliche Zuchtbock war nämlich erst vor ein paar Wochen da. Der kann unmöglich der Vater sein. Ich habe Torben dann nur blöd gefragt, wie sich das Liebespaar denn bitte befruchtet haben soll. Über Spermaflug? Schließlich liegt unser Haus auf einer Insel! Da hat er gesagt, es gäbe eine Brücke, einige Meter flussabwärts. Wieso hat mir das bis jetzt bitte keiner gesagt? Und ich mühe mich jeden Tag mit dem dämlichen Kahn ab!

»Kannst du mir erklären, was das soll?« Frau Doktor Prinzesschen soll mir gefälligst erklären, was meine Handwerker da gerade im oberen Stockwerk treiben.

»Wieso? Die bauen die schöne Flügeltür, die du unten hast rausreißen lassen, jetzt oben bei mir ein.«

»Und wer, bitte schön, soll das bezahlen?! Den Durchbruch und so?«

»Na, du! Oder wolltest du die schöne Tür etwa wegschmeißen?«

Bevor ich zu einer Explosion ansetzen kann, tönt es hinter mir: »Was für ein Durchbruch? Was wird hier eigentlich getrieben?«

Ui! Hinter Iris steht Martha.

»Iris reißt hier Wände ein. Weil sie aus dem Haus ein ›Seminarzentrum für Führungskräfte‹ machen will.«

»Im Haus deiner Großmutter?« Martha starrt Iris mit versteinertem Gesicht an.

So. Mia versucht den Schulterschluss mit Martha, ja? Hat sie sich so gedacht. Jetzt schön den Rücken gerade machen, Iris!

»Ja. In Oma Hedwigs Haus, das ich geerbt habe. Ja, ja, du hast auch geerbt, Mia. Nur, dass dir dein kostbares Erbe in kürzester Zeit unterm Hintern wegrottet, wenn nichts dran gemacht wird. Und wer hat das nötige Kleingeld, um was dran zu machen? Richtig: ich. Und warum habe ich das nötige Kleingeld? Wieder richtig: Weil ich ein wirtschaftlich denkender Mensch bin. Und als solcher investiere ich nicht in ein rosarotes

Luftschlösschen, in dem ich in Bälde dem Müßiggang frönen kann (weil ich sowieso keinen Job habe), sondern in ein reelles Projekt, das künftig auch was abwirft. Noch Fragen?«

Allerdings.

»Und wo willst du mit Hedwigs Sachen hin?«, fragt Martha ungerührt über Iris' Ausbruch.

Und sie sagt pampig: »Na, die Flügeltür zum Beispiel, die dem bösen Durchbruch unten zum Opfer fällt, für die machen wir oben noch einen Durchbruch, damit sie nicht auf dem Sperrmüll landet!«

Dann rauscht sie ab. Ich krieg die Flügeltür!

23:30. Erster Stock. Auf Mias Matratze

Eigentlich hätte ich Lust auf ein Glas Rotwein. Zur Belohnung. Ob ich mal im Keller ... Vielleicht hat Oma Hedwig da ja geheime Vorräte gebunkert?

23:35. Im Hotel beim Einstieg in die Badewanne

Genehmige ich mir noch ein Schlückchen Rotwein aus der Minibar? Moment mal, da piept doch irgendwas? Mein Blackberry. Um diese Zeit?

23:36.

Mia? Die ist echt schmerzfrei!

01:00. Ganz unten im Haus der Schwestern

Seit einer Stunde wuchten Iris und ich jetzt Möbel, Kisten und Ramsch die Kellertreppe hoch. Iris' Theorie zufolge dringt das steigende Grundwasser durch den rissigen Boden, vielleicht auch durch zwei der Außenwände. Wir schweigen eisern, während wir schuften.

02:00. Treppauf, treppab

Ich spüre meinen Rücken kaum noch vom ständigen Vorbeugen, Schöpfen, Wiederaufrichten, Treppe hoch mit vollem Eimer, Treppe wieder runter mit leerem Eimer und so weiter. Wir arbeiten beide mechanisch wie Aufziehpüppchen vor uns hin. Das Wasser steht jetzt nur noch zwei Fingerbreit hoch, das Schöpfen ist schwierig geworden, mir reicht's. Iris kommt die Treppe runter und hält ebenfalls inne. Sie hat vier Ziegelsteine anstatt des Eimers in den Händen.

»Ich dachte, wir könnten versuchen, den großen Schrank dadrauf zu hieven. Dann steht er nicht im Nassen«, erkläre ich.

»Gut, dann erkältet er sich nicht«, sagt Mia, die Andeutung eines Grinsens im Gesicht.

Ich nicke. Wir packen beide an. Der Schrank kippt leicht, aber wir sind schneller und fangen ihn ab, nur die eine Schublade kracht heraus.

Ich hebe die Schublade auf. Darin liegt eine flache Blechkiste mit ziseliertem Deckel, und irgendwie kann ich nicht widerstehen, einen Blick hineinzuwerfen. Iris äugt neugierig herüber. Denn in der Kiste liegen Briefe und obendrauf ein altes Foto von einem Mann im Spreewaldkahn. Ganz junger Typ, schätze höchstens Anfang zwanzig. Auf der Rückseite steht mit Handschrift: »Elias. Sommer 1944«. Mitten im Krieg paddeln die idyllisch hier herum. Der Name klingt jüdisch.

»Weißt du, wer das ist?«, frage ich.

Iris schüttelt den Kopf und nimmt einen der Briefe aus der Schublade.

»Der ist von einem ... Wilhelm. ›Meine liebe Hedwig‹. Wilhelm war der Opa.« Sie legt den Brief wieder zurück.

»Geht uns nix an. Gute Nacht, Mia.«

Na gut. Ich nehme mir vor, Martha morgen die Schachtel zu geben. Friedlich steigen Iris und ich nebeneinander die Treppe hoch.

Draußen scheint der Mond fahl durch die Bäume. Irgendwas ist komisch …

Es hat aufgehört zu regnen!

Dienstag, 5. November

12:30. Mittagspause in Marthas Küche
Martha trägt gerade gedünsteten Fisch in Spreewaldsoße und eine große Schüssel Kartoffeln auf. Den Fisch hat Maik mitgebracht, der mir gegenübersitzt. Er und Ernesto haben nämlich ein Trockengerät für den Keller hierhergeschippert. Ich hatte Martha die Kiste gegeben und nach dem Mann auf dem Foto gefragt.

»Von einem Elias hat noch nie einer was erzählt. Wer war das?«, hat Iris gesagt.

Martha hat nur geschnappt: »Man wühlt nicht in fremder Leute Sachen«, das Foto genommen und es zurück in die Kiste gelegt.

Während wir anderen stumm in uns reinschaufeln, erzählt Maik, unter welchen Turbulenzen er den Fisch gefangen hat. Der kann ziemlich unterhaltsam erzählen. Sogar Iris gabelt sich das Essen nur so rein, hat nicht mal gefragt, ob die weiße Soße fettarm ist.

Ich muss an früher denken. Zander in Spreewaldsoße kam oft sonntags auf den Tisch. Wie lange ist das her, dass ich zuletzt mit mehr als einem anderen Menschen beim Essen saß? Und es dabei nicht um Arbeit ging? Schätze, als Fabienne noch in der Grundschule war…

Donnerstag, 7. November

18:30. Bei Mia
Ob sich heute Abend wohl was in Sachen Sex ergibt? Oh, eine Mail vom Arbeitsamt: Terminvorschlag für Berufsberatung am Montag um 9 Uhr in Lübbenau. Bestätigen.

19:10. In Torbens Wohnung
Torben wohnt stilvoll in einem gut erhaltenen Fachwerkhaus. Als ich ankam, brannten im Wohnzimmer schon Kerzen, und aus der Stereoanlage kam leise Jazzmusik. Torben war mit Schürze bekleidet in der Küche zugange.

22:00. Torbens Schlafzimmer
Torben möchte, dass ich über Nacht bleibe! Jippiehh! Er ist gerade im Bad, und ich stehe seit fünf Minuten unentschlossen herum und frage mich, ob ich angezogen auf der Bettkante auf ihn warten oder mich schon ins Bett legen soll.

22:10. Torbens Schlafzimmer
Habe mich für »ins Bett legen« entschieden. In solchen Momenten wünsche ich mir doch, genug Busen für einen schönen Spitzen-BH zu haben.

00:30. Torbens Wohnzimmer. Sofa
Kann Torben nie wieder unter die Augen treten. Das war nämlich gar keine Einladung für ein romantisches Stelldichein! Als

Torben aus dem Bad kam und mich in seinem Bett liegen sah, fing er doch tatsächlich an zu stottern. Das wäre ihm jetzt peinlich. Er hätte mit »über Nacht bleiben« die Couch gemeint, weil ich doch so über mein zugiges Zimmer geschimpft hätte. Jetzt liege ich auf dem Sofa. Unter der Bären-Frotteebettwäsche von Torbens Patenkind.

Freitag, 8. November

7:45. Spiegelglatte Straßen in Feulenitz
Hi...iiilfe! Jetzt hab ich mich schon wieder fast auf die Fresse gelegt. Als mir heute früh beim Aufwachen der Abend in Erinnerung kam, habe ich schleunigst die Biege gemacht. Ich war schon halb aus der Tür, als Torbens Handy geklingelt hat. Iris. Ich konnte mir nicht verkneifen dranzugehen.

Hab ganz lässig gesagt: »Hallo Iris. Torben ist gerade in der Dusche. Kann ich ihm was ausrichten?« Und die ... hihi ...

Gut, es war nicht besonders eloquent, einfach aufzulegen. Aber dass Torben tatsächlich mit meiner Halbschwester Mia schläft ... Da war ich kurz sprachlos. Warum tut mir das weh, dass sogar Torben anscheinend auf junge Dinger steht? Ich sollte mich besser im Griff haben. Außerdem brauche ich Torbens Hilfe. Draußen hat Blitzeis den Verkehr lahmgelegt. Ich ruf da jetzt noch mal an.

»Na, Schlittschuhe vergessen?«

Sehr witzig. Vor mir steht grinsend der Froschmann. »Wo soll's denn hingehen?«

»Ich war bei Torben.« Jetzt schaut er irgendwie ... sauer?

»Irgendeinen Vorschlag, wie ich dem Glatteis beikommen kann?«, versuche ich das Gespräch am Laufen zu halten.

»Versuch's doch mal mit Putzlumpen unter deinen Fickmich-Stiefeln.« Ist der etwa eifersüchtig?

Torben meinte, wir müssen auf Streuautos warten, und die kommen nicht vor elf Uhr. Damit ist klar, dass ich den Flieger nach Frankfurt nicht schaffe. Besser, ich sag Michael Bescheid, dass er den Termin alleine übernehmen muss. Mailbox. Wahrscheinlich sitzt er die Angelegenheit aus.

Samstag, 9. November

14:00. Frankfurter Lerchesberg, Villa Neuberger
In allen Ecken stehen Kartons. Das sehe ich, als ich das Haus betrete. Wie angenagelt an den Quadratmeter Parkett, auf dem ich stehe, lasse ich meinen Blick über die klaffenden Löcher in den Buchreihen schweifen.

🖂 *SMS von FABIENNE an MAMA*
»Hättest du mir am Montag ruhig sagen können, dass Papa auszieht. F.«

21:00
Michael war da. Ich habe ihn angerufen und verlangt, darüber aufgeklärt zu werden, was hier eigentlich vorgeht. Er goss sich einen Whisky (aus derselben Flasche wie ich jetzt gerade) ein.

»Du hättest es natürlich vor Fabienne erfahren müssen. Aber sie hat … Sie hatte versucht, mich zu erreichen, und dann Alice angerufen.«

»Also hat Alice es ihr gesagt?«

»Sie hat sich verplappert. Unabsichtlich.«

23:00
»Sch'weiß aunich, was mit mir losis. Sch'trinke ja sons niiie. Un jetz issie Flasche abaeinfaschon leer.

23:30

✉ *SMS von IRIS an TORBEN*
Machs Sschpaß, meine Halbschschwester zzuvöögeln?

Montag, 10. November

8:00. Praxis Dr. med. Budde, Allgemeinmediziner
Dr. Budde studiert über seinen Brillenrand hinweg meine Krankenakte. Vor einem halben Jahr hatte ich zum ersten Mal diese Herzrhythmusstörungen. Seitdem muss ich regelmäßig zur Kontrolle.

Etwas später. Im Taxi auf dem Weg zu Welpert & Söhne
Kürzertreten soll ich. Dringend. Wenn ich nicht demnächst mit Blaulicht und so … Der Begriff »Burn-out« sei mir doch sicher geläufig, sagte er.

»Natürlich. Aber das habe ich nicht«, antwortete ich ziemlich frostig.

»Wie Sie meinen. Vereinbaren Sie mit den Damen vorne bitte

einen Kontrolltermin in vier Wochen. Ob Sie den noch wahrnehmen können, werden wir dann sehen.«

9:00. Arbeitsamt Lübbenau

»Gab es für Ihre Entlassung nachvollziehbare Gründe? Vielleicht mangelnde körperliche Hygiene?« Was meint die Sachbearbeiterin mit ihrer Vogelbrille denn bitte schön damit?

»Ich möchte Ihnen nicht zu nahe treten, aber na ja, Sie müffeln.« Ja, lassen Sie sich mal morgens um halb acht durch einen Schafstall schleifen! Ohne die Möglichkeit, danach zu duschen!

»Also, mein Arbeitslosengeld bekomme ich wann?«

»Nach Antragsbearbeitung.«

Zur gleichen Zeit bei Welpert & Söhne in der Frankfurter City

Ein Routinemeeting. Vor mir sitzt ein ehrgeiziger junger Mann, der wegen seiner herausragenden Leistungen kürzlich in eine Führungsposition aufgestiegen ist. Ich ertappe mich dabei, dass ich nicht mehr zuhöre, höre nur das Piepen im Ohr, das jetzt meinen ganzen Kopf ausfüllt … Mein Brustkorb wird unerträglich eng, mein Herzschlag macht auf ausgerasteter Schlagzeuger, mir ist übel, mir ist so übel, dass ich gleich …

»Bitte entschuldigen Sie mich.«

Ich wanke gerade noch rechtzeitig aus dem Raum, um mich am Eingang der Firma im Beisein der Empfangsdame, eines Fahrradkuriers und dreier Geschäftspartner von Welpert & Söhne auf den Fußboden zu erbrechen.

16:00. Auf der Wiese vor dem Schafstall

Ich fühle mich wie ein unfähiger Schüler, seit Torben hier zur Kontrolle hereingeschneit ist und am laufenden Band meckert:

Ich hätte ein Schaf vergessen einzusprayen. Ich hätte die Tiere beim Ausmisten nicht auf die Wiese lassen dürfen. Nachdem ich mir seinen Vortrag zehn Minuten stumm angehört habe, brülle ich ihm jetzt entgegen: »Was ist denn eigentlich dein Scheißproblem?«

Torben erstarrt.

»Mein Problem ist, dass du in aller Welt herumposaunst, ich hätte mit dir geschlafen.«

Ich werde rot.

»Davon träumst du wohl«, brülle ich zurück.

»Und warum schickt mir Iris dann eine SMS mit den Worten (er zieht sein Handy raus): ›*Machs Sschpaß, meine Halbschschwester zzuvöögeln?*‹«

So was Unanständiges schreibt Iris? Die muss echt schwer betrunken gewesen sein.

»Weil ich an dein Scheißtelefon gegangen bin, als du in der Dusche warst. Aber ich habe nicht mehr gesagt, als dass du in der Dusche bist. Da muss sich Iris' Hirn den Rest selbst zusammengereimt haben.«

Mit diesen Worten will ich ihm wütend den Rücken kehren, stolpere aber blöderweise über einen Eimer und lande in dem Haufen verdreckten, alten Heus, das ich vor dem Stall zusammengekehrt hatte. Torben will mir aufhelfen.

»Ich komme alleine klar«, schleudere ich ihm entgegen und renne heulend ins Haus.

16:10. Im Haus der Schwestern. Küche

»Hab's gleich mit dem Rohr«, ruft mir Lutz über die Schulter entgegen, als ich in die Küche komme, um mir mein Gesicht mit Mineralwasser zu säubern. »Schnellenteisung mit dem Gasbrenner.« Er sieht mein verheultes Gesicht. »Allet jut?«

Ein lauter Knall bewahrt mich vor einer Antwort. Ein riesiger Strahl Wasser spritzt Lutz und mir aus dem Rohr entgegen. Während Lutz in den Keller rennt, um den Haupthahn abzudrehen, versuche ich mit Handtüchern und meinen Händen den Wasserfluss zu stoppen. In wenigen Sekunden bin ich triefnass. Was ist das hier alles für eine Scheiße! In der Spiegelung der Fensterscheibe sehe ich, wie mir eine Spur Schafscheiße über die Wange rinnt. Ich haue ab hier. Landleben ist nichts für mich.

Etwas später. Vor dem Haus der Schwestern am Fließ

»Stimmt so, danke.« Ich hieve mich schwerfällig, als zögen bleierne Gewichte an mir, vom Beifahrersitz des muffigen Taxis. Ach, da kommt ja jemand aus dem Haus gelaufen ... ist das Mia? Himmel, die Prinzessin rennt ja, als wäre Rumpelstilzchen persönlich hinter ihr her?

Aaah! Meine da vorne auf mich lauernde Halbschwester hat mir gerade noch gefehlt! »Na? Bist du gekommen, um mich auch noch fertigzumachen?«

Äh? »Ich wollte eigentlich nur, dass du mich über das Fließ holst, aber ...«, sage ich matt.

Ja, klar.

»Ach, soll ich Madame auch noch einen roten Teppich ausrollen, ja? Ich hol hier gar keinen mehr rüber, ich hau nämlich ab! Mich seht ihr hier nie wieder! Ist mir egal, was du jetzt denkst! Deine scheiß vierzigtausen Euro sind für mich scheiße viel Geld, ich hab nämlich wenn's hochkommt noch vierhundert Euro auf dem Konto! Deswegen nehm ich jetzt dein Scheißgeld, auch wenn du mich bescheißt. Und dann hast du die Scheißbude mit ihrer scheißkaputten Dusche jetzt für dich! Ihr blöden Ostler könnt mich mal!«

Wie oft hat sie jetzt »Scheiße« geschrien? Himmel, sie brüllt so laut rum, dass man es bis nach Cottbus hört.

Wohin rennt sie denn jetzt ... Na prima, vom Schafstall verschluckt. Ich. Bin. So. Müde ...

Im Schafstall

Ah, jetzt hab ich meinen Rucksack auch noch mitten in die Schafscheiße ... und was liegt ... UPPS!

Am Fließ

»Da liegt ein Neugeborenes, wir müssen ... Was machen wir denn jetzt? Wir müssen doch ... Tu doch irgendwas, Iris!«

Etwas später. Im Stall

Mia hat »Neugeborenes« gesagt und meinte ein Lamm! Dass ich da nicht drauf gekommen bin, ist eindeutig meiner desolaten Verfassung zuzuschreiben. Genauso wie der kopflose Sprung ins Wasser.

»Die was? Die ... Nachgeburt?« Torben instruiert uns per Handy.

Ich mache Mia Zeichen, dass wir jetzt das Lamm schnellstens dazu bringen müssen, zu trinken. Also, sie. Ich ergebe mich in den Stand-by-Modus.

Noch etwas später

Ich hab's geschafft. Das Lamm trinkt. Ich hab noch nie so was Bezauberndes gesehen. Hat Iris gerade gelächelt? Wir sitzen beide andächtig mitten in der Schafscheiße, und ... ich glaub, ich muss schon wieder heulen ...

Wischt Mia sich da eine Träne ab? Bitte nicht. Sonst muss ich auch gleich ...

Viel später

Dass Iris weinen kann, hätte ich nicht für möglich gehalten. Hat sie aber getan, sie hat sich noch nicht mal weggedreht, sondern nur stumm das friedliche Bild vor uns angestarrt. Um es kurz zu machen: Ich bin dann doch geblieben. Vielleicht ist es dieses unfassbar niedliche, wollene Geschöpf, von dem ich mich nicht losreißen kann. Vielleicht war es der kurze, verbundene Augenblick mit meiner Halbschwester oder die Tatsache, dass Martha mich wegen des ordentlichen Stalls gelobt hat. Vielleicht weiß ich auch einfach nur nicht, wo ich sonst hinsoll. Iris hilft mir bei meinem Antrag auf Gründungszuschuss. Denn Iris lebt hier jetzt auch. Komischerweise.

Das zweite Rezept aus Marthas Küche

Mia: Ob in dem Froschmann, also ich meine natürlich Maik, auch so überraschende Qualitäten schlummern wie in diesem leckeren Zander?

Iris: Vielleicht sollte Martha meine Klienten bekochen. Niemals würde ich es zugeben, aber Marthas Spreewaldsoße – darin könnte ich baden!

Zander in Spreewaldsoße
(für vier Personen)

1 kg Zander
2 Zwiebeln
10 Pimentkörner, 1 EL Senfkörner, Lorbeerblätter
Pfeffer, Salz
2 Bund Suppengrün
80 g Butter
400 g Sahne
400 g Schmand
¼ l helles Bier
2 EL Mehl
Zitronensaft
Petersilie, Dill

Das Suppengrün klein schneiden, die Zwiebeln würfeln, alles in 30 g Butter andünsten. Mit 2 l Wasser auffüllen, Gewürze und etwas Salz zugeben und 20 Minuten köcheln lassen.

Dann die Zanderfilets kurz in dem Sud bei ca. 80 Grad gar ziehen lassen, vorsichtig herausheben und warm stellen.

Die Brühe durchseihen, Mehl mit etwas Sahne verrühren, Sahne und Schmand einrühren. Mit der Mehl-Sahne-Mischung unter kräftigem Rühren andicken und aufkochen lassen. Das Bier zufügen. Die Soße soll etwa 10 Minuten köcheln. Mit Zitronensaft, Salz und Pfeffer abschmecken.

Fertige Soße in tiefe Teller füllen und den Zander daraufgeben. Die restliche Butter in der Pfanne bräunen und mit Petersilie und Dill über die Soße gießen.

Dazu reicht man Salzkartoffeln und Gurkensalat.

3

»Rosenkrieg zur stillen Zeit. Oder: Rettet das Geflügel!« Wie ein Haus voller Hühner die schwesterlichen Streithähne erneut gegeneinander aufbringt. Und sie am Ende dem Geist der Weihnacht erliegen.

Samstag, 14. Dezember

12:00. Auf der Wiese vor dem Haus der Schwestern
BOFF. Soeben hat ein Schneeball mit einem dumpfen Schlag die Welt zum Stillstand gebracht. Dabei hat der Morgen so federleicht angefangen! Der Wald hinter unserem Haus, die Wiese und alle Bäume und Sträucher waren überzuckert von einer glitzernden weißen Puderschicht, und vor meinem Fenster tanzten unzählige Schneeflocken ein fröhliches Ballett. Ich bin direkt raus. Im Minnie-Mouse-Shirt. Ich wollte unbedingt die Erste sein, die ihre Füße in die Vollkommenheit der jungfräulichen Schneedecke versenkt! Gerade, als ich mich mit ausgebreiteten Armen immer schneller um mich selbst drehte, sauste Iris an mir vorbei. Vielmehr: Mein Blick sauste an Iris vorbei. Sie stand festgemauert vorne zwischen Marthas Remise und dem Haus.

Vielleicht war es der Drang, das Gefühl von Peinlichkeit abzuwehren, das Iris mit ihrem abschätzigen »Wie-kindischkann-man-sein-Blick« in mir auslöste. Es geschah ganz von selbst, dass meine Hände in den Pulverschnee griffen, blitzschnell ein mehr oder weniger perfekt gerundetes Geschoss zusammenpappten und es durch die Luft flitzen ließen. Es traf. Aber nicht Iris, die sich reaktionsschnell wegduckte, sondern Martha, die ein Stückchen hinter Iris stand! BOFF. Zaghaft öffne ich meine Augen wieder und brauche einen Augenblick, um zu begreifen, was ich sehe ... BOFF. Aua!

Der hat gesessen. Mitten auf die Stirn. Unseren geschockten Blicken begegnet Martha – die Schützin – mit hochgezogenen Augenbrauen.

»Zieh dir was an! Du holst dir ja den Tod, und wer soll sich dann um die Tiere kümmern?«

14.00. In der Küche. Zwei feindliche Lager am Küchentisch

»Kannst du die Musik ausmachen? Ich kann mich nicht konzentrieren«, blökt Iris von der Bank aus.

Beim Knobeln hat sie den besseren Platz direkt neben dem Kachelofen bekommen. Seitdem versuchen wir beide hier zu arbeiten. Ich am Businessplan für meinen Gründungszuschuss und Iris an ihren seltsamen Seminaren mit Furcht einflößenden Titeln wie »Weiterentwicklung von Führungskräften: Teambildung und Leistungssteigerung«.

»Gibt's keinen Kaffee mehr?« Oh, Prinzesschen hat eine Versorgungslücke entdeckt.

»Falls es dir nicht aufgefallen ist, trinke ich keinen Kaffee mehr. (Leider. Aber strenge Fernverordnung von Doktor Budde.) Und da ich keinen Kaffee mehr trinke, habe ich auch keinen gekauft. Weil, wie gesagt ...«

… bin ich die Einzige, die einkauft! Iris klingt wie eine Schallplatte mit Sprung!

Durchlaucht verdreht die Augen und rumpelt hinaus.

Ah, mein Teewasser kocht. Martha hat mir nach der Lammgeburt im November mit vielsagendem und keinen Widerspruch duldendem Blick eine selbst zusammengestellte Kräutermischung gegen »stressbedingte Symptome« aufgedrängt. Ich halte ja nichts von solchen Dingen, aber schaden kann es – hoffentlich – auch nicht.

Also, das Seminar für Januar steht, sofern der Umbau bis dahin abgeschlossen ist. Assistentin aus Berlin ist rekrutiert, Britta Tschirrner, Zeugnisse eins a. »Beraten im internationalen Kontext. Unterschiedliche Führungsverständnisse im Global …«. Uah. Diesen bitteren Tee kann echt keiner trinken.

15:00. Im Wald

Ich habe diesmal den Weg über die Brücke hinter unserem Haus genommen. Ist zwar ein kleiner Umweg, um ins Dorf zu kommen, aber für einen Spaziergang gerade richtig. Als ich aus dem Wald trete, denke ich erst, meine Augen spielen mir, geblendet von dem vielen Weiß, einen Streich. Vor mir steht ein Strauß. Plötzlich sehe ich von rechts und links zwei Menschen heranpirschen. Mit langen Stecken. Und einem Lasso. Bin ich hier etwa in der afrikanischen Prärie? Mit einer geübten Bewegung wirft die Frau (Rastalocken bis zum Po!) dem Strauß das Seil über den dünnen Hals. In einiger Entfernung steht ein weiterer Vogel mit braunem Gefieder und beobachtet das Geschehen neugierig. Was um alles in der Welt machen diese Riesentiere hier?

15:20. Gubatz-Hof. Wohnküche

Die beiden Strauße gehören zu einer Ménage-à-trois, die bei Alina (so heißt die Frau mit den Rastalocken) und Gerhard (ihr Typ, ein Weichgespülter mit schulterlangen Locken und braunen Hundeaugen) auf dem Gubatz-Hof wohnt. Anscheinend – soweit ich der ausufernden Geschichte folgen kann, bei der Alina zu fünfundneunzig Prozent spricht und Gerhard immer nickend sagen darf: »Genau so war 's« – sind die drei von einer tschechischen Straußenfarm entlaufen. Und haben bei den beiden Aussteigern Asyl gefunden. Alina reicht Gerhard einen Joint und mir einen Kaffee. Endlich. Koffein. Hoffentlich ist er stark. Ihh! Was ist das?

Alina sagt: »Der Strauß ist das neue Huhn.«

Das verstehe ich nun wirklich nicht.

»Das Fleisch schmeckt wie Rinderfilet und hat alle Vorzüge von Geflügelfleisch – geringer Fett- und Cholesteringehalt, viel Eiweiß. Dafür werden die armen Tiere aus ihren ursprünglichen Lebensräumen zu uns geholt. Das ist umgekehrte Kolonialisierung! Trotzdem geht es denen natürlich noch besser als den Hühnern in ihren Legebatterien beim Landwirt Georg Koal auf seinem Hof außerhalb von Burg. Da müsste man handeln!«

Gerhard sieht Alina mit einem Blick an, der sagt: Lehn dich nicht zu weit aus dem Fenster, wir kennen sie doch gar nicht.

Inzwischen habe ich rausgekriegt, was ich da trinke: Das ist Carokaffee! Wie in meiner Kindheit. Und die Milch – Hafermilch. Urrg. Ich stelle die Tasse auf den von Gerhard selbstgeschnitzten Tisch und sage: »Ich muss los.« Habe plötzlich Lust, Iris ein gutes Stück Fleisch zu braten!

15:40. Küche. Nach der dritten Tasse Tee (schmeckt immer noch wie abgestandenes Blumenwasser)

»Iris, wir kriegen das hier schon hin. Besser, du schonst dich jetzt und bist im Januar wieder ganz hergestellt, als ...« Ja, ja. Schon gut.

»Hast du Fabienne angerufen? Wann kommt sie nach Hau... (ich schlucke) zu dir?«

»Am Dreiundzwanzigsten.«

»Aha.«

16:00. Küche

Mein Blackberry klingelt! »Torben ruft an«, verkündet das Display.

»Hallo Torben?« Huch, ist das die Haustür? Mia.

»Heute Abend? Gerne!« Ich wette, Mia steht gleich hier in der Küche. Und wenn Torben mitkriegt, dass sie neben mir steht ...

Wieso guckt die denn so ertappt?

Jetzt trampelt Iris mit verkniffener Miene und zugehaltenem Blackberry raus aus der Küche. Ich kann sie aber immer noch hören.

»Ja, klingt gut. Ich freue mich. Um acht, gerne!«

Säuselsäusel. Torben. Hätte ich mir ja denken können. Und sie hätte sich die Farce sparen können. Der will mich doch sowieso nicht dabeihaben.

20:15. Ein kleines, aber feines Lokal in Lübbenau

Französische Fischsuppe mit Fenchel und Pastis, marinierter Lammrücken auf Salat – ich glaube, das muss heute mal sein. Morgen trete ich wieder kürzer in Sachen Kalorien.

Torben hat mich in ein sehr apartes Lokal mit stimmungsvol-

ler Beleuchtung und freundlich zurückhaltendem Service geführt. Es könnte perfekt sein, hätte er nur nicht soeben die schmerzliche Frage gestellt, wie ich Weihnachten verbringe. Ich fasele irgendwas davon, dass ich die Baustelle nicht alleine lassen kann, und Torben fragt leichthin weiter: »Dann kommt deine Familie dich besuchen? Wie schön!«

Upps. Wie ungeschickt! Jetzt ist mir vor lauter Nervosität das Glas abgerutscht. Ein dunkelroter Fleck breitet sich auf meinem rechten Oberschenkel aus. Sandfarbene Flanellhose!

20:30. Im Schlangenkönig. An der Bar

Der Schaum fließt über mein Bierglas. Marlies hat es wohl gut gemeint mit dem Ausschenken.

»Ist Maik nicht da?«, frage ich, während ich den See mit einer Serviette von der weiteren Ausbreitung abhalte.

»Nee, der hat einen privaten Termin.«

Ob Maik wohl 'ne Freundin hat? Vielleicht diese Anja, die eben – auch wieder aufgebrezelt – vorbeikam? Habe *ich* eigentlich einen Freund? David war zwar so süß, mir Anfang Dezember einen Adventskalender zu schicken. (Weil ich auf Skype so penetrant gesagt habe, darüber würde ich mich waahnsinnig freuen.) Aber seitdem habe ich nichts mehr von ihm gehört.

20:35. Ein kleines, aber feines Lokal in Lübbenau

»Man könnte denken, du möchtest nicht über deine Familie reden«, lacht Torben, als ich von der Toilette zurückkehre, das rechte Hosenbein ist oben jetzt großflächig nass und rosa gebatikt.

»Entschuldige, Iris. Ich verstehe das, manchmal möchte man Dinge nicht mit der ganzen Welt teilen.«

Ja, Torben versteht das. War noch nie 'ne Plaudertasche. War sicher nicht schön für ihn, als die Freundin einfach so weg war –

ohne ein Wort. Wie er mir gefehlt hat damals. Wie viele Monate lang habe ich abends in mein Kopfkissen geheult? Bis ich mich gezwungen habe, meine erste Liebe zu vergessen.

21:20. In einem VW-Bus auf der Landstraße nahe Feulenitz

Mangels fehlender Alternativen hat mich die pure Sehnsucht nach Abenteuern schnurstracks von der Kneipe auf den Gubatz-Hof geführt, wo Alina und Gerhard gerade dabei waren, Umzugskisten in ihren VW-Bus zu packen. Jetzt sitze ich auf der Rückbank.

»Hier. Das entspannt«, Gerhard reicht mir den letzten Rest eines angefeuchteten Joints.

Ach, warum eigentlich nicht. Alina faselt was von Befreiung ... Jetzt sehe ich auch einen Bolzenschneider zu meinen Füßen liegen ... vielleicht sollte ich mir das doch noch mal überle... – Zu spät, Alina rumpelt, ohne abzubremsen, auf eine Auffahrt, schaltet die Scheinwerfer aus, und wir rollen die letzten Meter auf die Wiese eines weitläufigen Bauernhofes.

21:30. Nebeneingang der Hühneranlage

Kaum haben wir die Tür geöffnet, schlägt uns ohrenbetäubendes Gezeter und ein beißender Geruch nach Urin und Staub entgegen. In mehreren lang gestreckten Reihen ragen Metallkäfige, übereinandergestapelt, in die Höhe. Ich halte mir die Hand vor den Mund und nähere mich einem der Käfige. Dort trampelt ein Huhn auf einem anderen herum. Das liegende Huhn ist offensichtlich tot. Aber auch die lebenden Tiere erinnern mich mit ihren an Po, Beinen und Flügeln bereits kahl gerupften Körpern stark an die nackten Hähnchen im Supermarkt. Lediglich am Hals haben sie noch volles braunes Gefieder.

»Kleingruppenhaltung nennen sie das. Pervers, oder?«

Professionell fängt Alina an, die Umzugskisten aufzuklappen und zusammenzubauen. Ich schließe mich ihr an, während Gerhard die ersten Hühner aus dem Käfig befreit und in die Kisten setzt.

22:30. Im Kahn auf dem Fließ vor dem Haus der Schwestern
Vielleicht liegt es an meinem Hochgefühl nach der Robin-Hood-Aktion oder daran, dass Alina mich zum Abschied fest umarmt hat: Auf jeden Fall schippere ich gerade sechs Hühner über unseren Fließ.

22:32
Die große Frage ist nur: Wo bringe ich die Tiere unter?

1:15. Küche in der Funktion des Badezimmers
Was war das? Das kam von oben, ein scharrendes Geräusch. Sicher Mia – oder ich höre dank König Alkohol Gespenster. Wie konnte ich nur?

1:18
Habe ich mich ernsthaft mit Torben am Montag für die Sauna verabredet? Schon wieder dieses Scharren.

1:27. Im Flur
Mit meinem Blackberry als Taschenlampe bewaffnet (das hat mir Fabienne mal gezeigt) taste ich mich im Dunkeln an den rauen, unverputzten Wänden entlang. Jetzt stehe ich vor der Tür zu dem Zimmer neben meinem.

»Mia?« Na los, Iris: ZACK, energisch die Tür geöffnet!

Etwas stiebt zurück, und mir gefriert das Blut in den Adern … Hektisches Flügelschlagen … gedämpftes Gackern …

»Miiiiaaaaa!«

2:00. Mias Schlafzimmer

Uffi. Ich habe großspurig versprochen, am Montag einen Stall zu besorgen. Iris ist stinkesauer ins Bett abmarschiert.

Sonntag, 15. Dezember – dritter Advent

Chronik Mia
google.de/Hühner Pflege Haltung
amazon.de/Legehennen-Allein-Hühnerfutter-Pack
(1 Pack, 14 kg für 25 Euro bestellt. Biofutter!)
amazon.de/Hühnerstall (Kosten zwischen zweihundert und achthundert Euro; zu teuer)
pink.de (Annabell Glück hat jetzt ein Foto auf der Redaktionsseite. Würg.)
google.de/Wanderausrüstung (Was schenke ich nur meiner Mutter? Panik.)

Montag, 16. Dezember

7:00. Küche

Iris und ich hängen müde in den Seilen bzw. am Frühstückstisch.

»Was zeichnest du denn da?« Oh. Man interessiert sich für die Mitbewohnerin.

»Ich skizziere den Hühnerstall.«

»Ein Stallbau! Du kannst das doch überhaupt nicht!«

Für einen stillen Moment sehe ich Iris an, dann sage ich scharf: »Man merkt, dass du Bernds Tochter bist.«

»Was willst du damit sagen?«

»›Du kannst das doch überhaupt nicht.‹ Den Satz habe ich von meinem, also unserem Vater zigmal gehört.«

Ich greife nach Iris' »Schlanker-leben-Müsli« und kippe es großzügig in einen Fünfhundert-Gramm-Becher ihres Magerjoghurts.

»He, was machst du denn?«, keift es auch gleich aus ihrer Ecke.

»Die Hühner brauchen auch was zu essen. Müsli und Joghurt ist echte Kraftnahrung – hab ich im Internet gelesen.«

»Weißt du, was so ein Müsli kostet?!«

»Gold wird da schon nicht drin sein.« Mit diesen Worten will ich die Küche verlassen, als Ernesto die Tür öffnet und frontal mit mir zusammenstößt.

»Hoppla«, sagt er. Er reicht Iris eine kleine Kiste. »Die Fliesen. Fürs Bad!«

Iris reißt die Kiste auf. Ihr Lächeln gefriert. »Die sind doch nicht bordeaux!«

»Nein, karminrot«, grinse ich. »Finde ich eigentlich besser. Sieht weniger altjungfernhaft aus.«

13:00. Auf der Wiese vor dem Haus der Schwestern

Habe Ernesto bezirzen können, mir in der Mittagspause aus der Werkstatt seines Vaters Holz und Werkzeug zu besorgen.

Werkle jetzt also seit gut zwei Stunden hier rum. Das wird ein einfacher Stall, ein wenig wie eine Hundehütte, nur mit Fenster.

13:10

Ihh! Jetzt fängt es richtig an zu schneien. Und Lutz guckt schon hämisch aus dem Fenster. Braucht nicht zu glauben, dass ich jetzt aufgebe!

14:00. Spreewaldtherme. Kräutersauna

Puh, Masthähnchen in Käfighaltung dürften sich einsam fühlen im Vergleich zu den Insassen dieses ultrahocherhitzten Kiefern-

holzkastens. Wenigstens hat Torben sich gerade in eine heißere Sauna begeben, sodass ich etwas freier atmen kann.

»Entschuldigung, ist hier noch Platz?«

Nein, eigentlich nicht. Ich rutsche trotzdem. Saunieren wird kein Hobby von mir. Muss noch mehr rutschen, die sind zu zweit, ein Pärchen mittleren Alters. Sie: durchschnittliche Figur, Fußkettchen-Tätowierung. Er, neben mir: durchschnittliche Größe, kleine Plauze ... jetzt berühren sich unsere Oberschenkel, igitt. Ich glaube, ich muss hier raus!

»Mensch, Lothar, jetzt haste dich so breit gemacht, dass du die Frau verdrängt hast«, tönt es hinter mir.

Sigrid?

»Mensch, ick werd nicht mehr! Italien jeht mir am Arsch vorbei!«, dröhnt Lothar jetzt reichlich laut.

Die Köpfe von gefühlt dreißig Nackedeis drehen sich synchron in die Richtung, in die sein Finger zeigt. Auf meinen Hintern. Dorthin, wo bei mir ein großer Leberfleck prangt, geformt wie das schöne Land Italien.

Den kannte damals jeder hier nach dem Sommer, in dem wir als Jugendliche mal abends spontan baden gegangen sind. Nackt. Nach Italien wären die meisten gerne mal gefahren. War ja nicht dran zu denken damals.

Den ganzen Sommer lang war es – trotz Badeanzug – ein geflügeltes Wort am Boblitzer Badesee, wann immer ich an jemandem vorbeikam: »Wer will schon nach Italien? Italien geht bei mir gerade am Arsch vorbei.« Anschließend wieherndes Gelächter.

Ich drehe mich um und schnappe mir mein Handtuch, während Sigrid Lothar auf den Finger haut.

»Mensch, Lothar! Nimm den Finger weg!«

»Au! Nicht so fest, Sigrid!«

Sigrid. Sigrid und Lothar.

14:30. Auf der Wiese vor dem Haus der Schwestern

Habe vor einer halben Stunde eine Plane aufgespannt, damit das Holz nicht nass wird. Aber der Wind zieht trotzdem rein. Jetzt steckt Lutz seinen Kopf unter die Plane. Und gibt prompt seinen oberschlauen Senf dazu: »Nur die Sitzstangen ...«

»Ja?«

»Die würd ick ja versetzt bauen, sonst kacken sich die Vöjel ja jegenseitich uff die Köppe.« Mpff. Stimmt. Na toll. Ich klappere mit den Zähnen.

»Geht's noch?« (Das war jetzt wieder Ernesto.)

»Klar.«

Etwas später. Restaurant der Therme

Sigrid und Lothar. Sie: vierundvierzig, Hausfrau und Mutter (drei Kinder). Er: sechsundvierzig, Berufsschullehrer in Cottbus, Holztechnik. Seit fünfundzwanzig Jahren ein Paar. Wohnhaft in Lübbenau.

»Zwanzig Jahre Ehehölle hamwa jetzt hinter uns jebracht, wat, Schnecki?« (Schnecki. Wenn Paare in der Schnecki-, Schnucki- oder Mausebär-Phase angekommen sind, ist es vermutlich berechtigt, von Ehehölle zu sprechen. Puh.)

»Sag mal, und Torben und du, ihr seid wieder ein Paar?«, fragt Lothar.

»Nein, nein!«, sage ich eine Spur zu schnell, während Torben entspannt lacht und sagt: »Aber alte Freundschaft rostet nicht, das wisst ihr doch!«

Eine Minute später ist es mir gelungen, das Thema »Familienstand« so kurz und ungenau wie möglich abzuhandeln. Sowie den Grund meines Hierseins zu verschleiern. Ich rede mich auf die Baumaßnahmen an Oma Hedwigs Haus heraus. Muss meinen Beinahe-Zusammenbruch ja nicht jedem auf die Nase binden.

19:00. Küche

Laura sitzt mit dickem Bauch auf ihrem Krankenhausbett und findet, ich hätte ein unglaublich gemütliches Landleben. Ich stehe – mit einer Blümchenschürze von Oma Hedwig – am Herd, mache Nudelsalat mit Hackfleisch und Curryketchup für Ernesto und Robin, die mich in Sachen Hühnerhausbau abgelöst haben, und skype mit Laura. Meine beste Freundin liegt seit mehreren Wochen wegen vorzeitiger Wehen und Blasensprung in der Klinik in der Maistraße in München und interessiert sich vorwiegend dafür, ob *ich* demnächst endlich den perfekten Mann finde.

»Colette! Vorsicht!«

Jetzt wäre ich beinahe auf eins der Hühner getreten. Während Dita von Teese und die Pawlowa brav in der Kiste mit Sägespänen sitzen, streifen Ginger Rogers, Josephine Baker und Marika Rökk in ihrem zerrupften Zustand wie räudige Straßenköter nach einem Kampf um meine Beine. Habe sie getauft, um ihren Lebenswillen zu stärken.

Zehn Sekunden später

»Mia, so geht das wirklich nicht weiter! Ich bezahle diese Männer, um den Ausbau zu machen.« Noch halb mit Schnee bedeckt poltert Iris in die Küche.

»Ich bin darauf angewiesen, dass hier alles rechtzeitig zu meinem Seminar fertig …«

»Es ist nur übergangsweise, Iris. Im ersten Stock ist es wirklich zu kalt. Und der Stall …« Mias Stimme ist ruhig und erwachsen. Sie scheint es wirklich ernst zu meinen.

Beinahe hätte Iris eingelenkt. Hätte Josephine Baker nicht beschlossen, sich in diesem Moment danebenzubenehmen.

Sondert dieses Viech seinen dünnflüssigen Kot ausgerechnet auf meine Schuhe ab!

»Der Stall (nehme ich den Faden wieder auf) kann da auf keinen Fall stehen bleiben.«

»Wie bitte?«

»Hier kommen Leute von BMW, Porsche und der Deutschen Bank her, Mia. Meinst du, die wollen als Erstes eine Horde krüppeliger Hühner sehen, die in einem zusammengeschusterten Verschlag hausen?«

»Iris, das ist nun wirklich nicht mein Problem!«

Mitten in den schönsten Anstarrkampf hinein tönt es: »Shit. Mia, ich glaube, ich muss weg. Das Mädchen neben mir ... Ich glaube, da geht's los!«

Jetzt starrt Iris ungläubig auf meinen Laptop. Laura schaut sie mit ihrem sanftesten Lächeln an. Und sagt: »Schöne Weihnachten. Und: Ein Herz für Tiere.« Blip. Dann ist sie weg. Ich glaube, jetzt kommt sie, die Ohrfeige.

Dienstag, 17. Dezember

11:00. Marthas Küche

Meine Hände formen walnussgroße Kugeln aus einem fettigen Plätzchenteig. Die Kugeln verwandelt Martha gekonnt in wunderhübsche Halbmonde. Aus dem Ofen steigen die ersten wohlriechenden Dämpfe. Dann fragt Martha: »Hast du mit deiner Tochter niemals Weihnachtskekse gebacken?!«

Und als ich, verdattert, nicht gleich reagiere, haut sie noch ein »Das arme Kind!« obendrauf. Ts. Als wenn das Glück eines Kindes davon abhinge, gemeinsam mit der beschürzten Mutter in der Küche zu stehen und Kekse zu backen!

»Ja, aber dafür habe ich Fabienne tolle Shoppingtouren geboten, nicht viele Mädchen waren schon mal mit der Mama in Paris und London und Barcelona einkaufen …«, will ich sagen, spare es mir aber, weil es so abgeschmackt klingt. Ich habe immer noch kein Geschenk für Fabienne.

18:00. Küche

Uff. Den ganzen Tag gebohrt, gehämmert, geschliffen. Aber jetzt ist er fertig: mein Hühnerstall. Habe ihn hinter das Haus versetzt, sie wollte ihn doch nur »aus ihren Augen« haben! Ich frage mich wirklich, was Iris für Leichen im Keller hat. Von ihrer Familie hört man gar nichts, und Weihnachten bleibt sie auch hier, wenn ich das richtig verstanden habe …

18:00. Erster Stock. Iris' Schlafzimmer

Mein Blackberry hat den ganzen Tag keinen einzigen Mucks von sich gegeben. Starre seit einer Stunde nach draußen in die Dunkelheit. Was habe ich mal in einer Frauenzeitschrift gelesen? »Wenn Sie sich wert- und nutzlos vorkommen: Führen Sie eine Liste! Schreiben Sie auf, was Sie heute alles erledigt haben. Und wenn es Ihnen noch so nichtig vorkommt, schreiben Sie es auf. Und das machen Sie jeden Abend!« Weia.

20:00. Iris' Blackberry. Neue Liste:

Done:

- *mit Martha acht Sorten Kekse gebacken*
- *Michael angerufen wegen Geschenk für Fabienne*
- *Päckchen für Mama weggeschickt*
- *Verputzer angemeckert, weil sie Fußboden nicht ordentlich abgedeckt haben*
- *Verputzern hinterhergeräumt*
- *Mia beschimpft, weil Hühner immer noch in Küche*

Mittwoch, 18. Dezember

14:00. facebook.com/mia.mann
Upload picture

- Der Stall von außen, mitten im Schnee, geschmückt mit einem von Mia gezeichneten Willkommensschild.
- Mit Blitzlicht verschreckte Hühneraugen im Dunkeln.
- »Luxussuite für sechs Damen«. (Post abgebrochen. Zu uncool. Stattdessen an Laura als message gesendet.)

Donnerstag, 19. Dezember

9:10. Küche

Ich hatte einen Anruf! Aber es war nur Sigrid. Ob ich heute Abend ins Lokal »Spreewelle« in Lübbenau kommen möchte. Weihnachtspäckchen-Aktion für ukrainische Kinder. Abgesagt. So weit ist es dann doch noch nicht mit mir gekommen, dass ich meine Zeit mit sinnlosen Aktionen totschlagen muss. Habe Spende angeboten.

9:30. Küche

Brauche unbedingt sofort eine ganze Kanne von Marthas Tee. Mein Nervenkostüm ist echt labil. Fange ich wegen dieser Schnulze im Radio an zu flennen. Nur weil Michael und Fabienne am Morgen vor Heiligabend immer so eine bescheuerte Karaoke-Nummer daraus gemacht haben.

Noch mal Sigrid angerufen. Gehe heute Abend doch zu dieser albernen Benefizaktion. Ich muss hier raus. Sonst bringe ich tatsächlich noch jemanden um.

10:00. Landstraße vor Maiks Teichwirtschaft

Das eben war ein Schuss. Ich steige aus Iris' Mietwagen und renne los. Der Knall kam aus der Richtung der Teiche.

10:05. Vor den Teichen

Maik steht lebend am Ufer. Mit einem Gewehr in der Hand.

»Was machst du denn da?«, brülle ich von Weitem.

»Kormorane schießen.«

»Ich dachte, du bist Fischer und kein Jäger«, sage ich, um zu verdeutlichen, was mich eigentlich irritiert. Er grinst.

»Stimmt, aber wenn diese Rabauken meine Fische rauben ...«

Jetzt schaue ich konsterniert.

Die gezielten Abschreckungs-Abschüsse seien keinesfalls illegal. Er habe eine Sonderlizenz. Ob ich sie sehen möchte? Seit wann hat der Typ so goldbraune Augen? Und was guckt der so? Bevor ich weiter nachdenken kann, trifft Maik ein hart geworfener Schneeball.

»Maik hat Biologie studiert. Da kommt keiner gegen an. Trotzdem: Harter Battle, tapfer geschlagen.«

Hinter mir steht Anja, die Kleidungsgeschmacksverirrte aus der Kneipe, heute mit übergroßen Kreolen-Ohrringen, bauchnabelkurzer rosa Daunenjacke und Jeansshorts über schwarzer Nylonstrumpfhose (wo der Zwickel unten rausschaut!).

»Hier. Hast dein Mittagessen vergessen.« Sie hält Maik eine Tupperdose hin. Die Hausfrau bringt dem Mann das Essen. Dann wäre das ja auch geklärt.

»Also, ich wollte auch nur einen Karpfen holen. Für Martha. Fürs Weihnachtsessen.«

10:10. Vor den Hälterbecken

Mein Riesentier schwimmt nach wie vor quicklebendig in einem Behälter, weil Martha den Karpfen lebendig noch in irgend so einem Fischkasten im Fließ ein wenig »wässern« möchte. Maik hat nur gegrinst: »Alte Schule eben.«

19:20. Großer Saal in der »Spreewelle« (Donnerstag Ruhetag), Lübbenau

Es war ein Fehler, mich auf diese Nummer einzulassen. Etwas im Hintergrund stehend, balanciere ich einen Berg von Kartons fragwürdigen Inhalts (ich habe mehrere Barbies erspäht) und weiß nicht, wohin damit.

Sigrid hat mich gebeten, ihn aus ihrem Kofferraum ins Lokal zu tragen. Ausgerechnet Mamas ehemals beste Freundin ist auch hier! Sie wirkt einen winzigen Augenblick ebenso konsterniert wie ich, dann nickt sie mir knapp zu und fragt sich eindeutig dasselbe wie ich, nämlich was ich hier verloren habe.

Ihrem Outfit nach zu schließen hält sie Eitelkeit für ein Kapitalverbrechen, das mindestens unter Todesstrafe gestellt gehört. Um sie herum ist eine Schar eifriger Gutmenschen damit beschäftigt, einige der wuchtigen Lokaltische in der Mitte des Saales zusammenzuschieben.

Marlies verlegt sich zum Glück darauf, mich nicht weiter zu beachten. Lothar ist nicht da, dafür Sigrids älteste Tochter Lydia – genauso alt wie Fabienne (die mir was husten würde, wenn ich versuchte, sie zu einer ähnlich gearteten Veranstaltung mitzuschleifen).

Die Damen verteilen selbstgebackene Plätzchen auf verschiedene Teller (»Damit hier keiner vom Stängel fällt!«), und wir werden mit Geschenkpapier-Rollen und Klebeband bewaffnet.

Was soll das hier bringen?, frage ich mich, als ich drauf und dran bin, eine Baby-Born-Puppe in rosa Geschenkpapier einzuwickeln. Keine Ahnung, wie lange ich auf die Puppe gestarrt habe, jedenfalls fragt Sigrid mich plötzlich, ob alles okay sei mit mir. Ich zögere einen Augenblick, und dann höre ich mich laut sagen: »Na ja, ich weiß nicht ... glaubt ihr wirklich, dass eine Puppe mit Pillermann das Leben eines Kindes verbessern wird, das in einer Kohlemine oder als Prostituierte arbeiten muss?«

Zur selben Zeit in der Küche

Bin ich Iris' Sklavin oder was? Hab echt gedacht, ich seh nicht recht, als ich in die Küche gegangen bin. Alles war gepflastert mit Post-its. An der Küchenzeile (»Geschirr abtrocknen und wegräumen«), am Boden (»Hühnerdreck wegräumen«, »Küche desinfizieren«), am Kachelofen (»getrocknete Wäsche abhängen«) und natürlich am Tisch (»Pröddl abräumen, ich brauche auch etwas Platz!«). Ich hab keine Zeit für diese kindische Schnitzeljagd! Soll sie doch ihre Tochter erziehen. Ich rette Leben!

Zweieinhalb Stunden später

Im ersten Moment haben mich alle angestarrt, als würde ich in meiner Freizeit Kinderheime in Brand stecken. Es folgte eine erhitzte Diskussion, in der auch die ehemaligen Westpakete vorkamen und die damit endete, dass jemand sagte: »Frieden!« Und die Geschenke seien doch besser bei den ukrainischen Kindern aufgehoben als auf der Müllkippe. »Na, war 's schlimm?«, fragt Sigrid mich, bevor wir in unsere Autos steigen. Ja, war es.

22:30. Schlafzimmer Mia. Nach fast einer Flasche Glühwein

Ha! Freu ich mich auf Iris' Gesicht, wenn sie morgen in den »Spiegel« schaut. Habe zwar jetzt Eisfinger von zwei Stunden im Schnee rumgraben, aber die Aktion hat sich gelohnt, würde ich sagen!

23:00. Vor dem Fließ am Haus der Schwestern

Ich kann nie wieder in den Spiegel schauen. Ich stand noch mit diesem Gefühl der Heimatlosigkeit vor dem Lokal, wollte mir gerade ein Taxi rufen, als Torben, der von einem spätabendlichen Einsatz kam, neben mir hielt und mir anbot, den Chauffeur zu geben. Als wir hier ankamen und Torben mir die Tür öffnete und ich stolperte und er mich auffing und ich seine Hände an meinem Körper spürte und mein Gesicht plötzlich so nah an seinem war, da habe ich mich hinreißen lassen – und ihn geküsst. Richtig geküsst. Weshalb ich mich zehn Sekunden später am liebsten mit einem Knall in Luft aufgelöst hätte. Denn Torben schob mich sanft, aber bestimmt zur Seite und sagte: »Iris, das ist, glaube ich, keine gute Idee.« Ich will ihn nie wiedersehen.

Freitag, 20. Dezember

8:00. Küche

Ich habe die ganze Nacht vor Scham kein Auge zugetan. Draußen will es auch gar nicht richtig hell werden … huch, da steht jemand im Garten! Nein, das ist … ein Schneemann! Und dieser Schneemann hat … mein Armani-Jackett um und ein Handy am Ohr? Ist die noch ganz dicht? Und sind das da … der Schneemann hat eine Sprechblase aus Pappe im Gesicht stecken. Darauf kleben meine Post-its. Die, die ich ihr gestern geschrieben habe. Das soll ***ich*** *sein. Mit einem Maßband um die Taille und aufgerissenem Mund. Gott, das ist … wie demütigend.*

10:00. Hühnerstall

»So, meine Lieben, putt putt raus, nicht, dass es heißt, ich würde euch auch in Kleingruppenkäfigen halten. Ein wenig Frischluft tut euch sicher gut.«

… so wie Iris. In der Küche lag schon wieder ein Zettel: »Ich gehe jetzt spazieren. Und wenn ich wiederkomme, will ich, dass du den Saustall hier geputzt hast!«

Meine Schnee-Iris von gestern Nacht ist stark angetaut. War ich zu gemein? Hänge das Jackett mal zum Trocknen auf den Kachelofen.

10:20. Bad im ersten Stock

Habe ein Huhn nach dem anderen eigenhändig aus dem Stall heben müssen. Als ich das letzte Huhn, das sich hinten in die Ecke verkrochen hatte, heraushieven wollte, hätte ich es beinahe vor Schreck und Ekel fallen gelassen. Der kahle Po hatte blutige Stellen, einzelne Hautstücke fehlten, wie herausgepickt. Habe es jetzt erst mal in die Badewanne gesetzt, damit nicht noch mehr Schmutz in die Wunden kommt oder es alles vollblutet. – Ob ich Torben anrufen soll?

12:20. Im Wald

Meine Augen finden keinen Halt in dieser Landschaft, die aussieht wie das verheulte Gesicht eines alten Waschweibs. Fühle mich wie ein nasses Handtuch im feuchten Keller. Der einzige Lichtblick: ein heißes Bad. In der frisch eingebauten Badewanne!

13:00. Badezimmer im Haus der Schwestern

»Das ist Mata Hari«, sage ich.

Torben setzt die jodbeschmierte Mata Hari zurück in die Badewanne und sagt: »Gut, dass du sie von den anderen getrennt hast.«

Dann geht die Badezimmertür auf. Iris steht im Bademantel und mit irgendeinem Luxusbadezusatz und einer Zeitschrift in der Hand auf der Schwelle.

Dass es ihr reicht, schreit sie. Und dass sie keine Lust hat, weiterhin mit einer komplett irren Hühner-Kleptomanin in einem Haus zu wohnen, die ihrer Beute bescheuerte Namen gibt, ein Hühnergehege in den Garten baut, das aussieht wie eine Favela in Brasilien. Die Tür fällt mit einem solchen Krachen ins Schloss, dass Mata Hari fast tot umfällt vor Schreck. Schätze, Iris hat ihre Badepläne aufgegeben.

Sonntag, 22. Dezember – vierter Advent

13:30. Mias Schlafzimmer

Markerschütterndes Geschnatter reißt mich aus dem Dämmerschlaf. Mist, wieder verpennt – und Martha musste die Tiere rauslassen! Ich taumle zum Fenster und sehe eine der beiden Gänse (ist es Herr oder Frau Brangelina, kann die von Weitem nicht auseinanderhalten), wie sie aufgeregt zeternd hinter Marthas Rücken auf und ab läuft. Die kauert am Zaun meines Hühnerstalls und fummelt an irgendwas Weißem rum. Ich brauche ein wenig, bis ich verstehe: Es ist Frau Brangelina! Ich renne los.

»Was ist passiert?«, rufe ich, als ich in Minnie-Mouse-Shirt und Gummistiefeln über meinen nackten Füßen Martha entgegenlaufe.

»Die neugierige Gans hat sich im Zaun verfangen. Deine Gemüseabfälle haben sie angelockt. Halt sie fest«, sagt Martha und drückt mir das verletzte Tier in die Hand.

»Das kannst du doch nicht machen!«

Martha trägt eine der beiden Gänse am Hals über die Wiese vor unserem Haus, wo wir das Holz hacken. Hinterher rennt

Mia, panisch schreiend und wie immer im Minnie-Mouse-Outfit. Aus dem Stall höre ich die andere Hälfte des Gänsepaars zetern.

13:50. Badezimmer

Warme Dusche, warm wie das Blut eben. Werde das Bild nicht los. Und ich bin schuld. Verdammte Scheiße! Jemand klopft.

»Dein Handy klingelt!«

Das war Iris. Ich stolpere, ins Handtuch gewickelt, über den Flur in mein Zimmer und greife nach dem Handy. Meine Mutter.

»Hallo Elke – ich hab den Zug schon gebucht.«

Mia kommt mit dem Handy am Ohr aus ihrem Zimmer. Aus dem Badezimmer wabert warmer Duschdunst, gepaart mit einem Hauch Kotzgeruch. Hat Mia sich übergeben? Ich höre sie ausdruckslos ins Telefon sprechen.

»Ach so, verstehe. Du musst dich um dich kümmern. – Nein, ich mache dir keinen Vorwurf. Klar, wenn es dir nicht so gut geht. – Gut, Mama. Ich muss jetzt aufhören. Ja, wir telefonieren Heiligabend.«

Drinnen fliegt etwas Zerbrechliches an die Wand. Kurze Zeit später höre ich sie weinen.

19:05. Flur im Obergeschoss

Martha hat die gerupfte Gans kopfüber an den vorderen Giebel der Remise gehängt – so hoch, dass kein Fuchs drankommt. Ich will Fabienne anrufen. Sie müsste heute bei Michael angekommen sein.

19:10. Iris' Schlafzimmer

Ich habe niemanden erreicht.

Montag, 23. Dezember

Anrufliste Handy Mia Mann
Sechs unbeantwortete Anrufe an LAURA

✉ SMS von TORBEN an IRIS
Iris, ich hoffe, es geht dir gut. Habe dich Do abend hoffentlich nicht verletzt. Es ist nur, wir haben uns beide verändert in den vielen Jahren. Aber ich schätze dich als Freundin und bin froh, dass du da bist. Das wollte ich dir sagen, bevor ich weg bin. Verbringe die Feiertage in Berlin. Schöne Weihnachten, melde mich, Torben.

Dienstag, Heiligabend

20:00. Marthas Küche
»Komm, Herr Jesu, sei unser Gast und segne, was du uns bescheret hast.«

Nicht zu glauben, dass ich mit Martha und Iris am weihnachtlich gedeckten Tisch sitze und bete. Auf dem Herd zieht eben noch Maiks Karpfen im Wasserbad. Den hat Martha auch – na ja, abgemurkst. Karpfen blau mit Meerrettich ist das Hauptgericht. Schlimmer finde ich aber das, was vor uns steht: Frau Brangelina, wenngleich nicht mehr wirklich wiedererkennbar, weil Martha sie zu Suppe verarbeitet hat.

Mia hat mir Schlittschuhe geschenkt. Hatte ich nicht mehr, seit wir von hier weg sind … Freue mich, ehrlich gesagt, total, auch wenn Mia sich die blöde Spitze nicht verkneifen kann: »Wenn du willst, kleb ich noch ein Label drauf. Armani oder so.« Aber sie grinst dabei.

Martha beäugt die Schlittschuhe. »Solche hatte deine Oma auch. Aber nicht mit so neumodischen Schnürsenkeln.«

Die Schnürsenkel sind pink. Mia sagt verlegen: »Vielleicht sind es Oma Hedwigs Schuhe, hab sie im Keller gefunden. Ich lass sie dir nach den Feiertagen schleifen.«

Ist das so etwas wie ein Friedensangebot?

Die Hühner und ich sind jetzt offiziell geduldet. Iris hat mir einen todschicken, professionellen Stall für die Hühner geschenkt. Als Bausatz, versteht sich.

»Dann brauche ich mich nicht mehr für deine Favela zu schämen«, sagt sie.

Ausgerechnet Martha – die bei unseren Geschenken nur »Danke, das wär nicht nötig gewesen« gesagt hat – blafft plötzlich: »Jetzt umarmt euch schon, ihr Sturköpfe!«

Der zweite Befehl ist die Christnacht in Lübbenau.

Lautlos gleiten wir durch ein Meer aus goldenen und bunten Lichtern, die die herabfallenden Schneeflocken glitzern lassen. Die Nacht ist eiskalt, die Landschaft ein Weihnachtsmärchen, und Martha verleiht der ganzen Situation in ihrer sorbischen Kirchgangstracht etwas Erhabenes. Ab und zu müssen Mia und ich ran, um die Schleusen zu öffnen und zu schließen. Schon bei der zweiten Schleuse funktioniert die Teamarbeit. Wie oft habe ich das doch früher gemacht …

23:00. Sankt-Nikolai-Kirche

Die feierliche Stimmung hier in der prächtigen Kirche (Kerzen! Rokoko! Vor Erwartung knisternde Stille) zersetzt meine Haltung. Ich denke an dieses Andersen-Märchen, »Das Mädchen mit den Schwefelhölzern«. In den Untiefen meines Gehirns formt sich daraus das Bild eines kleinen, ukrainischen Straßenmädchens, das eine Lady-Gaga-Barbie in seinen zitternden Händen hält und dessen Augen vor Glückseligkeit strahlen. Ich spüre, dass meine Augen das Wasser nicht mehr halten können.

Drei Minuten später
Andreas hat angerufen. Laura hat ihr Baby bekommen. Jetzt ist es ein Christkind, dabei sollte es eigentlich erst in vier Wochen auf die Welt kommen. Das Baby liegt jetzt wie meine Hühner unter einer Wärmelampe.

»Jauchzet, frohlocket! Auf, preiset die Tage!« Wie passend. Unpassenderweise muss ich heulen. Sturzbäche.

Dienstag, 31. Dezember – Silvester

11:30. Im Regionalexpress nach Berlin
Iris und ich haben Herrn Brangelina umgetauft. Jetzt heißt er Orpheus, weil der in der Sage nämlich vor lauter Kummer versucht hat, seine verstorbene Frau, Eurydike, aus der Unterwelt zu holen (hat aber nicht geklappt). Bin auf dem Weg zur Silvesterparty! Mit David!

17:00. Küche
Wer hätte gedacht, dass das alte Jahr mit einem Knall zu Ende gehen wird. Der Knall hat einen Namen: Fabienne! Vor einer halben Stunde stand sie unten am Fließ und rief an. Ohne jede Vorwarnung. Ich habe sie mit unserem neuen Zweit-Boot rübergeholt. Weiß noch nicht, was Fabiennes Aufschlagen hier zu bedeuten hat. Ich bin beinahe ein bisschen aufgeregt. Wann haben wir zuletzt gemeinsam das neue Jahr begrüßt?

Das dritte Rezept aus Marthas Küche

Mia: Wenn man die Fleischzugabe nicht persönlich kennt, ist die Suppe eine Offenbarung! Sonst – eine Überwindung. Eine leckere, zugegebenermaßen.

Iris: Noch besser als Marthas Tee weckt diese Suppe die Lebensgeister. Unter uns: Ich habe die Reste allein verspeist.

Gänsesuppe mit Bohnen

(für vier Personen)

500g weiße Bohnen aus der Dose (oder getrocknet, dann über Nacht einweichen und am nächsten Tag in der Einweichflüssigkeit zum Kochen bringen)
500 g Gänsefleisch (Brust)
1 EL Butterschmalz
100 g durchwachsener Speck
100 g Zwiebeln
Salz und Pfeffer
3 Zweige Majoran
500 g Kartoffeln
Mehl und Butter für die Mehlschwitze
Zucker und Essig

Gänsefleisch, Speck und Zwiebeln würfeln. Schmalz erhitzen und Speck darin auslassen. Zwiebeln und Gänsefleisch dazugeben. Anbraten (starke Hitze). Alles unter die Bohnen mischen, mit Salz, Pfeffer und Majoran würzen und zugedeckt bei kleiner Hitze etwa 1½ Stunden köcheln lassen. Die Kartoffeln schälen, würfeln und separat garen. Zur Suppe geben. In einem Topf Butter zerlassen, Mehl einstreuen, etwas Bohnenwasser (alternativ Brühe), Zucker und Essig hinzufügen, dabei kräftig mit dem Schneebesen aufschlagen, dass sich keine Klümpchen bilden. Mehlschwitze zur Suppe geben, mit Zucker und Essig abschmecken.

4

»Dünnes Eis«
Wie Besuch aus der großen weiten Welt das neugewonnene Gleichgewicht in Feulenitz durcheinanderbringt. Und sich die beiden Schwestern fragen müssen, wohin sie gehören.

✉ Von: Mia
An: David, Kim Ji-Young, Patrick, Annabell, Pia, Marlene, Laura
Betreff: Russische Polka auf Eis
Liebe Leute, frisiert die Bärte, entstaubt die Pelzmützen, und packt Wodka und Schlittschuhe fürs Wochenende ein. Bringt Schlafsäcke, Isomatten und warme Klamotten mit. Heißgetränke und Alkoholika werden gestellt, sorgt ihr bitte für unser leibliches Wohl!
Das Geburtstagskind erwartet euch in seinem idyllischen Landhaus, Kaupen 10, Feulenitz, ab Freitag, 10. Januar, 16 Uhr.
Mia

- -

✉ *Von: Iris.Neuberger*
@Neuberger-Consulting.com
An: Seminar-Spreewald I/14
Betreff: Erinnerung Weiterbildungsseminar für Führungskräfte
Sehr geehrte Teilnehmerinnen und Teilnehmer des Manager-Seminars »Teambildung und Leistungssteigerung«, ich hoffe, Sie sind gut ins neue Jahr gekommen, und freue mich, Sie am Donnerstag, 9. Januar 2013, um 16:00 Uhr in unserem Spreewälder Seminarzentrum begrüßen zu dürfen. Ein Shuttlebus steht um 15:30 Uhr vor Ihrem Hotel in Burg bereit. Auf drei produktive gemeinsame Tage,
Ihre Iris Neuberger

- -

Donnerstag, 9. Januar

14:30. Zugefrorene Spree
Die Kufen meiner Schlittschuhe kratzen über das Eis. Zisch, zisch. Zisch, zisch. Ich ärgere mich mal wieder über Iris! Macht die plötzlich auf Korinthenkacker und behauptet, sie könne mir ihr Mietauto nicht leihen. Das hätte auch den Vorteil, dass meine Gäste nur so viel trinken würden, wie ich tragen könnte, und sich der Schaden für ihr Seminar durch meinen »kurzfristig angekündigten Besuch« hoffentlich in Grenzen hielte. Ich war kurz davor gewesen, Iris den Kot, den ich gerade aus dem Hühnerstall entfernt hatte, ins Gesicht zu schleudern, als Martha und Iris' Tochter Fabienne um die Ecke kamen. Fabienne verdrehte nur die Augen und verzog sich mit ihren Schlittschuhen

auf die Bank am Fließ. (Ihre Punkklamotten zeugen davon, dass ich nicht die Einzige bin, die gegen Iris rebelliert. Hatte sicher auch keine einfache Kindheit mit dem wandelnden Terminkalender.)

Zur selben Zeit vorm Haus der Schwestern am Fließ

Ich habe einen bordeauxroten Läufer quer über das zugefrorene Fließ gelegt, um meinen sicher nicht wintersportlich gekleideten Führungskräften ein würdiges und schlitterfreies Entree zu bereiten. ZISCH. ZONG. BUMS. »Aua!« Das war meine Tochter, die auf ihren nigelnagelneuen Schlittschuhen – ein nachträgliches Weihnachtsgeschenk von mir – einen Sprung über die Auslegeware gewagt hat und unsanft gelandet ist. Ein wenig zwickt mich das Gewissen, weil ich mich kaum um sie kümmern kann. Andererseits habe ich auch nicht den Eindruck, dass meine verschlossene Tochter besonderen Wert auf meine Zuwendung legt. Vor allem, seit sie sich die absurde Idee in den Kopf gesetzt hat, das teure Internat zu schmeißen. Fabienne möchte am Sonntag nicht nach London zurück. Dass sie überhaupt hier ist, verdanke ich Michael, dem ihre schlechte Laune in den Weihnachtstagen wohl auch irgendwann zu viel geworden ist. Meine Versuche, an Fabienne heranzukommen, sind kläglich gescheitert. Martha scheint da mehr Glück zu haben. Vermutlich findet Fabienne es cool, dass eine so alte Frau noch in der Lage ist, ihr Schlittschuhfahren beizubringen (wie mir übrigens auch damals).

14:50. Auf dem Fließ »Alter Semisch«

Wenigstens scheint Iris geschluckt zu haben, dass nur meine engsten Freunde kommen. Wenn ich ehrlich bin, kann ich mich nicht mehr recht erinnern, wen ich alles eingeladen habe. Nachdem ich an Silvester in der Bar festgestellt hatte, dass ausgerechnet meine Nachfolgerin bei PINK, Annabell Glück, am gleichen Tag geboren wurde wie ich, habe ich – ganz lässig – einen Doppelgeburtstag in meiner ländlichen Residenz ausgerufen. Das Fließ, auf das ich jetzt geradewegs zulaufe, kommt mir sehr breit vor – ist das etwa die Hauptspree? Dann wäre ich schon zu wei... Scheiße, was knarzt denn da so komisch, ich muss umdreh... Fuck, das Eis bricht ... Aaaah!

Zur selben Zeit im Haus der Schwestern

»Aaaah!« KRRRRCKS! Mir schwant Übles. Vor dem Schrei und dem ohrenbetäubenden Scheppern habe ich meine derzeitige Assistentin, Roswitha Mielke, mit einem Tablett (darauf mein gestern geliefertes teures Villeroy-&-Boch-Kaffeegeschirr) im Seminarraum verschwinden sehen. Sie ist dreiundfünfzig, sieht aber aus wie sechzig und wurde mir vom Arbeitsamt vermittelt. Dankenswerterweise, denn die vorige Anwärterin auf den Job war kurzfristig abgesprungen. Wollte dann doch lieber in Berlin bleiben. Jetzt kommt Frau Mielke händeringend aus dem Seminarraum gerannt. Frau Mielke ist hochrot im Gesicht: »Oh Gott, oh Gott, Frau Neuberger, ich ... das ... ich weiß gar nicht ..., da war das Kabel von diesem ... Gerät« (sie meint den Beamer) ...

»Und das Geschirr liegt jetzt in tausend Scherben auf dem Boden«, vollende ich ihren Bericht. Ich reiche der eingeschüchterten Frau Mielke das Telefon, damit sie Kaffeegeschirr ordert. Ich hoffe, dieses Häufchen Elend hält die nächsten drei Tage durch.

15:00. Im Fließ

»Halten Sie durch, Fräulein, wir haben die Rettung schon gerufen! Werner, jetzt tu doch was, das Mädchen ertrinkt ja!«

Scheiße, ist das kalt. Seit einer gefühlten Ewigkeit paddle ich hier im Eiswasser und versuche mich mit letzter Kraft auf die

Eisfläche zu ziehen. Aber immer, wenn ich mich aufstütze, kracht das Stück vor mir ein.

»Du musst zu ihr hinrobben, Werner.«

»Das ist jetzt nicht dein Ernst, Helga. Der Doktor hat ausdrücklich gesagt, ich soll mit der neuen Hüfte keine Sperenzien machen.«

»Wenn ich dich halte. Und du ihr deinen Gehstock hinhältst … 's könnt auch unsre Anni sein!«

Erst beim dritten Versuch kriege ich ihn (also den Stock) zu fassen. Wie eine nasse Fliege krabble ich umständlich an dem Krückstock ans Ufer. Im Hintergrund höre ich die Feuerwehr.

»Alles in Ordnung?«

Ich schaue in zwei honigbraune Augen. Maik.

»Mia! Unkraut vergeht nicht. Welche Art Unfall suchst du dir als Nächstes?«

16:05. Am Fließ vor dem Haus der Schwestern

Einer nach dem anderen trippeln sie vorsichtig über den roten Teppich. Ein kleiner Shuttlebus hat meine zehn Seminarteilnehmer von Burg – aus ihrem Hotel – nach Feulenitz gebracht. Eine sehr attraktive Rothaarige nutzt den roten Läufer direkt für einen rasanten Catwalk zum hiesigen Ufer.

»Nein, wie charmant!«, ruft eine Frau in meinem Alter und bestaunt das Rot auf dem glitzernden zugefrorenen Fließ, aber nicht alle teilen ihre Begeisterung.

»Ja, aber trägt das Eis auch?« Das sagt ausgerechnet so ein kleiner Spindeldürrer.

»Natürlich hält das Eis! Selbstverständlich habe ich das vorher …«

Mir bleibt der Rest des Satzes im Halse stecken, weil hinter dem Shuttlebus in diesem Moment ein Feuerwehrauto hält.

Zwanzig Sekunden später trägt Maik meine in goldene Folie gewickelte nasse, blaugefrorene Halbschwester aus dem Wagen und über das Fließ. Ein Kollege trägt Mias Schlittschuhe hinterher. »Ist auf der Hauptspree eingebrochen«, kommentiert Maik trocken.

Meine Seminarteilnehmer – sämtlich gestandene Angehörige von Vorstandsetagen namhafter Häuser – sehen plötzlich aus wie ängstliche kleine Kinder. Frau Mielke entfährt ein hysterischer Lacher. Ich blitze sie an und sage ruhig: »Bitte machen Sie sich keine Gedanken. Die kleineren Fließe sind bei diesen seit fast drei Wochen herrschenden Minusgraden zuverlässig zugefroren, vertrauen Sie mir.«

16:15. Mias Zimmer

»Du musst aus den nassen Sachen raus.«

Maik fängt an, an meinem Pulli zu ziehen. Ich protestiere. Doch meine Finger sind immer noch steif und können kaum greifen.

Er sagt sanft: »Ich schau dir nichts weg. Versprochen.« Und grinst. »Was auch.«

Jetzt muss auch ich lächeln. Zähneklappernd sage ich: »Stehst wohl nur auf große Busen.« Er sieht mich offen an.

»Nicht unbedingt.«

Zur selben Zeit. Seminarraum

Die Warm-up-Phase versorgt mich meistens mit ersten Hinweisen auf die Potenziale und Entwicklungsfelder (sprich: Schwächen) meiner Kunden.

Der glatzköpfige Schrank (Stahlbranche) stellt massive Wortklötze in den Raum, spricht von der schwierigen »Change Story« seiner Firma und dem »Top Level Target«, das seit der Umstrukturierung in Gefahr sei, wünscht sich »task-orientierte Tools«, um den »Change« in seinem Unternehmen »in die DNA eines jeden Mitarbeiters meiner Abteilung zu implanten«.

In jedem Seminar sitzt einer dieser Aufschneider, die sich hinter einem fast karikaturhaft strapazierten Businesscode verstecken. Damit »implantet« er sicher nichts in Mitarbeiter-DNAs. Mental Note: »Entwicklungsfeld: Kommunikation und Empathie«.

Die Vorstellungsrunde wird jäh von lautem Kreischen unterbrochen. Draußen rasen Ganter Orpheus und seine neue bessere Hälfte zischend und krakeelend hinter meiner ebenfalls schreienden Tochter her. Ich lächle, als wäre das nichts Besonderes, atme aber innerlich auf, weil Martha draußen im Anmarsch ist. Unser verwitweter Gänserich Orpheus scheint seine Trauer mit Hilfe von aggressivem Verhalten zu verdrängen. Allerdings erst, seit Mia ihm eine neue Frau besorgt hat, die Orpheus zwar vom ersten Augenblick an verfiel, sich aber leider als Gänserich entpuppte. Seit Orpheus sich mit seinem schwulen Artgenossen abgefunden hat, entwickeln sich die beiden zum Duo infernale.

Meine Teilnehmer sind mehrheitlich aufgesprungen und tummeln sich jetzt schaulustig am Fenster. »Die haben wohl Angst, dass der hässliche Vogel ihnen das Futter klaut«, ätzt ein blonder Feister mit gegelter Stoppelfrisur über Fabienne, die mit ihrem schwarzen Fetzenlook und den gleichfarbigen Zotteln auf dem Kopf wirklich etwas Rabenartiges hat, wie sie da vor den Gantern herumhüpft.

Ich übergehe die Bemerkung geflissentlich. Ebenso wie die Frage, wer die Menschen da draußen sind. Frau Berger, einer Dame mit teigigem Gesicht und braunem Wuschelkopf, die sonst häufig irritierend laut und an unpassenden Stellen lacht, bleibt ausgerechnet jetzt das Lachen im Halse stecken, als Martha beide Ganter von hinten an den Hälsen packt und Richtung

Stall zerrt. Ich erwähne, dass es sich bei den Gänsen um unsere Wachhunde handelt, die aber selbstverständlich von nun an im Stall bleiben.

»Andererseits«, sage ich augenzwinkernd, »kann man in Sachen ›Teamspirit‹ von Gänsen einiges lernen!« Dann klaut meine Tochter mir wieder die Aufmerksamkeit. Sie hat bemerkt, dass sie Zuschauer hat, dreht sich mit dem Rücken zu uns und wackelt anzüglich mit dem Po. Ein eher kauzig wirkender Gast mit auffallend hoher Stirn und zu engem Karohemd (Verkaufsleiter in der Medizintechnik) sagt lächelnd: »Teamspirit versus Teenspirit.«

19:10. Küche

Ich habe es eilig. Aber ich werfe noch einen Blick in die Küche, wo meine Tochter sitzt. Offenbar geht es Mia besser. »Bist du wieder okay?«, frage ich trotzdem. Höflichkeitshalber. »Ich muss jetzt los. Abendessen in Burg. Um elf bin ich wieder zurück, dann möchte ich, dass du im Bett bist, Fabienne.«

Iris' Tochter und ich sitzen nebeneinander auf der Bank und essen schweigend das von Iris georderte Gulasch mit Nudeln.

»Unfall oder Absicht?«, eröffnet Fabienne in die Stille hinein ein Gespräch. Ich brauche einen Moment, bis ich verstehe, was Fabienne meint. Hat die zu viel Werther und solchen Kram gelesen? Wahrscheinlich will sie nur provozieren.

»Mit so was spaßt man nicht«, sage ich deshalb.

»Wieso? Manchmal ist das Leben eben zum Kotzen.«

»Deine Mutter ...«

»Ja, die nervt echt übelst ... Kein Wunder, dass Papa lieber mit Alice zusammen ist. Pisst Mama natürlich total an, dass Papa ausgerechnet ihre Assistentin knallt ... Voll Klischee, oder?«

»Ja, voll Klischee«, sage ich abwesend. Und dann kapiere ich, was Fabienne da gerade gesagt hat. Iris' Mann betrügt sie also. Plötzlich tut Iris mir leid.

20:00. Mias Zimmer

✉ *SMS von MATTI an MIA*
Habe jetzt doch noch frei gekriegt. Sündhaft teurer Flug. Komme morgen um 9:10 p. m. in Berlin an. Bin dann gegen 11:00 p. m. bei dir. Freu mich. Matti xx

---

Freitag, 10. Januar

16:00. Vor dem zugefrorenen Fließ. Auf Hausseite
Wie bereits gestern Abend beleuchten auch heute seit der Dämmerung Fackeln den Weg vom jenseitigen Ufer bis zum Hauseingang. Es sieht wirklich märchenhaft romantisch aus.

»Ich habe ein paar Leute mitgebracht.« Küsschen von Strahle-Annabell.

»Das ist Udo, mein Mitbewohner, er ist freier Redakteur und pendelt zwischen Berlin und Mainz ...«

»Hallo.«

»Javier aus Barcelona und ... ähhh ...«

»Sebastian. Hi«, stellt sich der zweite Jungspund vor, unter dessen blauer Wollmütze fettige Haare herausspitzeln.

»Wir haben Annabell gestern beim Dancen getroffen.«

Das Mädchen im Bunde – Lucia, eine dunkelgelockte Spanierin – nickt. Jetzt schwebt Kim Ji-Young, von David und meinem geliebten Exchef Patrick flankiert, in ihren neongrün leuchtenden Sneakers über den roten Teppich.

»Dieses Feulenitz liegt ja wirklich total in der Pampa!« Küsschen. Noch eins von Patrick. Und dann eins von ... Ich lächle David an.

»Hallo.« Und will ihn an seinem Schal zu einem Kuss an mich ziehen.

»Bist du erkältet?« Schnell wische ich meine laufende Nase mit dem Handrücken ab.

»Wir haben am Montag ein wichtiges Shooting«, erklärt Patrick. David küsst mich auf die Wange. Wird das etwa ein platonisches Wochenende?

Im Seminarraum. Kaffeepause

Was poltert denn da draußen so? Ich kann weitere Störquellen nicht gebrauchen, nachdem Frau Mielke bereits einmal das Flipchart umgeworfen und zweimal den Laptop runtergefahren hat, als sie den Beamer bedienen sollte.

Bevor ich zur Tür gehen kann, um für Ruhe zu sorgen, wird sie aufgerissen. Etwa sieben Gestalten, wahlweise in blauen oder grünen Parkas, drängeln sich im Türrahmen. »Hier pennen wir! ... Oh.«

Zu spät. Zwölf Köpfe drehen sich zu Annabell und ihrer Peergroup um.

»Hätten Sie die Güte ... Wir arbeiten!« Das war die eisige Stimme von Iris.

»In Mias Haus?«, fragt Annabell mit ihrer zuckersüßen Kinderstimme. »Was arbeiten Sie denn?«

Schnell greife ich an Annabell vorbei, um die Tür noch vor Iris zuzuziehen, und höre gerade noch, wie einer der Teilnehmer Iris fragt: »Ist das auch eine Art Seminar?«

»Nein, äh, ja, so was in der Art«, stammele ich.

Frau Mielke springt kichernd ein: »Äh, das sind die Geburts...«

Ich falle ihr scharf ins Wort. »Geburts... äh, ... rückführung. Ich meine »Rebirthing«. In unserem Seminarzentrum tagt an diesem Wochenende ausnahmsweise auch so eine Art Selbsterfahrungsgruppe.«

Weia. Iris, du hast schon mal schneller geschaltet. Rebirthing!

23:15. Erneut vor dem roten Teppich

Für einen Moment wissen wir nicht, wie wir uns begrüßen sollen. Doch dann umarmt Matti mich einfach.

»Wirklich schön, dich zu sehen, Mia.«

Sofort steigt ein Heimatgefühl in mir auf. Doch wie so oft mit Heimat, ist es möglich, sie zu lieben und sich gleichzeitig für sie zu schämen. Letzteres passiert drei Minuten später, als Matti den Rest der Mannschaft mit Handschlag begrüßt und Kim ihn abschätzig von oben bis unten mustert. Sie bleibt mit dem Blick an seinen polierten Lederschuhen hängen und sagt: »Kanzlei, Versicherung oder Finanzamt, stimmt's?«

»Stimmt. Alle drei. Und du? Lass mich raten – Frauenzeitschrift, Nagelstudio oder Hostessenservice?«, kontert Matti. Bevor die Situation eskaliert, schiebe ich ihn aus dem Raum.

23.22. Flur im Erdgeschoss

Als ich ins Haus komme, merke ich, dass etwas nicht stimmt. Dann wird mir klar, dass etwas ganz gewaltig nicht stimmt: Aus dem Seminarraum wummert Musik. Innerhalb von Nanosekunden schnellt mein Blutdruck nach ganz oben. Als ich die Tür öffne, achtet niemand auf mich. Aber ich weiß, wo die Steck-

dosen sind. Drei Schritte. ZUPP. Die Musik verstummt augenblicklich.

»He!«, empört sich jemand.

»Mia?!«, sage ich scharf.

»Is grad nich da. Mach mal die Musik wieder an.«

»Raus hier! Sofort raus hier!«

Ein bemütztes Milchgesicht kommt meiner Aufforderung sofort nach, fast scheint es, als wäre er vor dem schlaksigen Typen mit Oberlippenbart geflohen. (Hatte der eben noch die Hand auf dessen Knie?) Dann entdecke ich Fabienne, die neben einem langhaarigen Südländer lehnt und so tut, als kenne sie mich nicht.

»Und du gehst ins Bett, aber ein bisschen plötzlich!«, herrsche ich sie an.

Meine Tochter fixiert mich einen Augenblick mit stummer Verachtung. Dann sagt sie: »Boah, Mama, du bist so peinlich!« Steht auf und trottet an mir vorbei.

Bevor sie den Raum verlassen hat, sagt jemand mitleidig: »Das ist deine Mutter? Mann, ey, du kannst einem ja echt leidtun.«

00:00. In der Küche

»Happy Birthday to you, happy birthday, dear Mia and Annabell ... happy birthday to yooouuuuu!«

Alle klatschen, und während Lucia den Sektkorken knallen lässt, küsst mich David heute zum ersten Mal auf den Mund und mit Zunge.

Samstag, 11. Januar

6:00. Flur im Obergeschoss

Ich wanke noch schlaftrunken durch den fast dunklen Flur zum Badezimmer, fühle mich aber sicher vor Mias pubertären

»Freunden«. Samstags zu dieser frühmorgendlichen Stunde schlafen die hundertpro…

»Ah-ah-ah-ja-ja-ja!«

…miteinander?!

»Uh-jaaa-uh-uuuuoah!«

Ich drücke mir die Handflächen auf die Ohren. Das Gejaule schallt eindeutig aus Mias Zimmer. Großer Gott, wer macht denn solche Geräusche beim Sex? Ich bewege mich auf das Badezimmer zu. Die Gestalt, die da vorne im schwach mondbeleuchteten Flur zusammengesunken vor Mias Tür verharrt, zuckt zusammen, als sie mich bemerkt.

Wenig später blicke ich mich unten um und sehe erst jetzt, dass ich wenige Zentimeter neben einem bröcklig-gelblichen Haufen stehe. Jemand hat vor meinen Seminarraum gekotzt! Und neben dem Haufen sitzt diese räudige Katze, die Mia in letzter Zeit immer ins Haus schleppt, und schleckt das Erbrochene auf!

Ich glaube, ich mache unserem kampflustigen, stets zu allem entschlossenen Ganterpaar in diesem Moment schwer Konkurrenz, als ich die Treppe hinaufstürme und mit der Tür in Mias Zimmer falle, wo sie gerade splitterfasernackt von diesem (ebenfalls nackten) James-Dean-Verschnitt auf ihrer Kommode sitzend gegen die dahinterliegende Wand getackert wird. Wie auf Kommando kreischen beide gleichzeitig los, der Typ macht einen Satz rückwärts und grapscht sich das Bettzeug, um seine Scham zu bedecken.

»Sag mal, spinnst du jetzt total?! Was fällt dir ein?! Das hier ist Privatsphäre!«, brüllt Mia mich mit erstaunlicher Stimmgewalt (trotz Erkältung) an.

»Privatsphäre, ja?!« Iris macht keine Anstalten, anstandshalber zu gehen.

»Deine Privatsphäre bringt hier seit fünfzehn Minuten die – übrigens frisch verputzten – Wände zum Wackeln und jault das ganze Haus zusammen!«, brüllt meine Halbschwester mich jetzt an.

Ist die komplett bescheuert?! David muss ja denken, er ist im Irrenhaus gelandet! (Womit er ziemlich richtigliegt ...)

»Du benimmst dich wie die Vorsteherin eines Mädchenpensionats. Liegt das daran, dass du verklemmt bist? Oder an deiner sexuellen Frustration, weil dein Gatte eine Jüngere fickt?«

KAWUMM! Das war die Tür, die Wände beben nach. Ich glaube, jetzt bin ich etwas zu weit gegangen.

Etwas später. Seminarraum

Woher weiß Mia von Michaels Ausflug in andere Gefilde? Oder hat sie einfach blind drauflosgestochert und mitten ins Schwarze getroffen? Ich schicke mich gerade an, die Hinterlassenschaft ihrer Gäste zu beseitigen, als ich hinter mir ein Geräusch höre und den jungen Mann aus dem Flur im Türrahmen stehen sehe.

»Kaffee?« Er hält mir einen dampfenden Becher hin, den ich dankbar in Empfang nehme.

»Ich helfe Ihnen. In der Küche geht's schon wieder«, sagt er, nimmt mir die Kleenex-Rolle aus der Hand und kniet sich neben mich.

»Mathias Brenner. Sie können Matti zu mir sagen. Ich hab mit Mia zusammengewohnt, in Berlin.« Meinen fragenden Blick interpretiert er richtig.

»Als WG-Kumpel«, sagt er, »nicht als Freund.« Aha. Hätte

ich mir auch denken können, dass Mia nicht auf Typen mit Format steht.

12:10. Küche

»Suppe zur Stärkung?« Erst jetzt bemerke ich, dass der Topf, aus dem sich Patrick gerade noch eine ordentliche Kelle Nachschlag verpasst, dem Kochgeschirr von Iris' Cateringfirma verdammt ähnlich sieht. »Super Katerfrühstück«, sagt Patrick gerade anerkennend.

»Das ist jetzt nicht wahr, oder? Mia?!« Fassungslos bin ich nach dem ersten Schritt in die Küche zur Salzsäule erstarrt. »Kannst du mir erklären, was ich meinen Seminarteilnehmern jetzt zum Mittagessen anbieten soll?«

»Ich hab das nicht mitgekriegt, Iris«, sagt sie und guckt wie eins ihrer dämlichen Schafe.

»Mama, sie ist wirklich gerade erst gekommen.« Oh, Schützenhilfe von unerwarteter Seite. Iris' Tochter legt sich für mich ins Zeug. Und mit ihrer Mutter an: Denn klar ist, dass Fabienne schon länger hier sitzt – und ganz genau wusste, für wen die Suppe bestimmt war.

Für einen Moment fehlen mir die Worte. Lässt mich meine Tochter vor der versammelten Jugendmannschaft auflaufen. Wortlos mache ich den Abgang. Wo ist Frau Mielke?

12:15. Im Stall

»Na, mal wieder zu spät?«

Ich warte auf die olle Leier von wegen »Auf dich ist ja kein Verlass, was die Fütterung der Tiere betrifft«, aber stattdessen streckt mir Martha eine rot verpackte große Schachtel entgegen.

»Alles Gute zum Geburtstag.«

Neugierig schmiegt sich Ronja, unser kleines Lamm, an mein Bein. Aus einem Karton ziehe ich ein paar neue, dunkelblaue (meine Lieblingsfarbe) Gummistiefel.

»Gülleresistent. Damit du deine Finger von meinen lässt.« Herzliche Ansprache. Trotzdem bin ich gerührt und umarme die alte Frau. Sie wirkt nicht gebrechlich, eher stark.

»Nu, ist gut. Dein Kuchen steht vor der Remise zum Abkühlen.«

Wann hat mir zuletzt jemand einen Geburtstagskuchen gebacken?!

12:25. Hinterm Haus vor dem Hühnerstall

Ich habe wieder dieses Fiepen im Ohr. Kein Wunder, nach dem Telefonat, das ich soeben hier draußen geführt habe:

»Schlangenkönig Feulenitz, was kann ich für Sie tun?«

»Marlies? Iris hier!«

»Na, so was. Die Chefin persönlich!«

»Was bleibt mir anderes übrig, wenn du versuchst, meine Assistentin über den Tisch zu ziehen?«

»Wie bitte?«

»Marlies! Zweihundert Euro für fünf Liter Spreewälder Kartoffelsuppe! Das ist doch nicht dein Ernst?!«

»Das ist der Express-Preis. Aber du findest sicher einen günstigeren Lieferservice.«

»Erpressung ist kein gutes Fundament für Geschäftsbeziehungen.«

»Angebot und Nachfrage, da kennt ihr aus dem Westen euch doch eigentlich besser aus als wir?«

13:10. Küche

»Hätte der Herr die Güte?« Ich halte David, der gerade die Küche betreten hat, meine Bartsammlung hin.

»Hitler oder Stalin?«, grinst er und klebt mir vorsichtig einen Schnauzer auf, küsst mich auf selbigen und sagt: »Hält. Perfekter Rotzstopper!«

Ich lache.

»Spreewälder Kartoffelsuppe für dreizehn Personen?«

Ich drehe mich um und mit mir der Rest der Bagage. In der Tür steht Maik mit einem großen Topf. Maik war wohl gerade auf dem Weg zu seiner Fischerei oder zurück, denn er hat wieder die orangene Jacke und eine ebensolche Hose mit fluoreszierenden Streifen auf Höhe der Schienbeine an.

»Liefert die Müllabfuhr hier in der Pampa auch Essen aus? Oder ist Karneval?«, gluckst Patrick, der wohl immer noch Restalkohol im Blut hat. Und Kim beeindrucken will. Maik stellt geräuschvoll den großen Topf auf dem Herd ab.

»Wenn man euch so anguckt, könnte man es meinen. Sowjetzone ist nicht mehr, falls das bei euch noch nicht angekommen ist.«

»Mia hat Geburtstag. Mottoparty. Russische Polka auf Eis«, perlt es aus Annabell. Maiks kastanienbraune Augen blicken ungefähr so kühl wie damals bei unserer ersten Begegnung nach dem Unfall.

17:55. In Mattis Leihwagen

Das Bier ist alle. Für Edeka in Burg ist es jetzt zu spät. Matti und ich sind also auf dem Weg zum Schlangenkönig. Die eisige Stimmung im Auto macht es nicht besser.

»Was ist denn eigentlich los mit dir?«, frage ich Matti. Mein Tonfall sollte nicht so spitz ausfallen.

»Vielleicht bin ich einfach müde. Schläft sich halt doch nicht soo gut auf deiner Couch. Vor allem, wenn's im anderen Zimmer so hoch hergeht ...«

Pling, pling.

»Du hast eine SMS.«

✉ *SMS von LAURA*

Alles Gute meinem liebsten Rehlein! Dieses Jahr kommt er sicher, der Mann, der dich auf Händen trägt. ;-)

18:05. Vor dem Schlangenkönig an Pias Auto

Matti schlägt den Kofferraum zu. Anja steht lächelnd neben uns, nachdem sie beim Verladen der Bierkästen mit angepackt hat.

»Komm doch nach, wenn du hier fertig bist.« Das hat Matti jetzt nicht ernsthaft gesagt?

»Danke, gern! Ick versuch's einzurichten!«

18:20. Im Hauseingang

»Wir treffen uns in einer halben Stunde im Lokal. Fahren Sie vorsichtig«, scherze ich.

»Hoppla«, ruft der glatzköpfige Schrank und meint damit Fabienne, die gerade auf dem Weg ins Haus ist. Sie trägt die räudige Katze auf dem Arm.

»Ha!«, ruft Frau Kleinpeter, die Katzen anscheinend nicht charmant findet. »Ich wusste doch, dass hier irgendwo ein Katzenviech ist, ich hab es gleich an meinen Augen gespürt! Ich hatte doch extra ...«

»Schon gut, Frau ... äh, Kleinpeter. Die Katze gehört hier keineswegs ins Haus, ich bin nämlich auch Allergikerin. Fabienne, kommst du bitte mal? Ohne Katze!«

Ich sehe meiner Tochter an, dass sie es hier und jetzt auf ein Scharmützel ankommen lassen will. Wie peinlich. Ausgerechnet Frau Mielke rettet die Situation.

»Ach«, säuselt sie, »darf ich das Kätzchen mal auf den Arm nehmen? Ich hab Katzen ja so gerne.«

Der Schrank und die mit der spitzen Zunge wechseln einen vielsagenden Blick. Frau Mielke nimmt der widerstrebenden Fabienne das Tier ab.

»Ich pass auch gut drauf auf, versprochen«, sagt sie beruhigend.

»Sie sitzen bitte beim Essen nicht neben mir«, giftet Frau Kleinpeter. Frau Mielke senkt eingeschüchtert die Augen.

»Ich komm doch gar nicht mit«, sagt sie leise, »weil … wegen familiärer Verpflichtungen.«

Ich stelle mir einen herrischen stiernackigen Mann im gerippten Unterhemd vor, der vor dem Fernseher sitzt und Bier verlangt. Würde passen.

Drei Minuten später. Seminarraum, jetzt leer

»Ich hätte tausendmal lieber deine Frau Mielke zur Mutter, die kümmert sich wenigstens um ihre Familie«, schreit Fabienne mich an.

Ein kurzer Schlagabtausch über die Anwesenheit von Katzen im Haus und Scheiß-Mütter wie mich ist vorausgegangen. Ich zwinge mich zur Ruhe und sage: »Fabienne, ich habe dieses Seminar geplant, als ich noch nichts von deinem überraschenden Besuch wusste.«

Meine Tochter läuft bedrohlich rot an, sie atmet schwer ein und aus. Dann stößt sie hasserfüllt hervor: »Ja, so wie du auch deine Karriere geplant hast, als du noch nichts von meiner überraschenden Geburt wusstest!«

Sie stampft aus dem Raum. Die Tür fällt krachend zu.

22:10. Seminarraum

Seit Anja vor circa dreißig Sekunden den Raum betreten hat, ist es grabesstill unter meinen Gästen. Trotz der eisigen Temperaturen trägt Anja in ihren fast kniehohen schwarzen Lederstiefeln keine Strumpfhose, sodass wir gefühlt siebzig Prozent ihrer vom Solarium gebräunten Haut bestaunen können. Selbst Matti, der mir das Ganze eingebrockt hat, guckt ungläubig.

»Prollschick, cool«, findet Kim als Erste die Sprache wieder. Patrick grinst.

»Ick hab Wodka, Eis und Cola mit! Wer hilft mir mixen?!«

22:25. Auf dem Weg von der Damentoilette zurück ins Lokal

Ich denke gerade daran, wie ich im Dezember mit einer nassen, weil mit Rotwein begossenen und ausgewaschenen Hose durch diesen Gang gegangen bin, zurück zu dem Tisch, an dem Torben saß, als er plötzlich um die Ecke biegt.

»Hallo Iris.«

Seine Stimme klingt gewohnt samtweich. Keine Spur von Aufregung. Aber warum auch? Ich habe mich ihm an den Hals geworfen, nicht umgekehrt.

»Ich hab gehört, dass Rosi Mielke jetzt bei dir arbeitet.«

Himmel!

»Der Dorffunk funktioniert wirklich blendend hier, das muss man euch lassen«, sage ich. »Ich trage vermutlich zur abendlichen Erheiterung der Stammtische bei?« Torben guckt verwundert.

»Na ja, ich kann es förmlich hören: ›Wilhelmine Wichtig trifft Dorothea Doof, det jibt ne Jaudi erster Sahne‹ oder so.« Ich lache aufgesetzt. Torben lacht nicht.

»Wenn du 'ne Gaudi willst, bist du bei Rosi eher falsch. Dafür ist sie ein feiner Mensch. Hat es nie leicht gehabt, weißt du? Als das Kraftwerk Anfang der Neunziger dichtmachte, verloren

Rosi und ihr Mann die Arbeit. Er hat das nicht verkraftet und hat sich mit Hilfe des Fensterkreuzes und eines Gürtels erlöst. Leider hat er außer Rosi einen kleinen behinderten Sohn zurückgelassen.« Ich schlucke.

»Was hat der Sohn denn?«

»Zu wenig Luft bei der Geburt. Geht tagsüber in eine Einrichtung und schläft nachts bei seiner Mutter.«

Pause. Ich weiß nicht, was ich sagen soll.

»Ist ziemlich wichtig für Rosi, dass sie Arbeit hat, Iris. Sie hat eine starke Tierhaarallergie, sonst hätte ich sie längst eingestellt.«

23:20. Seminarraum

»Kihimm!« Ich deute nach draußen. Wie oft habe ich jetzt schon gesagt, dass wir drinnen nicht rauchen dürfen? Kim rollt die Augen und trollt sich nach draußen. An ihrer Stelle pflanzt sich Patrick neben David und mich auf das Sofa. Jetzt sitze ich zwischen zwei Männern, die mit ihren Smartphones spielen.

»Wem textest du denn die ganze Zeit?«, versuche ich David möglichst beiläufig zu fragen.

»Ach, der Shoot am Montag ... es gibt Probleme mit dem Set.« Aha. Dinge, bei denen ich nicht mehr mitreden kann.

Jetzt sagt Patrick: »Die Hausparty in diesem funky Ambiente ist ja ganz nett, aber geht noch was anderes?« Davids Handy piepst schon wieder.

»Ich wüsste was«, sagt er.

23:30. Im Lokal

Die Rothaarige hat ihr Smartphone in ihre Tasche gepackt und soeben vorgeschlagen, auf einen Absacker ins Hotel zurückzufahren. Ohne mich. Ich bin dankbar, endlich den Tisch verlassen zu dürfen.

Sonntag, 12. Januar

01:00. Burg. Hotelbar

»Die nächste Runde geht auf mich.« Möglichst lässig gibt Patrick der Dame an der Bar ein Zeichen. Diese nickt und füllt neue Gläser mit dem honiggelben Whiskey.

Wer hätte gedacht, dass ich meinen Geburtstag in einer Runde mit Iris' Seminarteilnehmern beschließen würde. So wie Patrick sich aufplustert, könnte man meinen, er würde PINK leiten und nicht nur die Online-Redaktion.

»David ist einer unserer besten Autoren« (David grinst und legt jetzt raumgreifend wie der massige Glatzköpfige seinen Arm auf die Lehne und damit halb um Kim).

»Kim ist top im Aufspüren der letzten Modetrends« (abschätziger Blick von der Rothaarigen auf Kim. Seit wir angekommen sind, liefern sich die beiden einen stummen Zickenkampf).

»Und was machen Sie hier?«, fragt jetzt der Glatzköpfige interessiert. »Freiberufliche Illustratorin …«, gebe ich zum Besten.

»Aha. Haben Sie Kinder, dass Sie … beruflich kürzertreten mussten?«

Wie bitte?

2:30. Hotelbar

»Wir packen's.« Ich fühle mich, als hätte ich Schüttelfrost, und wünsche mir nichts mehr als mein Bett. Aber ein Blick auf David, der sich angeregt mit der Rothaarigen unterhält, zeigt mir, dass ich David hier nicht alleine lassen sollte. Matti hält mir meine Jacke hin: »Ich glaub, du gehörst wirklich ins Bett, Mia.«

6:30. Mias Zimmer

Es dauert eine Weile, bis ich verstehe, wo ich bin und dass das Gepiepe nicht meinem Kopf, sondern meinem Handy entspringt.

»David?«

»Mia. Endlich. Die ersäuft mir hier. Scheiße, Mann.«

»Ersäuft, wer, was? David ...«

»Die ist auf dem Eis eingebrochen ... Mann ... Mia, Ich hab keine Ahnung, wo zum Teufel wir uns befinden ...«

Ich wecke Matti, der sich so gut es geht auf seiner Couch zusammengerollt hat. Schnell erfasst er die Situation und erinnert sich an Details aus meinem Leben, die jetzt nützlich sind: Ich hatte ihm vor ein paar Wochen gebeichtet, dass ich David hin und wieder mit der ›Find my friends‹-App hinterherspioniere. Jetzt gibt er David klare Anweisungen: »David, gib deine Position frei, dann orten wir dich und schicken die Rettung.«

Ich wähle die 112.

6:45. Am Ufer der Hauptspree

Als wir ankommen, ist die Feuerwehr schon da. Matti und ich stürmen den Abhang hinunter. Jetzt sehen wir die Frau genauer – es ist die Rothaarige aus Iris' Kurs. Und sind das meine Schlittschuhe an ihren Füßen?

Mia, dieses Detail sollte nun wirklich keine Rolle spielen, denn der Kleinere der beiden Feuerwehrmänner sagt: »Unfallopfer bewusstlos. Flache Atmung.« Von der Straße her hören wir den Rettungswagen.

»Hat die Frau was genommen? Alkohol, Drogen?«, fragt jetzt der andere Feuerwehrmann. Es ist Maik! David, an den Maiks Frage gerichtet ist, sitzt zusammengekauert auf dem Boden und wippt mit dem Oberkörper hin und her.

»Hallo!« Maik schlägt David sanft ins Gesicht. »Ja, 'ne kleine Line. Also Koks«, stammelt David kleinlaut.

David hat wohl auch eine Ladung intus. Inzwischen ist der Notarzt da und übernimmt die Patientin, die auf eine Trage geschnallt und beatmet wird. In Maiks Blick sehe ich die Frage, die ich mir selbst gerade stelle: »Was führst du bitte für ein Leben?«

8:35. Flur im Obergeschoss / Badezimmer

Auf dem Gang ist heute alles still, aber als ich die Badezimmertür öffne, schlägt mir ein bestialischer Gestank nach Erbrochenem entgegen. Mein Alarmsystem schaltet auf Rot. Vor allem, als ich die Quelle des Geruchs entdecke. Meine Tochter liegt zusammengerollt vor der Kloschüssel.

»Mama«, wimmert sie, »hilf mir, mir ist so ...«

Dann fängt sie an zu würgen. Ich helfe ihr, sich aufzurichten, und halte sie über den Rand der Toilette, während sie sich zusammenkrümmt und von heftigen Würgreflexen geschüttelt wird.

8:42. Flur im Erdgeschoss

»Dit muss ja noch 'ne richtig wilde Session jewesen sein, hier«, ruft mir Anja entgegen, die gerade dabei ist, die leeren Flaschen aufzusammeln. Hätte nicht gedacht, dass die tatsächlich zum Aufräumen kommt.

»Wat is'n mit dem? Sieht ja aus wie 'ne wandelnde Leiche.«

(Damit meint sie David, der an meiner Schulter hängt.) Im Seminarraum kniet Patrick auf dem Boden und wischt irgendetwas auf.

»Die wahre Sause haste verpasst, Mia. Im Hotelzimmer bei einem dieser Finanzheinis ging's noch weiter. Irgendeiner hatte 'nen Quickie auf der Toilette, und die anderen haben ihm dabei die Unterhose geklaut! (Anja zeigt auf die Trophäe, die an unserem Kühlschrank baumelt.) Hab mich dann aber ooch bald ausgeklinkt, weil ...«

In diesem Moment kommt Javier zu ihr und küsst sie leidenschaftlich mit Zunge. Bevor ich mir weiter Gedanken darüber machen kann, dass Anja gerade vor aller Welt Maik betrügt, sagt mein eigener Liebhaber, der schwer an meiner Schulter lehnt: »Ich glaube, mir ist schlecht.«

8:55. Seminarraum

Mich trifft der Schlag. Auf das, was ich hier vorfinde, war ich nicht vorbereitet. Eben komme ich in den Seminarraum, da erbricht sich dieser braunhaarig gelockte Typ mitten ins Zimmer!

»Iihh, Patrick hat schon wieder gekotzt. Dabei hatte er doch gerade erst alles aufgewischt!«, kommentiert die etwas pummelige Brünette die Sachlage.

9:10. Küche

Ein Führungskräfte-Seminar am Küchentisch – exotisch. Kleiner Trost: Die Exilsituation wurde zumindest teilweise von »meinen« Leuten selbst provoziert.

»Frau Adamowitsch musste wegen einer dringenden familiären Angelegenheit früher abreisen.«

Meine Information, Frau Adamowitsch habe sich – koksbeschwingt – zu einer Pirouette auf dünnem Eis verführen lassen und liege jetzt unterkühlt im Lübbener Klinikum, verschweige ich lieber.

»Aha. Ich schätze, ein Todesfall. Alles andere sollte sich doch durch Nannys, Putzfrauen oder Altenpfleger klären lassen«, sagt »die Sparkasse« kaltschnäuzig.

Frau Mielke, die erst meiner Tochter die Brühe gebracht hat und jetzt den Teilnehmern reihum Kaffee einschenkt, hält einen Augenblick inne.

»Das ... das war jetzt aber nicht sehr nett«, sagt sie leise. Totenstille. Frau Mielke starrt, über sich selbst erschrocken, in die Runde. Der Schrank lacht süffisant auf.

»Jetzt hör sich einer Florence Nightingale an! Sie kann tatsächlich ganze Sätze sprechen!«

Die Kaffeekanne in Frau Mielkes Händen zittert. »Ich ... ich gehe jetzt besser. Ich passe irgendwie nicht hierher.«

Sie stellt die Kaffeekanne auf den Tisch und verlässt den Raum.

9:18. Mias Zimmer

Ich erwache von einem dumpfen Schlag. Im anderen Zimmer hat Matti seinen Koffer auf den Boden gehievt. Ich drehe mich zu ihm um.

»Was machst du?«

»Ich penn bei Uli und Kirsten bis Dienstag.«

Matti schaut mich an.

»Hast du deinen David mal gefragt, wo seine Unterhose geblieben ist?«

Damit dreht sich Matti um und geht.

Fickt der die Businesstussi auf der Toilette dieses beschissenen Fünfsternehotels und ist dabei so bekokst, dass er es nicht mal merkt, wenn ihm seine Unterhose geklaut wird! Ich weiß nicht, ob ich weinen oder lachen soll.

10:36. Fabiennes Zimmer

Das Taxi ist da, das Fabienne zum Flughafen bringen soll. Wo steckt sie? In ihrem Zimmer herrscht das gleiche Chaos wie am frühen Morgen, ihr großer Rucksack steht ungepackt in der Ecke. Ärger keimt in mir auf. Warum ist meine Tochter so unzu-

verlässig? Ich kann die Kaffeepause höchstens noch bis zehn vor ausdehnen, um sie zu suchen und mich zu verabschieden.

10:40. Flur im Obergeschoss
»Fabienne? FABIENNE!«

10:50. Im Seminarraum
»Herr Dr. Schrank, ähm« (Räuspern), »Herr Dr. Wermdorf, würden Sie bitte das Fenster hinter Ihnen schließen? Danke.«

Achtung, Iris, du bist unaufmerksam. Das macht die Wut über meine Tochter, die nicht in dem Taxi sitzt, das soeben davongefahren ist. Während ich die nächste Aufgabe erläutere, sehe ich aus den Augenwinkeln, wie Mias Gäste auf der anderen Seite vom Fließ in ihre Autos steigen. Verabschieden die sich gar nicht von Mia?

11:40. Küche
Nicht mal einen Zettel haben sie dagelassen.

»Entschuldigung, die Suppe für Neuberger Consulting.«

»Ach ja, danke.«

Schnell wische ich mir die Tränen weg.

14:45. Seminarraum
Habe die Mittagspause genutzt, um Fabienne siebenmal auf ihrem Handy anzurufen. Es ist doch höchst unwahrscheinlich, dass nach Mia und Frau Adamowitsch jetzt auch noch Fabienne ... Iris, was für eine fixe Idee! Jetzt sei nicht paranoid! Ich decke das Flipchart »Abschluss-Feedback« auf.

16:30. Auf dem zugefrorenen Fließ
Fixe Idee hin oder her – jetzt kratze ich hier auf Schlittschuhen fast wahnsinnig vor Angst über das Eis, um meine Tochter zu

suchen. Ich konnte mich nicht mehr auf die Abschluss-Statements meiner Teilnehmer konzentrieren. Plötzlich war es mir völlig egal, ob »der Schrank«, oder »die Sparkasse« sich von meinem Seminar gestärkt fühlen und ihren Firmen bessere Umsätze bescheren. Ich habe das Seminar abgebrochen, um meine Tochter zu suchen. Es ist so unwahrscheinlich, meine Tochter zu finden, die sich auf diesem verzweigten Netz von Eisstraßen sonst wohin bewegt haben mag. Da vorne sehe ich die Lichter von unserem Haus. Ich bete, dass Fabienne inzwischen dort aufgetaucht ist. Ansonsten alarmiere ich die Polizei.

17:00. Im Stall

Ich lehne mich an Lumumba. Ronja steht dicht bei Lovis, und auf meinem Schoß sitzt die Katze, die noch keinen Namen hat, und lässt sich kraulen. Ich denke melancholisch, dass die Wesen hier im Stall meine einzigen Freunde auf der ganzen Welt sind. Na ja, von Laura abgesehen, die aber, jetzt wo sie Mutter ist, in unerreichbare Ferne gerückt ist. Und Matti. Den habe ich wohl in die Flucht geschlagen.

Fünf Minuten später. Im oberen Geschoss.

Nichts. Alles still. Keine Spur von Fabienne. Ich kann vor Tränen kaum die Ziffern auf der Tastatur erkennen. Bevor ich die Null drücken kann, steht Mia im Türrahmen, ihr Handy am Ohr. Sie sieht mich an. »Fabienne ist bei Matti.«

17:10. Auffahrt Vetschau. In Iris' Leihwagen

Ich bin plötzlich erschöpft vor Erleichterung. Soll ich meine Tochter zurechtweisen? Sie einfach in den Arm nehmen? Hat sie doch tatsächlich den weichherzigen Freund von Mia überredet, sie mit nach Berlin zu nehmen, und ihm vorgegaukelt, sie wolle den Flieger nach London nehmen. Das wäre mit mir abgesprochen. Ein Flugticket zum Beweis hatte sie ja, wenn auch keinen Koffer. Wo sie sich wohl die letzten Stunden rumgetrieben hat? Die Kälte und die Dunkelheit haben sie anscheinend zu Mias Freund zurückgetrieben.

18:45. Berlin. Vor dem Haus von Mattis Freunden

Mias Körpersprache, die Art, wie sie neben dem Auto auf dem Bürgersteig auf und ab geht, reicht mir, um zu wissen, worum es in dem Telefonat mit ihrem ehemaligen Mitbewohner geht. Der Gutmensch hat genug vom Gutmensch-Sein.

»Matti sagt, Fabienne kommt gleich runter.«

Ich lasse mich wieder neben Iris auf den Beifahrersitz fallen. Matti sagte auch, dass er ein wenig Ruhe brauche und wir besser aus London telefonieren sollten. Er möchte nicht, dass ich hochkomme. Was tue ich denn jetzt nur? Sobald Fabienne kommt, bin ich auch hier fehl am Platz. Was starrt Iris mich denn so an?

*»Du musst ihm das Gefühl geben, dass es seine Entscheidung ist, dich zu sehen. Dass **er** dir wichtig ist und es dir nicht darum geht, dass **du** dich besser fühlst.«*

War das ein emotionaler Beziehungsratschlag von Madame Gefühlskalt? In dem Moment geht die Haustür auf, und Fabienne steht verstockt im Hauseingang. Ich lächle Iris an, sie lächelt zurück. Wir beide wollen wohl sagen: »Viel Glück.«

Wie sie da steht, in ihrer viel zu dünnen Jacke und den zerrissenen Strumpfhosen. Sie wirft mir einen kurzen flackernden Blick zu, als ich auf sie zugehe. Ich strecke meine Hand nach ihr aus, sie weicht zurück.

»Scheiße, Mann!«

Sie schlägt meine Hand weg, stößt mich zur Seite und stürmt kopflos davon.

»Fabienne!«

Ich fange ebenfalls an zu laufen.

✉ *SMS von MIA an MATTI*

Lieber Matti, sitze im Café gegenüber. Würde mich wirklich sehr freuen, wenn du herkommst und wir reden können. Ich weiß, ich habe mich scheußlich benommen. Und das nicht nur dieses Wochenende. Das tut mir leid. Mia.

»Es tut mir leid, Fabienne! Bitte, bleib stehen!« Sonntagabend. Berlin. Auf offener Straße. Eine reumütige Mutter macht sich zum Obst. Aber es hilft. Fabienne bleibt plötzlich stehen und dreht sich um.

»Du hast doch keine Ahnung!«, schreit sie, als ich angekeucht komme.

Ich krame vergeblich in meinen bewährten Werkzeugkisten. Es ist viel einfacher, anderen den richtigen Schraubenschlüssel zu reichen, als sich selbst.

Vielleicht irgendwie so (ich räuspere mich): »Du hast recht, Fabienne. Ich habe keine Ahnung, wie es dir geht. Weil ... ich immer nur meine Arbeit im Kopf hatte. Es tut mir leid. Ich war eine Idiotin. Denn du bist das Kostbarste, was ich ... Also, vielleicht, ich würde mich freuen, wenn du ... Könntest du mir noch mal eine Chance geben?«

»Meinst du das ernst?«

»Ja, ich ... natürlich ...«

Mein Blackberry klingelt. Meine Hand greift reflexartig nach dem Apparat in meiner Manteltasche. Fabienne wendet sich ab. Es ist nur ein leises Platschen zu hören, als mein Blackberry in die schwarze Spree plumpst. Fabienne dreht sich um, überrascht. Sie starrt mich an, als hätte ich ihr gerade eröffnet, dass Marilyn Manson und ich jetzt ein Paar seien.

»Okay«, sagt sie nach einer Pause. »Dann sag ich's dir jetzt: Ich bin übrigens schwanger.«

Zurück in Feulenitz

Matti kam um Viertel nach neun. Als er aussprach, es fühle sich ziemlich blöd an, in jemanden verliebt zu sein, vor dem man den Respekt verloren habe, und dass dieses Wochenende auf schmerzhafte Weise heilsam für ihn gewesen sei, war klar, dass es zwischen uns nie wieder so sein wird wie bisher. Ich dachte, ich müsse sterben. Aber nachdem ich mich nach drei Tagen mit Fieber und dunklen Gedanken wieder aus meinem Bett erhob, räusperte sich ein erhellender Gedanke, und ich merkte, dass das mit dem Sterben nichts werden würde. Tja. Jetzt sitze ich am Küchentisch und warte auf Fabienne und Iris. Wir wollen Mensch-ärgere-dich-nicht spielen. Unsagbar uncool. Morgen oder übermorgen gehe ich zu Maik und entschuldige mich dafür, dass ich mich wie eine offene Hose benommen habe. Und bei Anja ebenso. Ausgerechnet Iris hat mich nämlich darüber aufgeklärt, dass Anja und Maik kein Paar sind, sondern Cousin und Cousine!

Ich habe das für Ende des Monats geplante Seminar erst mal abgesagt, denn es ist jetzt wichtiger, meine Tochter zu stärken, die in den kommenden Wochen eine ganz andere, wirklich existenzielle Schlacht zu schlagen haben wird. Morgen gehe ich zu Frau Mielke und entschuldige mich bei ihr.

Das vierte Rezept aus Marthas Küche

Mia: Perfekt als Katerfrühstück …
Iris: … und als deftige Hausmannskost für rauchende Managerköpfe. Ich habe recherchiert: Tatsächlich ein Rezept von Martha, das meine Mutter ihrer Freundin Marlies mal verraten hat. Umso dreister von Marlies, mir so viel Geld dafür abzuknöpfen.

Spreewälder Kartoffelsuppe
(für vier Personen)

200 g Champignons
1 Bund Suppengrün
1–2 TL Instant-Gemüsebrühe
500 g Kasseler
1 kg Kartoffeln
50–75 g geräucherter durchwachsener Speck
1 mittelgroße Zwiebel
2 mittelgroße Spreewälder Salz- oder Gewürzgurken
Salz
Pfeffer
evtl. Leinöl

Champignons putzen und hacken, mit ¼ l kochendem Wasser übergießen. Suppengrün putzen, waschen und grob schneiden.

Kasseler waschen. Kartoffeln schälen und würfeln. Alles mit ca. 1½ l Wasser und der Gemüsebrühe aufkochen. Zugedeckt ca. 25 Minuten köcheln lassen.

Kasseler und Gemüse aus der Brühe heben. Kasseler vom Knochen lösen und fein würfeln. Gemüse fein schneiden. Speck in Streifen schneiden, knusprig braten. Zwiebel schälen, hacken und mitbraten. Schließlich die gehackten Pilze anbraten. Gurken fein würfeln.

Das Pilzwasser auffangen und zu den Kartoffeln in die Brühe gießen. Kartoffeln in der Brühe zerstampfen. Suppe aufkochen. Mit Brühe, Salz und Pfeffer abschmecken. Kasseler und Gemüse zufügen und erhitzen. Die Speck-Zwiebel-Pilz-Mischung sowie die Gurken darüberstreuen. Abschmecken und nach Geschmack mit Leinöl beträufeln.

5

»Über Mütter und Babys«
Wie der Besuch von Mias bester Freundin Muttergefühle bei Iris, Mia und Fabienne auslöst. Und sie der Dorfgemeinschaft über eine beschwingte Fastnacht näherkommen, als manchem lieb ist.

Samstag, 1. Februar

17:30. Marthas Küche

»Mia, ab und zu abschäumen. Und etwas weniger Hitze, sonst wird das Fleisch ganz faserig.«

»Aye, aye, Sir.«

Ich stehe in Marthas DDR-Küchenreich, das Fenster ist von Wasserdampf beschlagen, und koche das erste Rindfleisch meines Lebens. Als Martha mir den Brocken blutigen Fleischs und vier martialische Knochen hingeknallt hat, wollte ich schon auf dem Absatz kehrtmachen.

»Die Brühe soll ja nach was schmecken.«, so die lakonische Antwort der alten Frau auf meine hypochondrischen Einwände. Nun gut.

Zur selben Zeit. Im Haus der Schwestern. Küche

»Michael, bitte!« Ich werfe dem Mann, der mit verschränkten Armen auf der anderen Seite unseres Küchentisches sitzt, einen beschwörenden Blick zu. Unsere Tochter verweigert seit einer Stunde die Antwort auf die Frage, wer sie zu einer minderjährigen Schwangeren gemacht hat. Je mehr er insistiert, desto mehr macht Fabienne dicht. Im Gegensatz zu Michael möchte ich vor allem lieber nicht wissen, welcher grenzdebile Hornochse dabei nicht verhütet hat (das war gelogen, ich möchte es natürlich unbedingt wissen). Deshalb sage ich, um die angespannte Situation aufzulösen:

»Morgen fahren wir erst mal nach Cottbus, und du hörst dir an, was sie dir in der Beratungsstelle zu sagen haben. Okay?«

17:50. Marthas Küche

Mein Handy klingelt. Ich ziehe es unter mahnenden Blicken von Martha hervor. Laura.

»Hallo Füchschen«, schniefe ich ins Telefon und rühre hektisch, das Telefon zwischen Wange und Schulter geklemmt, in dem Butter-Mehl-Gemisch, aus dem laut Martha eine »gelbe Einbrenne« entstehen soll.

»Weinst du?«, fragt eine ähnlich schniefende Stimme aus dem Hörer.

»Nein, ich habe Meerrettich gerieben.«

»Du kochst?«

»Ja, nicht zu fassen, oder?«

Statt einer Antwort kommt ein Schniefen.

»Ist bei dir alles okay, Laura?« Aus dem Schniefen wird Blubbern. »Hast du dich mit Andreas gestritten? Ist was mit dem Baby?« Das Blubbern wird stärker. Ich vergesse zu rühren. »Laurinalein, was ist denn passiert?«

»Wir wollten spazieren gehen! Ich hab die Überdecke nicht

gefunden, und … und … dann dachte ich, wenn ich das Kirschkernkissen warmmache … ich wollte sie doch nicht verbrennen!«

»Kirschkernkissen?«

»Damit es Matilda warm hat.« Geblubber. »Ich mache alles falsch.«

»Sagt wer?«

»Andreas' Mutter.«

»Warum ist die denn schon wieder da?« Mist, die Mehlschwitze ist schon ziemlich dunkel.

»Sie sind Rentner. Und wollen uns unterstützen. Und Andreas' Mutter meint, dass sie so oft schreit, das liegt an mir, weil ich so nervös …«

»Laura, Andreas' Mutter ist eine Besserwisserin vor dem Herrn. Wie lange hat sie Andreas' Unterhosen gekauft?«

»Sie hat eben ein paar neue mitgebracht.«

»Siehste.« Endlich höre ich meine Freundin lachen.

»Laura!« Andreas' Stimme tönt dumpf aus dem Hintergrund. »Mama hat die Decke gefunden. Kommst du? – Was machst du denn so lange auf der Toilette?«

»Laura.« Meine Stimme klingt streng.

»Ja?«

»Es ist *dein* Baby. Sie ist nur die Oma. Sag ihr, dass ihr ohne sie klarkommt.«

Jetzt schnieft Laura nur noch ein bisschen. »Nach dem Wochenende wollen sie sowieso nach Hause. Sie bekommen eine neue Couch.«

»Sonst kommst du eben hierher. Wir schaukeln das schon.«

»Ist gut. Tschüs, mein Reh.« Laura legt auf.

»Ist es das erste Baby?« Das war Martha. Belauscht die etwa meine Gespräche?

»Ja. Und?«

»Jungen Müttern muss man Vertrauen in ihre Instinkte geben.« Ein neuer Topf landet auf dem Herd. »Noch mal von vorne.«

Montag, 3. Februar

9:25. Im Schafstall
Habe gestern meinen Kontostand gecheckt. Die letzte Rate ALG vom Januar wurde von einem Post-Geburtstags-Depressions-Online-Kaufwahn und den Druckkosten für meine Mappe mit Arbeitsproben fast vollständig aufgefressen. Letzter Stand: 185,45 Euro. Selbst wenn ich den Gründungszuschuss bekommen sollte, kommt das Geld sicher nicht vor Ende März.

Rrrring! Rrrring! Mein Handy! Ist das vielleicht ein potenzieller Kunde? … Nein, Laura.

»Hallo Laura. Alles gut?« Als Antwort bekomme ich gellendes Babygeschrei.

✉ *SMS von MIA an LAURA*
Umsteigen in Berlin auf Gleis 11. Abfahrt 15:34, Ankunft in VETSCHAU 16:45. Mia

---

Was ist nur passiert? Ob sie ihre Schwiegermutter umgebracht hat? – Hoffentlich leiht Iris mir ihr Auto.

10:30. Im Auto auf der Landstraße nach Feulenitz
Wir haben in der Beratungsstelle Adressen von Ärzten bekommen, und Fabienne hat mir ausdruckslos gesagt, ich solle einen

Termin für den Abbruch vereinbaren, frühestens am Freitag, denn zwischen Beratung und Eingriff müssen drei volle Kalendertage liegen.

»Da ist, ähm, ein Bär auf der Straße«, sagt Fabienne. Es schwingt ein nicht geringer Hauch Verachtung in ihrer Stimme mit, denn genau genommen handelt es sich bei dem Bären um einen groß gewachsenen Menschen in einem Fellkostüm. Er wird begleitet von zwei Matrosen. Neben ihnen am Straßenrand steht ein kleines, bunt bemaltes Holzhäuschen mit der Aufschrift: »Straßenzoll«.

»Ich schätze mal, das sind Zamperer. Die wollen Geld.«

»Hä?«

Ich halte, kurbele das Fenster runter und krame in meiner Handtasche nach dem Portemonnaie.

»Ist hier so Brauch«, erkläre ich Fabienne.

»Fasching?«

»Nein, zampern heißt das. Ist eine alte sorbische Tradition, um den Winter zu vertreiben.«

»Aha. Und man sammelt Geld.«

»Ja, auch. Für die Feiern.«

»Aha.«

16:55. In Iris' Mietwagen von Vetschau zurück nach Feulenitz

Die Schwiegermutter lebt. Leider immer noch bei Laura. So viel habe ich inzwischen herausgefunden. Laura sah aus wie eine wandelnde Leiche, als der Regionalexpress sie in unser Niemandsland spuckte. Jetzt sitzt sie auf der Rückbank neben ihrer lauthals schreienden Brut und starrt apathisch aus dem Fenster, hinter dem ein zunehmend harter Wind die noch blätterlosen Bäume in alle Richtungen biegt. Nach sieben Stunden Dauergebrüll hat Laura den Kampf aufgegeben. Mir platzt schon nach zehn Minuten das Trommelfell. »Was ist denn passiert, liebes Füchschen?«

17:00. Küche

Vor einer Stunde kam eine zerzauste Fabienne nach einem Spaziergang zu mir. Sie sagte, sie habe noch mal nachgedacht, und das alles sei jetzt okay für sie. Sie wolle noch kein Kind und so. Es war, als habe der Wind ihr die Trübsal aus den Klamotten geblasen. Ich bin so erleichtert, dass ich jetzt beschwingt Apfelpfannkuchen backe. Ich bin stolz darauf, dass ich immer noch den Dreh raushabe, meine Eierkuchen in der Luft zu wenden.

»Wie machst du das mit dem Pfannkuchen-Salto?«, fragt Fabienne und steht plötzlich neben mir am Herd.

»Ich zeig's dir, wenn du willst«, sage ich verdattert. Beim dritten Anlauf klappt es, als hätte sie drei Stunden lang geübt. Ein warmes, glückliches Gefühl steigt in mir auf, als ich das freudige Lächeln meiner Tochter sehe.

17:10. Im Auto

»*Mein* Baby mit *meiner* Milch zu füttern. Ungefragt!« Lauras Stimme schrillt jetzt mit dem Organ ihres Kindes um die Wette.

In dem Moment erfasst eine Windböe unser Auto und schiebt uns kurzerhand auf die andere Fahrbahn. »Ahhh!«, schreien jetzt Laura, das Baby und ich im Chor. Ich reiße schnell das Lenkrad herum und befördere uns wieder auf die richtige Seite. Wie gut, dass wir uns im Niemandsland befinden – keine Menschenseele weit und breit. Plötzlich lacht sie unter Tränen.

»Was ist?«, frage ich besorgt, das Lenkrad im Klammergriff und den Blick starr auf die Straße geheftet.

»Matilda. Sie guckt so verdutzt.« Jetzt erst merke ich es. Das Baby hat aufgehört zu schreien.

17:15. Immer noch im Auto

»Heute früh hatte ich dann zum ersten Mal seit Tagen einen ruhigen Moment mit meiner Kleinen. Keiner da. Außer uns beiden. Ich lag im Bett und habe sie einfach nur angeguckt. Bis die Tür knallte. Und Andreas' Mutter vor meinem Bett stand. Sie hatte eingekauft. Sie hätte beschlossen, sie werde hier dringender gebraucht, ihr Mann käme mit der Couch schon allein zurecht. Dann schnupperte sie an Matilda und meinte, die gehöre dringend gebadet. Während Andreas' Mutter die Babywanne ›temperierte‹, habe ich Matilda schnell die Jacke übergezogen und bin raus aus der Wohnung. Anfangs wollte ich nur ein paar Minuten mit meinem Kind alleine sein, spazieren gehen. Plötzlich saß ich dann im Zug.« Deshalb hat Laura also keinen Koffer dabei, ich hatte mich schon gewundert.

17:25. Vor dem Fließ

»Setzen wir jetzt mit dem Kahn über?« So, wie Laura das sagt, klingt es wildromantisch und nach Abenteuer. Plötzlich freue ich mich total und bin stolz, ihr alles zeigen zu können.

Küche

Ich sehe Fabienne entgeistert zur Tür starren und ihre Hand samt Gabel und aufgespießtem Pfannkuchenfetzen in der Bewegung einfrieren. Ich drehe mich um. Da steht Mia. Und neben ihr eine junge Frau mit einer Babytragetasche. Einer Babytragetasche? Fabienne kann den Blick gar nicht abwenden. Sie legt die Gabel zurück auf ihren Teller. »Hab keinen Hunger mehr.«

18:00. Flur im Obergeschoss

Als ich die Treppe hochkomme, stoße ich auf dem Flur mit Mia zusammen, die eben aus ihrem Zimmer kommt. Ein Fläschchen mit weißlicher Flüssigkeit kullert vor meine Füße. Abgepumpte Muttermilch. Kurz durchzuckt mich die Erinnerung an längst vergangene Tage, als ich ganze Batterien von diesen Fläschchen abpumpte, damit meine Mutter Fabienne versorgen und ich ins Büro gehen konnte.

»Mia, kannst du deiner Freundin bitte sagen, dass es zur Zeit eher ungünstig …«

»Sag mal, spinnst du? Erstens kann ich sie jetzt schlecht nach Bayern zurückschicken, wo sie gerade erst angekommen ist, und zweitens ist es ja vielleicht sogar gut, wenn Fabienne sieht, wie das so ist mit Baby. Mann!«

Mia trampelt entschlossen die Treppe hinunter, schätzungsweise in Richtung Kühlschrank.

Mitten in der Nacht. Iris' Schlafzimmer

Ein entsetzliches Krachen, gefolgt von einem ohrenbetäubenden Knallen und Splittern weckt mich auf. Ich stürze ans Fenster. Der Sturm jagt Wolkenfetzen mit gespenstischem Tempo über den Himmel und zerrt wütend an den Baumkronen, dass sie sich krümmen und hin und her werfen wie eine gequälte Geisterschar. Plötzlich bleibt mein Herz stehen, weil ich draußen eine weiße Gestalt herumrennen sehe. Ich renne los.

Zehn Minuten später. In der Küche

Das war ein Kraftakt, Martha davon abzuhalten, in die Remise zu marschieren, auf die ein riesiger Baum gekracht ist, um ihr Hab und Gut zu retten. Starrsinniger alter Besen! Jetzt sitzt sie hier wie ein Häufchen Elend auf der Holzbank und verkneift sich mit Mühe die Tränen. Die Feuerwehr ist alarmiert.

Am Tisch sitzt zitternd Mias Freundin mit dem Baby auf dem Schoß. Sie lächelt etwas schief und sagt: »Echt idyllisch habt ihr's hier«, um dann gleich wieder sorgenvoll auf ihre Tochter zu blicken, die friedlich schläft, als würde draußen nicht gerade die Welt untergehen. Fatal. Fabienne klebt am Ofen und beäugt Mutter und Kind von dort aus. Was wohl in ihr vorgeht angesichts des niedlichen kleinen Würmchens?

Minuten später. Küche
Maik hat die Aktion an meinem Geburtstag ganz und gar nicht vergessen. »Keiner verlässt das Haus, bis der Sturm vorbei ist«, gibt er den fachmännischen Krisenmanager. »Wir können keinen gebrauchen, der aus Gedankenlosigkeit vom Baum erschlagen wird.« Da war er doch, der Blick zu mir. Stichwort: Gedankenlosigkeit. Mist.

Dienstag, 4. Februar

4:00. Seminarraum. Couch
Lauras Kind brüllt seit einer guten Stunde das Haus zusammen. Mein Loyalitätsgefühl zwingt mich in die Senkrechte. Seufzend nehme ich meine Knirschschiene aus dem Mund. Iris hat die Stehlampe neben ihrer Sofahälfte angeknipst. Hätte ich mir auch nicht träumen lassen, dass ich mir mit meiner Halbschwester mal ein Schlafzimmer teilen würde. Aber Martha, die unter Protest Iris' Zimmer übernommen hat, wäre nicht unbedingt das kleinere Übel gewesen. »Ich geh mal nach Laura gucken«, murmle ich. Hinter mir geht das Licht wieder aus.

04:05. Badezimmer
Die gellenden »Ich werde jeden Moment ermordet«-Panikschreie von Lauras Baby haben mich direkt ins Badezimmer geführt. Dort sitzt Laura als verheultes Häufchen Elend auf dem Badewannenrand, das puterrote, brüllende nackte Baby in

ihren schlaffen Armen. Vor der Waschmaschine steht Martha und faltet in einer routinierten Bewegung ein weißes Spucktuch zu einem kunstvollen Dreieck. »Klebestreifen abmachen«, weist sie Fabienne gerade an, die folgsam eine von meinen Always-ultra-Binden auspackt und auf den gefalteten Mittelstreifen des Mulltuchs klebt. »Schaulustige ins Bett, sonst schläft von uns heute keiner mehr.« Mir soll es recht sein, ich habe Eisfüße.

4:08. Seminarraum

Ich tapse erneut durch die Dunkelheit und taste mich vorsichtig an dem Bett entlang.

»Hättest du gedacht, dass Martha mit Babys umgehen kann?«

Keine Reaktion.

»Iris? Iris!«

»Wasch isch denn?« Wieder blendet mich das Licht. Sie sieht mich zerknautscht an.

»Hättest du gedacht, dass Martha mit Babys umgehen kann?«, wiederhole ich. Jetzt greift Iris in ihren Mund und befördert eine Knirschschiene zutage. Ich muss grinsen.

»Klar, sie war schließlich fast sechzig Jahre lang Hebamme«, sagt sie.

4:18

Das Babygeschrei ist verstummt.

»Irisch? – Irisch!«

»Was isch denn jetzt noch?«

»Kenscht du jemanden, von dem wir Babyschachen holen könnten?«

9:00. Lübbenau. Vor Sigrids Haus

Hatte vergessen, wie zermürbend Babygebrüll sein kann. Fabienne war auch reichlich übernächtigt, als sie sich schnell einen Kaffee aus der Küche holte und sich wieder auf ihre Matratze verzog. Vielleicht hatte Mia recht, und es konnte gar nichts Besseres passieren, als von einer überforderten Mutter überfallen zu werden.

»Wo ist dein Baby?«, fragt ein Stimmchen von unten, wo ich Nele entdecke, Sigrids vierjährige Tochter. Nele trägt ein rosafarbenes Gewand, dem die Ärmel fehlen und das von Stecknadeln zusammengehalten wird und schaut Mia erwartungsvoll an.

»Ähm, ich bin gar nicht ... Ich bin Mia, und wer bist du?«

»Ich bin eine Prinzessin«, sagt sie stolz, und ich verstehe ihren merkwürdigen Aufzug.

»Ich nähe ihr gerade ein Fastnachtskostüm. Am Freitag könnt ihr sie bewundern. Wir zampern mit Oma und Opa in Feulenitz.«

Zampern? Iris muss meinen verständnislosen Blick wohl bemerkt haben. Sie erklärt: »Zampern. Sorbischer Fastnachtsbrauch. Die Leute verkleiden sich und ziehen von Haus zu Haus oder halten Autos an und sammeln Geld, Eier und Speck.«

»Braucht ihr so was auch?« Sigrid deutet auf einen kleinen Stapel winziger weißer Anziehteile, den sie im Arm trägt.

»Wickelunterhemden.«

12:30. Im Stall

Lovis boxt ihr Junges wenig liebevoll von sich weg, als Ronja versucht, an Lovis' Zitzen zu kommen. Ich frage mich, ob es schon so weit ist, dass Lovis Ronja abstillt.

Die Ganter haben jetzt Laura entdeckt, der ich die Tiere zeigen will, und strecken neugierig ihre Hälse über das Gatter.

»Wie bei Nils Holgersson«, quietscht Laura, und bevor ich »Vorsicht! Bissig!« rufen kann, hat Laura schon das Gatter geöffnet. Wie auf Kommando schießen die beiden Herren aus ihrer Box und stürzen sich auf Laura, die schreiend das Weite sucht.

Orpheus und Aschenbach sind, nachdem Laura sich Haken schlagend ins Haus gerettet hat, auf Krawall gebürstet, sodass sie stattdessen todesmutig auf die schöne Helene mit ihrer dicken Wolle zuheizen. Ausgerechnet auf Helene, die wie Madame Pompadour im vierten Monat trächtig ist.

Aschenbach verbeißt sich in ihrem Fell. Helene hält genau auf die Remise zu, und mir wird klar, was sie vorhat, denn zu den erfolgserprobten Taktiken der Schafe gehört es, so nahe an einer Wand entlangzulaufen, dass die Gänse zwischen Schaf und Wand zerrieben werden, weshalb sie es normalerweise vorziehen, sich rechtzeitig aus dem Staub zu machen.

Als ich die drohende Gefahr erkenne, schreie ich los, aber es ist zu spät. An der Remise lehnt eine Leiter, an deren oberem Ende sich Maik mit der Motorsäge befindet. Als Helene sie rammt, geht alles ganz schnell. Die Leiter schwankt, jemand schreit, Maik fällt. Und ZOCK. Das hässliche Geräusch, das Maiks Aufprall begleitet, werde ich so schnell nicht vergessen.

Mittwoch, 5. Februar

11:00. Bank vor dem Fließ

»Eine leichte Gehirnerschütterung, geprellte Rippen und ein gebrochener Arm. Der Arzt hat strenge Bettruhe für die nächsten zwei Tage verordnet. Und für die nächsten Wochen wird's wohl schwierig mit Zigarettendrehen und Fischen, mit nur einer Hand.«

Ernesto hievt das letzte Paket Dachschindeln aus dem Kahn, wünscht uns einen schönen Tag und verschwindet in Richtung Remise.

Zur selben Zeit. Garten hinter dem Haus

»Man muss den Wetterumschwung ausnutzen!«, hat Martha gesagt. Der Sturm hat das Tief weggefegt. Jetzt scheint die Sonne, ihr Licht ist noch matt, aber sie wärmt.

Jetzt drückt mir Martha eine Grabegabel in die Hand, damit ich mich damit um den Boden ihres Wurzelgemüse-Beetes kümmere. Fabienne hebt Setzlinge fast ehrfürchtig aus der Kiste in ihr neues Zuhause.

»Sieh sie dir an!«, sagt Martha, die plötzlich neben mir steht. »Wie vorsichtig sie mit dem jungen Gemüse umgeht. Fast wie eine Mutter, die zum ersten Mal ihr Baby hochnimmt.«

Perfide alte Frau, denke ich.

11:45. Im Garten

Ich bin fertig mit dem Wurzelgemüse-Beet und bringe die Grabegabel zurück zum Schuppen. Aus dem Augenwinkel sehe ich etwas in den Schafstall huschen. Und staune nicht schlecht, als ich unseren räudigen Kater vorfinde, den Fabienne zu allem Überfluss Messerjocke getauft hat. Er streicht maunzend um die Umzugskiste herum, in der Ginger Rogers unter einer Wärmelampe sitzt.

Ich muss mich wirklich überwinden, aber dann schnappe ich ihn mir und werfe ihn aus dem Stall, weil er von selber keine Anstalten macht. Ich beuge mich mit einem beruhigenden »Putt, putt« zu der Patientin herab.

»Also wenn das Marthas Rückansicht ist, fress ick 'n Besen!«

Als ich mich blitzschnell aufrichte und umdrehe, schaue ich direkt in das wettergegerbte Gesicht eines großen Mannes, der mich frech angrinst. Er hat eine Schubkarre mit Mist vor sich, der delikat müffelt.

»Nee«, sagt er, »ist definitiv nicht Martha. Hallo, Iris!«

Benno Franke? Ich bekomme den drahtigen Huckleberry-Finn-Verschnitt von damals nicht gleich überein mit dem wuchtigen Kerl vor meiner Nase. Er nimmt mich unverhohlen unter die Lupe. »Kommst du zum Zampern am Freitag?«

12:30. Vor Maiks Haus

Plötzlich geht bei dem Haus, vor dem ich stehe, die Haustür auf, und Maiks Mutter Marlies kommt heraus. Sie sieht uns beide vor dem Tor stehen, schaut uns fragend an und ruft dann: »Ich glaub, du hast Besuch, Maiki!« Mit feuchten Händen umklammere ich das Paket, das mir Anja eben nach meinem Einkauf für Maik mitgegeben hat, und gehe an Marlies vorbei.

12:38. Maiks Haus. Wohnzimmer

Ich bin überrascht, dass es hier so leer und irgendwie provisorisch aussieht. Als wäre er eben erst ein- oder jemand vor Kurzem ausgezogen. Auf dem Teppich im Wohnzimmer gibt es Abdrücke von einer Couchgarnitur, es fehlt nicht nur das Sofa, sondern auch der Couchtisch. Stattdessen gruppieren sich ein – zugegebenermaßen geschmackvoller – alter Ledersessel und ein zugegebenermaßen weniger geschmackvoller – Sitzsack in Tarnfarben um zwei Holzkisten.

»Hast du Hunger?« Ertappt sehe ich Maik an.

»Wieso?«

»Hast du oder nicht?«

Ich nicke stumm.

»Gut, dann teile ich mein Essen mit dir. Unter einer Bedingung ...« Maik beantwortet meinen fragenden Blick mit einem verschmitzten Grinsen.

12:45. Maiks Haus. Essküche

Es war eher ein verlegenes Grinsen. Wir sitzen an seinem alten Eichentisch (auch geschmackvoll), und ich schneide ihm, wie einem kleinen Baby, seine Rinderroulade klein. Ich schaue auf das Paket. »Ist da dein Kostüm drin?«

13:00. Maiks Haus. Vor dem Badezimmer

»Und?« Vor mir steht eine Mischung aus Yeti und Badewannenvorleger.

»Sieht ganz gut aus. Besser auf jeden Fall als die Jogginghose.«

»Ja, ich hoffe auch, dass du am Freitag nicht als zerlöcherte Minnie Mouse gehst.«

Zack. Der saß. Ich blicke auf und sage, was ich schon seit Wochen mit mir herumtrage: »Das an meinem Geburtstag, dass ich dich nicht eingeladen habe, also euch, und die blöden Sprüche ... Also, das tut mir leid. Ich wollte mich entschuldigen.« Ich sehe in plötzlich weiche Knopfaugen. Dann hält Maik mir seine Tatze hin. »Is jut.«

20:45. Haus der Schwestern. Küche

Fünf satte Frauen. Ich habe gekocht. Schwarzwurzelsuppe. »Wieso stillst du eigentlich nicht?« Diese Frage von Martha kam direkt. Aber nicht als Vorwurf, eher mit freundlichem, empathischem Interesse. Das scheint auch Laura gemerkt zu haben.

»Matilda war ein Frühchen. Anfangs war sie zu schwach, um zu saugen. Da habe ich abgepumpt. Und als wir dann zu Hause waren, und ich plötzlich alleine verantwortlich für sie ... da hatte ich Angst, dass sie verhungert. Mit dem Anlegen, das war irgendwie schwierig … und sie hat immer gleich geschrien … Da hab ich ihr eben eine Flasche gemacht.« Martha sieht Laura milde an.

»Die Kleinsten sind meist die Zähsten. Und Stillen muss man üben. Stillen nährt Körper und Seele.«

Freitag, 7. Februar

14:35. In der Küche
»Sie kommen. Verkleidest du dich nicht?« Ich nehme ein Tablett mit Suppentassen und drücke es Mia in die Hand, die aussieht wie ein explodierter Leopard mit Hirschgeweih. »Ich komme auch gleich. Und nein, Verkleiden ist nicht so mein Ding.«

Zehn Minuten später. Vor dem Haus
»He, du bist ja gar nicht verkleidet!« Kaum hatte ich das Haus verlassen, drückte mir jemand eine ganz und gar grauenhafte Perücke auf den Kopf und einen Kurzen in die Hand. Jetzt verbeugt sich formvollendet eine Giraffe vor mir. »Ein Tänzchen in Ehren darf niemand verwehren!« Na ja. Ach, was soll's. Als verlassene Ehefrau sollte man vielleicht nicht zu wählerisch sein.

Iris sieht jetzt mindestens so bescheuert aus wie die meisten anderen, die krakeelen, lärmen und schunkeln. Ein Dudelsack, ein Akkordeon und eine Posaune spielen auf, klingt ziemlich schräg, viele singen mit, wenn sie nicht gerade von der heißen Suppe schlürfen, die wir nach draußen getragen und auf einem Tisch abgestellt haben. Anja trägt einen bunten Ganzkörper-Anzug, oben so knalleng, dass jede Delle zu sehen ist, unten extremer Schlag. Ernesto hat sich in ein Zebra-Kostüm gezwängt, und seine Freundin sieht aus wie Schneewittchen aus dem Disney-Film. Martha hat Ähnlichkeit mit einem Kräuterweiblein aus einem russischen Märchenfilm und trägt auf dem Rücken eine Kiepe mit Eiern. Die Zamperer hatten einiges an Sprit dabei, und hier kursierten plötzlich mehrere merkwürdige Flaschen ohne Etikett, auf die alle ganz scharf sind.

Mir ist schwindelig, und das liegt nicht nur an meinem letzten Tänzer, der offenbar unter einer Persönlichkeitsstörung leidet und sich für eine Salatschleuder hält. Hui. Wer steht denn da noch bei Fabienne? Eine Squaw ... ach, das ist Sigrids große Tochter Lydia, wie schön. Ich wundere mich, dass Marlies nicht hier ist.

»Meine Mutter besucht eine Cousine in Berlin«, ist Maiks Antwort auf meine Frage. Mehr nicht. Anja, die mit einem Teufel an uns vorbeitanzt, ruft atemlos: »Die kriegt den Rummel hier seelisch nicht auf die Kette.« Ich würde gerne wissen, was genau Marlies seelisch nicht packt, aber ich traue mich nicht zu fragen.

19:00. Schlangenkönig
»Oh, wie ist das schön«, grölt die ganze Kneipe. Ich stehe mit Fabienne in der Küche, und wir wirbeln Speckpfannkuchen um Speckpfannkuchen in die Luft, zubereitet aus den eingezamperten Gaben. Die begeisterten Anfeuerungsparolen der Zamperer (und bei mir vermutlich der Schnaps) treiben uns beiden feurige Röte ins Gesicht. »Wer bekommt den Nächsten?«, rufe ich, lasse den bereits auf beiden Seiten golden gebratenen Pfannkuchen noch einmal aus purer Lust einen Salto schlagen und wende mich dann mit der Pfanne zur Tür, die in den Schankraum führt. Und erstarre. Denn ich blicke direkt in das zwischen Spott und Anerkennung schwankende Grinsen eines zu groß

geratenen Jack-Sparrow-Piraten-Verschnitts. Wegen der langen Haare und der Augenklappe brauche ich ein paar Millisekunden, um Benno zu erkennen. »Ich sehe, die beiden Schwestern aus der Fremde haben den Schlangenkönig übernommen«, unkt er und zwinkert mit dem unverdeckten Auge.

»Die reinste Thekenschlampe«, witzelt ein ziemlich angetrunkener Wikinger und kassiert sofort einen Rüffel von Maik für den Spruch.

»Keine Anzüglichkeiten hier, ja?!«

»Mein ja bloß, jelernt is jelernt, machtse doch prima, deine neue Kraft«, lobt mich der Wikinger jetzt deutlich kleinlauter.

»Und hübscher isse auch als du, deine Vertretung!«, ruft ein anderer.

21:00

»Na, dit passt ja wie Arsch auf Eimer mit uns zweien«, raunt Benno mir ins Ohr und legt seinen Arm noch etwas fester um meine Taille, dass mir die Luft wegbleibt. Nicht weil er mich so eng an sich heranzieht, dass mir die Atemwege abgeschnürt würden, sondern weil er mich so begehrlich anfasst und auf eine Weise anschaut, wie es seit vielen Jahren kein Mann mehr getan hat. Wir tanzen uns seit einer Stunde in Rage, und er hat recht, wir harmonieren perfekt. Da, wo seine Hand jetzt ist, gehört sie definitiv nicht hin … Aber sie fühlt sich dort gut an. »Warum nicht?«, denke ich.

»Der Storch bringt die Babys«, sagt Nele schlaftrunken. Sie kuschelt sich auf Fabiennes Schoß zurecht und macht einfach die Augen zu. Schon zwei Augenblicke später verraten ihre tiefen Atemzüge, dass sie eingeschlafen ist. Fabienne streicht Nele zart eine Prinzessinnenlocke hinters Ohr.

Benno fährt mir vorsichtig mit einer Hand über die Wange. Er hat mich sanft, aber bestimmt von der Tanzfläche an einen freien Platz an der Wand gedrängt. Ich muss wirklich sehr betrunken sein, denke ich, und dann lasse ich zu, dass er mich küsst. Es passiert alles gleichzeitig, ich weiß nicht, wie viele Augenpaare auf uns gerichtet sind, ich sehe nur das von Torben, der plötzlich an einem der dicken Stützbalken im Raum lehnt. Von rechts zischt jemand: »Habt ihr das gesehen? Der Apfel fällt nicht weit vom Stamm!« Und von ferne dringt wie durch Watte Fabiennes Stimme an mein Ohr: »Ich will deinen Scheiß-Schnaps nicht!« Dann höre ich einen Barhocker zu Boden poltern und jemanden aus der Kneipe rennen. Von einer Sekunde auf die andere bin ich stocknüchtern.

21:20. Verlassene Dorfstraße

Iris und ich torkeln nebeneinander durch die eiskalte, sternenklare Nacht. Fabienne trottet einige Meter vor uns auf der Fahrbahn.

Ausgerechnet ein Typ, der als Storch verkleidet war, musste Fabienne einen Schnaps aufdrängen. Weil sie so traurig aussah, hat mir Mia erklärt. Mir zerreißt das schlechte Gewissen mein eben noch leichtsinniges Mutterherz, weil ich, Mitte vierzig, teenagerhaft vor versammelter Dorfgemeinschaft einen Mann geknutscht habe, während meine Tochter traurig auf einem Barhocker saß und augenscheinlich an einer Entscheidung verzweifelte.

21:47. Mias Zimmer

»Ja?« Ich öffne die Tür. Laura sitzt im Bett und liest. Matilda liegt friedlich schlafend neben ihr. »Wie war 's? Geknutscht?« Ich verdrehe die Augen. »Puhh, stinkst du nach Alkohol.«

»Und du nach Babykotze.« Wir grinsen uns an. Laura sieht irgendwie gelöst aus. »Sie hat getrunken.« Für einen Moment stehe ich auf der Leitung. »Bei mir.«

»Echt?« Ich umarme meine beste, liebste, tollste Freundin.

Samstag, 8. Februar

13:40. Seminarzimmer

Andreas, jedenfalls, will Laura zurück. Wir saßen gerade in großer Runde beim Katerfrühstück, als ihr Handy klingelte.

»Hallo. *Wo* bist du?«

Ich folgte Lauras irritiertem Blick aus dem Fenster. Tatsächlich, auf der anderen Fließseite stand Andreas vor seinem BMW und winkte. Jetzt haben sich die beiden zum Reden nach oben verzogen. Das Baby hat Laura Martha auf den Schoß gesetzt, wem sonst. »Noch Kaffee?«, frage ich Ernestos Vater, der zwischen Maik (den ich gestern noch eingeladen habe) und seinem Sohn sitzt. Die Dacharbeiten sind erfolgreich beendet.

»Nee, wir müssen denn ooch mal. Vorbereitungen für den Zapust.«

»Den *was?*«

»Den Fastnachtsumzug.« Damit schaute er Martha auffordernd an.

Mia schneidet eine Fratze. »Bei euch müssen ja viele böse Geister wohnen, dass ihr sie so oft vertreiben müsst«, sagt sie provozierend. Martha erhebt sich. »Geschadet haben die alten Bräuche jedenfalls noch niemandem«, sagt sie, drückt Matilda ausgerechnet Fabienne in den Arm und geht aus dem Zimmer. Kurz danach schlägt die Haustür zu.

Ich ärgere mich über sie. Vor allem über das, was ich ihr als perfide Strategie auslege, mit der sie meiner Tochter den schweren Gang am kommenden Montag noch schwerer macht. Deshalb stehe ich auf und nehme Fabienne das Kind kurzerhand aus dem Arm. Erst, als ich ihren verletzten Blick sehe, merke ich, wie übergriffig ich gehandelt habe. Fabienne stößt ihren Stuhl zurück, starrt mich hasserfüllt an und schreit: »Du bist genau wie Papa! Ihr traut mir nie was zu. Niemand traut mir jemals irgendetwas zu!« Und weg ist sie.

Wenig später in Fabiennes Zimmer

Fabienne sitzt mit dem Rücken zur Tür vor ihrem Laptop. Auf dem Bildschirm ist ein leuchtendes Ultraschallbild zu sehen, daneben prangt die Überschrift: »Der Fötus in der elften Woche«, gefolgt von einem Text. Ich rücke mir einen Stuhl neben Fabienne und setze mich. Auf ihrem Schoß sitzt der Kater und starrt mich mit seinem einen Auge an, während Fabienne ihren Blick stur auf den Computerbildschirm gerichtet hält und den Kater mechanisch am Kinn krault. Wir schweigen. Fabienne schaut kurz zu mir: »Heulst du jetzt etwa?« Ich schüttle den Kopf.

»Nein, ich bin allergisch.«

»Dann hau doch einfach wieder ab!« Na, reizend. Aber nachvollziehbar.

Ich sage: »Das mache ich auch gleich. Ich wollte dir nur sagen, es tut mir leid, wenn du den Eindruck gewinnen musstest, dass niemand dir etwas zutraut. Ich glaube, am entscheidendsten ist, was du dir selber zutraust. Und wie auch immer deine Entscheidung ausfällt, du kannst in jedem Fall auf meine Unterstützung zählen. Das war 's schon.« Damit stehe ich auf und verlasse das Zimmer.

Etwas später. Küche

»Wir würden dann fahren.« Laura kommt in ihrem Mantel in die Küche. Ich ertappe mich dabei, wie ich noch einmal Matildas süßen Babyduft einatme, bevor ich sie an Laura übergebe. Ich zwinge mich zu einem Lächeln und frage: »Alles okay bei euch?« Laura nickt. »Andreas' Mutter ist so beleidigt, dass mit ihrem Erscheinen in den nächsten Wochen nicht zu rechnen ist. Und Andreas hat sich Montag freigenommen. Ich schätze, wir grooven uns schon ein.«

Ich winke draußen, bis das Auto zwischen den Bäumen verschwunden ist. Jetzt bin ich wieder mit mir. Das heißt: alleine.

Martha drückt Ernesto und seinem Vater vor der Remise einen Korb in die Hand. Darin erkenne ich eine ganze Batterie von Flaschen, die den ominösen Schnapsflaschen verdächtig ähnlich sehen, die hier beim Zampern umgingen. Fabienne stapft, Messerjocke auf dem Arm, an mir vorbei, fängt meinen irritierten Blick auf und sagt: »Martha brennt Schnaps. In ihrem Keller. Hast du das nicht gewusst?«

17:30. Dorfstraße

Ich habe beschlossen, positiv zu denken, und mich auf diese Welt hier einzulassen. Ich springe für Maik an der Bar im Schlangenkönig ein. Er hat mich gestern Abend darum gebeten. Wer weiß, vielleicht lässt sich damit nicht nur mein klammes Konto vorübergehend aufbessern, sondern auch mein Radius an gefühltem Zuhause vergrößern?

17:50. Wieder auf der Dorfstraße

Die Antwort ist Nein. Ich hatte ein ziemlich perfektes Bier für unseren Stammgast Peter gezapft, als Marlies plötzlich hinter mir stand.

»Darf ich fragen, was du hier machst?« Maik hatte ihr

anscheinend nicht erzählt, dass ich ihn vertrete. »Wir kommen hier ziemlich gut alleine klar. Wenn ihr euch eingemischt habt, gab's schon immer Ärger.«

»Wir. Wer soll das sein?«, fragte ich vielleicht etwas zu spitz zurück.

Für Marlies war die Diskussion beendet. Ich war schon fast draußen, da erhob auch noch Peter seine Stimme. »Det kann die Marlies einfach nich so jut vertragen, wenn so fesche Damen hier ihren Männern den Kopf verdrehen. Schon jar nicht beim Zampern.« Ich habe echt keine Ahnung, was die hier alle wollen.

Zur selben Zeit im Stall

Michael hat mir vorhin am Telefon mitgeteilt, dass er die Scheidung will. Exmann. Ich flüstere das Wort den friedlich ruhenden Schafen zu. Fabienne steckt ihren Kopf durch die Stalltür und schiebt sich dann ganz hindurch. Samt Katze, die sie auf dem Arm schleppt. Ein inzwischen vertrautes Bild. Fabienne hingegen findet meine Anwesenheit an diesem Ort wohl eher ungewohnt. »Was machst du denn hier?«

Fabienne schaut mich plötzlich trotzig an. »Ich zeig dir jetzt mal was.« Ehe ich ihr Einhalt gebieten kann, hat sie die verdammte Katze zu Ginger Rogers in den Karton gesetzt und starrt in den Karton. Ich folge ihrem Blick. Doch weder wird das Huhn hysterisch, noch macht der Kater Anstalten, sich den Vogel einzuverleiben. Er streicht einmal um das magere Ding herum und wickelt sich dann wie ein Hörnchen um Ginger Rogers, als wolle er sie wärmen.

Ich bin sprachlos. Fabienne schaut mich triumphierend an. »Hast du ... hast du das schon mal beobachtet?«

Sie schüttelt den Kopf. »Ich hab's aber trotzdem gewusst!« Ich schaue sie an. Sie hockt sich hin und streichelt ihren zusam-

mengerollten Kater, den Hühnerfreund. Dann höre ich, wie Fabienne sagt, ohne den Blick von dem Kater zu wenden: »Ich geh da am Montag nicht hin. Ich will das Kind bekommen!«

Zehn Minuten später. Vor Maiks Haus

Bei Maik brennt Licht. »Hallo.« Aus dem Flur riecht es nach Essen.

»Hallo. Hab gedacht, ich muss dir vielleicht beim Essen helfen.« Er erwidert mein Lachen. Bittet mich aber nicht herein. Eine gefühlte Ewigkeit stehen wir schweigend voreinander, bis ich meinen Blick senke, mit der Fußspitze über den Fußabtreter kratze, den Blick wieder hebe und sage: »Gut, also, …«

»Papa, ich hatte dich schon fast dematerialisiert! Jetzt komm!«, ruft ein helles Stimmchen von drinnen.

»… mein Sohn ist gerade da.« Sein Sohn. Mein Herz rutscht eine Etage tiefer. Der tarnfarbene Sitzsack. Die Spielkonsole. Ein Kind. Natürlich.

»Klar, kein Problem. Dann schönen Abend.« Ich stolpere in die Dunkelheit hinaus. Warum bringt mich das so aus der Fassung? Ein Sohn, was ist schon dabei? Vielleicht, dass an jedem Sohn – zumindest irgendwie – auch eine Mutter hängt? Dass ein Sohn bedeutet, dass Maik schon jemanden hat, der »Zuhause« für ihn ist? Und dass damit gerade mein naiver Traum von der fröhlichen Maik-Mia-Baby-Dreifaltigkeit-Sie-lebten-glücklich-und-unkompliziert-bis-an-ihr-Lebensende geplatzt ist?

Nahe der Remise

»Mama!« – Ich denke: Oh Gott, die Katze! Fehlgeburt! Ich folge Fabienne aus dem Stall. »Martha?«, flüstert sie und lässt sich auf die Knie fallen, und jetzt sehe ich es auch.

Im Gras vor der Remise liegt Martha. Bewusstlos.

Das fünfte Rezept aus Marthas Küche

Mia: Die Brühe lässt sich als Fonds einfrieren. Oder aber man macht eine Pfannkuchensuppe als Vorspeise aus ihr …
Iris: … und als Nachspeise Eierkuchen mit Apfelmus aus dem eigenen Garten

Rindfleisch in Meerrettichsoße
(für vier Personen)

4 Rinderknochen (wenn gewünscht)
750 g Rindfleisch, z. B. Brust oder Tafelspitz
2 Liter Wasser
1 Bund Suppengrün
1 Lorbeerblatt
reichlich Meerrettich, 200 Gramm oder mind. 4 EL (immer frisch geriebenen)
40 g Butter
40 g Mehl
300 ml Fleischbrühe
200 ml Milch (oder ohne Milch mit 500 ml Brühe)
3 EL Sahne
1 Eigelb
Salz

Die Knochen mit dem kalten Wasser zum Kochen bringen. Fleisch, in Würfel geschnittenes Suppengrün, Lorbeerblatt und etwas Salz hinzugeben und wieder aufkochen. Entstehenden Schaum abschöpfen. Das Fleisch auf niedriger Flamme ca. zwei Stunden garen lassen, bis es zart ist. Brühe abseihen, dann das Fleisch in der Brühe abkühlen lassen.

Meerrettich putzen und am offenen Fenster reiben. Butter in einem Topf schmelzen lassen, das Mehl einrühren, bis eine helle Mehlschwitze entsteht. Meerrettich hinzugeben und für einige Minuten mitdünsten lassen. Erst Milch, dann Fleischbrühe nach und nach unter Rühren mit dem Schneebesen angießen, salzen und pfeffern. Zehn bis fünfzehn Minuten köcheln lassen (je nach gewünschter Schärfe). Die Soße vom Herd nehmen, das mit der Sahne verquirlte Eigelb unterrühren. Eventuell mit etwas Zucker abschmecken.

Das Fleisch in Scheiben schneiden und in der Brühe erhitzen. Mit Soße servieren. Dazu passen Kartoffeln und etwas gebutterter Spitzkohl oder Chicorée.

6

»Gehen oder bleiben?«
Wie sich die Schwestern über Räucherfisch und Lämmergeburten die Köpfe und Herzen verdrehen lassen, bis der erste Frühling dem letzten Frost weicht und ein schmerzvoller Abschied naht …

Montag, 3. März

15:00. Spreewaldklinik Lübben. Marthas Krankenzimmer
Wenn man den Ärzten glaubt, hat Martha die Gehirnerschütterung und den Rippenbruch, den sie sich bei dem Sturz zugezogen hat, gut weggesteckt.

Martha sitzt aufrecht in ihrem Bett, doch als ich näher komme, sehe ich, dass ihr Kinn auf die Brust gesunken ist und ihre Augen geschlossen sind. »Keine Angst, sie schläft nur.« Marthas Bettnachbarin, Frau Bossemeier (oder Dickmadame, wie ich sie heimlich nenne), hat meinen ängstlichen Blick richtig gedeutet. Ihre Augen wiederum haften begehrlich auf der von mir mitgebrachten Kuchenform. »Was ist es denn heute?«

»Gedeckter Apfelkuchen.«

»Haben Sie für mich auch wieder ein Stück dabei?«

Ich nicke und stelle mich auf eine Litanei über das kärgliche Mittagessen ein, doch die rundliche Dame grunzt nur zufrieden und wendet sich wieder ihrer Talkshow im Fernsehen zu. Erleichtert stelle ich den Kuchen auf das Fensterbrett, ziehe leise den Besucherstuhl etwas näher an Marthas Bett und setze mich zu ihr.

Vielleicht liegt es am Krankenhaus oder daran, dass ich Martha nur in Bewegung kenne, auf jeden Fall spüre ich – jetzt, wo ich sie beim Schlafen betrachte – plötzlich ihr wahres Alter. Ihre sonst so rosige Haut ist fahl und lässt ihre Falten umso deutlicher zum Vorschein kommen. Unser Drache wirkt … ja, zerbrechlich.

Martha wacht auf und runzelt die Stirn. »Man schaut Leuten nicht beim Schlafen zu. Warum hast du mich denn nicht geweckt?« Sie rollt mit den Augen und fragt, während ich den Kuchen auf die schon bereitstehenden Teller verteile: »Wie geht's den beiden Schafdamen?«

Ich grinse und sage: »Du meinst Iris und Fabienne?«

Zur selben Zeit. Im Schafstall

»Die meisten Geburten verlaufen reibungslos. Trotzdem: Ihr solltet regelmäßig nach den beiden Auen schauen. Auch nachts. Mehrmals. Und wenn es Komplikationen gibt …« Torben weicht meinem Blick aus. »Ihr könnt mich jederzeit anrufen«, beendet er seinen Satz und lässt seine Stimme dabei so formell wie möglich klingen, damit ich ja nicht den Subtext überhöre: »In meiner Funktion als Tierarzt, bitte nicht privat!« Er greift nach seiner Tasche. Aber ich will ihn nicht so gehen lassen. Mein Drang, mich zu rechtfertigen, hat die Oberhand gewonnen.

»Torben!«, sage ich, und er weiß sofort, dass die folgende Ansprache nichts mit gebärenden Schafen zu tun haben wird, das sehe ich ihm an. »Ich wollte nur … sollten wir vielleicht … steht irgendetwas zwischen uns? Ich meine, falls … seit … du bist so verändert seit … dem Zamperabend im Schlangenkönig.«

Torben schüttelt den Kopf und schaut weg, zieht seine Jacke an.

»Ich weiß nicht, was du meinst, Iris«. Ein kurzer Abschiedsgruß, und Torben ist zur Tür hinaus. Mein verletztes Ego brüllt ihm »Feigling!« hinterher.

17:50. Anjas Laden

»Zu fein zum Arbeiten, aber anschreiben lassen?« Wie von der Tarantel gestochen, drehe ich mich um. Hinter mir steht: Maik. Mit süffisantem Grinsen und seinem mittlerweile von Kinderzeichnungen bekritzelten Gips. Was soll das heißen: »zu fein zum Arbeiten«?

»Bist du mal wieder auf den Kopf gefallen?«

»Muss ich wohl, wenn ich gedacht habe, dass man sich auf dich verlassen kann. – Eine Schachtel Luckys rot bitte. Einfach nicht zum Kellnern aufzukreuzen.«

»Häh, wer sagt denn …?«

»Meine Mutter.«

»Deine Mutter.«

»Sie hat gesagt, du bist einfach nicht erschienen. Anja musste für dich einspringen.«

Das ist doch … Eben will ich mich rechtfertigen, als Maiks Handy klingelt. »Hallo Ernesto.« Während Maik mit seinem besten Kumpel ein Männergespräch führt, erzähle ich Anja, wie mein Arbeitsantritt im Schlangenkönig tatsächlich abgelaufen ist. Anja nickt verständig. »Typisch Marlies. Nimm's nicht persönlich.« Ich will gerade sagen, dass mir das schwerfällt, als Maik grummelt: »Super. Jetzt stehe ich ohne Aushilfe da. Ernesto hat einen Handwerkerjob bekommen und kann in den nächsten beiden Wochen nicht in der Fischerei aushelfen. Wer soll denn jetzt meine rechte Hand ersetzen?«

»Ick wüsste da ja einen perfekten Match. Du hast doch

gesagt, du brauchst Geld«, lächelt Anja mich unschuldig an. Und zu Maik: »Und sie hat schöne Hände.«

✉ *SMS von MIA an LAURA*
Bin ab morgen Maiks rechte Hand! Helfe ihm beim Fische-Ausnehmen. Urrg. Drück mir die Daumen, dass ich als Fischersfrau nicht versage.

Dienstag, 4. März

9:30. Maiks Fischladen
»Soll ick morgen noch mal wiederkommen, oder meinen Sie, Sie schaffen dit heute noch?«

Was musste Maik auch ausgerechnet jetzt eine telefonische Bestellung aufnehmen! Hätten wir nicht tauschen können? Trotz Gips und einbandagierter Finger hätte Maik dieses glitschige Tier bestimmt besser ... äh ... aufschlitzen und ihm seine ... urgg ... Gedärme rausreißen können.

Ich atme noch einmal durch und stoße dann das Messer beherzt in den Bauch des Fisches. Maik kommt, immer noch telefonierend, rein, guckt auf das Gemetzel und sagt leise: »Scheiße.« Na, vielen Dank! »Jetzt den Fisch gründlich innen ausspülen. Und das Ganze möglichst schnell«, flüstert er. Schnell? »Ein Stück Räucheraal, während Sie warten?«, versucht er den Kunden bei Laune zu halten. Ich halte den Fisch unter fließendes Wasser und pule mit dem Finger darin herum. Ich trockne den Fisch ab, packe ihn ein und überreiche ihn dem Herrn.

Maik hebt die Innereien auf. »Siehst du das? Das nächste Mal nicht so tief schneiden, damit du die Galle nicht verletzt. Die Gallenflüssigkeit ist bitter und verdirbt den Geschmack …« Ups.

»Heißt das, wir haben dem Herrn eben ungenießbaren Fisch verkauft?«

»Nein, du hast ihn ja gründlich ausgespült.« Maik grinst.

11:30. Spreewaldklinik Lübben

»Die kann einem vielleicht auf die Nerven gehen mit ihrer Art«, brummt Martha und meint ihre Bettnachbarin, deren Redeschwall sie auf den Flur getrieben hat. Ich habe die knochige kleine Gestalt fest untergehakt, denn sie hat den Rollator »entwürdigend« genannt. So pilgern wir im Schneckentempo den Flur auf und ab. »Habt ihr Fabienne schon in der Schule angemeldet?«, fragt Martha unvermittelt. Haben wir nicht. »Iris, du lässt doch deine Schwester nicht alleine. Ihr geht doch nicht weg, oder?«

»Ich weiß es nicht, Martha«, sage ich leise. »Ich weiß einfach gerade nicht, was für uns beide am besten ist.« Und schon fangen die beiden Stimmen in meinem Kopf wieder an zu streiten. Die Stimme der Vernunft mahnt lautstark, dass Frankfurt die richtige Entscheidung ist.

»Aber ich will nicht zurück! Ich gehöre dort nicht mehr hin!«, hält die andere vehement dagegen und wird mit dem Satz »Hier gehörst du auch nicht hin, mach doch die Augen auf! Das Dorf will dich nicht!« zum Verstummen gebracht.

Als wir uns mühsam wieder in Bewegung setzen, sagt Martha: »Der Mensch kann nicht zu neuen Ufern vordringen, wenn er nicht den Mut aufbringt, die alten zu verlassen! Darüber solltest du mal nachdenken.«

14:00. Lübbenau Neustadt

Alte Ufer, neue Ufer. Im Moment möchte ich aber nur in den Drogeriemarkt, um dort ein paar Batterien für die Taschenlampe zu erwerben, die wir für den Schafstall brauchen. Doch gerade als ich die Autotür öffne, setzt ein anderes Auto rasant in die Parklücke neben mir, weshalb ich sie reflexartig wieder zuziehe. Aus dem fetten Jeep grinst mich Benno an. Ich steige aus und lasse die Tür resolut zuscheppern. Benno stützt sich lässig mit einer Hand auf dem Kotflügel ab, bevor er mich augenzwinkernd angrinst.

»Du bist hoffentlich gut versichert, wenn du so um die Kurven rauschst«, raunze ich ihn an. Er grinst noch breiter.

»Sieh an, dit Frollein Iris macht sich Sorgen um mich!«

»Der Frau Iris ist der eingebildete Herr Benno ziemlich egal«, pampe ich frostig zurück.

»Tatsächlich?«

»Allerdings. Sie sorgt sich allenfalls darum, dass Herr Benno möglicherweise ein Verkehrsrowdy, aber kein Ehrenmann ist und einen entstandenen Schaden nicht begleichen würde. Schließlich begegnet man sich auf den Straßen der Provinz vielleicht häufiger, als einem lieb ist.«

Benno lässt meinen Blick nicht los. Trotzdem sehe ich aus dem Augenwinkel, dass ein Kombi aus der Parkreihe gegenüber ausschert. Einen Moment später sehe ich, dass Marlies am Steuer sitzt. Und ich sehe, dass sie mich sieht. Mit Benno, der mich an sich zieht und küsst.

14:30. Maiks Fischladen

Klingeling. Schon wieder die Eingangstür. Schnell wische ich meine Hände an einem bereitliegenden Tuch ab, drehe mich um und erstarre. Vor mir steht Maiks Mutter. Marlies. Die guckt ebenso pikiert auf mich und dann zu ihrem Sohn, der eben mit einer Ladung Räucherfisch aus dem Hinterzimmer kommt. »Was macht *die* denn in unserem Laden?«

»Soweit ich weiß, ist das immer noch *mein* Laden.«

Fünf Minuten später

»Wir wollen mit denen einfach nichts zu tun haben. Du weißt doch, wie das endet.«

Durch das Milchglas der Tür, die den Laden vom Lager trennt, sehe ich Maik und Marlies als Schattengestalten diskutieren. Ich muss nah rangehen, um zu hören, was sie sagen.

»Mama, das ist über dreißig Jahre her. Und Mia kann nun wirklich nichts dafür, dass …« Mist, ausgerechnet hier unterbricht ihn seine Mutter. »Dass du kein Gespür für falsche Schlangen hast, das hat sich ja bereits bei Svenja gezeigt.«

»Wer sich hier wie eine falsche Schlange benimmt, darüber wollen wir besser nicht reden.«

»Was meinst du?«

»Ich denke, das weißt du ganz genau.« Maiks Stimme ist scharf und lässt seine Mutter verstummen. »Fünf Karpfen, das war 's?« Die Schiebtür geht auf, und schnell tue ich so, als gäbe es auf dem Boden unheimlich viel aufzukehren.

Donnerstag, 6. März

10:00. Spreewaldklinik Lübben

»Wann kommst du nach Hause?« Fabienne steht einsatzbereit neben Martha, um sie beim Aufstehen zu stützen. Vielleicht ist es das Licht, die Haltung ihres Kopfes, ihr spezieller Gesichtsausdruck in diesem Moment, jedenfalls starrt Martha meine Tochter plötzlich an, als sähe sie sie zum ersten Mal. »Fabienne«, sagt sie schließlich, »du hast große Ähnlichkeit mit

deiner Urgroßmutter. Wie die junge Hedwig, wie Hedwig, als sie allen den Kopf verdreht hat.« Sie zerrt mich am Arm, um mich daran zu erinnern, dass ich ihre Ersatzkrücke bin, und das Auf und Ab durch den Gang beginnt. »Wusstest du eigentlich«, sagt sie plötzlich zu mir, »dass Hedwig immer davon geträumt hat, ein Café zu besitzen? Ich hätte die Kuchen gebacken und sie die Gäste mit Geschichten unterhalten und ihnen zugehört, das wäre nach ihrem Geschmack gewesen.«

14:00. Spreewaldklinik Lübben.
»Darf die denn schon alleine herumlaufen?«, fragt Maik, mit dem ich Martha besuche. Sie steht, einen Arm auf eine Krücke gestützt, an der Rezeption und redet eindringlich auf die kleine, rothaarige Schwester ein. Schwester Lina heißt sie, glaube ich. »Ich will Ihnen aber keine falschen Hoffnungen machen«, höre ich die Schwester sagen, als wir näher kommen.

»Nein, aber wenn Sie es versuchen würden. Paris, da müsste er ...« Die Schwester winkt uns zu.

»Sie haben Besuch, Frau Dubizak.« Etwas abrupt dreht Martha sich um und humpelt fast ein wenig hektisch auf uns zu. »Was macht ihr denn hier?« Nette Begrüßung, es muss Martha also besser gehen. Sie lässt sich von Maiks gesundem Arm unterhaken. Und lächelt dabei fast wie ein junges Mädchen.

Freitag, 7. März

21:30. Bad im Haus der Schwestern
Ahh, ein heißes Bad, tut das gut. Ich stinke, als hätte jemand einen Kübel alten Fisch über mir ausgeschüttet, und meine Glieder schmerzen, als hätte ich eine Thai-Massage hinter mir. »Mama, Mia, schnell! Helene, sie hat ... das Lamm ist da!«

21:50. Schafstall
Zu dritt – ich mit nassen Haaren – schlagen wir im Stall auf. Tatsächlich, dahinten im Stroh liegt ein kleines Lämmchen. Die schöne Helene macht jedoch keine Anstalten, das Kleine, wie wir es von unserer letzten Geburt her kennen, abzuschlecken. Abgekehrt und einige Meter von dem kleinen Wesen entfernt, das zerknittert, nass und fröstelnd daliegt, tritt sie unruhig auf der Stelle, legt sich hin und wirft den Kopf zurück.

Würde im Heu nicht schon ein Lamm liegen, würde ich sagen, sie verhält sich, als stünde sie kurz **vor** *der Geburt, nämlich so, wie Torben es mir beschrieben hat. Und tatsächlich, plötzlich sehe ich etwas … eine weiße, mit gelber Flüssigkeit gefüllte Blase … ein weiß-schwarzes Fellbüschel … das ist ein Kopf. Ein zweites Lamm! »Sie bekommt Zwillinge!«*

»Echt? Wahnsinn!« Instinktiv macht Fabienne einen Schritt auf dieses kleine Wunder zu. Das kleine, zweite Lamm ist inzwischen weich im Stroh gelandet, und die schöne Helene beginnt, es abzuschlecken. Das Erstgeborene liegt immer noch ein paar Meter abseits. Unbeachtet. Es zittert inzwischen ziemlich heftig. »Sollen wir das andere zu ihr bringen, damit sie es auch abschleckt?« Fragend sehe ich Iris an. »Oder nimmt sie das Kind dann nicht mehr an, wenn wir es angefasst haben?« Iris zuckt nur mit den Schultern.

Zwanzig Minuten später
Mia dachte das Gleiche wie ich. Doch es war meine Tochter, die es aussprach: »Wir müssen Torben anrufen.«

Bei Mehrlingsgeburten, so Torben, passiere es oft, dass die Mutter das erste Lamm vergisst. Das Zweitgeborene (anscheinend ein Mädchen, also eine Aue) steht schon auf seinen kleinen Beinchen und saugt an der Mutter. Aber das schwächere Erstgeborene (ein Bock) kippelt noch recht unsicher auf allen vieren. Und jedes Mal, wenn es sich an das Euter herangetastet hat, boxt die schöne (oder sollte ich eher sagen »fiese«) Helene nach ihm. Ich bekomme kaum eine Zitze gepackt, um Milch abzumelken. Schließlich habe ich eine winzige Menge zusammen. »Das genügt fürs Erste. Sind ungefähr fünfzig Milliliter.«

»Alleine kriegen wir das Biest niemals dazu, still zu stehen«, sagt Iris.

Es klingt irgendwie schnippisch, als er sagt: »Tja, Iris, dann musst du wohl deine neuen Kontakte spielen lassen.«

Hä? Hat der ein Problem, oder höre ich die Flöhe husten? Torben spricht jetzt wieder in normalem Ton: »In Bennos Schafherde haben auch drei Auen geworfen. Entweder, ihr versucht, euer Böckchen einer von ihnen unterzuschieben, oder ihr fragt ihn nach Kolostralmilch. Also Erstmilch. Die wird er wohl dahaben. Ruf ihn an, seine Nummer hast du ja bestimmt.«

Zwanzig Minuten später. Benno Frankes Hof

Konrad Franke – »Opa Conny« – ist alt geworden. Ich bin froh, dass er es ist, der mir die Tür geöffnet hat. Mir sitzt noch das Telefonat mit seinem Enkel Benno in den Knochen. Er meldete sich mit dem Satz: »Na, und ick hatte schon Angst, du ziehst det durch und machst jetzt einen auf eiserne Lady.«

»Die kleene Iris, schön, det ick dich mal wiedersehe. Verändert haste dich. Bist 'ne richtige Frau jeworden.«

»Ich bin vierundvierzig«, sage ich grinsend, »da war das zu erwarten.« Als er mir einen Beutel gefrorene Kolostralmilch und ein Fläschchen mit Nuckel in die Hand drückt, bedanke ich mich.

Etwas später im Stall
Mein Herz geht mir über. Es ist eine Mischung aus Rührung und Mitleid. Auf meinem Schoß halte ich den kleinen Krabat und versuche, ihm seine erste Milch einzuflößen. Er lässt den Sauger entweder los, oder er kaut planlos darauf herum. Immer wieder muss ich sein kleines Mäulchen vorsichtig mit dem Finger öffnen und die Flasche ansetzen.

Samstag, 8. März

12:40. Wellnesshotel Spreewald. Rezeption
Piekfeines, modernes Design. Kein Wunder, dass Iris ihre Manager hier hat wohnen lassen. Und klar, dass Marlies mit ihrem Schlangenkönig da essenstechnisch nicht gegen anstinken kann. Mit einem etwas zu lauten Rums stelle ich meine Plastikkiste mit den toten Fischen auf dem roten Vorleger ab. In Erwartung illustrer Gäste dreht sich die Dame an der Rezeption zu mir um. »Der Lieferanteneingang ist um die Ecke.« Dann mustert sie mich noch einmal ausführlich, bevor sie etwas zu spitz fragt: »Hat Maik eine neue Azubi?«

»Äh, nein, ich ... helfe nur aus. Er ... äh ... hat sich den Arm gebrochen.«

»Ach, was du nicht sagst.« Wieso ist die denn so herablassend?

»Ich bin nur eine ... äh ... Freundin ..., die ihn vertritt.« Mia, das sagtest du schon.

Irgendetwas an dem Blick dieser Frau macht mich überraschend unsicher. Vielleicht liegt es daran, dass sie für dieses Niemandsland ungewöhnlich hübsch ist, mit ihrem sinnlich geschwungenen Mund, ihrer porzellanfarbenen Haut, der kastanienbraunen Mähne und ihren smaragdgrünen Katzenaugen.

16:00. Lübbenau. Sigrids Wohnzimmer

Hätte ich doch ein paar Runden mehr mit Martha gedreht, die ich eben noch besucht habe, anstatt mich zu beeilen, um rechtzeitig bei Sigrids Kaffeekränzchen zu erscheinen. Sigrid hat es gut gemeint, als sie mich eingeladen hat. Das Problem ist, dass keine der anwesenden Damen mich näher kennenlernen möchte, so viel steht fest. Drei von ihnen habe ich bereits als Freundinnen von Marlies identifiziert. »Bist du eigentlich verheiratet?«, fragt mich eine, die Irene heißt.

Was soll das? Stellt man jemandem, den man kaum kennt, so eine indiskrete Frage?

Sigrid, die – dank Fabienne – inzwischen weiß, wie es um meine Ehe bestellt ist, springt für mich in die Bresche. »Wisst ihr eigentlich, dass Iris und ihre Schwester gestern eine Lammgeburt erlebt haben? Und jetzt haben sie ein Flaschenlamm, weil die Mutter es nicht an sich heranlässt. Stellt euch das mal vor.« Sigrid neigt eigentlich sonst nicht so zu sinnlosem Geplapper, aber die angespannte Stimmung hier scheint ihr zuzusetzen. Und mir auch, denn ich höre mich sagen: »Zum Glück wohnen wir nah bei Benno Franke. Der hatte natürlich Erstmilch für uns.«

»Erstmilch. Natürlich. Wer auf der Jagd ist, lässt keine Gelegenheit aus, nicht wahr?«

»Heide! Hör auf mit deinen Unterstellungen!« Sigrid schaut sie böse an. Ich winke ab.

»Ist schon gut. Ich muss sowieso noch etwas erledigen. Kann Fabienne noch ein bisschen hierbleiben?« Sigrid sieht mich bedauernd an. »Natürlich, Iris. Lydia wäre enttäuscht, wenn du sie jetzt schon entführen würdest.«

18:00. Zurück in Feulenitz. Auf Benno Frankes Hof

Wie können diese Dorftrutschen es wagen, über mich zu urteilen? Und vor allem, warum? Was habe ich ihnen getan? Benno macht sich gerade im halbdunklen Hof mit Taschenlampe und Zange an seinem Trecker zu schaffen, als ich um die Ecke biege. »Du bist's! Ick hatte schon Angst, du kommst nicht mehr«, spöttelt er. Er knipst die Lampe aus. »Ick hoffe, dir ist klar, dass ich dich heute nicht einfach so die Biege machen lasse«, sagt er leise. »Völlig klar«, antworte ich heiser. Wieso soll ich mir etwas versagen, dessen ich sowieso schon angeklagt bin? Ich lasse mich von Benno in Richtung Stall schieben, er drängt mich an die gemauerte Wand, zieht mir den Kopf an den Haaren leicht in den Nacken und küsst mich auf den Hals, der sich ihm entgegenbiegt. Gänsehaut breitet sich mit rasender Geschwindigkeit auf meinem ganzen Körper aus. Ich habe das Gefühl, gleich wahnsinnig zu werden. »Genau das wollte ich schon vor dreißig Jahren tun«, murmelt er mir heiser ins Ohr.

Dienstag, 11. März

10:30. Maiks Fischladen
»So, der Nächste, bitte.« Ich verkneife mir ein Gähnen und sehe in das Gesicht einer verblassten Schönheit. »Mein Mann hatte drei Barschfilets für Franke vorbestellt.« Ich eile in den Lagerraum nach hinten, wo die Bestellungen gekühlt werden. »B. Franke«, da ist es. Irgendwo in meinem Kopf versucht der Name einen Aha-Effekt auszulösen, die Synapsen zünden allerdings ins Leere.

12:00. Küche
Ich fühle mich so energiegeladen wie schon lange nicht mehr. Muss daran liegen, dass ich den besten Sex meines Lebens hatte. Sowohl Sonntag- wie auch Montagnacht habe ich mich zu Benno gestohlen, und wir haben seinen Stall zum Beben

gebracht. Opa Conny scheint einen tiefen Schlaf zu haben. Zum Glück. Wie soll ich das nennen, was wir miteinander haben? Keine Ahnung, es ist mir auch egal und ich fühle mich kein bisschen schlecht. Im Gegensatz zu meiner Tochter. In den vergangenen drei Tagen ist sie kein einziges Mal bei Lydia gewesen. Sie sagt, dass ihr andauernd übel sei, aber ich glaube, es steckt etwas anderes dahinter. Sigrid hat mir am Telefon zerknirscht erzählt, eine ihrer netten Besucherinnen habe Fabienne gefragt, ob sie seit Fastnacht zugelegt habe. »Es tut mir so leid, Iris, so etwas sagt man doch nicht zu einer Heranwachsenden!« Sigrid weiß nicht, dass Fabienne schwanger ist. Niemand weiß es. So weit, dazu zu stehen, ist Fabienne noch nicht. Sie sitzt am Küchentisch und starrt verloren aus dem Fenster.

19:20. In Maiks Sprinter. Am See

»Gibst du mir noch ein Stück Brot?« Ich rupfe mit meinen fettigen Fingern ein Stück Baguette ab und reiche es Maik. Maik und ich sitzen im Bus, auf unserem Schoß, auf Einwickelpapier ausgebreitet, die Reste je eines Räucherfisches. Maik hat mich zu einem Picknick eingeladen. Jetzt stehen wir ein Stück seeaufwärts im Niemandsland am Wasser. Ich greife zu einer Plastikfigur, die am Armaturenbrett klebt. »Gehört Jannik. Meinem Sohn.« Der Kopf des Außerirdischen wackelt bestätigend.

»Und ... seit wann ... seid ihr ... getrennt, du und ...«

Die Antwort kommt prompt. »Seit nicht ganz einem Jahr. Svenja und Fische, das geht nicht zusammen.« Jetzt ist es sehr still im Auto. Maik wischt sich die Hände ab und faltet die Reste seiner Forelle in dem Papier gekonnt zusammen. »Stört's dich, wenn ich rauche? Ich mach auch das Fenster auf.« Maik raucht, wir gucken Sterne, und in meinem Bauch zündet ein kleines Feuerwerk.

Donnerstag, 13. März

16:30. Benno Frankes Hof

»Morgen fährt Benno mich zu Martha, dit wird ’ne Überraschung, also …« Opa Conny legt sich verschwörerisch den rechten Zeigefinger auf den Mund und zwinkert mir dabei zu.

»Oh, dann musst du sie aber zu Hause besuchen, sie kommt morgen raus.«

In seinen Augen funkelt Bewunderung, als er sagt: »Dit is typisch. Ja, ja, die Martha, die haut so schnell nix um. Willste nich zum Essen bleiben, jibt aber nur kalte Küche?«

Benno antwortet für mich: »Nee, Iris muss nach Hause, Opa.« Ich bin ein bisschen konsterniert, habe ich doch mit keiner Silbe erwähnt, dass ich es eilig habe. Als Opa Conny sich verabschiedet hat und im Haus verschwunden ist, erklärt Benno leise: »Hoffe, du fühlst dich jetzt nich rauskomplimentiert. Zu viel Aufregung is’ nich jut für ’d schwache Herz, wollt ich vor ihm nich so sagen.« Das verstehe ich natürlich. »Komm, ick bringe dich.«

Wir sind an der Brücke, die auf unsere Insel führt, angekommen. Aber Benno besteht darauf, mir auch auf dem Weg durchs Wäldchen Gesellschaft zu leisten. Ein geisterhafter großer Schatten, den ich plötzlich rechts von uns aus dem Augenwinkel bemerke, jagt mir einen Adrenalinstoß durch den Körper. Aber es ist nur das alte verfallene Haus, das, solange ich denken kann, sein Dasein auf unserer Insel fristet. Angeblich hat dort vor dem Krieg eine jüdische Familie gewohnt.

Hühnerstall

Das nennt man also »gute Nachbarschaft«, denke ich. Da vorne im Dickicht knutscht meine spröde Halbschwester mit ihrem Lover, als ginge es um ihr Leben. Meine Halbschwester, der wandelnde Businessplan, und ein Schafbauer aus Feulenitz. Na, Mia, du bist auch nicht besser. Seit zwei Tagen denkst du nur an eins: »Wann darf ich endlich wieder zu den glibberigen Fischen. Und zu Maik.«

Freitag, 14. März

10:00. Maiks Fischladen

»Ups, entschuldige, ich wollte nur …« Sobald sich unsere Hände bei der Arbeit berühren, zucken wir beide zurück. Für einen Außenstehenden wäre die Sachlage eindeutig: Hier schwelt etwas.

»Ich schau mal nach dem Feuer«, sage ich. Ich tauche in das rauchige, warm-feuchte Dunkel von Maiks Räucherstube. An der hinteren Wand steht der schmiedeeiserne, viereckige Ofen, hier räuchern – noch auf alte Art über echtem Holz – die Fische. Die Rauchschwaden, die bisher nur vereinzelt durch die Ritzen der beiden gusseisernen Klappen strömten, verwandeln sich in dicken Nebel, als ich – neugierig – die obere Klappe öffne und das Gitter mit den hängenden Fischen herausziehe. Ich schließe die Klappe wieder und lehne mich mit dem Rücken an den angenehm warmen Ofen.

»Na, träumst du?« Maik steht vor mir, er muss sich unbemerkt hereingeschlichen haben. Seine braunen Augen glitzern. Sofort schießt mir wieder die Röte ins Gesicht. »Ich … ähh … wollte gerade Scheite nachlegen«, stammle ich und werfe eine Handvoll Scheite in den Ofen, was die Rauchbildung sofort anheizt. Ich muss husten. »Geht's?« Schnell schließt Maik die Ofentür. Ich nicke, schlucke den letzten Hustenreiz herunter und blicke mit tränenden Augen auf. Schon wieder diese braunen, weichen Augen. Maik streicht mir etwas Ruß aus dem

Haar. Ich höre noch die feuchten Scheite in der Glut zerspringen, dann, endlich, küssen wir uns.

13:30. Spreewaldklinik. Marthas Zimmer
Es scheint, als könnte Martha es gar nicht erwarten, hier raus und auf unseren Hof zu kommen. Wie lange sie wohl hier schon im Mantel und mit gepackter Tasche auf ihrem Bett saß? Alte Menschen sind schon merkwürdig. Wieso kann man seinen Mantel nicht in dem Moment anziehen, wenn man das Haus auch tatsächlich verlässt?

18:50. Vor der Insel der Schwestern in Maiks Sprinter
Siebter Himmel in Feulenitz. Maiks Zunge, eben noch meine Zähne umspielend, zieht sich lockend in seinen Mund zurück, meine folgt, und in seinem Mund tanzen unsere Zungen umeinander, wie die Hälse zweier Schwäne beim Liebesspiel. Maik küsst sanft. Dann wieder bestimmt. Perfekt. Ich schmelze dahin, während meine Eingeweide Purzelbäume schlagen. Nach einer gefühlten Ewigkeit lösen wir uns voneinander. »Ich glaube, du musst rein. Die warten sicher schon auf dich«, sagt er mit einer Weichheit in der Stimme, die sich wie eine warme Daunendecke um mich legt. Ich nicke. Und küsse ihn noch mal. Dann stoße ich die quietschende Beifahrertür auf. »Wollen wir morgen was machen?«, frage ich mit klopfendem Herzen.

19:00. Küche
Martha legt ein paar vergilbte Blätter auf den Tisch. Es sind Zeichnungen darauf zu erkennen. »So hat sie sich das immer vorgestellt«, sagt sie. Sie spricht von Oma Hedwig und ihrem Traum von einem Café. Mia greift ehrfürchtig nach einer der brüchigen Skizzen. »Oma Hedwig konnte zeichnen?«, fragt

sie. Martha nickt. »Natürlich«, sagt sie. »Von wem, glaubst du, hast du das Talent sonst geerbt?« Mia lächelt.

»Ihr müsst etwas aus dem Haus machen, der ganze Umbau, das wäre doch sonst rausgeschmissenes Geld.« Fabienne greift nach dem Stapel und schaut die Skizzen staunend durch. »Mein Café« steht über einer Skizze, die ein Haus von außen zeigt. Es ist nicht unser Haus. Ich schaue etwas aufmerksamer hin, das Haus kommt mir bekannt vor. »Ist das ...?« Martha nickt. »Das ist das verfallene Haus weiter hinten auf unserer Insel.« Und dann sagt sie übergangslos: »Hilf mir mal!«

Martha verkündet, dass sie ins Bett müsse. Sie sei schließlich eine alte Frau und keine Nachteule. Mia sinniert. »Ob Martha früher auch schon so war? So unnahbar und hart? Ob sie Verehrer hatte?« Ich nehme zwei Gläschen aus dem Regal und setze mich zu Mia. »Konrad Franke ist bis heute einer.« Das ist mir jetzt so rausgerutscht. War ja klar, dass Mia fragt: »Wer ist Konrad Franke?« Ich werde rot. Ahnt sie irgendwas? »Opa Conny. Das ist der Großvater von Benno Franke, dem Landwirt, bei dem ich die Erstmilch geholt habe«, antworte ich möglichst unschuldig. »Benno Franke«, wiederholt Mia tonlos, als wäre der Name das Lösungswort eines langwierigen Kreuzworträtsels.

Plötzlich weiß ich wieder, wann ich den Namen »Franke« schon mal gehört habe. Stand nicht »B. Franke« auf der Barschbestellung? Und sagte die traurige Schattenfrau nicht: »*Mein Mann* hatte vorbestellt ...?« Aber das hieße ja ... Iris hat was mit einem verheirateten Mann!

23:00. Fünf Schnäpse und ein Telefonat später ...

... bin ich darüber im Bilde, dass nicht das angegriffene Herz von Opa Conny gestern ein gemeinsames Abendbrot verhin-

dert hat, sondern die Tatsache, dass Benno verheiratet ist. Ich könnte mich ohrfeigen, weil ich auf ihn reingefallen bin. Er ist einfach nur ein notorischer Fremdgeher. Wie früher. Nur war er damals nicht verheiratet. Ich frage mich, wo Bennos Frau war, als wir es im Stall miteinander getrieben haben. Aber Benno werde ich nicht danach fragen. Mit Benno bin ich fertig.

✉ *SMS von MIA an LAURA*

Du hast recht: Das Glück kommt oft anders verpackt, als man denkt. Schlaf gut, mein liebes Füchschen!

Samstag, 15. März

11:58. Anjas Laden

»Wir haben geschlossen«, wirft Marlies mit ihrer verblichenen Koboldsfrisur mir spitzzüngig entgegen, kaum dass ich den Laden betreten habe. Ich schaue auf die Uhr an meinem Handgelenk. »Es ist eine Minute vor zwölf«, sage ich so gelassen wie möglich. »Atomzeit.«

»Tante Marlies, dit hier is immer noch mein Laden. Und du willst mir doch bestimmt nicht die Kundschaft abspenstig machen, oder?« Das war Anja.

Ich kann nur mühsam meine Wut unterdrücken. »Ganz ehrlich, mir reicht's allmählich, Marlies. Was ist eigentlich dein Scheiß-Problem mit mir?!«

Marlies wirft mir einen giftigen Blick zu. Mit hoch erhobenem Kopf sagt sie: »Das fragst du wohl besser mal deine Mutter!« Und rauscht an mir vorbei.

17:00. Lübben. Spreewald Lichtspiele

Seit ein paar Sekunden weiß ich, wer Svenja ist, oder vielmehr *wie* Svenja aussieht. Denn etwas abseits von mir diskutiert Maik mit ... Trommelwirbel ... der Schnepfe von der Rezeption aus dem Wellnesshotel! Der Mutter seines Kindes, deren Modelmaße anscheinend unter Schwangerschaft und Geburt kein bisschen gelitten haben. Svenja will offenbar mit einer Freundin in die nächste Vorstellung und ist uns im Foyer direkt in die Arme gelaufen. »Gut, dass ich dich treffe. Ich wollte sowieso mit dir über Jannik reden, ähm, vielleicht könnten wir mal eben unter vier Augen ...?« Womit sie Maik ein paar Meter von mir weggezerrt hat. Der große Trumpf: das gemeinsame Kind. Die unterschwellige Bedeutung: Wir, Maik und ich, werden immer miteinander verbunden und eine Familie bleiben.

»Alles okay?«, frage ich, als die Nixe stöckelnd den Abgang gemacht hat und Maik zu mir zurückgekehrt ist. Maik verdreht die Augen. »Svenja hat eine Fortbildung. Ich soll Jannik bis Mittwoch nehmen.«

»Wann musst du ihn holen?« Maik sieht auf die Uhr. »In einer Stunde.« Ich nicke. »Tut mir leid. Ich fahr dich natürlich noch heim.«

Erst als Maik mich zum Abschied vor unserem Fließ küsst, gewinnt das Engelchen der Zuversicht und Liebe in mir wieder die Oberhand über das kleine »Hab-ich's-nicht-gesagt-Ein-Mann-mit-Anhang-bringt-Ärger-Teufelchen«. Denn klar ist: Eine Frau, mit der man eben erst ein paar Küsse getauscht hat, und ein Sohn, den man vor noch ungeklärten Liebschaften seines Vaters beschützen will, gehen nicht zusammen. Aber eben nur: noch nicht. Und dass Maik das so handhabt, finde ich einen ziemlich guten Zug von ihm.

Montag, 17. März

10:00. Küche

Eben haben Iris und Fabienne ihr Hab und Gut in Iris' Mietwagen gehievt. Dabei ist mir aufgefallen, wie wenige Sachen Iris die ganze Zeit hier hatte. Sie ist nie zum Bleiben hierhergekommen. Mit Messerjocke auf dem Arm (was von Iris diesmal geduldet wurde) und von Ginger Rogers auf Schritt und Tritt begleitet, hat Fabienne den Schafen einen ausführlichen Besuch abgestattet. Dabei ist sie immer stiller geworden.

»Denk nicht mal dran«, hat Iris schließlich weich, aber bestimmt gesagt, als Fabienne Messerjocke »zum Spaß«, wie sie behauptete, in den Kahn gesetzt hat. Martha hat sich bis zuletzt nicht blicken lassen, doch die Bewegungen der Gardine hinter ihrem Küchenfenster zeigten, dass sie die Vorbereitungen genau verfolgte. Gestern gab es eine ziemliche Auseinandersetzung zwischen Iris und Martha. Die alte Frau war alles andere als einverstanden mit Iris' Umzugsplänen.

»Und Oma Hedwigs Schrieb?«, frage ich.

»Den lasse ich in Frankfurt prüfen. Ich denke nicht, dass er juristisch Bestand hat.« Kurz sehe ich meine Halbschwester erschrocken an. Nur weil sie geht, heißt das doch nicht ...? Iris scheint meine Gedanken erraten zu haben. »Von mir aus kannst du bleiben, Mia. Aber solltest du es dir anders überlegen, ich kenne mehr als einen guten Immobilienmakler. Und das Geld könntest du sicher gut gebrauchen.« Ich umarme Iris und spüre, dass sich in den letzten fünf Monaten einiges zwischen uns geändert hat.

20:00. Villa auf dem Frankfurter Lerchesberg

Marthas Sätze »Du machst einen Fehler, Kind!« und »Im Abhauen wart ihr ja immer prima« gehen mir nicht aus dem Kopf.

Aargh. Ein Flugzeug naht. Ich kneife Augen und Ohren zu, bevor der Flieger dröhnend über uns hinwegschießt und mich zum wer weiß wievielten Mal heute gefühlte fünf Minuten lang glauben lässt, die Welt gehe unter. Es ist zum Kotzen hier. Ich starre auf die trostlosen Wände und denke an unsere gemütliche Küche in Feulenitz.

»Mama?« Fabienne steht im Türrahmen. Sie hat geweint. »Ich vermisse Mia und Martha.« Ich schlucke. Dann nicke ich. »Ich auch, Fabienne. Aber …«

»Und ich hab mich gar nicht von Lydia verabschiedet. Ich will morgen nicht mit Papa essen gehen. Der fängt doch bloß wieder mit Schule und so an. Und will wissen, wer … Du weißt schon.«

Ich weiß, ja. Er will wissen, wer das »Arschloch« ist, das unsere Tochter geschwängert hat, um es zur Verantwortung zu ziehen, bla, bla. »Aber du wolltest doch nicht, dass Lydia …« Fabienne sieht mich mit wildem Trotz in den Augen an und sagt heftig: »Ich erzähle lieber Lydia, dass ich schwanger bin, als irgendwelchen Wichsern in der Feine-Pinkel-Schule, die Papa für mich ausgesucht hat!«

Dienstag, 18. März

7:00. Hauseingang. Haus der Schwestern

Beinahe hätte ich heute verschlafen. Zum Glück habe ich Martha, die mir hilft, Krabat zu füttern. Schnell nehme ich das Milchaustauscherpulver vom Schrank und springe die paar Meter durch das anhaltende Ekelwetter zu Marthas Remise. Auf mein Klopfen kommt keine Antwort. »Martha?« Ich finde Martha in der Küche. Sie liegt auf dem Boden vor der Spüle. Hilflos blickt sie zu mir auf. »Hedwig … es tut mir leid … bitte, hilf mir.«

11:00. Spreewaldklinik. Wartebank auf dem Flur

Martha hatte einen Herzinfarkt. Zum Glück kam der Krankenwagen schnell genug. Jetzt liegt sie auf der Intensivstation, an ein EKG angeschlossen. Sollte ich Iris anrufen? Nein, die Ärzte sagen, Marthas Zustand sei stabil. Und Iris hat beschlossen, mit »dem hier« nichts mehr zu tun haben zu wollen.

11:30. Juttas Wohnung. Frankfurter Nordend

»Was ist eigentlich zwischen dir und Marlies vorgefallen?« Meine Mutter, die an der Spüle steht, reißt den Kopf herum. »Wieso?«, fragt sie eine Spur zu schnell und zu erschrocken, um mich glauben zu lassen, dass sie keine Ahnung hat, wovon ich spreche. »Ihr wart doch beste Freundinnen früher. Marlies hat eine Mordswut auf dich. Ich glaube dir nicht, dass die nur daher kommt, dass du damals abgehauen bist.« Meine Mutter wendet mir den Rücken zu. »Das wirst du aber glauben müssen, Iris. Ich weiß doch nicht, was in Marlies vorgeht. Nach all den Jahren.«

19:50. Küche im Haus der Schwestern

›*Ablehnungsbescheid*
Förderung der Aufnahme einer selbstständigen Tätigkeit

Sehr geehrte Frau Mann,
Ihrem Antrag vom 31.01.14 auf Gewährung eines Gründungszuschusses kann leider nicht entsprochen werden. Aus Sicht der Arbeitsvermittlung …«

Es sieht nicht so aus, als wäre ich für die harte Welt der Freiberufler da draußen gemacht. Denn:

✉ An: Mia Mann
Von: Stefan Gauer
Betreff: Illustrationen Magazin 360°

Liebe Frau Mann,
vielen Dank für die Zusendung der neuen Entwürfe. Sie sind geeigneter als die ersten, für unsere Zielgruppe aber immer noch zu poppig. Die drei kleinen Illustrationen können wir wohl unterbringen, für das Titelblatt haben wir jetzt einen anderen Illustrator gefunden. Wir bieten Ihnen an, für die drei kleinen die volle und als Ausfallhonorar für die anderen ein Drittel der vereinbarten Gage zu bezahlen, und hoffen, dass wir uns so gütlich einigen können.

Mit freundlichen Grüßen
Stefan Gauer

Selbst wenn Maik morgen nicht seinen Gips abbekäme und weiterhin auf meine Hilfe in der Fischerei angewiesen wäre, würde mich das auf Dauer finanziell nicht retten. Zumal ich jetzt, da Iris weg ist, für Strom und Wasser aufkommen muss. »Tja, Mia Mann, dann weißt du wohl, was zu tun ist«, höre ich die kleine Stimme in mir gehässig tönen. »›Kaupen 10‹ verkaufen. Wie deine vernünftige Schwester es vorgeschlagen hat.«

Mittwoch, 19. März

10:30. Spreewaldklinik. Marthas Zimmer

Martha atmet ruhig, wenn auch sehr leise. Sie schläft seit gut zwei Stunden.

»Na?« Ich schaue auf. Martha lächelt mich an, schwach, aber sie lächelt. »Zeichnest du?«

»Ach, das ist nur …« Martha nimmt mir die Blätter aus der Hand. »Eine Pension.« Wahrscheinlich ist es eine Schnapsidee, schließlich hat sie Mia, die Träumerin, gehabt. Aber die Zeichnungen, in denen ich die Umgestaltung unseres Hauses festgehalten habe, nahmen von ganz alleine Gestalt an. »Nur so eine Idee«, sage ich also etwas kleinlaut. »Die Hedwig gefallen würde«, schmunzelt Martha und gibt mir die Blätter zurück. Als ich sie nehmen will, hält Martha plötzlich meine Hand fest. Sie sieht mich ernst an. »Mit mir geht es zu Ende. Ich möchte nach Hause.«

Donnerstag, 20. März

Nach dem Abendessen in der Küche der Schwestern

»Gut, dass du wieder da bist«, hat Martha zu mir gesagt. Ich wollte erst klarstellen, wir seien nur wegen Mias Anruf zurückgekehrt, aber irgendetwas hielt mich davon ab. Stattdessen bat ich Mia, Opa Conny zu holen. Martha hatte ***mich*** *darum gebeten, aber ich wollte vermeiden, Benno (oder seiner Frau) zu begegnen. Der Alte blieb gute zwei Stunden bei ihr, bevor er mit ernstem Gesicht aus der Remise kam. Er weinte. Tränenlos. Dann schlurfte er sehr langsam in Richtung Brücke davon.*

Als ich Martha einen Tee brachte, standen auf ihrem Küchentisch drei kleine Kisten mit unseren Namen: Iris, Mia, Fabienne. Ich musste sofort wieder weinen. »Man muss die Dinge nur in Ordnung bringen, bevor man geht«, sagte Martha.

Mia, meine Tochter (mit Messerjocke) und ich sitzen hier um den Küchentisch und schweigen. Fabienne hat eine Kerze auf die Fensterbank gestellt. »Für Martha«, hat sie gesagt. Vielleicht kann Martha sie von der Remise aus flackern sehen, wenn sie den Blick zum Fenster hin wendet.

Freitag, 21. März

Abend. In Marthas Remise
Iris und ich sitzen bei Martha am Bett. Um Mittag herum klingelte ihr Festnetztelefon. Plötzlich kam Leben in die alte Dame. »Heb ab, schnell!«, rief sie mir aus ihrem Bett zu. Es war Schwester Lina, die Rothaarige aus dem Krankenhaus. Das Telefonat selbst war kurz. Auf ein aufgeregtes »Ja?« von Martha folgte ein enttäuschtes »Ach so« und dann ein resigniertes »Nein, ist gut«. Am Ende ein tapferes »Haben Sie vielen Dank, auch Ihr Sohn. Behüte Sie Gott.« Plötzlich war Martha sehr müde.

Es geht zu Ende. Der Pfarrer kam am Nachmittag. In einem lichten Augenblick verabschiedete sie sich von Fabienne. Sie solle sich auf das werdende Leben in ihrem Bauch freuen und diejenigen, die gehen wollen, ziehen lassen. Und gefälligst nicht traurig sein. »Das ist ein Auftrag«, sagte sie bestimmt. Sie atmete schwer. Dann öffnete sie ihre Augen wieder und fixierte Mia und mich. »Das Zusatztestament«, sagte sie, »ihr wisst es ja sowieso längst, dass es aus meiner Feder stammt. Hedwig hätte sich das gewünscht, das müsst ihr wissen.« Das waren Marthas letzte Worte. Seitdem schläft sie ruhig.

Eine Woche später

Im selben Augenblick, als Marthas Leben erlosch, ging auch die Kerzenflamme gegenüber im Küchenfenster aus. Sie wurde drei Tage lang aufgebahrt, und viele Dorfbewohner kamen, um Abschied zu nehmen. Am dritten Tag der Aufbahrung schlug hier ein irgendwie edel aussehender älterer Herr auf, der nach Martha fragte und bleich wie ein Blatt Papier wurde, als er die Remise betrat und Martha erblickte. Wir hatten natürlich gedacht, er wüsste von ihrem Tod, und hatten ihn dorthin begleitet, leicht verwundert, weil er so komisch nach Martha Dubizak gefragt hatte. Später war er wie vom Erdboden verschwunden. Marthas Körper wurde mit dem Kahn abgeholt, und gestern haben wir ihr die letzte Ehre erwiesen – zum Glück hatte der in den Tagen zuvor anhaltende Schneeregen aufgehört.

Ich ertappte mich dabei, dass ich in einem Buch mit handschriftlichen Aufzeichnungen herumblätterte. Es waren Marthas minutiös geführte Hebammenaufzeichnungen. Ich hätte die Finger davon lassen sollen. Oder hat Martha das Buch extra so platziert, dass ich darüber stolpern würde, und meine Neugier wohl kalkuliert? Denn die wurde damit belohnt, dass ich jetzt einen schrecklichen Verdacht hege: Maik ist möglicherweise mein Cousin.

Benno ist mit einer schwer depressiven Frau verheiratet. Sie hatten ein Kind, das gestorben ist. Opa Conny hat es mir erzählt. Es ist eine Lehrstunde im Fach »Demut lernen«: Man sollte nicht vorschnell urteilen. Ich war nicht besser als das Dorf. Wie soll man über den Tod seines Kindes hinwegkommen? Fabienne und ich, wir haben die gestern erneut aufgekommene Frühlingswärme genutzt, um den Garten in Ordnung zu bringen. Wir wollten beide das Gefühl haben, Martha nahe zu sein. Und das hatten wir. Ich habe entschieden, wir lassen unser Leben in Frankfurt hinter uns. Wir bleiben. Mia hat doch tatsächlich angefangen, einen Businessplan zu erstellen. Für die »Pension Hedwig«.

Das sechste Rezept aus Marthas Küche

Mia: »Alte Fische schnuppern mehr als einmal am Haken, bevor sie ihn schlucken.« Einer von Marthas Sprüchen, den ich mir merken muss.
Iris: Allerdings: Auch alte Fische beißen letztlich an, wenn der Köder schmackhaft aussieht …

Barschfilets mit Kräuterfüllung
(für vier Personen)

8 Barschfilets
2 unbehandelte Zitronen, Salz
Kräuter, jeweils ein Bund: Basilikum, Dill, Thymian,
2 Zweige Rosmarin (alles fein gehackt)
4 Knoblauchzehen
1 EL geriebener Parmesan
100 g Bacon, fein gewürfelt
2 Scheiben Toast ohne Rinde, klein gezupft
1 EL Paniermehl
¼ l Sahne
Mehl
2 verquirlte Eier
Butter zum Braten
8 Zahnstocher

Zitronenschale abreiben, 1 Zitrone auspressen. Die Filets abspülen, trocken tupfen, mit dem Saft der Zitrone beträufeln, mit der Schale einreiben. Zwei Esslöffel der Kräutermischung und einen Teelöffel des gehackten Knoblauchs abteilen, die Filets damit einreiben. Den Rest der Kräutermischung und des Knoblauchs mit Parmesan, Speck, Sahne, Brot und Paniermehl vermischen, mit Salz und Pfeffer abschmecken. Die Bauchseiten von 4 Filets mit der Mischung bestreichen, die vier übrigen Filets mit der Bauchseite nach unten darauflegen. Mit jeweils zwei Zahnstochern zusammenstecken. Filets in verquirlte Eier tauchen, mit Mehl bestäuben und in der Butter braten. Mit Zitronenspalten servieren.

Dazu passen Salzkartoffeln und Spitzkohlgemüse und Zitronenbutter (zerlassene gesalzene Butter mit geriebener Zitronenschale und etwas Zitronensaft).

7

»Geisteraustreibung«
Wie eine Entdeckung in Marthas Nachlass Mias Liebesleben durcheinanderwürfelt, eine Baustelle, ein Handwerker und ein Hirngespinst, das vielleicht keins ist, den Frauenhaushalt aufmischen und eine weitere Erbin am Horizont auftaucht.

Freitag, 11. April

10:30. Vor Marthas Remise
Der Frühling kommt. Die Kähne sind wieder unterwegs. Iris betrachtet meine – zugebenermaßen etwas verschlissenen – Lederstiefel und sagt: »Willst du so gehen?«

»Wie, so? Für ein Vorstellungsgespräch als Küchenhilfe wird's ja wohl reichen! Das ist ja sozusagen Arbeit **hinter** den Kulissen.«

Mia und ich haben uns nach Marthas Beerdigung in Ruhe über Mias Businessplan gesetzt, gefeilt und geändert, und am Ende – gegen drei Uhr morgens – beschlossen, es zu wagen. Wir eröffnen eine kleine Pension, die »Pension Hedwig«, machen aus den schon ausgebauten Zimmern im ersten Stock Gästezimmer. Und ziehen zu dritt, das heißt, genau genommen, zu viert, als

Hausherrinnen und Hahn im Körbchen (Fabiennes Baby wird ein Junge), in Marthas Remise. Natürlich brauchen wir dort mehr Platz, also lassen wir eine Zwischendecke und neue Wände einziehen, um unter dem Dach zusätzlichen Wohnraum zu schaffen. Das kostet natürlich. Deshalb haben wir beschlossen, dass I) jede noch einen anderen »Job« machen muss. Und II) wir einen Vertrag beim Notar aufsetzen, der regelt, dass ich meine Investitionen durch eine höhere Gewinnbeteiligung nach und nach zurückbekomme. Wenn ich ehrlich bin, glaube ich nicht, dass das jemals der Fall sein wird.

10:50. In einem blauen Volvo

Das war eine verdammt gute Idee von Iris, Sigrids alten Volvo zu kaufen. »Und keine fiesen Juristentricks!«, damit verabschiede ich mich von Iris, wende sportlich und halte ein paar Augenblicke später auf dem Parkplatz des Wellnesshotels Spreewald. Inständig hoffe ich, nicht gleich Maiks Ex über den Weg zu laufen. Sie wird früh genug erfahren, sollte ich den Job bekommen, dass ich für einen Hungerlohn von sieben Euro pro Stunde Pfannen spüle, Friteusen reinige und Kartoffeln schäle. Und wird sicher keine Gelegenheit auslassen, um es brühwarm Maik zu erzählen. Maik, der, wenn ich eins und eins zusammenzähle, mein Cousin ist, ergo ein naher Blutsverwandter, ergo eine unmögliche Liebe …

11:45. Großküche im Wellnesshotel Spreewald

»Was sagten Sie, haben Sie bisher gemacht?« Wenn ich ehrlich bin, hatte ich mir einen Chefkoch im Spreewald anders vorgestellt. Statt eines strengen Herrn mit Schmähbauch und Schnauzer stand ein schlanker, durchtrainierter Typ Ende dreißig vor mir. Der meine Hand bei der Begrüßung für meinen Geschmack etwas zu lange in seiner hielt. »Berufserfahrung in der Küche wäre natürlich von Vorteil. Aber wir lernen Interessierte auch gerne an. Vor allem, wenn sie so ein Augenschmaus sind wie Sie. Am liebsten würde ich Sie gleich in unserer Arbeitskleidung sehen.« Ich hatte wenig Zeit mir zu überlegen, ob ich dieses Kompliment schmeichelnd oder unangebracht fand, denn nach ein paar Sekunden verstand ich vor allem: Frank Molle meinte es wörtlich. Meine Vorgängerin hatte vor ein paar Tagen von einem Tag auf den anderen gekündigt, und die zweite Küchenhilfe hatte sich heute früh mit Mandelentzündung krank gemeldet. Jetzt war es kurz vor zwölf, die Küche doppelt unterbesetzt und im Restaurant warteten die Teilnehmer irgendeiner vielköpfigen Nadelstreifenanzugträger-Konferenz auf ihr Lunch. Das erfordert Akkordarbeit. Meine Aufgabe: Die Soßenverteilung.

15:00. Haus der Schwestern. Küche

»Mia, dein Maik war kurz da«, Fabienne schüttet einen Berg Kartoffeln aus einer Schüssel in die Spüle. »Autsch!« Mia, die gerade angefangen hat, den Lauch in feine Scheibchen zu zerschneiden, ist das Messer abgerutscht.

»Und dann?«, frage ich und versuche das Zittern meiner Hände abzustellen. »Ob du heute Abend Zeit hast, hat er gefragt.« Eine Einladung. Na ja, irgendwann werden wir uns sowieso über den Weg laufen, und vermutlich stelle ich mich an wie eine Klosterschülerin aus dem neunzehnten Jahrhundert, weil ich mich seit zwei Wochen um diese Begegnung herumdrücke.

Seit ich nach Marthas Beerdigung in ihrer Remise auf diese elenden Aufzeichnungen gestoßen bin. Es waren Marthas Hebammenaufzeichnungen aus den Jahren 1949 bis 1952. Meine Augen huschten über die Namen, ich dachte, vielleicht kenne ich ja einen der Menschen, die Martha ins Licht der Welt gezerrt hat. Und stieß auf »Marlies Nowak«, Maiks Mutter. »Nowak« ist also ihr Mädchenname, war das Erste, was ich dachte. Dann ist sie wohl von Maiks Vater geschieden. In den Aufzeichnungen zu Marlies' Geburt stand etwas von Komplikationen. Insertio velamentosa, war da zu lesen. Ich kann das Wort inzwischen auswendig, weil ich es nachgeschlagen habe. Es ist eine verhältnismäßig selten vorkommende Anomalie, bei der die Nabelschnur irgendwie falsch angewachsen ist und Gefäße platzen können. Scheint bei Marlies' Mutter der Fall gewesen zu sein. Starker Blutverlust des Babys war die Folge, irgendein Zangeneinsatz bei der Mutter führte zu einem Scheidenriss. (Urrg. Will man sich nicht vorstellen.) Blutverlust auch bei der Mutter …

Der springende Punkt ist: Anscheinend brauchten beide eine Bluttransfusion. Marlies' Vater hatte eine passende Blutgruppe, nämlich Null. Er konnte Marlies und seiner Frau Blut spenden (weil man mit Gruppe 0 für alle Gruppen spenden kann). Aber – und jetzt kommt's: Er konnte, wenn ich die Abkürzungen und Marthas Sütterlin-Hieroglyphen richtig entziffert habe, nicht Marlies' Vater sein! Denn Marlies hatte Blutgruppe A und ihre Mutter 0. Marlies' Vater hätte also auch A oder AB haben müssen, um Marlies A zu vererben. Doch wer war dann der leibliche Vater von Marlies?

Am Ende der ganzen Aufzeichnungen war nur noch ein hingekrakelter Kringel. Und darin stand »der Kaiser?«. Was sollte das denn heißen? Erst, als ich Iris später unauffällig fragte, ob es hier früher jemanden gegeben habe, der »der Kaiser« genannt wurde, dämmerte es mir. Sie sagte nämlich spontan: »Ja klar, das war unser Großvater. Oma Hedwigs Mann. Wilhelm. Den nannten sie den ›Kaiser‹. Wie kommst du darauf?«

»Nur so. Aus Neugier.« Natürlich war Iris damit nicht abzuspeisen. Gott sei Dank fiel mir schnell eine Ausrede ein. Ich sagte, Martha hätte auf der zweiten Fahrt ins Krankenhaus im Delirium wirres Zeug von einem Kaiser gemurmelt. Jedenfalls frage ich mich seitdem, ob mein Großvater vielleicht auch Maiks Großvater …

»WER HAT DENN DEN HIER REINGELASSEN?!« Ich fahre herum und sehe, wie Iris versucht, unser schon ganz schön wehrhaftes Böckchen Krabat aus der Küchentür hinauszubugsieren.

»Tiere haben im Haus nichts zu suchen, darauf hatten wir uns doch verständigt?!«

»Dit jeht auf mein Konto, Frau Neuberger. Der Osterbraten hier hat sich mit rinjeschmuggelt, als ick vorne durch die Tür bin.« Lutz Wie-auch-immer-er-mit-Nachnamen-heißt baut sich plötzlich vor mir und dem Lammbock im Türrahmen auf. »Osterbraten?!«, kreischen Fabienne und Mia unisono hinter mir. Ich schnaube.

0:30

✉ *AN: Iris Neuberger*
VON: Martin Drews
Sehr geehrte Frau Neuberger, Sie wurden mir von der IHK Cottbus als Beraterin mit Sachverstand empfohlen.
Ich führe eine kleine Tischlerei und stecke, na ja, finanziell ein wenig fest.
Dürfte ich Sie diesbezüglich mal kontaktieren?
Mit freundlichen Grüßen
Martin Drews

Sonntag, 13. April

10:00. Im Stall

«Mit der Entwurmung warten wir noch. Es sei denn, die Lämmer haben Durchfall oder du hast in ihren Kötteln Bandwurmglieder gefunden?« Igitt. Bandwurmglieder.

»Nein, weder Durchfall noch, äh ...«

»Bandwurmglieder?«

»Genau. Ich meine, nein, Bandwurmglieder auch nicht.« Torben und ich schweigen einen unangenehmen Augenblick lang. Ich frage mich gerade, wie ich die angespannte Situation am besten beende, als Torben plötzlich sagt: »Ich hab mich wohl ziemlich dämlich benommen.« Ich atme einmal durch. »Ich weiß nicht, wie ich dir das ... Es war nur, weil ...« Torbens Handy klingelt. Der Ausdruck von Erleichterung auf seinem Gesicht, als er den Anruf annimmt, ist nicht zu übersehen. Ein Notfall.

Montag, 14. April

10:00. Vor dem Haus der Schwestern

Oh, nein, du kleines notgeiles Würstchen lässt schön die Finger von meiner Tochter! Offenkundig ist Fabienne, die auf dem Weg zum Stall war, eine willkommene, trotz ihres schwangeren Bäuchleins nicht unattraktive Abwechslung für unsere Handwerker. Dieser Robin umgarnt – das ist unschwer an den schiefgelegten Köpfen der beiden zu erkennen – mein Töchterlein. Ich steuere mit großen Schritten direkt auf sie zu. Aber als ich die beiden fast erreicht habe, kratzt dieser Knilch feige die Kurve. »Ja, also, ich muss denn mal. Sonst gibt's Ärger.« Er nickt mir grüßend zu und rauscht ab.

21:00. Seminarraum

Ich habe mich gerade über eine Kiste voller Unterlagen hergemacht, als ich Klopfzeichen höre und vor Schreck zusammenzucke und mich fahrig umschaue. Der Urheber des Klopfens ist Benno, der vor dem Fenster steht. Halleluja. Mit dem ausgebeulten Jogging-Anzug, den ich passend zu meinem Vorhaben angezogen habe, wäre ich die perfekte Besetzung für eins dieser voyeuristischen Unterschichten-Coaching-TV-Formate. Das letzte Aufeinandertreffen liegt etwas mehr als zwei Wochen zurück und hat bei Marthas Beerdigung stattgefunden. Ich mache ihm ein Zeichen, dass die Tür offen ist. Eine halbe Minute später steht er, inmitten von Umzugskisten, im Raum. Ich fordere ihn nicht auf, näher zu kommen. »Hallo.«

»Hallo.« Angespanntes Schweigen. Habe nicht den Eindruck, dass sich das hier zu einer ungezwungenen Plauderei auswachsen wird. »Wie, äh, also, ick meine, wie jeht's denn so?« Es ist fast rührend, wie schüchtern der große Kerl dort steht. »Ick dachte, wir sollten …, *ick dachte, du wüsstest, det ick …, na, verheiratet bin.«*

»Wusste ich nicht.«

»Hätte es …, wär's anders jelaufen? Zwischen uns? Ick meine, du und ich …«

Draußen höre ich Geräusche. Ich hoffe, dass Fabienne nicht ausgerechnet jetzt ins Zimmer platzt. »Du kannst dir das Süßholzraspeln sparen, Benno. Es hätte alles geändert, auch wenn es mir leidtut, dass ihr …, das mit eurem Kind … Ich kann darüber nicht urteilen, wie man sich dann …, wie man darüber hinwegkommen soll. Auch als … Paar. Du hättest …« Ich verstumme beschämt. Es ist zynisch, Benno zu sagen, was er hätte tun und lassen sollen. Sein Kind zu verlieren …

»Ick wollte nur sagen, es tut mir leid. Ick würde lügen, wenn ick …« In diesem Moment öffnet sich lautlos die nur angelehnte

Tür. Da steht Torben und hört, wie Benno seinen Satz zu Ende bringt: »… behaupten würde, det ick den Sex mit dir bereue.« Ich werde puterrot, Torben weicht zurück und Benno merkt, dass etwas nicht stimmt. Er dreht sich zu Torben um, der in der einen Hand eine Flasche Wein hält und mit dem anderen Arm absurderweise eine Gans umfängt.

Nachdem Benno sich rasch und knapp verabschiedet hat, lässt Torben seinen Gefühlen freien Lauf. Er zerdrückt fast die arme Gans vor Wut. »Ich sollte das nicht sagen, aber ich könnte ihn umbringen!« Er starrt wild ins Leere. »Ich könnte ihn umbringen, weil ich rasend eifersüchtig bin!« Ich schnappe nach Luft. Torben tut das Gegenteil, er stößt einen Seufzer der Erleichterung aus. Dazu schwankt er leicht. »So«, sagte er, plötzlich grinsend wie ein Honigkuchenpferd, »jetzt ist es raus.«

»Hast du was getrunken, Torben?«, frage ich. Er fixiert mich mit glasigem Blick.

»Ich will auch nicht …, nicht dass du denkst … Ich habe mich idiotisch verhalten, ich wollte dir erklären, warum. Und ein Glas drauf trinken.« Er wedelt fröhlich mit der Weinflasche. »Wenn du …« Ein unschönes, sehr unromantisches Geräusch unterbricht Torbens Vortrag. Die Gans hat sich entleert. Auf seine Jacke. »Oh«, sagt er und macht eine hilflos schwankende Bewegung.

21:30. In Mias Zimmer

Als ich durch die Tür kam, habe ich nur gesehen, wie Iris mit einem feuchten Lappen an Torbens Jacke herumwischte. »Ich dachte, Tiere dürfen nicht ins Haus!« Jetzt erblickten die beiden mich auch.

»Eine Gespielin für eure Ganter.« Torben kicherte jetzt unkontrolliert. War der etwa … »Ich dachte, vielleicht hilft eine

»Sie«, den Hormonhaushalt auszugleichen.« Er hickste. Ich nickte nur.

Zur gleichen Zeit. Im Seminarraum

Nachdem Mia ins Bett verschwunden und Torbens Jacke grob gereinigt ist, machen wir uns auf die Jagd nach der Gans. Der Vogel kauert jetzt unter einem Beistelltisch, der blöderweise von lauter Zeug umgeben ist. Ich schiebe mich so weit es geht unter den Tisch, um das Tier zu ergreifen, das mich natürlich sofort beißen will. »Du Mistkrücke!«, schimpfe ich und stehe eilends auf, wobei mein Kopf hart auf Torbens trifft, weil er sich gerade – die Hände abputzend – besorgt zu mir heruntergebeugt hat. Wir reiben unsere Köpfe und bemerken ungefähr gleichzeitig, wie dicht wir voreinanderstehen. Torben schaut mir glasig in die Augen. »Kann ich … dich in den Arm nehmen?«, fragt er mich. Und dann tut er es einfach.

Etwas später. In Torbens Auto vor Torbens Haus

Jetzt sitzen wir hier und wissen nicht so recht, wie wir uns verabschieden sollen. Torbens Umarmung war wohltuend. Vertraut. Soeben haben wir uns darauf geeinigt, dass unsere Ganter mit ihrer hormonellen Situation eigentlich ganz glücklich wirken. Torben hickst jetzt und prostet mir mit der geschlossenen Weinflasche zu und sagt schwer beeindruckt: »Klar sind die glücklich! Darauf einen Dujardin, Iris, ich bin froh, dass du so denkst. Und, äh, ich bin froh, dass es raus ist. Fühlt sich, äh, besser an jetzt.«

Dienstag, 15. April

14:30. Vor dem Hühnergehege

Jetzt, wo ich meine Hühnerdamen in die freie Wildbahn, auf unsere Wiese, entlassen will, zögern sie. Während bei meinen beiden wagemutigen Hühnern, Colette und Mata Hari, die Neugier überwiegt und sie der im Freigang bereits geübten Ginger Rogers vorsichtig auf die weite Wiese hinter unserem Haus folgen (der Herdentrieb verleitet die füllige und etwas tumbe Pawlowa, hinterherzuzuckeln), bleiben Josefine Baker, Dita von Teese, Marika Rökk und die kleine Salomé am Eingang der Volière stehen, als wäre es ein magischer Übergang in eine andere Welt.

»Miaaaa!« Toll, Iris! Jetzt hatte ich Dita von Teese mit einem Karottenschnitz fast so weit! Wie eine wild gewordene Gans kommt meine Halbschwester hinter unserem Haus hervorgeschossen und rast auf mich zu, und Dita springt mit hektischem Flügelschlag zurück in die Volière, wobei die anderen ihr panisch folgen. »Mia! Wir sind doch keine Auffangstation für alle ungewollten Tiere zwischen Lübben und Cottbus!« Jetzt sehe ich, woher Iris' Aufregung kommt. In ihrem Schlepptau schlendern Alina und Gerhard.

Eine von Mias ersten Taten heute Morgen war, Torbens Gans zurückzuholen. Ich habe das Tier, das sie unbedingt vor dem Tod retten wollte, nur unter einer Bedingung bei uns in der Ablammbox im Stall Zwischenquartier finden lassen: dass Mia für die Gans bei den beiden Hippies ein neues Zuhause findet. Und jetzt? Bringen die beiden Hippies ***ihre*** *Gans zu* ***uns!*** *Damit aus Orpheus und Aschenbach ›glückliche, normale Männer‹ werden können! »Wenn die Gans nicht umzieht, muss sie eben geschlachtet werden. Der Tod gehört zum natürlichen Kreislauf des Lebens«, mache ich meiner Wut Platz. Jetzt trifft mich ein gifti-*

ger »Wehe, du wagst es«-Blick von Mia. Aber ist doch wahr. Mia mit ihrer Kuschelpädagogik will einfach nicht verstehen, was wahres Landleben bedeutet.

Wütend stapfe ich zu der Wand, an der wir unser Brennholz stapeln, schnappe mir einen Holzscheit sowie das Beil und halte beides meiner Halbschwester unter die Nase. »Gut. Dann bring Ingrid um.«

Ist sie jetzt verrückt geworden? Wer ist Ingrid? »Wir können das Tier doch zu einem professionellen Schlachter bringen.«

»Den Mord zu delegieren, befreit einen nicht von der Schuld.« Wenn diese Frau mit den Zotteln auf dem Kopf sich noch mal einmischt, werde ich mein erstes Opfer doch unter der Spezies des homo sapiens suchen. »Lass es uns doch wenigstens versuchen!«, setzt Mia ihr Welpengesicht auf.

21:00. Küche im Haus der Schwestern

Seit ein paar Minuten wandert Iris' Blick zwischen meinen Skizzenblättern, die ich auf unserem Küchentisch ausgebreitet habe, hin und her. Bisher hat sie keinen Piep gesagt, doch jetzt: »Sind das die gleichen Farben, die du mir auf diesen Teststreifen gezeigt hast? Wirken irgendwie ... dezenter.«

Ich wische mir die Hand am Geschirrtuch trocken und tippe auf eines der Blätter. »Ich habe versucht, die Farbe nur als Kontrapunkte einzusetzen«, greife ich etwas wichtigtuerisch die Formulierung meines Chefs de Cuisine auf.

»Ich find's gut«, schlägt sich jetzt Fabienne auf meine Seite.

»Nein, ich muss sagen ...«, Iris schiebt die Skizzen zusammen – soll das etwa heißen ...? »... das hat Stil. Ich finde, es ist einen Versuch wert.«

»Echt?!« Iris nickt. Strike!

Mittwoch, 16. April

00:00. Großküche im Wellnesshotel
Die Kirchturmuhr schlägt zwölf. Hier im Hotel scheint alles ausgestorben. Nur ich bin hier und muss putzen und aufräumen. Ahh! Was war das für ein Scheppern? Das kam aus dem Restaurant. Aber da ist alles dunkel. Ob da ein Einbrecher ...? Schon wieder ein Klirren, diesmal weniger blechern, eher wie ein Glas, das auf dem Boden zerspringt. Ich wähle ein Messer mittlerer Größe und schiebe vorsichtig die Schwingtür zwischen Küche und Restaurant einen Spaltbreit auf ...

»Ich kann Jannik aber nicht immer abschieben, nur weil du gerade einen romantischen Abend möchtest!«

»Ich dachte, du freust dich, wenn wir mal ein Wochenende wegfahren.«

»Du hättest es mit mir absprechen müssen.«

»Ich wollte dich überraschen. Weißt du ... ich schränke mich sowieso schon sehr wegen deines Kronprinzen ein.«

»Ich würd auch gern anders! Aber ich hab eben einen Sohn. Und ich kann heilfroh sein, dass meine Mutter so oft auf ihn aufpasst. Zum Beispiel jetzt. – Also, (Schlüsselgeklapper, Säuselstimme) jetzt lass uns doch den Abend genießen, die 312 wartet ...«

Stille.

»Dann soll ich den Flug also stornieren?« Die scharfe Frage hallt in dem großen Saal wieder. Plötzlich geht der Deckenfluter an, und im grellen Licht macht mit harten Schritten der Empfangschef, die ältere Variante von Frank Molle, den Abgang. Svenja bleibt an der Bar zurück und fährt sich mit der Hand übers Gesicht.

Karfreitag

17:00. Bei Sigrid in der Küche

Es herrscht tiefe Andacht am Tisch. Sieben Leute tupfen »Wolfszähne« auf Eier. Mit heißem Wachs und sorgfältig zugeschnittenen Gänsefedern. Jeder der Anwesenden hat eine große halbierte Kartoffel vor sich liegen. Darin steckt ein umgebogener Esslöffel, in dem durch ein darunter aufgestelltes Teelicht Wachs flüssig gehalten wird. In der Mitte des Tisches sind mehrere Gläser mit verschiedenfarbigem Wasser aufgestellt, in das die Eier der Reihe nach – von hell nach dunkel – getaucht werden. Das jeweils zwischen den Färbegängen in filigranen Mustern aufgetragene Wachs verhindert, dass die darunterliegende Farbe die neue – dunklere – Farbe annimmt. Erst ganz am Ende wird das Wachs vorsichtig entfernt und prachtvolle, bunte Muster kommen zum Vorschein. Na ja, jedenfalls bei Sigrid. Sie hat uns die verschiedenen Muster erklärt.

»Zu Sonnen angeordnete Strahlen stehen für das Licht, für Wachstum und das erwachende Leben, Bienenwaben symbolisieren Schönheit und Jugend. Und Wolfszähne, die im Kreis nach außen zeigen, halten Unglück fern. Könnt ihr brauchen, ihr habt ja viel vor mit eurer Pension!« Sie lächelte uns aufmunternd zu.

»Was machst du auf dein Ei, Mia?«, will Nele wissen. Ich betrachte mein Kunstwerk. Es befindet sich in der roten Phase.

»Ähm, Blüten, glaube ich.«

»Blüten stehen für Fruchtbarkeit«, sagt Sigrid und lächelt. Fabienne und Lydia wechseln einen Blick und prusten albern los. Nele zeigt auf Fabienne und sagt triumphierend: »Fabienne, du musst keine Blumen auf dein Ei machen, du hast ja schon ein Baby im Bauch!«

Jetzt lachen Fabienne und Lydia nicht mehr. Und nicht nur

Iris starrt alarmiert Fabienne an, auf deren Gesicht ein interessantes Farbenspiel im Gange ist.

»Nee, stimmt«, sagt Fabienne plötzlich mit einem verlegenen Lächeln und betrachtet ihr Ei. Puh. Entspannung. Dann hat sie also tatsächlich den Mut aufgebracht, alle – zumindest ihre Freundin und deren Familie – in das Geheimnis ihres Zustandes, vielmehr Umstandes, einzuweihen.

Samstag, 19. April

23:00. Dorfwiese in Feulenitz
Es herrscht fröhliche Volksfeststimmung. Das warme, lebendige, helle Osterfeuer soll die Geister des Winters und mit ihnen Kälte und Dunkelheit endgültig vertreiben, die Natur zu neuem Leben erwecken. Auf der anderen Seite des Feuers steht Mia. Jemand stellt sich zu ihr. Maik.

»Hallo Mia«, sagt eine nur allzu vertraute Stimme neben mir.

»Ha-hallo.«

Maik hält mir eine Bratwurst mit Senf hin und hat eine zweite, fast aufgegessene, in der anderen Hand. »Damit du nicht vom Stengel fällst«, sagt er freundlich. Maik trägt seine Feuerwehruniform.

»Na, wie findste unser Feuer?« Das war Anja. Sie steht plötzlich neben mir. Sie sieht müde aus und hat einen noch viel müder aussehenden kleinen Jungen vor sich, den sie an beiden Schultern festhält. »Ick denke, hier muss eener ins Heiabett, Papa«, sagt Anja zu Maik, der leicht alarmiert auf seinen Sohn starrt. »Och, Manno«, mault Jannik jetzt, entdeckt meine Bratwurst und sagt: »Ich hab aber noch Hunger.«

»Kannst meine haben«, sage ich. »Hab auch noch nicht dran genuckelt.« Maik wirft mir einen So-war-das-aber-nicht-gedacht-Blick zu. Ich bin froh, sie loszuwerden, weil ich sicher keinen Bissen runterkriege.

»Cool, danke!«

»Und dann geht's ins Bett, klar?«

»Na, Mensch, du schläfst doch heut bei mir, ick les dir ooch noch wat vor, okay?« Anja scheint eine prima Tante zu sein, zumindest lässt Jannik sich jetzt willig samt Wurst von ihr abführen, nachdem er Maik gute Nacht gesagt hat. Maik zieht mich an sich und schiebt mich ein Stück weiter und von den am nächsten stehenden Schaulustigen weg. »Steht dir, das Flackern des Feuers im Gesicht. Wie 'ne kleine Hexe siehste aus«, sagt er zärtlich. Mir bricht der kalte Schweiß aus. Und als Maik meinen Kopf in seine Hände nimmt und mich küssen will, drehe ich mein Gesicht weg, obwohl ich nichts lieber will als in seine Arme zu sinken. Maik weicht einen Schritt zurück. »Entschuldige«, sagt er steif. »Wir Landeier haben manchmal 'ne lange Leitung. Du bist da offenbar ein bisschen flotter unterwegs.« Oh, nein! Jetzt ist er gleich so ätzend. »Maik, es ist nicht ...« Erst, als er sich umdreht, prügelt die Verzweiflung es mir über die Lippen: »Du bist mein Cousin, Maik!«

»Wie bitte?!«

»Du bist mein Cousin! Wahrscheinlich jedenfalls.«

Jetzt wäre ich doch gerne mal Mäuschen. Was bereden die zwei da bloß? Anscheinend interessiert es auch Marlies brennend, die offenbar ihren Sohn mit einer weiteren Bratwurst beglücken wollte und erst in letzter Sekunde entdeckt hat, mit wem er sich unterhält. Sie ist so plötzlich zur Salzsäule erstarrt, dass die Wurst nicht schnell genug reagieren konnte und vom Pappteller gerutscht ist. Marlies macht keine Anstalten, sie aufzuheben. »Mama?«

Fabienne betrachtet das Feuer. »Schön, oder?«

»Hm-hm.«

»Willst du wissen, mit wem ich ... ich meine, wer ... der Vater ist?«, sagt sie leise, fast flüsternd, ohne mich anzuschauen.

»Na, das ist ja vielleicht 'ne Räuberpistole. Meine Oma soll mit ... Ich meine, es passiert schon so einiges auf'm Dorf, ist halt enger als in der Stadt. Aber wir sind ja jetzt auch nicht gleich wie so'n riesiger Swingerclub, wo jeder mit jedem ...« Maik lächelt. »Ich zum Beispiel bin ziemlich wählerisch.«

»Da hat Maik recht. Der gibt sich nicht mit jeder ab.«

»Svenja!« Das glaub ich jetzt nicht. Was macht denn ausgerechnet die jetzt hier? Sie sieht blendend aus, wie sie da steht, schön und kalt.

»Kann mir nicht vorstellen, dass es deiner Mutter gefällt, dass du hier mit der Küchenhilfe vom Wellnesshotel stehst«, ätzt sie. Was für ein Auftritt.

»Das geht dich überhaupt nichts an, Svenja«, sagt Maik kurz angebunden. »Was machst du überhaupt hier?«

»Kannst du mir sagen, wo unser Sohn ist, während du hier ...« Sie verschluckt den Rest.

»Der ist bei Anja, das war so abgemacht.«

»Abgemacht war, dass er bei seinem Vater sein würde«, schnappt sie. Maik schwillt unübersehbar der Hals.

»Svenja, wie du siehst, bin ich im Dienst. Du hast deinen freien Abend, also ...«

»Im Dienst, aha.« Sie hebt die Augenbrauen. Endlich rauscht sie mit einem letzten Nicken in Maiks Richtung davon. Wir sind einen Augenblick lang sprachlos.

»Will sie noch was von dir?« Upps. So direkt wollte ich gar nicht sein.

Maik schüttelt den Kopf. »Quatsch. Reines Alphaweibchen-

Reviergehabe. Sie hat doch außerdem jemanden. Einen, der im Job 'nen Anzug trägt«, sagt er. Es klingt bitter.

Ich weiß, denke ich. Aber ich glaube, den hat sie nicht mehr. Deshalb ist sie auch an ihrem ›freien Abend‹ hier anstatt bei ihm. Aber das behalte ich für mich.

Weil er sie wegen einer »Tussi« sitzen gelassen hat, bevor sie – mitten im schlimmsten Liebeskummer – gemerkt hat, dass ihre Tage ausblieben. Deshalb wollte sie nicht mit der Sprache rausrücken, wer der Vater ihres Babys ist. Sie war zu stolz. »Der hat mich total mies abserviert. Das ist doch voll demütigend, wenn man dann so angekrochen kommt«, sagte sie. Ich hab den Kerl sogar gesehen, damals, als ich Fabienne in London besucht habe, draußen vor dem Fenster des Cafés. Ein smartes, braves Jüngelchen. »Der ist ein blöder Pisser«, sagte Fabienne. »Aber Lydia findet, ich muss es ihm sagen.« Da gebe ich Lydia recht. »Aber wehe, du sagst Papa was! Ich will das selber machen. Dem Vollhorst sagen, dass er Vater wird.« Damit dampfte Fabienne ab.

12:00. Küche

Marlies stürmt über unser Grundstück auf das Haus zu. Ihr Blick verheißt nichts Gutes. Diese wandelnde Giftspritze am Ostermorgen sehen zu müssen, ist eine Zumutung! Die Mutter aller Landplagen kommt hier rein, plustert sich auf und behauptet, dass ihr ein Teil unseres Erbes zusteht. »Das habt ihr euch so gedacht, dass ihr mich ausboten könnt. Verheimlichen wolltet ihr mir das, aber ich hab alles gehört!« Marlies verschränkte triumphierend die Arme vor der Brust.

»Ähm, kannst du mir bitte erklären, wovon du sprichst?«

»Du kannst mir gar nichts erzählen, Iris. Ich habe gestern gehört, was deine Schwester meinem Sohn erzählt hat.« Bei

Marlies muss eine Sicherung durchgebrannt sein. Die Tür fällt ins Schloss.

15:00. Küche im Haus der Schwestern

Upps. Jetzt habe ich es etwas zu gut gemeint. Unter dem letzten Schnapsglas bildet sich ein kleiner See.Ich will meine Gefühle für Maik nicht länger verheimlichen. Deswegen habe ich Maik eben vor meiner Schwester und meiner Nichte einen Kuss gegeben! So. Und darauf wird jetzt getrunken. Schwungvoll verteile ich die drei Gläser auf dem Tisch, an dem, auf der Bank, zwischen Fabienne und Iris eingeklemmt, der Mann meines Herzens sitzt und in einem Fotoalbum blättert.

Kaum waren wir vor einer guten Stunde durch die Tür getreten, hat Iris mich beiseitegenommen. Marlies wäre hier gewesen. Sie hätte angedeutet, dass unser Großvater und ihre Großmutter … Für einen Moment ist mir das Herz in die Hose gerutscht.

Ich bin mir nicht sicher, ob Iris meine verwirrte Geschichte aus Hebammenaufzeichnung, Blutgruppen, Kaisernamen usw. in vollem Umfang verstanden hat, die ich vor der versammelten Mannschaft noch mal zum Besten gegeben habe. Am Ende reichte Iris aber wohl die Einsicht, dass ich zu ausgeprägtem (paranoidem) Kopfkino neige und Marlies zu cholerischen Anfällen. Iris erhebt ihr Glas, Fabienne ihre Teetasse und Maik … starrt wie gebannt auf ein Foto vor sich. Auf das Portrait von Opa Wilhelm. »Maik?« Endlich guckt er hoch – ein Paar irritierter Rehaugen sieht mich an, ein Finger zeigt auf etwas auf dem Bild. »Die Uhr … am Handgelenk deines Opas … die kenn ich.«

Mittwoch, 30. April

15:00. In Mias Zimmer

Die Uhr kam Maik bekannt vor, weil seine Oma sie als sorgfältig gehütetes Kleinod in einem mit Samt ausgeschlagenen Kästchen in ihrer Kommodenschublade aufbewahrte. Sie hatte sie Maik wieder und wieder gezeigt und ihm versprochen, dass das schöne Stück ihm gehören solle, wenn sie einmal nicht mehr sei. Die Recherche ergab, dass eine solche Uhr, von niemandem danach getragen, möglicherweise als Objekt für einen Vaterschaftstest taugt. Eine heimliche Speichelprobe von Marlies zu ergattern, war für Maik nicht schwer, das bange Warten auf die Post dafür umso mehr (obwohl ich währenddessen ein Ei fand, das Ginger Rogers gelegt hatte, und es als Zeichen dafür nahm, dass die Hoffnung zuletzt stirbt). Das Ergebnis kam gestern. Opa Wilhelm ist auch Maiks Opa, weil Marlies' Vater. Die Gewissheit, mit Maik verwandt zu sein, hat die Wirkung einer eisigen Windböe, weil Maik, seit ich ihn eingeweiht habe, jetzt den Part der irritierten Mimose übernommen hat.

Das siebte Rezept aus Marthas Kochbuch

Mia: Marthas Leibgericht. Bardierter Kalbsbrust-Granatapfelkern-Schischi kann uns mal!
Iris: Was macht den Spreewälder stark? Kneedeln, Leinöl und Quark ... Darauf einen Dujardin ...!

Kneedel, Leinöl und Quark
(für vier Personen)

20 bis 25 mittelgroße Kartoffeln
1 kg magerer Quark
1 Becher Schmand
je ein Bund Schnittlauch, Kresse und Petersilie
1 Zwiebel, feingehackt
Salz und Pfeffer
Gutes Leinöl

Die Kartoffeln gar kochen. In der Zwischenzeit Quark und Schmand mit Milch cremig und glatt rühren – geht mit einer Gabel. Kräuter und Zwiebel daruntermischen, mit Salz und Pfeffer abschmecken.

Mit den Kartoffeln und einer Kanne Leinöl servieren. Das Öl gießt sich jeder nach eigenem Geschmack darüber.

Dazu passt Gurkensalat!

8

»Offene Rechnungen«
Der Mai ist gekommen, die Bäume schlagen aus, und nicht nur die tierischen Bewohner des Spreewalds balzen um die Wette. Doch der Zauber allen Anfangs ist trügerisch. Und so müssen die Schwestern am eigenen Leibe erfahren, dass unbeglichene alte Rechnungen einen manchmal teuer zu stehen kommen.

Mittwoch, 30. April

19:00. Dorfwiese mit frisch aufgestelltem Maibaum und Feuer

Mist. Maik vermeidet es, auch nur in meine Richtung zu blicken, und bewacht stattdessen mit Argusaugen, gepanzert in seiner Feuerwehruniform, den brennenden Scheiterhaufen. Während mir unsere Annäherung und Maiks ruhige Worte beim Osterfeuer Zuversicht gegeben hatten, dass wir füreinander bestimmt sind und alle Hürden – auch die vermeintlich inzestuösen! – gemeinsam meistern können, hat Maik sein Herz vorsorglich in ein Vier-Sterne-Tiefkühlfach umfunktioniert, nachdem in dem Schrieb schwarz auf weiß zu lesen war, dass wir Cousin und Cousine sind. Er müsse nachdenken, war alles, was er sagte, bevor er mich stumm zur Tür begleitete und selbige hinter mir ins Schloss fallen ließ.

Mein Blick wandert zu Marlies, die, als wäre sie die Muhme Rumpumpel, neben dem Feuer steht und mir verbiesterte Blicke zuwirft, seit Torben und ich zu der ausgelassen feiernden Meute an der Dorfwiese gestoßen sind. Sieht so aus, als hätte ihr Sohn ihr noch nichts von dem Vaterschaftstest erzählt, sonst würde sie jetzt sicher mit den anderen Hexen unter Triumphgeheul um das Feuer herumhopsen.

Da sie im Testament nicht als Erbin eingetragen ist, muss sie sich mit der Hälfte ihres Pflichtteils zufriedengeben. Wenn ich richtig gerechnet habe, landet sie bei rund elftausend Euro. Das ist nicht die Welt, aber ich habe dennoch überhaupt keine Lust, Marlies auszuzahlen. Ich wüsste wirklich zu gerne, welches Schicksal sie zu einer derart verbiesterten Frau hat werden lassen. Torben holt mich aus meinen Grübeleien.

»Na, was machen denn die Runzeln da auf deiner Stirn?« Über Torbens alkoholgeschwängertes Eifersuchts-Geständnis haben wir nicht wieder gesprochen, und auch sonst meiden wir vorsichtig alles, was über herzliche Bekundungen rein freundschaftlicher Zuneigung hinausgehen könnte. Aber heute bin ich verwirrt. Seit Torben mich hierhergelotst hat und mit mir tanzt, als gäbe es kein Morgen.

22:30. Küche im Haus der Schwestern

Da sieh an. Madame Leichtfuß kehrt vom Tanzboden zurück. Und ich hatte schon ernsthaft Sorge, Marlies hätte Iris als Frühlingsopfer auf dem Scheiterhaufen verbrannt. Ich habe meinen ungeküssten Zustand genutzt, Einrichtungsgegenstände für unsere Pensionszimmer auf eBay zu erwerben. Dabei bin ich auf ein echtes Schnäppchen gestoßen. Vierzehn fertig vorbereitete alte Siebdruckrahmen inklusive Farben, mit denen man verschiedene Muster auf Tapeten drucken kann! Die Auktion läuft in fünfzig Sekunden aus, und wenn dieser Tttasil nicht gleich noch mal höher bietet …

»Hallo Mia, wie oft denn noch, Krabat gehört nicht in die Küche!«

Ha. Tttasil erhöht um fünfzehn Euro. Jetzt die Nerven behalten. Die Uhr runterzählen lassen … So. Fünf … vier … drei … zwei … ich überbiete ihn um fünf Euro … eins … Meins! Strike! Die Handsiebdruckkollektion geht für schlappe 275 Euro an mich!

»Ha!« Mia springt auf, führt einen Indianertanz auf und erschreckt Krabat dabei dermaßen, dass dieser, von einem Klaps auf den Hintern von mir bestärkt, mit drei Bocksprüngen durch die Eingangstür verschwindet. »Dich scheint ja der Hafer zu stechen«, richte ich jetzt das Wort an Madame.

»Ich habe in unsere Pension investiert.«

»Aha?«

»Ich habe zwei Betten, ein Schränkchen, drei Spiegel und zwei Sessel erworben.«

Freitag, 2. Mai

17:00. Im Auto auf der Autobahn Richtung Lübbenau

Mia hat sie nicht mehr alle. Meines Erachtens sind Mias »Schnäppchen« stilistisch unter »Krönung des schlechten Geschmacks« einzuordnen! Sie vereinen alle Merkmale eines gestalterischen Fauxpas in sich: »abgeranzt«, »kitschig«, »unpraktisch« und etliche mehr. »Das Gerümpel bringen wir am besten direkt weiter zum Sperrmüll! 210 Euro für diesen Ramsch!«, konnte ich mir dennoch nicht verkneifen zu sagen, als Mia und ich endlich wieder im Auto saßen.

»Ja, ja, Hauptsache, ein Schrank ist schön teuer, jemand hat ein Designerlabel draufgepappt, und er passt farblich zum Kunstdruck an der Wand, dann gefällt er dir«, schieße ich scharf vom Beifahrersitz zurück. Richtig zusammengestellt werden diese alten Stücke in Verbindung mit meinen Tapeten und den farbigen Wänden wirken wie edle Jugendstilmöbel. Iris wird schon noch sehen. Sofern sie mich denn machen lässt. Die Visitenkarte von dem Vintage-Typen – der hat noch ein ganzes Lager von ausgesuchten Kostbarkeiten! – habe ich erst mal heimlich eingesteckt … »Hast du sonst noch weitere Schnäppchen gemacht, von denen ich wissen sollte?«, keift es vom Fahrersitz. Wenn ich jetzt keine Nahtoderfahrung riskieren möchte, sollte ich den Teufel tun und … Von unserem Budget sind die Siebdruckrahmen ja auch nicht …

Zwanzig Minuten später am Friedhof
Wenn Martha uns eben in eisigem Schweigen vereint an ihrem Grab gesehen hätte, sie hätte sicher gesagt: »So braucht ihr nicht bei mir aufzukreuzen. Wenn ihr euch nicht vertragen könnt.« Oder so. Maiks Mahnung kommt mir wieder in den Sinn. »Wir müssen es Marlies sagen, Iris. Sie hat ein Recht darauf.«

»Gut, ich rufe sie an, wenn wir zu Hause sind, und lade sie ein.« Mit diesen Worten will ich zum Aufbruch blasen, als Mia mir einen kleinen, hübsch gemaserten Stein unter die Nase hält. »Guck mal.

»Ja? Ein Stein.

»Der lag auf Oma Hedwigs Kreuz.«

Und?

»Das ist eine jüdische Tradition. Sie legen kleine Steine auf den Grabstein, wenn sie einen Verstorbenen auf dem Friedhof besuchen.«

»Kann auch Zufall sein.« Unbekümmert wässert Iris unser Beet.

»Zufall? Wie soll der Stein da hingekommen sein, wenn ihn nicht jemand dort draufgelegt hat?« Iris schweigt kurz.

»Keine Ahnung. Mein ja bloß, wir können viel spekulieren, und am Ende war 's ein Eichhörnchen.« Damit dreht sie sich um und stapft mit der leeren Gießkanne davon.

Ein Eichhörnchen! »Nee, is klar.« Iris' Vorstellungskraft ist so ausgeprägt wie der Aggressionsimpuls bei einem Kuscheltier.

Samstag, 3. Mai

12:30. Hinter dem Haus der Schwestern

»Mia, ist sie tot?« Neben mir steht Fabienne und starrt entsetzt auf unsere dicke Pawlowa, die einen guten Meter vor uns seitlich im Gras liegt, als hätte es sie mitten im Lauf niedergestreckt. Ich blinzle aus meinem Liegestuhl zu Fabienne hinauf und grinse. »Nein, sie sonnt sich.« Fabienne seufzt erleichtert und lässt sich etwas umständlich auf dem Liegestuhl neben mir nieder. Ihr Bauch ist jetzt schon eine richtige kleine Kugel. Fabienne raunt träge neben mir: »Ich glaube übrigens, den Hühnern fehlt ein Hahn.« Und als ich nichts erwidere: »Eben hat Dita von Teese wieder das Huhn mit dem Hut auf dem Kopf (Fabienne meint Colette, deren Kamm immer über das eine Auge hängt) über den halben Vorplatz gejagt. Ein Hahn fungiert als Streitschlichter. Und er zeigt den Hühnern abends den Weg in den Stall.« Jetzt öffne ich, ganz Huhn, ein Auge und sehe meine Nichte kritisch von der Seite an.

»Sagt wer?«

»Robin«, antwortet Fabienne ohne mich anzublicken. Aha. Bevor ich Fabienne mit ihrer neuen Informationsquelle aufziehen kann, lässt sich Iris in den dritten Liegestuhl zwischen uns plumpsen. »Wir müssen über die Tiere reden.« Jetzt kommt die auch noch damit. »Die können hier nicht frei herumlaufen, wenn wir die Pension aufmachen. Ganz zu schweigen von ...«

Trompetenartiges, gellendes »Gick gack gack« unterbricht mich. »... den Gantern! Wenn wir die auf unsere Gäste loslassen, haben wir bald etliche Klagen am Hals.«

Erneuter Gänseaufruhr am Haus unterbricht unser Gespräch. Diesmal ist es ein Fauchen, unterbrochen von einer hohen Frauenstimme. Fabienne lugt um die Ecke. »Die schwulen Ganter zerfleischen gerade unsere Tante!«

Etwas später im Haus

»Das sind ja schöne Zustände bei euch! Eure Pensionsgäste werden auf der Stelle wieder kehrtmachen!«

Wir haben uns vorgenommen, uns keine Blöße zu geben und sture Freundlichkeit walten zu lassen. »Möchtest du eine Tasse Kaffee?«, säusele ich jetzt.

»Nein danke«, sagt Marlies prompt tonlos. »Ihr braucht mir gar nicht auf DIE Tour zu kommen und glauben, ihr könntet mich damit einlullen.« Marlies bleibt stehen und verschränkt die Arme vor der Brust.

»Es reicht jetzt, Marlies. Also: Wir sind verwandt, unser Großvater hat offenbar deine Mutter ... geschwängert, es ist bewiesen, dass du Opa Wilhelms Tochter bist und damit ... unsere Tante. Dir stehen ungefähr elftausend Euro von Opa Wilhelms Erbe zu«, sage ich, um zum Punkt zu kommen. Mar-

lies steht wie angenagelt auf ihrem Platz und starrt mich an. Ich zähle innerlich bis drei, dann sagt sie wie erwartet scharf: »Nur elftausend?«

Iris wartet ab, bis Marlies' Krakeelen im Raum verpufft. Sie holt Luft, aber …

»Ich lass das alles hier erst mal schätzen, das habt ihr euch so gedacht, dass ihr mich für doof erklären könnt!«, schießt Marlies einen weiteren Giftpfeil ab.

»Das Haus haben wir bereits aufwändig sanieren lassen, da dürfte es schwierig sein, es jetzt noch …«

»Was mir zusteht, steht mir zu.« Bevor Iris sie hinauswerfen kann, macht sie mit energischen Schritten den Abgang.

»Ich sag es ungern, aber diese Frau ist eine echte Arschkrampe!« Iris lässt sich auf ihren Stuhl plumpsen.

»Mama, Arsch sagt man nicht«, grinst Fabienne.

Sonntag, 4. Mai

16:30. Im Auto vor Maiks Fischladen

… ich geh da jetzt rein. Ich habe das Recht zu wissen, ob er nachgedacht hat und zu welchem Ergebnis er gekommen ist. Ups! Jetzt wäre ich fast über ihn gestolpert. Er sitzt gegen die Wand gelehnt vor der Ladentür in der Sonne und raucht.

»Mia?«

»Ha-hallo! Tschuldigung.«

»Krachst du mit anderen Leuten auch so oft aneinander? Oder bin ich dein einziges Opfer?« Maik lächelt mich an, und ich fühle mich direkt ein bisschen besser. Oder … ist das ein befangenes Lächeln? Mist, ich glaube, es ist ein befangenes Läch… Maik steht auf und schnippt seinen Zigarettenstummel weg.

»Mia, ich …«

»Ja?«

»Das mit uns, Mia, ich wollte da noch mal …« Ich schlucke. Ahne, was jetzt kommt. »Also, ich wollte dir erklären, warum … Es ist … sowieso alles schon so schwierig und verkorkst und …«

»Aber wir haben deiner Mutter gesagt, dass sie … dass wir verwandt sind«, werfe ich ein.

»Das meine ich nicht. Ich rede von Jannik. Er muss schon genug verarbeiten. Dass seine Mutter und ich …, die kaputte Familie, das ist nicht einfach für ihn. Ich will ihm nicht noch mehr …, also noch mehr Unklarheiten zumuten.« Ich muss Maik wohl schockiert anstarren, jedenfalls fühlt er sich bemüßigt, sich zu rechtfertigen: »Ich muss das auch erst mal für mich klarkriegen.«

»Ja, verstehe ich. Ist sicher besser so.« Bevor mir die Tränen in die Augen schießen, drehe ich mich auf dem Absatz um.

Zur selben Zeit. Auf einem Fließ. Im Kanu

»Das ist eine Plötze«, sagt Torben über den kleinen, anscheinend lebensmüden Fisch, der sich mit einem gewagten Sprung in unser Kanu katapultiert hat. Heute Morgen hat er angerufen und – spontan! – einen Ausflug vorgeschlagen. – »Die kann wieder schwimmen gehen. Ist zu wenig dran an dem Tier«, sagt Torben mit Blick auf die Plötze.

Ich grinse zurück. Ähm, wo schaut Torben denn jetzt hin? Schaut der mir etwa auf den Busen? Oder … nein, sein Blick zielt weiter nach unten! Ich fasse mir unwillkürlich an den Bauch. Dahin, wo es sich in den letzten Monaten dieses blöde kleine Röllchen gemütlich gemacht hat, das mein T-Shirt in diesem Augenblick nur unzureichend kaschiert. »Haha, im Gegensatz zu mir!«, entfährt es mir mit einem hysterischen La-

chen. »Ich meinte, an mir ist was dran. Also ... im Gegensatz zu der Plötze.«

Großer Gott, Iris, Torben muss denken, du hast sie nicht mehr alle. Aber Torben lächelt mich nur versonnen an. »Mein Pummelchen«, sagt er, und ich werde rot. Denn »Pummelchen« hat Torben mich früher immer genannt. Torben bemerkt meinen vermutlich leicht düpierten Blick und fasst sich kopfschüttelnd an die Stirn.

»Verzeih mir bitte. Ich wollte nicht ... Ich wollte eigentlich sagen, dass ... du siehst wieder mehr wie früher ...« Er winkt ab. »Ich wollte dir ein Kompliment machen. Mir fehlt wohl die Übung.« Dann dreht er sich wieder nach vorn und ruft: »Schleuse in Sicht!«

Etwas später

Zusammen mit der Schleuse kam leider auch der Schlangenkönig in Sicht und mit ihm – Marlies. Ich sah vermutlich aus wie eine kalbende Giraffe, als ich, das eine Bein bereits an der Böschung, mit dem anderen das Kanu aus Versehen vom Ufer wegtrat. Anmutig wie ein gefällter Baum ging ich bei dem Versuch zu Boden, das zweite Bein ebenfalls an Land zu bringen. Denn ich verhakte mich mit einem Bein irgendwo im Kanu, geriet ins Wanken und konnte nur mit einer beherzten Körperdrehung meinen Sturz so umlenken, dass er nicht doch noch im Wasser endete. Dabei drehte sich leider mein verkeilter Knöchel ebenfalls. »Aaah!«, rief ich schmerzerfüllt und lag platt wie eine Flunder bäuchlings im Gras.

Eine paar Minuten später

Als geduldetes Übel habe ich auf der Terrasse des Schlangenkönig Platz genommen und warte auf ein Coolpack, das Marlies selbst dem Besitzer des ihr verhassten Wellnesshotels lieber zur Verfügung stellen würde als mir. Aber Torben hat darauf bestanden.

»Als fürsorgliche Tante geht sie nicht gerade durch«, unkt Torben, der neben mir sitzt und meinen Fuß auf seinem Schoß hält. Ich muss lachen.

»Oh nein, aber Mord und Totschlag sollen ja in den besten Familien vorkommen.«

»Na ja, erst recht, wenn gewisse Familienmitglieder in unmittelbarer Nachbarschaft ein Konkurrenzunternehmen eröffnen.«

»Wie meinst du das?!«, frage ich scharf.

»Es muss euch doch klar sein, dass eure Pensionseröffnung jemandem wie Marlies Angst macht. Da schießt sie eben aus allen Rohren.«

»Mein Eindruck ist, da ist noch ganz was anderes im Busch, worüber niemand spricht«, sage ich.

»Was meinst du?« Ehe ich antworten kann, wirft Marlies ein Coolpack vor uns auf den Tisch.

»Jeder hier fragt sich übrigens, wo eure Gäste, falls ihr jemals welche habt, eigentlich ihre Autos abstellen sollen!« Marlies' Augen funkeln triumphierend. Ich versuche mir nichts anmerken zu lassen. Die dämlichen Parkplätze! Montag kümmere ich mich drum.

Zur gleichen Zeit vor dem Fließ der Schwestern

Jetzt sitze ich schon seit einer halben Stunde im Auto und weine. Weshalb? Wenn ich das so genau wüsste! Weil Maik mich abserviert hat, weil ich eben doch mindestens einen Mann brauche, der mir hilft, die verfluchten Siebrahmen nach drüben auf unsere Insel zu schaffen, weil ich keine Zigaretten mehr habe, aber sicher bald Lungenkrebs.

2:00. Iris' Zimmer

Mein Knöchel war dann doch zu dick, um noch auszugehen. Torben hat sich als Koch angeboten und Mia überredet, ihm zu assistieren. Zu dritt haben wir zwei Flaschen Wein getrunken und zu viert drei Runden Mensch-ärgere-dich-nicht gespielt, wobei Torben, Mia und ich jeweils einmal gewonnen haben. Fabienne lehnte eine Revancherunde ab und grinste nur: »Pech im Spiel, Glück in der Liebe.«

Torben und ich vermieden es, uns anzuschauen, schließlich räusperte er sich verlegen. »Benno gehört übrigens die kleine Wiese hundert Meter weiter runter. Vielleicht könnt ihr die als Parkplatz pachten.« Ausgerechnet. Wollte Torben mal unauffällig testen, wie es auf mich wirkt, wenn er Benno erwähnt? Ich versuchte, in seinem Blick zu lesen, aber entweder stand da nichts, oder Torben verfügt über ein Pokerface. Ich sagte so beiläufig wie möglich: »Guter Tipp, ich kann ihn ja mal fragen.«

Torben, der mir später die Treppe hochhalf, sah mir jedenfalls vor meiner Zimmertür fest in die Augen. »Ist Benno noch ein Thema?«, fragte er mich schlicht. Und ich, die ich doch dachte, Torben sei jetzt mein bester Freund, flunkerte ihn an:«Was? Nein. Das ist längst vorbei.« Ich bin mir nicht sicher, ob ich nur Torben oder auch mir selbst die Wahrheit nicht eingestehen wollte, die lautet: »Ja. Nein. Ich weiß es nicht.«

Montag, 5. Mai

13:00. Bennos Hof

Ich bin Benno direkt in die Arme gelaufen. Beziehungsweise fast vor den Trecker, mit dem er eben um die Ecke gebogen kam, als ich seinen Hof betreten wollte.

»Hoppla!«, ruft Benno. »Dit war jetzt nicht die Art von

Tuchfühlung, die ick mir jewünscht habe.« Dieser Mann bewältigt auch die schockierendste Situation mit einem blöden Spruch. Jetzt klettert Benno zu mir herunter. Trotz aller mentalen Disziplinarmaßnahmen raubt es mir einen Moment lang den Atem, als er so leibhaftig vor mir steht. Kurz wird mir bewusst, dass ich Benno gar nicht kenne. Ich habe keine Ahnung, was sich hinter seinem sonnigen Dauergrinsen eigentlich verbirgt. Ist da eine Art emotionales Biosphärenreservat, das er nach außen abschirmt? Oder handelt es sich mehr um einen verödeten Landstrich voller Narben, weil schwere Geschütze tiefe Wunden gerissen haben?

»Ähm, ich wollte nur fragen ... du hast doch die kleine Wiese da unten bei uns ... ob du uns die verpachten würdest? Wir brauchen Parkplätze«, platze ich heraus und komme mir vor wie der Godzilla der Taktlosigkeit.

Benno nickt. »Die könnt ihr schon haben«, sagt er. »Sogar für'n Appel un'n Ei. Aber die Wiese modert bei viel Regen zu. Nicht nur im Winter. Dit werden eure Gäste jenauso wenig mögen wie meine Schafe.«

»Oh!« Ich zucke mit den Schultern. »Tja, danke für das Angebot, aber dann hat sich mein Besuch wohl erledigt.«

»Schade«, sagt Benno und lächelt mich versonnen an. »Ich wünschte, es gäbe etwas, das dich noch ein bisschen aufhalten könnte.« Ich will gerade mit den Augen rollen, da hält er meinen Blick fest: »Nee, im Ernst, Iris. Ich vermisse dich. Ick hab 'ne halbe Flasche Schnaps gebraucht, um den Dorftratsch über dich und Torben in der Walpurgisnacht zu verdauen.«

17:00. Im Auto

Hoffentlich erleidet Iris keinen Herzinfarkt. Denn hinten im Auto sitzt ein prächtiger Ganter und rumort in seiner schnabelhiebfesten Transportkiste herum. Das ist die gute Nachricht.

17:30. Vor dem Haus der Schwestern

»Aber um den ganzen Scheiß zu bezahlen, bin ich gut genug, ja? Anstatt hier immer mehr Viecher anzuschleppen, die uns die Haare vom Kopf fressen, könntest du dich mal um die Dinge kümmern, die bis zur Eröffnung tatsächlich gemacht werden müssen!«, brülle ich so laut, dass sämtliche Schafe kurz die Köpfe einziehen.

Es ist wirklich unfassbar, dass Mia so dreist ist und über meinen Kopf hinweg ein neues Tier anschleppt! Wenigstens hat der Ganter sie gebissen, als sie die Kiste öffnete, um ihn auf die grüne Weide zu den beiden ungeküssten Gänse-Grazien zu entlassen, die fast in Ohnmacht fielen, als sie seiner Majestät ansichtig wurden. Als die beiden Ganter den Neuzugang erblicken, erstarren sie. Doch dann fängt der dickere der beiden Vögel an zu zischen. Und ehe Mia und ich uns versehen, stehen wir inmitten von hektischem Flügelschlagen und einer Mischung aus Droh- und Angstschreien.

»So viel zur ländlichen Idylle und Erholung!«, schreie ich Mia über den Tumult hinweg zu. »Der Ganter muss weg! Und die anderen beiden am besten auch! Viel Spaß beim Dazwischengehen.« Entnervt hinke ich so energisch wie möglich gen Haus.

20:00. Stall

Es gelang uns, die drei Streithähne zu trennen, unser streitsüchtiges Ganterpaar auf einem Wiesenstück neben dem Schafstall einzukesseln und den Weidezaun der Schafe um sie herum aufzubauen. Solange sie solche Aggressoren sind, werden sie ihr Ghetto wohl nicht mehr verlassen. Aus dem alten, von mir selbst gezimmerten Hühnerstall habe ich die Sitzstangen entfernt, sodass die beiden Ganter darin aufrecht stehen können. Fabienne, die wohl auch vor der schlechten Laune ihrer Mutter geflohen ist, versucht den neuen Ganter mit ein paar Leckerlis zu trösten.

»Mia? Guck dir das mal an!« In der hinteren Ecke der Ablammbox ist Heu zu einem Rondell zusammengetragen, in dessen Mitte sich ein höherer Haufen aus Heu und Gänsefedern türmt. Sieht aus, als wäre darunter etwas versteckt … Ich klettere über die Absperrung, um mir die Sache genauer anzusehen.

»Das darf doch nicht wahr sein! Fabienne, hier liegen drei Eier!«

»Sollen wir sie wegnehmen?« Fabienne und ich blicken uns unentschlossen an, als draußen ein erbärmliches Geschrei ertönt. Hamsa. Mit einem Satz springe ich über das Gatter und öffne ihr die Stalltür. Aufgeregt watschelt die Gänsedame an uns vorbei, zwängt sich unter der Holzlatte der Ablammbox durch, pickt mit dem Schnabel ihre Tarnung aus Heu weg und setzt sich auf ihre Eier. »Hast du irgendwo ein Nest gesehen?«, fragt Fabienne plötzlich spitzbübisch. »Also, ich nicht. Diese Schwangerschaftsdemenz macht einen ja so vergesslich.«

»Nest? Was für ein Nest?«

Dienstag, 6. Mai

20:30. Hauptstraße Feulenitz

Ein glutroter Sonnenuntergang taucht den grünen Urwald um mich herum in rotgoldenes Licht. Messerjocke und Ginger Rogers haben mich auf unserer Insel noch ein Stück Richtung Brücke begleitet.

Ah, sehr gut, bei Gerhard und Alina brennt Licht. Ich hatte die Idee, die Aussteiger zu fragen, ob sie uns ihre kleine Wiese als Parkplatz vermieten würden. Ich muss nur zusehen, dass ich schnell wieder gehe. Auf Paarabend habe ich heute wirklich keine Lust.

Mittwoch, 7. Mai

17:40. Vor dem Haus der Schwestern

»Fabienne!«

»Ich komm ja schon!« Das wird auch Zeit. Nicht nur weil wir in einer halben Stunde in Lübbenau sein müssen, denn Fabienne hat einen Vorsorgetermin. Sondern auch, weil schon wieder dieser Robin um meine Tochter herumscharwenzelt.

»Fabienne!« Ich humpele auf die beiden zu. »Und Sie haben hier doch eigentlich einen bezahlten Job, oder liege ich da falsch?«, fahre ich den jungen Mann an.

»Mann, Mama!«, faucht Fabienne.

»Ey, Mugel, lass gut sein. Ist nicht gut für deinen Untermieter, wenn du dich aufregst.« Mit einem Blick auf mich sagt er: »Ich geh schon«, und zieht lässig ab.

»Sag mal, spinnst du, Mama?«, zischt Fabienne.

»Schlechte Vibes hier, was?«, tönt es von rechts, bevor ich meiner Tochter eine gesalzene Antwort geben kann. Ich entdecke einen sprechenden Flokati-Teppich und erkenne darin den weiblichen Part des Aussteiger-Pärchens. Der Flokati starrt jetzt auf die neue Behausung von Aschenbach und Orpheus, auf der eine Regenbogenfahne im warmen Mailüftchen flattert. Fabienne hat darauf bestanden, sie zu hissen.

»Wir haben es leider sehr eilig, deshalb ...«

»Ist Mia da?«, unterbricht mich die Frau schroff.

»Die arbeitet«, sagt Fabienne.

»Aha. Sie hat uns das hier in den Briefkasten gesteckt.« Sie

zieht einen Zettel aus ihrer Tasche. »Wie viele Autos erwartet ihr denn so im Schnitt?«

»Also, weil, wir wollen jetzt nicht so gerne von 'ner Blechlawine begraben werden«, näselt Gerhard und glotzt mich mit dem tranigen Schlafzimmerblick eines Dauerkiffers an. Ich starre aber vermutlich kaum aufgeweckter zurück. Doch dann macht es »klick«. Die kleine Wiese am Weg! Die wollen uns Parkplätze vermieten!

»Nicht mehr als sieben auf einmal«, sage ich.

»Okay«, sagt die Kratzbürste. »Du kannst Mia sagen, für zweihundert Euro im Monat könnt ihr die Wiese pachten.«

»Für zweihundert? Entschuldigung, aber das ist ja wohl leicht übertrieben!« Ich bin ehrlich entrüstet.

»Mama?« Fabienne weist mit dem Kinn hinter mich. Marlies stolziert über den Rasen auf uns zu. Sie mustert naserümpfend den Flokati-Teppich samt Anhang und dann mich und sagt: »Da haben sich ja die Richtigen gefunden. Wird das hier so ein Hostel für Rucksacktouristen?« Ich beschließe, das Ganze hier etwas voranzutreiben.

»Was kann ich denn für dich tun, Marlies?«

»Das Gutachten über den Wert des ererbten Hauses. Wenn du es mir bitte aushändigen würdest! Ach, und was macht die Parkplatzsuche?«

»Das Gutachten hole ich dir, und die Parkplatzsuche ist beendet. Diese Herrschaften hier haben mir ein Angebot gemacht. Und ich habe angenommen«, sage ich.

Eine Minute später

»Mia, gut, dass du kommst. Vielleicht kannst du Marlies ja davon überzeugen, dass wir hier keinerlei Wertgegenstände vorgefunden haben.« Iris ist auf hundertachtzig. Marlies reckt das Kinn vor.

»Ich will mindestens fünfunddreißigtausend, und die bekomme ich auch!«

»Mama, was ist jetzt mit meinem Arzttermin?« Fabienne steht reichlich genervt in der Küchentür.

»Entschuldige bitte. Ich komme. Marlies, du hörst ja …« Aber Marlies schaut auf Fabiennes Bäuchlein. Fabienne zieht eine Fratze und streckt ihren Bauch vor. »Alter, ja! Du wirst Großtante!«

Zehn Minuten später im Auto

Ich grinse immer noch. Normalerweise bin ich nicht begeistert davon, wenn Fabienne die rüden Umgangsformen einer pubertierenden Rotzgöre an den Tag legt. Aber für diese Bemerkung hätte ich sie knutschen können. Marlies' Gesicht war unbezahlbar.

Ich äuge zu meiner Tochter und sage versöhnlich: »Was soll das eigentlich heißen: ›Mugel‹?« Sie schielt argwöhnisch zurück. Ich erwarte schon ein »Das geht dich nichts an!«.

»Das heißt: halb Mensch, halb Kugel.«

Donnerstag, 8. Mai

16:00. Bahnhof Vetschau

»Hallo Mutti!« Die kleine pummelige Frau, die vor zwanzig Sekunden aus dem Zug gestiegen und meine Mutter ist, wirkt angespannt. Als wir auf den Schlangenkönig zufahren, frage ich meine Mutter, ob sie wusste, dass Marlies das Gasthaus später übernommen hat.

»Ach!«, sagt sie. »Nein, woher? Aber das war immer Marlies' Wunsch früher.« Während wir daran vorbeifahren, rutscht sie merklich tiefer in ihren Sitz. Ich halte vor dem Fließ. »Iris?«

»Ja, Mutti, ich komme gleich!«

»Ist das normal, dass eure Hühner eure Gemüsebeete umgraben?«

22:30. Mias Zimmer

Das gab ein Donnerwetter. Ich habe Iris selten so brüllen hören wie vorhin, als sie die armen Hennen durch den Garten jagte. Prompt lagen Pina und Lola plötzlich tot im Garten. Fabienne goss noch etwas Öl ins Feuer, indem sie sagte: »Hätten wir einen Hahn, würden sich die Hühner besser benehmen und auch die Gemüsebeete in Ruhe lassen.« Ich habe so meine Zweifel, dass die kleine Vorführung Iris' Mutter große Lust darauf gemacht hat, mich näher kennenzulernen. Sie geht mir irgendwie aus dem Weg. Aber vielleicht liegt das auch daran, dass ich die Tochter der Frau bin, die ihr den Mann ausgespannt hat.

1:00. In Iris' Zimmer

Ich tue mit Sicherheit die ganze Nacht kein Auge zu. Auf dem Brocken, den meine Mutter mir hingeworfen hat, kaue ich immer noch herum. Meine Mutter hatte ein Verhältnis mit Marlies' Mann. Hätte ich mir eigentlich auch zusammenreimen können. Nur, dass ich all die Jahre dachte, meine Mutter wäre eine gegen jede Vernunft haltlos Liebende gewesen und acht Jahre nach seiner Flucht meinem Vater hinterhergereist. Meine Mutter formulierte es so: »Ich hab den Hans immer abgewiesen, die Marlies war doch meine beste Freundin. Aber er war so hartnäckig. Ich stand doch ganz alleine da all die Jahre, nachdem dein Vater uns verlassen hatte, weil ihm seine olle Freiheit über alles ging. Dein Großvater hat damals unterschrieben, dass sein Sohn nicht sein Sohn sei. Das war schlimm damals.«

Sie sagte schließlich: »Der Hans, der hat mir das Gefühl gege-

ben, ein wertvoller Mensch und eine begehrenswerte Frau zu sein. Und da bin ich irgendwann schwach geworden.«

»Hat Marlies das denn nicht gewusst?«

Meine Mutter schüttelte den Kopf. »Es ging ja nicht lange. Ich hab's beendet. Die hatten doch das kleine Kind. Marlies hat so lange darauf gewartet. Ich dachte, es bricht ihr das Herz, wenn sie erfährt, dass der Hans … es war doch **ihr** *Hans! Aber ein Jahr später hat sie es doch erfahren. Weil ich noch einmal schwach geworden bin.«*

Das war in der Nacht, bevor wir nach Prag in die Winterferien gefahren sind. Es war die Nacht, in der ganz Feulenitz zamperte.

Freitag, 9. Mai

12:30. Vor dem Wellnesshotel

Setzt sich doch dieser Ralf Molle neben mich auf die kleine Mauer vor dem Hotel, legt vertraulich seinen Arm um mich und fragt, ob *ich* nicht eine Abhilfe gegen die quälende »Leere in seiner großzügigen Wohnung« wüsste. Gerade wollte ich pampig antworten, als mir der zündende Gedanke kam. Für einen Mann mit Format, wie ihn, hätte ich tatsächlich etwas. Iris hatte gestern bereits den perfekten Platz für ihre Scheußlichkeit von Couch in der Remise gefunden. Die ich dort auf keinen Fall haben wollte! Als der Empfangschef begriff, dass es sich bei dem von mir vorgeschlagenen »Mitbewohner« um ein Möbelstück handelt, blickte er etwas enttäuscht, fing sich aber schnell. »Ich hoffe doch, du kommst dann zum Probesitzen.«

15:00. Vor dem Haus der Schwestern

Ich liebe Torben. Das habe ich noch nie so deutlich gespürt wie in diesem Moment. Torben hat sofort gemerkt, dass ich heute etwas schief ins Leben gebaut bin, als ich ihn anrief, um einen Kanu-Ausflug abzusagen (was mir in den letzten Tagen durchgegangen war). Als er hörte, dass meine Mutter hier ist, wollte er unbedingt vorbeikommen. Ich glaube aber, weniger, um meine Mutter wiederzusehen, als weil er spürte, dass ich durcheinander war. Sie bestand darauf, dass unser Kanu-Ausflug unbedingt stattfinden müsse. Rücksicht auf sie sei völlig überflüssig. Vielleicht dachte sie, dass aus Torben und mir ein Traumpaar hätte werden können. Wenn sie sich damals in Prag nicht völlig überstürzt in den Kopf gesetzt hätte, sich unseren Hotel-Nachbarn anzuschließen und die Botschaft der Bundesrepublik zu besetzen, um unsere Ausreise in den Westen zu erzwingen.

Ich habe Torben alles erzählt, nachdem meine Mutter sich unter dem Vorwand eines nötigen Mittagsschlafes zurückgezogen hatte. Ich kann ihm immer noch nicht erklären, warum ich ihn damals von Prag aus nicht einmal angerufen, mich nie wieder bei ihm gemeldet habe. Ich dachte damals, es sei am besten, ihn zu vergessen. So wie ich alles andere auch hinter mir ließ. Ich hatte keine Kraft für Wehmut. Der Neuanfang in der Bundesrepublik war erschöpfend genug. Schon, weil ich glaubte, die Stimmung für meine Mutter hochhalten zu müssen, weil ich doch dachte, sie trauere um die verratene Liebe zu meinem Vater.

»Kannst du dich an die Zampernacht erinnern?«, frage ich Torben jetzt.

»Kaum«, sagt er und lächelt. »Du hast gefehlt, daran erinnere ich mich.« Er legt mir seinen Arm um die Schultern. »Aber ...« Er zieht mich sanft zu sich hin.

Ich will noch nach dem Haus fragen, das in dieser Nacht

abgebrannt sein soll. Das Haus, in dem meine Mutter und Hans in dieser Nacht miteinander geschlafen haben, bevor man sie erwischt hat. Aber Torben nimmt jetzt meinen Kopf in seine Hände und dreht mein Gesicht zu sich. Und plötzlich weiß ich, von welchem Haus meine Mutter gesprochen hat. Es ist das Haus in unserem Wäldchen. Von dem nur noch die verkohlten Reste stehen

»Kannst du mir verzeihen, dass ich damals ...«, fange ich an, aber Torben lässt mich nicht ausreden. Er zieht mich an sich und küsst mich.

Sonntag, 18. Mai

21:00. Eine kleine Pension irgendwo im Spreewald. Iris' Zimmer

Also doch! Als Torben nach getrennten Zimmern fragte, als wir hier verschwitzt ankamen, habe ich mich ein bisschen gewundert (und für das Abendessen leicht ernüchtert nur Sportunterwäsche angezogen). Aber jetzt – nach dem Essen – hat er mich doch auf ein Glas zu sich eingeladen. Vermutlich findet er es so romantischer. Und: Wir haben uns auch heute Morgen, als wir mit dem Kanu starteten, nicht geküsst. Da allerdings stand meine Mutter am Fließ. Sie hatte »Fettbemmen« für unseren Ausflug geschmiert, wie früher.

Ich vermute, Benno hätte keine Rücksicht auf die Gefühle meiner Mutter genommen. Hallo? Benno hat in meinen Gedanken nichts mehr zu suchen! Iris! Nebenan wartet Torben auf dich, und Torben ist eben anders. Spitzenunterwäsche anziehen und Mutti anrufen (mein Vorwand, um noch mal schnell im Zimmer verschwinden zu können)! Fragen, ob alles in Ordnung ist. Und dann nix wie rüber.

22:30. Eine kleine Pension irgendwo im Spreewald. Torbens Zimmer

Ähm ... »Was hast du eben gesagt, Torben?!«

»Du hast schon richtig gehört, Iris«, sagt er leise.

»Du bist schw... homosexuell.«

»Ja. Kannst ruhig ›schwul‹ sagen.«

Oh Gott. Die kleine Szene, die diesen Sätzen voranging, spielte sich ungefähr – kurz zusammengefasst – so ab: Torben und Iris trinken Wein. Iris wartet darauf, dass Torben ihr näherkommt. Torben macht keine Anstalten. Iris erinnert sich daran, dass sie eine emanzipierte Frau ist. Iris ergreift die Initiative. Torben küsst sie zurück. Iris tastet sich vor. Bei Torben rührt sich – nichts. Jedenfalls fast nichts. Iris zieht sich aus. Iris zieht Torben aus. Iris gibt sich Mühe (nein, bloß nicht an die delikaten Einzelheiten denken)... Iris ist verunsichert. Torben vergräbt das Gesicht in den Händen. Drei Minuten befangenes Schweigen. Iris bekundet Verständnis: »Das ist doch nicht so schl...« Torben winkt verzweifelt ab. Ich muss dir was sagen, Iris.« Torben sagt, was er zu sagen hat. Ich frage: »Seit wann?« Torben senkt den Kopf. »Seit immer, denke ich. Früher dachte ich ... na ja, ich war mir nicht sicher. Aber irgendwann ... inzwischen geht mit Frauen gar nichts mehr.« Ich schlüpfe in Bluse und Rock, greife nach Dessous und Stöckelschuhen und verlasse ohne ein weiteres Wort das Zimmer.

Montag, 19. Mai

12:00. Im Kahn. Kurz vor dem Haus der Schwestern

Der Weg zurück war weit beschwerlicher als die beschwingte Paddeltour gestern. Wir haben den ganzen Morgen geschwiegen. Die letzten Meter bis zum Anleger vor unserem Haus fahre ich mit dem Paddel so rabiat in das Fließ, dass das zurückgeschobene Wasser den hinter mir sitzenden Torben nass spritzt. Er wehrt sich nicht. Ich frage mich, was da vorne aus dem Fließ ragt?

Zur gleichen Zeit vor dem Personaleingang des Hotels

Der Schleimbolzen von Empfangschef steht vor mir und erklärt mir, seine Leute hätten Iris' Couch im Fließ versenkt! Und er gibt mir die Schuld, weil ich nicht angegeben hätte, dass das Trumm mit einem Kahn auf die andere Seite zu transportieren sei! Von den bissigen Gänsen ganz zu schweigen! Klar kann ich ihm die 2500 Euro zurückgeben, aber ob ihm klar ist, dass Iris dann Hackfleisch aus mir machen wird?

»Wir finden sicher eine Lösung«, hat er eben gesagt, als mir die Tränen gekommen sind. Und mir dabei so doppeldeutig-anzüglich über den Arm gestrichen. Gerade, dass er nicht gesagt hat: »Wenn du's mir in meinem BMW machst, geb ich dir die 2500 Euro.« Vielleicht habe ich überreagiert, auf jeden Fall habe ich ihn angeschrien und gesagt, mit einem wie ihm würde ich nicht einmal für einen Barren Gold ins Bett gehen. Er war so düpiert, dass er mir, als ich die Tür zum Küchengang aufzog, nur hinterhergerufen hat: »Meine Kontonummer ist die gleiche wie die auf der Hotelrechnung! Also, wegen des Zurücküberweisens ...«

Hinter der Tür bin ich mit seinem Bruder zusammengestoßen. Sieht so aus, als hätte der alles belauscht. Denn eben – bevor die Tür ins Schloss gefallen ist – konnte ich noch hören, wie er zu seinem Zwilling sagte: »Na, wohl keinen Stich gemacht? Wetten, ich muss die Kleine nicht bezahlen, damit sie mit mir ins Bett geht?«

Das abgestandene Brackwasser war dann nur noch ein Wink des Schicksals. Selbiges landete ein paar Sekunden später über dem ebenso düpierten Chefkoch. Und jetzt: Bin ich wohl mal wieder arbeitslos.

Zehn Minuten später. Küche

Seit fünf Minuten steht ein unsympathischer Typ mit Bierbauch und fettigen, über den Scheitel gekämmten Haaren in unserer Küche, der sich als Mitarbeiter des Gesundheitsamtes ausgibt und sich vor fünf Minuten knapp mit »Buck!« vorgestellt hat. Gerade belehrt er mich wichtigtuerisch darüber, dass unsere Küche zu viele »gravierende hygienische Mängel« aufweise, um hier Lebensmittel für die Öffentlichkeit zu verarbeiten.

Ich bin mir ziemlich sicher, dass ich ihn schon einmal gesehen habe. Bei der Gelegenheit trug er ein Kuhkostüm mit Euter und verdrückte an Marlies' Theke einen von Fabienne und mir zubereiteten Pfannkuchen aus zusammengezamperten Eiern … Es ist nicht schwierig zu schlussfolgern, wer uns diesen Herrn Buck auf den Hals gehetzt hat.

Plötzlich schleicht sich ein debiler Ausdruck in seine Augen, als er zur Tür stiert. Wie sollte es anders sein, da steht das Früchtchen, das meine Couch verkauft hat. Gleich wird sie mit den Wimpern klimpern, das wäre ja zum ersten Mal zu etwas gut.

Doch Mia steht einfach nur da und schaut etwas verloren in die Runde. Der Blick des Herrn Buck wiederum wandert zu Mias Kniekehlen und nimmt einen zunehmend ungläubigen Ausdruck an. Jetzt sehe ich auch, was er sieht … »Krabat! Was machst du denn hier?«, ranzt Mia ihren verzogenen Schützling für ihre Verhältnisse ungewöhnlich ungehalten an. Ich weiß, wo er hinwill, und bewege mich schon unauffällig vor den Komposteimer, um ihn gegebenenfalls zu verteidigen. Mia, die wie ein Torhüter beim Tischfußball mal nach links, mal nach rechts ausweicht, um Krabat am Durchquetschen zu hindern, scheint die Brisanz der Situation zu dämmern, denn sie stottert etwas überfordert in die Richtung des Herrn Buck: »Der ist sonst nie hier drin!«

»Der ist **natürlich** *nie hier drin«, sagt Herr Buck jetzt todernst. »Denn wenn er noch mal hier auftaucht, und ich erfahre davon, können Sie das mit der Betriebserlaubnis knicken! Tiere haben in der Küche nichts zu suchen. Jedenfalls nicht in lebendigem Zustand!«*

Eine halbe Stunde später

»Ihr geht mir so was von auf die Nerven!«, schreit Fabienne und verlässt türeknallend die Küche. Irgendwie kann man sie verstehen. Ihre Mutter und ich haben die letzten dreißig Minuten damit verbracht, uns um die Ohren zu hauen, wie scheiße wir uns finden und dass es eine Scheiß-Schnapsidee gewesen ist, zu glauben, wir könnten gemeinsam eine Scheiß-Pension aufziehen. Außer von Sofas, Schafen und versteckten Gänseeiern war auch die Rede vom lieben Geld. Das ich nicht habe. Ich bin pleite und mal wieder arbeits- und perspektivlos. Ergo: am Ende. Es klingelt. Keine von uns schaut auch nur hoch. Schließlich erhebt sich Iris' Mutter. »Ich gehe schon.«

Eine Minute später

Meine Mutter kehrt zurück. Hinter ihr steht – Marlies. Sie nickt uns vage zu. Meine Mutter lächelt. »Ihr Lieben, bitte entschuldigt mich. Marlies und ich gehen eine Runde. Wir haben ein paar Dinge zu besprechen!« Mia und ich starren einander verdattert an. Was hat das jetzt wieder zu bedeuten?

Das achte Rezept aus Marthas Küche

Mia: Lieber eine Gurke in der Suppe als Saure-Gurken-Zeit im Herzen!
Iris: Gurkensuppe reimt sich auf Gurkentruppe. Und damit meine ich nicht unsere Handwerker.

Gurkensuppe
(für vier Personen)

2 Salatgurken
1 Zwiebel
1 TL Butter
2 Knoblauchzehen
750 g Gemüsebrühe
200 ml Sahne
1 Handvoll Dill
Salz und Pfeffer
1 gestrichener TL Currypulver

Gurken kleinschneiden, Zwiebeln fein würfeln und in der Butter anschwitzen. Gurken hinzufügen, mit Brühe ablöschen. 15 Minuten leise köcheln lassen. In der Zwischenzeit die Sahne schlagen. Vier Esslöffel abnehmen und mit Currypulver mischen. Die Suppe pürieren, den Rest der Sahne unterrühren, fein geschnittenen Dill hinzufügen. Jede Portion mit einem EL Currysahne obendrauf servieren. Dazu getoastetes und gebuttertes Brot.

(Funktioniert auch hervorragend mit Zucchini)

9

»Und wenn sie aber nicht kommen …?«
Eine Pension ohne Gäste ist wie ein Spreewaldkahn auf dem Trockenen. Die Schwestern warten vergeblich auf Touristen und werden stattdessen von Überraschungen ganz anderer Art heimgesucht.

www.pensionhedwig.de
Landleben mit Haus- und Hoftieren mitten im schönen Spreewald. Individuell eingerichtete Zimmer und ein weitläufiger Garten laden zum Entspannen ein. Paddel- und Kahntouren direkt von der Haustür aus möglich. Halbpension mit Spezialitäten der Region bei unserem Partner, der Traditionsgaststätte »Zum Schlangenkönig«.

Freitag, 6. Juni

16:00. Fließ zwischen Schlangenkönig und Pension Hedwig
Wer hätte das gedacht. Marlies, Iris und ich sitzen in einem Boot. Genau genommen in einem Kahn. Wir schippern hinüber zu unserer kleinen Pension, um Marlies unsere Zimmer zu zeigen. Denn: Sie ist unsere neue Geschäftspartnerin.

Als Jutta und Marlies, die beiden ehemaligen Freundinnen, vor ein paar Wochen von ihrem ausgedehnten Spaziergang zurückkamen, hat Marlies uns den Schulterschluss angeboten: Anstatt uns im Konkurrenzkampf zu zerfleischen, sollten wir unsere Kräfte bündeln. Konkret heißt das: Unsere Gäste profitieren von der reichhaltigen (wenn auch sehr traditionellen) Speisekarte des Schlangenkönigs, Marlies' Gäste dürfen im Gegenzug unseren Garten für Kaffee und Lesestunden nutzen.

Marlies will schon seit einiger Zeit kürzertreten und hat sich in den letzten Monaten umsonst um einen zweiten Küchenchef bemüht. Iris' Mutter sah mich an und sagte: »Und da dachten wir an dich.« Mein erster Impuls war, das Angebot auszuschlagen. Ich muss nun wirklich nicht auch noch an dem Ort arbeiten, wo ich Maik mit größter Wahrscheinlichkeit über den Weg laufe! Auf den zweiten Blick wurde mir dann aber klar, dass es hier leider nicht nur um meine privaten Gefühle geht. Zur Rettung unserer Pension müssen Opfer gebracht werden. Marlies und ich arbeiten als gleichberechtigte Partner.

»Ein Gast! Wir haben einen Gast!« Meine Tochter kommt etwas aus der Puste die Treppe hochgerannt. Fabienne trägt inzwischen eine ordentliche Kugel vor sich her und sieht allerliebst aus in ihrem Frühlingskleid, wie ein Bonbon auf Beinen.

Vor dem Fließ steigt eine zierliche Person in Lederkluft von einer roten Suzuki. »Das ist kein Mann«, höre ich neben mir tonlos Marlies sagen, der angesichts der Erscheinung vor uns beinahe die Augen ausfallen. Nein, denn unter dem Helm kommen eine blonde Strubbelfrisur und ein knallrot geschminkter Mund zum Vorschein. Die Frau setzt eine Sonnenbrille mit roten Gläsern auf, die entfernt an Flower Power erinnert und zieht ein Handy hervor. Mir fällt auf, dass Mia sich noch gar nicht zu der Erscheinung am Fließ geäußert hat. Aus ihrem Handy kommt eine grelle Stimme.

»Mia, Schatz! Schwimmen eure Gäste zu euch, oder wie habt ihr euch das gedacht?«

»Hallo, Elke. Ich komme.« Ich schaue Mia irritiert an. Elke ... heißt so nicht ...

Ein paar Minuten später vor der Pension

»Das ist meine Mutter«, stelle ich Elke der versammelten Gesellschaft vor, nachdem ich sie mit dem Kahn abgeholt habe.

»Elke, das ist ...«

»Iris. Das weiß ich doch. Die gleiche Nase wie Bernd. Hat man schon als Teenager gesehen. Und Sie ...«, wendet sich meine Mutter an Jutta und Marlies, »... sind die guten Seelen der Pension?«

Jutta und Marlies sehen meine Mutter einen Moment konsterniert an. Dann sagt Iris' Mutter betont langsam: »Jutta Neuberger. Ich bin Iris' Mutter ... Und Bernds erste Frau.« Für einen Moment entgleist meiner Mutter ihr fröhliches »Ich-hab-alles-im-Griff«-Pokerface.

»Äh, ja, natürlich, seit wir uns das letzte ... also einzige Mal ... Wie schön.«

Marlies streift mich mit einem Blick, der wohl »Jetzt wird mir einiges klar« bedeuten soll.

20.00. Küche im Schlangenkönig

Womit habe ich verdient, dass I) meine Mutter bei uns auf unbestimmte Zeit »die Seele baumeln lassen« möchte und II) ich der Rückeroberung von Maik durch seine Ex beiwohnen muss?

Als wäre es nicht schlimm genug, dass dieser Mann, an den ich mein Herz verloren habe, überhaupt hinter der Theke steht und Bier zapft. Seit ein paar Minuten sitzt, aufgehübscht und mit Vier-Zentimeter-Pfennigabsätzen besohlt, auf einem Barhocker am Tresen: Svenja. Sie nippt an einem Prosecco und macht Maik schöne Augen.

»Ich soll dir einen Kuss von Jannik geben. Er wollte wissen, ob wir heute miteinander ausgehen. Süß, nicht?« Sie dreht verlegen ihr Glas in den Händen und sagt mit keckem Augenaufschlag: »Sollen wir? Miteinander ausgehen?«

Er sieht sie an ... will gerade etwas sagen ... da lässt Marlies zwei Biergläser ins Spülwasser plumpsen, sodass der Schaum Svenja entgegenspritzt. »Marlies!«, kreischt Svenja, und Marlies sagt nur: »Ich brauche Maik hier. Zwei Pils für Tisch drei.«

Drei Stunden später. Auf dem Klapprad in Richtung Zuhause

Marlies zeigte vorhin verstohlen auf eine Frau mit Dauerwelle, die mit ihrer an einer Kette befestigten Lesebrille und unwilligem Gesichtsausdruck die Speisekarte studierte. Das sei Frau Schröder, ihres Zeichens Vorstand des Tourismusverbandes Spreewald e. V., der demnächst einen neuen Unterkünfte-Katalog für den Spreewald herausbringen wolle. Marlies habe leider keinen besonders guten Draht zu ihr, ob ich vielleicht ...?

Ich brachte der Runde einen kleinen Gruß aus der Küche, erläuterte der Dame unser neues Konzept und leierte ihr schließlich die müde Zusage aus den Rippen, dass sie, wenn wir ihr bis nach Pfingsten Text und Fotos schickten, unsere Pensionsgemeinschaft in den Katalog aufnehmen würde! Als ich mit der guten Nachricht hinter die Theke zurückkehrte, warf mir Maik einen anerkennenden Blick zu. Oder habe ich mir das eingebildet?

Zehn Minuten später auf der Bank vor dem Fließ

»Das Einzige, was es hier im Überfluss gibt, sind Essiggurken! In zwanzig verschiedenen Geschmacksrichtungen! Willst du hier etwa auch versauern?« Meine Mutter sitzt auf der Bank vor dem Haus. Sie hat ihren ersten Tag hier also genutzt, um nach Lübbenau zu fahren und die Marktstände in der Altstadt zu bewundern. »Du kannst doch dein Potenzial nicht so verschenken, Mia. Man hat eine Verantwortung seinen Talenten gegenüber. In der Küche arbeiten! Willst du so dein Leben verbringen?«

Samstag, 7. Juni

11:00. Vor der Remise

»Vorsichtig abheben und ... Ta-daa!« Perfekt. Ich halte den Siebdruckrahmen hoch und betrachte das zarte Blütenmuster auf der Tapetenbahn. »Das muss jetzt erst trocknen, bevor ihr hier ansetzen und weitermachen könnt, sonst verschmiert die Farbe.«

»Also, ob wir das so schön hinbekommen wie du ... ich weiß nicht ...«, sagt Jutta besorgt. Sie, Fabienne und meine Mutter sollen heute die Tapeten für den Schlangenkönig bedrucken.

»Na klar bekommt ihr das hin!«, beruhige ich Iris' Mutter. »Das ist überhaupt nicht schwer, das kann jeder ...«

»Also, du musst jetzt dein Licht auch nicht unter den Scheffel stellen«, unterbricht Elke mich. »Nur weil dein Vater deine künstlerische Begabung nicht wertschätzen konnte«, sagt sie dramatisch. »Ist doch wahr, Kind!«, ruft sie. »Für Bernd zählte doch immer nur das Hamsterrad. Von innen sieht es aus wie die begehrte Karriereleiter, aber wir wissen ja alle, wie begrenzt der Blick ist, wenn man erst mal drinsteckt. Diejenigen, die rechts und links stehen, sieht man schon mal gar nicht!«

Sie macht mitleidig eine Handbewegung in meine Richtung, aber ich weiß, dass sie keineswegs von mir, sondern eigentlich nur von sich spricht. Davon, dass Bernd *sie* missachtet hat. Fabienne äugt unter gesenkten Wimpern zu mir herüber – voller Fremdscham, denn sie kennt ja das Gefühl, wenn Mütter sich peinlich benehmen. Ich starte einen Bremsversuch: »Elke, ich finde nicht, dass ...«

»Wenn er so schlimm war, wieso hast du dich dann mit ihm eingelassen?« Das war Iris, die plötzlich einen verbissenen Zug im Gesicht hat. Doch meine Mutter fängt sich schnell.

»Ach, ihr kennt Bernd doch«, sagt sie leichthin, »der wickelt doch jeden erst mal mit seinem Charme um den Finger, haha.« Betretenes Schweigen.

Mias Mutter räuspert sich. »Ich würde ja gerne mal wissen ...«, sagt sie jetzt, »Also, bei meinem Morgenspaziergang – ich stehe ja immer auf, bevor der Hahn kräht –, da habe ich in diesem Wäldchen, ein verfallenes Haus gesehen. Das Haus sieht aus, als wäre es abgebrannt ...« Themawechsel. Aha.

»Da hat zu DDR-Zeiten schon keiner mehr drin gewohnt«, sage ich. »Vorher hat es einer jüdischen Familie gehört.« Mias Mutter bekommt kaffeetassengroße Augen. »Mein Gott, man hat doch nicht ...?«

»Nein, das war später«, beruhige ich sie. Unwillkürlich ist mein Blick zu meiner Mutter gewandert. Ich habe damit bestimmt nichts bezweckt, aber sie fängt mit einem Mal stammelnd an zu beteuern: »Aber wir waren das nicht! Der Hans und ich, wir sind ja selbst vor dem Feuer geflohen! Sonst hätte man uns doch gar nicht ...«

Sie knetet hektisch an ihren Fingern herum und schaut unsicher in die Runde. Ich bin kurz verwirrt, Elke schaut aus der Wäsche, als verstehe sie gar nichts mehr, und ich sehe aus den Augenwinkeln, dass Mia ruckartig den Kopf gehoben hat. Das Haus in unserem Wäldchen war der Ort, an dem Hans seine

Frau mit meiner Mutter das letzte Mal betrogen hat. Und offenbar dachte man, die beiden seien verantwortlich für den Brand. Ich kann mir die Frage nicht verkneifen: »Und warum hat es dann dort gebrannt?« Meine Mutter zuckt mit den Achseln. »Das weiß niemand.«

Etwas später. Im Schlangenkönig

»Wen könnte man denn bloß mal fragen?« Auf dem Weg hierher hat Mia immer wieder von diesem Foto angefangen. Ich kann mich vage an das Bild erinnern. Wir haben es damals gefunden, als wir den überschwemmten Keller leerschippen mussten. Martha hat es ohne Erklärung einkassiert. Mia erinnert sich sogar an den Namen. »Der stand doch hintendrauf!«, sagte sie. »Elias! Das ist ein jüdischer Name! Vielleicht hat der in diesem Haus gewohnt!«

»Möglich«, sagte ich. »Warum interessiert dich das?« Mia zuckte mit den Schultern und sagte nichts mehr. Das kann aber auch daran liegen, dass wir beim Schlangenkönig angekommen waren und direkt auf Maik stießen. Mia zog sich in das hinterste Gastzimmer zurück, um dort mit Anja zusammen alles abzukleben und Löcher zuzukleistern. Ich habe mit Zottel (werde mich nie an den Namen gewöhnen) den nächsten Raum verarztet und fange gleich mit dem dritten an. Als ich aus der Toilette komme, laufe ich Benno in die Arme, der beim Möbelschleppen hilft. Er lächelt mich an.

»Braucht ihr eigentlich Hilfe mit euren Schafen?«, fragt er. »Ick hab sie jestern beim Vorbeifahren von Weitem bei euch stehen sehen. Die müssen jeschoren werden.«

»Ah so.« Ich bemühe mich sehr, als Intelligenzbestie rüberzukommen.

»Ick komme vorbei. Wie wär's direkt morgen?« Dreht sich um und verschwindet drei Türen weiter.

Früher Abend. Auf der Dorfstraße

Vielleicht brauche ich einfach Gewissheit, dass zwischen Maik und Svenja was läuft. Diese fixe Idee hat mich, wider besseren Wissens, die falsche Richtung einschlagen lassen, und jetzt sitze ich seit gut zehn Minuten regungslos auf der warmen Bordsteinkante in der sommerlichen Abendhitze, weil das letzte Stückchen Vernunft mich davon abhält, die Straße noch die paar Meter weiter zu gehen, um durch Maiks Fenster zu spähen. Mit einem schweren Seufzer strecke ich meine bis dahin angewinkelten Beine aus, genau in dem Moment, wo ich etwas aus der anderen Richtung zischen höre. Ein Rennradfahrer kommt im Affenzahn auf mich zugerast. Ahh! Ich ziehe meine Beine zurück, der Typ weicht aus, kommt ins Schleudern, – und zack, ist der Radler gefällt! Au, das muss wehgetan haben! Ich springe auf. »Alles okay!?«

Zuerst sehe ich ein blutiges Knie und dann ein gezwungenes Grinsen. »Denke schon.« Der Typ – ein hochgewachsener Kerl in meinem Alter – rappelt sich auf und schiebt sein Fahrrad, an dessen Gepäckträger zwei Fahrradtaschen baumeln, zur Seite. Das Vorderrad eiert deutlich. »Mist, die Felge ist wohl im Arsch.«

»Hast du's noch weit?«

»Eigentlich wollte ich heute noch bis Cottbus.«

Na, das kann er vergessen. »Ich würd dich ja fahren, aber ich muss in einer knappen Stunde arbeiten«, sage ich. »Ich wüsste aber, wo du heute Nacht bleiben könntest.«

»Ja?« Was grinst der denn jetzt so schelmisch? Denkt der etwa ... Das war keine Einladung zu mir!

»Ich kenne eine Pension. Ein paar Minuten von hier. Ist auch nicht so teuer.«

»O. K., warum nicht.« Der Typ nimmt seinen Fahrradhelm ab. Ein dunkler Wuschelkopf kommt zum Vorschein. Auf einmal sieht der Typ ziemlich interessant aus, mit seinen blauen Augen und dem rötlichen Dreitagebart. »Das wäre super.«

Eine Viertelstunde später im großen Bad der Pension

»Ach, wissen Sie, Mia hat sich als Kind ständig die Knie blutig geschlagen. Ich dachte schon, vielleicht stimmt was mit ihren Augen nicht, so tollpatschig war sie.«

Es ist nicht zu fassen. Wie ein Habicht hat Elke sich auf den Neuankömmling gestürzt. Das war schon früher so. Kaum habe ich einen Typen mit nach Hause gebracht – und meine Mutter war zufällig mal da –, hat sie ihn vereinnahmt und ihm peinliche Geschichten aus meiner Kindheit erzählt.

»Also, ich muss los.« Vom Flur aus höre ich meine Mutter noch raunen: »Sie arbeitet in der Küche. Dabei hat sie so ein künstlerisches Talent!« Na, super.

23:15. Auf dem Weg über die Brücke

Jan kam tatsächlich zum Essen in den Schlangenkönig und machte es sich dort mit einem Buch und einem Bier gemütlich. Jetzt gehen wir durch die laue Sommernacht, und er erklärt mir seine Fahrradstrecke. Anscheinend hat er zwei Wochen Urlaub.

»Ich schätze, für meine Mutter solltest du einen Schmerzensgeld-Rabatt auf deine Übernachtung bekommen«, versuche ich mit einem Scherz herauszufinden, ob meine Mutter unseren ersten Gast noch weiter belästigt hat. »Ach, ist doch interessant zu wissen, wo du Leberflecken hast.« Ich bleibe stehen. Elke wird doch nicht …! Jan muss grinsen. »Das war ein Witz.«

Sonntag, 8. Juni

6:50. Frühstücksraum der Pension

Ich brauche Jutta, die gerade eine Kanne Kaffee in den Speisesaal trägt, gar nicht zu fragen, warum sie so ein saures Gesicht macht. Meine Mutter »reinigt« ihre Chakren. Und das, nach Juttas müdem Gesicht zu schließen, seit geraumer Zeit. Von »Ihh« über »Ehhh« zu »Ahh« und »Ohh« scheint sie gerade bei »Uhh« angekommen.

Ein Blick in den Speisesaal zeigt mir, dass auch Jan von den Urlauten meiner Erzeugerin geweckt wurde, denn er sitzt wie ein Schluck Wasser in der Kurve an einem der kleinen Tische und nickt Iris' Mutter dankbar zu, als sie ihm Kaffee einschenkt. Ich murmle eine Entschuldigung, streife meine Gummistiefel ab, springe auf Socken die Treppe hoch und reiße die Tür zu meinem ehemaligen Zimmer auf. »Elke, du bist hier nicht alleine, ist dir das schon mal aufgefallen? Elke!« Endlich blickt sie auf. »Was?«

»Du weckst das ganze Haus. Kannst du das nächste Mal warten, bis die offizielle Frühstückszeit angefangen hat?«

»Das erste Sonnenlicht ...«, schwingt sich Elke auf zu dozieren.

»Elke, es regnet in Strömen.«

»Aber erst seit halb sechs. Davor gab es den schönsten Sonnenaufgang. Die Gänsekinder sind geschlüpft. Auf meinem Morgenspaziergang habe ich es piepen gehört und in den Stall geguckt.« Echt?

»Solche süßen Dinger.« Na toll. Ausgerechnet meine Mutter hat die Gössel zuerst gesehen!

Drei Stunden später im Schlangenkönig

»Neuer Versuch?« Jan steht auf der Leiter im ersten Eckzimmer und grinst mich an. Da es in Strömen schüttet und heute und morgen sowieso kein Fahrradgeschäft offen ist, hat er beschlossen, seinen Aufenthalt in unserer Pension um zwei Tage zu verlängern. »Neuer Versuch«, lache ich und bemühe mich, unter der Tapete hervorzukommen, die eben noch an der Wand klebte und sich dann langsam abgelöst und mich unter sich begraben hat. »Kann es sein, dass ihr vergessen habt, die Tapeten vorzukleistern?«, höre ich unter meiner Tapetenhaube Maiks Stimme dumpf wie aus weiter Ferne fragen.

Zur selben Zeit. An der Schafsweide

Benno machte seine Ankündigung wahr und tauchte samt Schermaschine bei uns auf. Ich atmete einmal durch. »Gute Nachbarschaft, gute Nachbarschaft, gute Nachbarschaft ...«, schwor ich mich mantramäßig ein, als ich ihm in Richtung Schafsweide entgegenging. Ich bekam eine total lockere Begrüßung hin.

»Das ist ja wirklich nett, dass du vorbeischaust. Ich meine, es ist ja Feiertag, da verbringen die meisten Leute ihre Zeit gerne en famille.« Benno setzte unser braunes Schaf Lumumba mit geübtem Griff vor sich hin.

»Erstens: In der Landwirtschaft ist das mit den Feiertagen so 'ne Sache. Und zweitens: Bei mir ist das auch mit der Familie so 'ne Sache. Ist nicht mehr so viel los damit seit ... Emmas Tod.« Er schmeißt die Schermaschine an.

»Du hast mir nie von dem Tod eurer Tochter erzählt«, versuche ich die schnarrende Schermaschine zu übertönen. Absurd. Benno stellt sie aus.

»Du hast mich auch nie danach jefragt«, stellt er fest und schaut mich an. »Du hattest doch dein Urteil fertig im Köpf-

chen, und dann fragt eine Iris Neuberger eben nicht weiter.«

Was soll das denn jetzt heißen? Das erneute Rattern der Schermaschine reißt mich aus meinen Gedanken. »Brauchst du mich noch? Weil sonst ,..« Ich mache eine Handbewegung in Richtung Remise. Er nickt. Lässig.

»Ick sag Bescheid, wenn die hier neue Frisuren haben.« Ich zögere, bevor ich gehe.

»Danke, dass du … Ich meine, seit Martha weg ist, sind wir wirklich auf Hilfe angewiesen, was die Tiere angeht.« Ich finde, das war jetzt so ein Satz, den man unter Nachbarn äußern kann.

22:45. Wiese vor der schwesterlichen Pension

»Sie müssen mir aber glauben, dass ich von Ihrer Existenz überhaupt nichts gewusst habe. Ich hätte mich sonst gar nicht auf Bernd eingelassen.« Wer's glaubt. Und was soll das heißen: Nichts gewusst? Hat Bernd uns etwa all die Jahre verschwiegen? »Ein Mann mit Kindern, mit Familie, das ist doch … heilig.«

Aha. Ich sollte weitergehen. Ich bin auch eher zufällig auf dem Flur der Pension stehen geblieben, weil ich den Schlüssel für das Zimmer des Rentnerehepaares, das morgen kommt, wieder an das Brett hängen wollte. Ich habe noch ein paar Willkommensblumen in das frisch gemachte Zimmer gestellt. Und jetzt stehe ich hier wie angenagelt. Ich bin Elke in diesem Moment fast dankbar dafür, dass sie – anders als ich – in ihrer merkbefreiten Art meine Mutter nicht verschont.

»Und eines Tages, da stand dieses pubertierende Mädchen vor der Tür … Iris war ja ziemlich vollschlank damals, und dann diese Klamotten, der reinste DDR-Chic … na ja, ähm. Bernd hat sich vielleicht gewunden, als ich ihn zur Rede gestellt habe! Aber Sie wissen ja, wie Bernd ist … Sie waren wahrlich

nicht die Einzige, die er betrogen hat. Ich weiß nicht, wie viele Frauen er gevögelt hat, während er mit mir ... also, nicht dass wir noch Sex gehabt hätten ... das nicht.«

Oh Gott. Iris' Mutter schaut ganz gequält. Das checkt Elke natürlich nicht, dass Jutta total prüde ist. Jetzt greift meine Mutter irgendwas vom Schrank, ich höre ein dumpfes »Plopp«, dann Gläserklirren. »Auf die Frauen, die stillen Helden. Ich bin übrigens Elke.« Elke muss wohl Marthas Schnaps gefunden haben. Sie reicht Iris' Mutter ein Gläschen.

»Danke nein. Ich trinke so spät am Abend nichts. Ich sollte jetzt auch wirklich schlafen gehen. Gute Nacht.« Jutta hätte diese Versöhnung ruhig annehmen können.

»Na, spionierst du?« Ich fahre herum. Fabienne! – »Wo kommst du denn so spät noch her?«

»Fabienne, weißt du wie spät es ist?«

Ich konnte mich gerade noch vom Acker machen, bevor meine Mutter aus der Küche in den Flur trat. Und bin soeben vor der Pension prompt über Mia und Fabienne gestolpert. Mein Töchterlein muss sich, als ich der Schafschur beiwohnte, aus dem Haus geschlichen haben.

»Ich war bei Robin«, erklärt Fabienne schlicht und will gehen. Robin. Natürlich.

»Moment mal, Frollein. Was ist mit Mathe?«

»Kapier ich sowieso nicht.« Wie auch? Mit der Einstellung?

»Robins Gesellschaft wird die Mathe-Synapsen sicher nicht gerade befeuern«, platze ich heraus und sehe, dass Mia mich aus der Dunkelheit beschwörend anschaut.

»Bist du schon mal drauf gekommen, dass Fabienne keinen Bock auf Leistungsdruck haben könnte? Du machst es irgendwie genau wie Bernd«, sagt Mia brüsk.

Montag, 9. Juni

11:00. Küche in der Remise
»Torben, noch eine Tasse Kaffee?«

Als Jutta Torben bat, sich zu setzen, rutschte meine Mutter gleich auf den Platz auf der Bank neben ihm. Iris' Mutter spielte ihren Heimvorteil-Joker aus, wo sie nur konnte: »Torben und Iris sind in dieselbe Schule gegangen. Es ist ja so schön, dass sie sich wiedergetroffen haben«, sagte sie und tätschelte Iris und Torben gleichzeitig die Hände, um klarzumachen, welcher Topf und Deckel wirklich zusammengehören. Iris lächelte gequält, anscheinend hatte sie ihrer Mutter noch nichts von den wahren (sexuellen) Vorlieben Torbens erzählt.

»Wollen wir dann mal nach unserem Hammel sehen?«, versucht Iris jetzt dem Spuk ein Ende zu bereiten.

»Gute Idee.« Ruckartig steht Torben auf.

Unmittelbar danach in der Küche der Remise
»Also wirklich, so ein feiner und attraktiver Mann. Wär der nichts für dich, Mia?«

»Nein, wäre er nicht, Elke!« Ich habe es schon als Teenager gehasst, wenn Elke mich – immer eine Spur zu laut – auf potenzielle »heiße Jungs« hinwies. »Torben ist schwul.«

So. Jetzt steht meiner Erzeugerin die Klappe auf. Noch entsetzter scheint allerdings Jutta zu sein, die das Schweigen mit einem lauten KLIRR bricht. Meine Lieblingstasse! Die war von Martha!

Vor dem Schafstall
Die Schreie, die aus dem Stall dringen, lassen mir das Blut in den Adern gefrieren. Bis eben habe ich verzaubert dem ersten Ausflug der stolzen »Gänsefamilie« zugeschaut, von der mir

Fabienne bereits gestern Morgen aufgeregt berichtet hat. Zwei kleine graugelbe Puschel, die durch das Gras stolperten und dabei von der besorgten Mutter und den stolzen Onkeln von allen Gefahren abgeschirmt wurden. Die Gänse spielten eine Art »Frage-Antwort-Spiel« mit ihnen. Jedenfalls wirkten die abwechselnden Rufe so. Bis die Ausflügler soeben in den Stall zurückkehrten und einen Augenblick später dieses verzweifelte, panische Gewimmer losbrach.

Ich stürze los. Durch die geöffnete Stalltür kann ich Bewegungen am Boden ausmachen. Die beiden Gössel picken und treten etwas hin und her. Ich brauche einen Augenblick, um zu erfassen, dass es ein weiteres Gössel ist. Es ist kleiner als die anderen beiden.

»Was macht ihr denn da?!«, schreie ich absurderweise die Gössel an und will in den Stall. Ich merke kaum, dass Torben mich am Arm festhält.

»Iris, lass es. Das Gössel hat keine Chance, wenn sie es nicht annehmen. Es ist gnädiger, wenn ...«

»Warum unternehmt ihr denn nichts, um Gottes willen?«, tönt es jetzt hysterisch von hinten. Im nächsten Augenblick stürzt Elke wie die wilde Wutz an mir vorbei und fegt todesmutig an dem aufgebrachten Ganter vorbei in den Stall. Tumult. Torben will hinein, doch dann springt Elke zur Tür heraus. Sie hat Bisswunden. Und etwas, um das sie beschützend beide Hände legt. Es ist das gemobbte Gössel. »Es lebt!«, flüstert sie.

Etwas später. Blaues Lutki-Stübchen. Pension

Torben hat versucht, ihr die Sache auszureden. Dass es keine gute Idee sei, ein Gössel alleine großzuziehen. »Das bedeutet, Sie haben es vierundzwanzig Stunden am Tag am Hals, wenn es einmal auf Sie geprägt ist. Es wird sich nicht mehr bei seinen Artgenossen eingliedern lassen.«

»Wenn Sie eine Mutter wären, würden Sie verstehen, dass ich nicht anders kann, als mich dieses hilflosen Geschöpfes anzunehmen«, antwortete Elke theatralisch und zog hocherhobenen Hauptes ab. Seitdem trägt sie ihren Schützling mit viel Brimborium und dem Ausdruck einer »Mater Dolorosa« durch die Gegend.

20:00. Gastraum im Schlangenkönig

»Nein, wie süß! So ein putziges Ding.« Vor ein paar Minuten hat meine Mutter den Schlangenkönig betreten und steht seitdem im Rampenlicht. Aufgeführtes Schauspiel heute: Elke, die Adoptivmutter. »Ich konnte es doch nicht dort liegen und sterben lassen. Die Natur ist manchmal so brutal.«

Dramatisch blickt Elke in die Runde ihres gebannten Publikums: Neben unserem neuen Gästeehepaar sind das Jan, zu dem sie sich ungefragt an den Tisch gesetzt hat, eine Familie, die wohl in Ruhe zu Abend essen wollte, und Heinz und Peter, die ihren angestammten Platz an der Bar verlassen haben. Als Elke Torben ein Herz aus Stein attestiert (ihre Zuneigung muss wohl durch seine Zurechtweisung deutlich abgekühlt sein), weil er das Gössel lieber umgebracht hätte, anstatt es zu retten, ergreift Peter Partei für Torben: »Als Arzt darf man keine Gefühle zeigen. Da muss man seinen Mann stehen.«

»Ja, es wundert mich nur, wo Schwule doch oft so empfindsam sind …«, platzt Elke prompt heraus. Ich halte die Luft an, und Peter schaut verdutzt drein. Sein alkoholgeschwängertes Gehirn sucht angestrengt nach der Verbindung zwischen Torben und Schwulsein.

»Möchtest du jetzt auch was bestellen?«, versuche ich dem Auftritt meiner Mutter ein Ende zu bereiten.

»Ich hätte gerne einen … oder wollen Sie …«, jetzt plinkert sie Jan an, »mit mir eine Flasche teilen?«

1:30. Mias Zimmer

Mistverdammtes Internet! Haben die uns gedrosselt, oder was ist da los? Seit einer Stunde versuche ich die Fotos und den Werbetext an den Tourismus-Verband zu schicken. Aber die E-Mail geht einfach nicht raus Bin sowieso schon auf hundertachtzig. Wollte meine unwissende Mutter ihr Küken zum Schlafen wieder in den Stall setzen! Hat sich das arme Ding die Seele aus dem Leib geheult, bis ich Elke davon überzeugen konnte, dass ihr »Junges« jetzt wohl oder übel bei ihr im Zimmer schlafen muss. Damit »Tweety«, wie sie das Gössel getauft hat, nicht erfriert, habe ich die Wärmelampe aus dem Stall unseres zweiten, nachwuchslosen Gänsepaars ausgebaut und dem Gänsebaby aus Handtüchern ein Nest in ihrem Zimmer eingerichtet. Und was war der Dank meiner Mutter? Das wisse sie aber nicht, ob sie bei dem Rotlicht schlafen könne. Arrgggg. Plötzlich wünsche ich mir, Martha würde noch leben. Sie hätte meiner Mutter sicher längst einen ordentlichen Einlauf verpasst.

Dienstag, 10. Juni

9:00. Kleine Wiese am Fließ

Heute ist Heuernte. Benno hatte uns darum gebeten, in sorbischer Arbeitstracht, falls vorhanden, zu erscheinen. Schließlich sollten die Touristen ein Bild vom Leben im Spreewald früher bekommen. Marthas einfaches Kleid aus Blaudruckstoff schlabberte etwas an meinem Brustkorb.

Als wir an der von Benno beschriebenen Wiese anlegten und mich ein gutes Dutzend neugieriger Augenpaare ansahen, kam ich mir mit meinem festgesteckten Kopftuch kurz albern vor. »Mädchen, Tradition ist nichts, wofür man sich schämen muss«, hörte ich Martha raunen, und so stapfte ich hocherhobenen Hauptes an Alina und Gerhard vorbei, die etwas übernächtigt in der Gruppe der erwartungsfrohen Touristen standen. Schließlich war es gerade mal fünf Uhr dreißig. Aber – wie Benno gerade erklärte – bei taunassem Gras schneidet es sich am besten.

Als Bennos Opa die Werkzeuge verteilte, musste Elke gleich wieder eine Extrawurst braten. Sie wollte barfuß mähen. »Das verstärkt doch den meditativen Charakter dieser Arbeit. Eins werden mit der Natur und der Bewegung der Sense.« Doch mit Benno war nicht zu reden, und als es dann auch nur Sensen für Rechtshänder gab, hatte Elke keine Lust mehr mitzuspielen. Jetzt sitzt sie beleidigt im Schatten eines Baumes und wartet darauf, dass Jan, der sein Fahrrad zur Reparatur bringen will, sie gleich mit dem Boot mit nach Lübbenau nimmt.

»Immer daran denken: Hamme am Boden lassen. Mit dem Bart schneiden und ohne zu verkrampfen den Oberkörper in der Hüfte drehen. Dann läuft die Sense von alleene wie ein Carving-Ski.«

Nach einer knappen Stunde habe ich den Dreh raus. Und auch Jan, der neben mir senst, schwingt mit Benno und seinem Opa, die ein gutes Stück vor uns arbeiten, im Takt. Meine Mutter hat schon recht, diese gleichförmige Arbeit, das synchrone Geräusch der Sensen, die durch das Gras gleiten, das hat etwas Meditatives.

»So. Zeit zum Nachschleifen.«

»Jan, können wir jetzt fahren?«, tönt es von unter dem Baum her. Als Jan bei Elke ankommt, streift er sich das verschwitzte T-Shirt vom Körper, um ein mitgebrachtes frisches anzuziehen. Jetzt bekommt meine Mutter doch noch was zu gucken.

»Vergiss die Fotos nicht«, rufe ich Elke hinterher, als die beiden ablegen. Elke hebt nur die Hand. Meine Mutter hat sich überraschenderweise bereit erklärt, die Fotos und den Text auf einem USB-Stick in die Touristen-Information nach Lübbenau zu bringen, wo Frau Schröder den Stick abholen wird. Sie scheint doch kapiert zu haben, dass uns die Pension wichtig ist. Warum wurmt es mich trotzdem, dass sie ausgerechnet von Jan in die Stadt chauffiert wird?

Mittags. Wiese

Meine Mutter hat den ganzen Vormittag mit Marlies in der Küche des Schlangenkönigs gestanden und das Mittagsmahl für die Heuarbeiter zubereitet. Es gibt Karpfensülze mit Meerrettich-Kartoffelsalat, kleine kalte Schnitzel, Hackfleischbällchen, Buchweizenplinsen und Erdbeeren mit Quark. Dazu für den, der mag, ein kühles Bier.

»Herrlich!«, freut sich Herr Rehbein, prostet seiner Frau zu und setzt sich schwerfällig neben Mia. Der einzige noch freie Deckenplatz befindet sich neben Benno. Ich begebe mich zu Opa Conny und bringe ihm eine Flasche Bier mit. Er sitzt etwas abseits auf dem hölzernen Gerüst für den typisch spreewälderischen Heuschober. Jetzt prostet er mir zu. Ich zögere, aber dann finde ich, dass Opa Conny vertrauenswürdig genug ist.

»Sag mal, weißt du, warum es damals in dem alten Haus auf unserer Insel gebrannt hat?«

Der Alte, der sonst durch nichts aus der Ruhe zu bringen ist, schaut mich überrascht an. »Det weeß keener hier«, sagt er vage. Sein Gesicht verschließt sich. »Na, ick hätte ja jerne mal eens von den Schnitzeln«, sagt er und lächelt mich jetzt versonnen an. Ich lächle zurück. Hole ihm ein besonders schönes. Er beißt mit Genuss hinein.

»Und die jüdische Familie, die dort gewohnt hat? Hast du die gekannt?«

Ich beobachte Opa Conny aus den Augenwinkeln. Zittert jetzt die Hand an seinem Mund mehr als vorher? Oder bilde ich mir das ein? Opa Connys Hände zittern immer leicht. Es ist dieses typische Alte-Leute-Zittern.

»War 'ne nette Familie«, sagt er schließlich. »Drei Kinder, zwee Jungs, een Mädchen. Elias, Rahel und Kai, der jüngste.« Elias. Dann war dieser Elias von dem Foto vielleicht wirklich ein Nachbarsjunge.

»Und was ist aus ihnen geworden?« Opa Conny schaut mich an.

»Sind damals über Nacht verschwunden. Det war Anfang Vierzijer, gloob ick.« So spät.

»Ihr habt doch umjebaut«, sagt er nachdenklich.

»Ja?«

»Ick mein, bei Martha.« Ich nicke. »Habt ihr da nüscht jefunden?«

»Wie, gefunden? Was meinst du?«

»Na, so Papiere. Dokumente. Briefe. So 'n Stapel. Den sollte ick ihr bringen, als sie ... kurz bevor die Alte det Zeitliche jesegnet hat. Hatte sie im Keller uffbewahrt.« Ich habe keine Ahnung, wovon Opa Conny spricht.

»Wir haben nichts gefunden. Nicht dass ich wüsste.« Er nickt langsam und lächelt. Er ergreift meine Hand zum Abschied.

»Sieht ihr ähnlich. Denn hat sie den Kram wohl mit ins Jrab jenommen.«

22:30. Liegestuhl vor dem Hühnerstall

Ich spüre jeden Knochen meines Körpers. Jan lässt sich neben mir in einen der Liegestühle plumpsen. Er reicht mir ein Bier. Wir stoßen an und lehnen uns zurück. Über uns das Meer von Sternen. »Wahnsinn«, sage ich.

»Siehst du diese hellere Region da?« Ich muss mich enger an

Jan lehnen, um seinem Finger folgen zu können. »Das ist der Nordamerikanebel.« Aha.

Jan zaubert ein Fernglas aus seiner Jackentasche. »Herr Rehbein war so freundlich …«, grinst er. Ich brauche ein wenig, bis ich in dem wackligen Hin und Her die Stelle wiederfinde.

»Und? Kannst du die Umrisse von Nordamerika erkennen?«

Ähhh … Erdkunde. Da war ich nie besonders stark.

»Klar«, lüge ich, richte das Fernglas auf Jan und versuche mein Nichtwissen mit einem Gegenangriff zu kaschieren. »Jetzt hab ich's. Du arbeitest in der Sternwarte!« Als er das Fernglas wegnimmt, bin ich ihm – auch ohne Zoom – näher als gedacht.

»Ganz kalt«, sagt er noch. Dann beugt er sich zu mir und küsst mich. Seine Lippen sind warm, sein Kuss vorsichtig und weich. Aber mein Körper springt irritiert an: Den kenne ich nicht, der fühlt sich anders an … als … Maik. Ich löse mich.

»Ich glaub, ich geh besser ins Bett. Morgen müssen die Zimmer im Schlangenkönig eingeräumt werden.«

Zur selben Zeit. Bänkchen vor dem Fließ

»Kannst du nicht schlafen?«, frage ich meine Mutter, als sie sich im Bademantel neben mich setzt. Meine Mutter druckst herum. »Stimmt das … also … Marlies sagte, dass … dass du was mit Benno Franke hattest …«

Diese blöde Kuh.

»Marlies hat sich aufgeregt, weil Benno verheiratet ist.«

»Ist er ja auch.«

»Ja, aber ich habe heute mit Opa Conny gesprochen. Und der hat mir erzählt, dass Bennos Ehe nur noch auf dem Papier existiert. Seine Frau ist sehr krank, wusstest du das?«

»Nein, ich wusste nur, dass Bennos Frau den Tod ihres Kindes

nicht gut verkraftet hat. Was ich relativ normal finde.« »Du hast mich ja nie gefragt«, durchzuckt es mich, und ich sehe Bennos Gesicht vor mir.

»Was heißt denn ›sehr krank‹?«

»Sie ist schwer depressiv, sagt Opa Conny. Und manchmal hört sie Stimmen und so. ›Und weil es dann nischt nutzt, unsere Rasierklingen vor ihr zu verstecken, müssen wir eben Irene vor den Rasierklingen verstecken‹, hat Opa Conny gesagt. Ist das nicht furchtbar?«

Meine Mutter sieht ganz ehrfürchtig aus. »Dann muss sie in die Klinik«, sagt sie mit bedeutungsschwangerer Stimme und verstummt. Nach kurzem Schweigen spricht sie weiter: »Ich wär wahrscheinlich auch verrückt geworden an ihrer Stelle. Sieben Jahre haben sie versucht, schwanger zu werden. Und nach fünf Fehlgeburten haben sie dann viel Geld ausgegeben für so ... na, ich kenn mich da nicht aus. Und dann stirbt das Baby im ersten Jahr. Liegt einfach tot im Bettchen. Das ist doch nicht gerecht.«

So war das also.

»Und Benno gibt sie die Schuld, das ist das Schlimmste. Wenn sie ihre ... Phasen hat. Dann hasst sie ihn. Und trotzdem kümmert er sich rührend um sie. Hätte ich gar nicht gedacht von Benno, wo der früher so ein Draufgänger war.«

Ich auch nicht.

»Aber eine Ehe kann man das doch nicht mehr nennen, finde ich. Und deshalb hab ich es auch Marlies gesagt. Dass sie das vielleicht nicht richtig sieht. Und dass es mit ihrer Ehe ja vielleicht auch nicht mehr so gut lief, wenn Hans so hinter mir her war. Und weißt du, was sie da gesagt hat?«

Ich kann es mir ungefähr denken.

»Dass wir, also du und ich, dass wir beide gleich schlimm sind. Das hat sie gesagt. Und da bin ich gegangen.«

Mitternacht. In Mias Zimmer

Iris wirkte irgendwie aufgekratzt, als sie vorhin in die Remise kam. Wir waren die Letzten, die noch wach waren. Ich hab uns einen von Marthas Schnäpsen eingegossen. Und dann erzählte Iris von ihrem Gespräch mit Opa Conny. Danach war auch ich aufgekratzt. Martha hat hier also irgendetwas versteckt! Und mit Elias lag ich auch richtig. Wir haben alles abgesucht. Jeden Winkel. Nix. »Was auch immer es war, es ist mit weggekommen, als wir hier alles ausgeräumt haben«, sagte Iris. Ich hab ja gleich gesagt, wir sollen nicht alles wegschmeißen.

Mittwoch, 11. Juni

18:00. Hotelzimmer im Schlangenkönig

So. Das war der letzte Spiegel. Jetzt hängt und steht alles an seinem Platz. Als ich im schummrigen Licht des Flurs die Treppenstufen nach unten tapse, höre ich gedämpfte Stimmen aus dem Gastraum. Wer kann das sein? Marlies hat sich vor einer Stunde verabschiedet. Da heute Ruhetag ist, nutzt sie die Zeit wohl privat. Vorsichtig linse ich um die Ecke.

Auf der Stelle gefriert mein Herz. An der Theke steht, in weiches Abendlicht getaucht, Svenja. Weil sie sich über die Bar lehnt, sehe ich zuerst nur ihren Hintern, und auf dem Hocker neben ihr einen Picknickkorb. Doch als ich mich weiter vorbeuge, begreife ich, was sie da macht. Sie küsst Maik, der – mit einer Flasche Prosecco in der einen und einer Cola in der anderen Hand – hinter der Bar steht. Es ist ein ziemlich langer Kuss. Für einen Moment starre ich wie schockgefrostet auf das knutschende Paar, dann reiße ich mich los und stolpere, halb auf allen vieren, die Treppe wieder nach oben in das nächstbeste Zimmer. Jetzt habe ich es schwarz auf weiß: Zwischen Maik und Svenja läuft was.

Zur gleichen Zeit. Remisenküche

Ich koche. Eben habe ich eine E-Mail vom Tourismusverband gelesen, in der Frau Schröder uns mitteilt, dass der Katalog nun leider ohne Hinweis auf unsere Pension erscheinen muss, weil, man höre und staune, die versprochenen Fotos leider nicht bei der Dame angekommen sind. Hätte ich mir denken können, dass auf Mias Mutter kein Verlass ist. Meine Mutter verbringt den Abend mit Marlies (Ich bin gespannt!), und ich stehe hier alleine und schmiere Schmalzbrote, bereite Salate zu und schneide rabiat Gürkchen in Scheiben, um unsere Gäste satt zu bekommen.

»Hallo Mama!«

Autsch! Jetzt habe ich beinahe meinen Finger in Scheiben geschnitten. Ich drehe mich um. »Wo warst **du***?!«*

»Ich war am See, wieso?«, kommt es träge vom oberen Ende der Treppe. Meine Sorge ist wie weggeblasen angesichts solcher Gleichgültigkeit.

»Du warst nicht in der Schule!«

Pause.

»Schnüffelst du mir hinterher?«

»Nein, ich wollte dich von der Schule abholen!« Ich musste nämlich sowieso nach Lübbenau, wo ich noch einen Termin in einem KFZ-Betrieb hatte. Ich habe mich extra beeilt, um ihn vor Unterrichtsschluss hinter mich zu bringen.

»Ich stand eine halbe Stunde vor der Schule, um dich abzupassen. Ich hab mit deiner Lehrerin gesprochen.« Fabienne schweigt. »Sie sagte, du seist heute und auch vorher schon öfter unentschuldigt dem Unterricht ferngeblieben.«

»Boah, die …«

»Und sie sagte, dass deine Versetzung gefährdet ist.«

Fabienne starrt mich einen Augenblick erschrocken an, bevor sie mit den Augen rollt und nach oben verschwinden will.

»Du bleibst bitte hier! Hast du gehört, was ich gesagt habe?«

»Boah, ja! Na und?!«

»Was heißt hier ›na und‹?! Ich möchte, dass du ab sofort aufhörst, diesen Robin zu sehen. Ab sofort wird …«

»Du kannst mir überhaupt nichts verbieten«, schreit Fabienne mit wutverzerrtem Gesicht und stürmt an mir vorbei die Treppe nach unten.

»Fabienne! Wo willst du hin?!«

Meine Tochter läuft in Richtung Wäldchen davon. Ich höre sie laut schluchzen. Na, prima, Iris, das war ja mal wieder eine mütterliche Glanzleistung. Ich will ihr hinterher, als das Handy klingelt. Erlöst greife ich danach. »Fabienne? Ein Gl… Ach, Torben! Was gibt's?«

21:30. An einer der Spree-Schleusen

✉ SMS von IRIS an MIA

Danke an deine Mutter. Sie hat Torbens Geheimnis erfolgreich unter die Leute gebracht.

Das auch noch. Wahrscheinlich hätten wir an die Schleuse der Hauptspree ein großes Transparent »Unser Tierarzt ist schwul!« hängen können, und die Nachricht hätte sich weniger schnell verbreitet. Auch hier an der kleinen Nebenschleuse kam während der letzten zwei Stunden gut alle zehn Minuten ein Kahn vorbei.

✉ **SMS von IRIS an MIA**

PS: Und danke, dass du so tüchtig geholfen hast, die Spreewälder Platte für unsere Gäste vorzubereiten!

Shit. Das hatte ich ganz vergessen. Wetten, dass Maik und Svenja in ihrem Picknickkorb den gestern von mir zubereiteten Kartoffelsalat eingesackt hatten?! So ein Arsch! Voller Wut schlage ich mit der bloßen Hand gegen die Metallstäbe der Schleuse. Aua.

»Mia?«

»Fabienne?«

»Was machst du denn hier?«, fragen wir gleichzeitig und müssen lachen. Auch Fabienne sieht verheult aus. Etwas umständlich setzt sie sich neben mich auf die Steinmauer.

»Mama will mir vorschreiben, wen ich zu sehen habe.«

»Robin?«

Fabienne nickt.

»Iris beruhigt sich sicher wieder.«

PLING. Fabienne holt ihr Handy raus. »Ist sie das? Nee. Ich glaub, das war deins.« Wieder Iris.

✉ **SMS von IRIS an MIA**

PPS.: Such dir schon mal einen neuen Job. Wir erscheinen nämlich **nicht** im aktuellen Gastgeberkatalog. Warum? Frag deine Mutter!

Mann, Elke! Das kann doch nicht wahr sein!

»Ich mach besser mal los. Deine Mutter hat auch 'nen ziemlichen Hals auf mich. Kommst du mit?«

Fabienne schüttelt den Kopf. »Die Kuh kann ruhig noch ein wenig zappeln.«

21:50. Auf der Suche nach Fabienne

Ganz allmählich senkt sich die Nacht über unsere Insel. Dieses Wäldchen ist ein unheimlicher Ort. Ich konzentriere mich auf den Weg, versuche nicht dorthin zu schauen, wo das verkohlte Hausgerippe ins Dickicht geduckt auf der Lauer liegt. Fabienne geht nicht ans Telefon. Mich fröstelt bei dem Gedanken, dass sie hier irgendwo alleine ...

Iris, jetzt reiß dich mal zusammen! Das Telefonat mit Torben hat mir den Rest gegeben. Ich spürte förmlich, wie mein Ohr am Telefon gefror, weil Torbens Stimme am anderen Ende der Leitung Minusgrade hatte, als er sich bei mir dafür bedankte, dass sein lange gehütetes Geheimnis nun aller Welt bekannt sei. Laut Bericht lief Elke samt Gössel heute Mittag in Anjas Laden auf. Halb Feulenitz muss anwesend gewesen sein nach dem langen Wochenende. Elkes Gehirn verarbeitete die Information »viele Menschen« vermutlich sofort zu »Publikum!«. Unglückseligerweise traf sie im Laden auf Torben, den sie seit ihrer Selbsternennung zur aufopferungsvollen Gösselmutter unaufhörlich anruft und mit Fragen malträtiert. Die Gelegenheit, sich bei Anja, vor so vielen Zuschauern, in dieser Rolle zu produzieren, ließ sie sich natürlich nicht entgehen.

»Ich hab ja gelesen, dass schwule Paare unter Gänsen recht häufig vorkommen, und das Kleine hier hat ja auch zwei homosexuelle Adoptivväter. Wie denken Sie denn darüber? Sie sind ja sozusagen Experte?« Und zwinkerte ihm verschwörerisch zu.

Es herrschte augenblicklich Stille im Geschäft, und alle starr-

ten Torben an. Die zehn biblischen Plagen sind ein Witz im Vergleich zu Mias Mutter. Kommt hierher und zerrt Torbens Bettwäsche auf den Marktplatz, damit das Dorf sich geifernd darauf stürzen kann. Na ja, wenigstens eben hatte sie ausnahmsweise mal eine gute Idee. Als ich die Remise verlassen wollte, kam sie mir mit Jan entgegen, um mir zu sagen, sie hätten draußen gedeckt. An einem so schönen Abend könne man doch unmöglich drinnen … Offenkundig hatte sie diesen Jan und die Rehbeins für ihre Idee gewonnen und die Gartensitzecke bei den Liegestühlen in einen lauschigen Hotspot verwandelt.

Etwas später auf der Insel der beiden Schwestern

Schon als ich die Brücke überquere, höre ich entfernt alte Schlager, die deutlicher werden, je näher ich unserem Grundstück komme. Unsere Pension scheint in Partystimmung. Hinter dem Haus steht der Tisch aus dem Speisesaal, um ihn herum vereinzelt Stühle, auf dem Tisch Schnittchenplatten und Weinflaschen. Unter den Obstbäumen, in denen kleine Lampions hängen, schwingen Herr und Frau Rehbein in Slow Motion das Tanzbein. Das zweite Paar, das etwas weiter im Dunkeln eng aneinandergeschmiegt schwoft, erkenne ich erst, als ich fast vor ihnen stehe.

Es sind: meine Mutter und Jan. Während seine Körperhaltung steif wirkt und er den Rücken meiner Mutter mit seinen Händen gerade eben so streift, hat sie ihre Arme fest um ihn geschlungen. Ist das nicht sogar ihre Hand auf seinem Po?

Als wäre dieses Bild der Schlüssel eines lang und sicher verschlossenen Giftschranks, ziehen plötzlich Flashbacks meiner Jugend an mir vorbei: mein sechzehnter Geburtstag, an dem meine Mutter mit Stefan tanzt, in den ich so lange unglücklich verliebt war und bei dem ich mich nie traute, mich zu offenbaren. Meine Mutter, wie sie mit meinem ersten richtigen Freund, nach unserer ersten richtigen Nacht(!), in der Küche steht, nur mit einem BH und Shorts bekleidet, und mit ihm zusammen – angeblich für mich – Frühstück macht! Und, und, und …

Ich höre meinen inneren Vulkan gefährlich grollen. »Ich bin doch nur deinetwegen hier. Ich wollte sehen, wie es dir geht.« Von wegen. Wie konnte ich nur glauben, dass diese selbstbezogene Person irgendetwas für andere tut. Und wenn es nur so alberne Fotos sind, die die Lebensgrundlage ihrer Tochter sichern könnten. Die erste Lava-Fontäne sprüht in die Dunkelheit. »Elke, kommst du mal.«

»Mia.« Meine Mutter hebt ihren Kopf von Jans Schulter, der ebenso erleichtert wie beschämt von meinem plötzlichen Auftreten ist. »Wir tanzen gerade.«

»Ja, das sehe ich. Wir sollten uns unterhalten.«

»Aber doch nicht in dem Ton.«

»Doch, Elke, genau in dem Ton.«

Zur gleichen Zeit vor Bennos Hofeinfahrt

Ich höre Benno sanft auf seine Frau einreden. Ich kann kein Wort verstehen, aber anscheinend versucht er sie aus dem Auto zu locken, das da, schwach von der Hauslaterne beleuchtet, vor dem Aufgang zur Eingangstür des Hofgebäudes steht. Ich bin zunächst in den Schlangenkönig gelaufen, in der Hoffnung, dass Fabienne sich dorthin geflüchtet hat, aber Fehlanzeige, die Kneipe war ja geschlossen. Kopflos rannte ich weiter durchs Dorf, und jetzt bin ich hier gelandet, ertappe mich dabei, dass ich Benno und seine Frau anstarre.

Jetzt hat er sie so weit, dass sie sich aus der Dunkelheit des Autos herausschält. Halb zieht er sie, halb sinkt sie hin – nämlich an seine Brust, wo sie verharrt, als hätte sie der Akt des Aussteigens unendlich erschöpft. Benno drückt mit einer Hand die

Autotür zu. Die andere legt er behutsam um die schmalen Schultern seiner Frau. Ganz langsam, Schritt für Schritt, führt er sie zur Haustür. Unendliche Schwere geht von dem umschlungenen Paar aus.

»Vereint im Leid«, denke ich, auch wenn meine Mutter behauptet, ihr Kummer habe sie voneinander getrennt. Das war wohl doch nur das leichtfertige Gerede einer Frau, die die eigene Ehe in den Sand gesetzt und die der besten Freundin gefährdet hat. »In guten wie in schlechten Zeiten«, ein solches Gelöbnis kennt meine Mutter gar nicht, zumindest keins, das in schlechten Zeiten wirklich Bestand hatte. Und nur, weil ich es auch nicht gehabt habe, darf ich doch das, was Benno da mit seiner Frau lebt, nicht gefährden? Ich schleiche auf leisen Sohlen davon.

Ein paar Minuten später. Vor der schwesterlichen Pension

»Mich wie ein kleines Kind von der Tanzfläche wegzuziehen! Ist dir klar, dass du mich vor allen Leuten bloßgestellt hast?«

»Elke, glaubst du wirklich, *ich* wäre diejenige, die dich hier bloßstellt?«

Der Vulkan, in dem die Verletzungen der letzten zwanzig Jahre brodeln, spritzt seine Lava meiner Mutter nun in heißen Ladungen entgegen. Ich werfe ihr an den Kopf, dass es in Elkes Leben immer nur Elke gebe und die anderen nur dafür da seien, Elke in den schönsten Farben leuchten zu lassen. Und dass Elke endlich damit aufhören solle, sich immer das zu nehmen oder kaputt zu machen, was mich gerade glücklich macht. Meine Erzeugerin rettete sich dann vor der Wahrheit in einen verletzten Rehkitzblick erster Güte.

»Du bist wirklich ungerecht, Mia. Ich habe immer versucht ... Ach.« Theatralisch wischt meine Mutter eine Träne weg. »Aber wenn ich so eine Zumutung bin, ist es wohl besser, wenn ich fahre.«

Stille. Jetzt sollte ich wohl widersprechen.

»Ja, Elke, vielleicht wäre es wirklich besser, du würdest fahren.«

Unter einem Baum am Waldrand

Herr und Frau Rehbein schunkelten wie ein in die Jahre gekommenes Segelboot im Hafen hin und her. Jan saß etwas abseits im Dunkeln auf einem der Liegestühle und blickte etwas betreten, als er mich kommen sah. Ich setzte mich auf seinen Schoß und machte da weiter, wo wir vor zwei Tagen aufgehört hatten. Diesmal war es ein sehr bestimmter Kuss. Ein paar Minuten später stolperten wir in das kleine Waldstück.

Zur selben Zeit

Mir fällt ein Fuder Steine vom Herzen, als ich auf die Remise zustrebe und oben hinter ihrem erleuchteten Fenster Fabienne umherhuschen sehe. Die Fackeln sind ausgebrannt, und auf einem Stuhl unter den Lampions sitzt meine Mutter. Ich lasse mich auf den Stuhl neben ihr plumpsen.

»Alles wieder okay mit Marlies?«, frage ich.

»Wir haben uns vertragen«, sagt meine Mutter und fährt ungewöhnlich selbstbewusst fort: »Ich habe ihr gesagt, dass sie sich entscheiden kann, ob sie ihren Lebensabend in Verbitterung verbringen will oder ob wir gemeinsam die alte Geschichte hinter uns lassen wollen. Und dass du mit alldem ja wohl gar nichts zu tun hast.« Ich muss wohl abwesend vor mich hin starren. »Iris?«

»Hm?«

»Hast du dich mit Fabienne gestritten?«

»Hat sie was gesagt?«

»Wir sind ungefähr gleichzeitig hier angekommen«, weicht meine Mutter aus. Ich seufze.

»Vielleicht war das alles ein Fehler hier. Michael hatte recht, Fabienne wird hier versauern. Keine Anreize, keine Impulse, die falschen Einflüsse von Provinzjugendlichen ohne Ehrgeiz …«

»Schwanger geworden ist sie aber auf eurer englischen Schickimicki-Schule für aufstrebende Reiche-Leute-Kinder, falls du das vergessen hast«, sagt meine Mutter in ungewohnt scharfer Tonlage. »Lass dem Kind doch das bisschen Jugend, das es noch hat, bevor das Baby da ist.«

Das bisschen Jugend? Ich habe den Verdacht, dass meine Mutter an Fabienne etwas gutmachen will, das sie an mir verbrochen hat.

»Mich hat mit sechzehn niemand gefragt, ob ich auf das bisschen Jugend verzichten möchte. Meinst du, ich fand es toll, immer die Zähne zusammenbeißen zu müssen und niemanden zu haben, an den ich mich anlehnen konnte? Eine Mutter zu haben, die ich schonen musste, weil mein böser Vater ihr vermeintlich das Herz gebrochen hatte? Weißt du, wie beschissen es war, nicht ein einziges Mal sagen zu dürfen, wie beschissen ich es im Westen fand? Wie einsam ich mich fühlte? Ich dachte, ich muss alles gut machen, darf nie Scheiße bauen, muss es allen beweisen, damit es dir besser geht. Du bist wirklich die Letzte, die mir vorwerfen darf, dass ich hart bin.« Ich höre nur auf zu reden, weil mir die Puste ausgegangen ist bei diesem Redeschwall. Ich stehe auf.

»Und ganz ehrlich, Mutti. Nicht dass ich diese Elke in irgendeiner Weise sympathisch finde. Aber dass du sie in dem Glauben lässt, sie habe deine Ehe zerstört, obwohl die ja wohl längst vor Vatis Flucht beendet war, das finde ich auch nicht in Ordnung.« Meine Mutter schluckt hörbar. Ich schnappe mir die halbleere Salatschüssel und die abgegessene Schnittchenplatte und mache drei Schritte in Richtung Remise. »Ich muss jetzt dringend schlafen.«

Ein paar Tage später

Meine Mutter hat beschlossen, noch ein wenig zu bleiben. Prost Mahlzeit. Allerdings hat sie tatsächlich alles darangesetzt, die Sache mit den Fotos wiedergutzumachen. Am Tag nach unserem Streit hat sie heimlich Freundschaft mit Frau Schröder vom Tourismus-Verband geschlossen. Keine Ahnung, wie sie das hinbekommen hat. Jedenfalls erscheint unsere Pension nun doch noch im Gastgeber-Katalog.

Jan hat mir eine Karte mit seinen Kontaktdaten geschickt, nachdem er abgereist ist (er ist Lehrer für Physik und Mathe!).

Man muss vielleicht nicht alles ausplaudern, aber wo alles unter Verschluss gehalten wird, fehlt irgendwann die Luft zum Atmen. Zitat von Torben, der mich vor ein paar Tagen anrief. Es sei vielleicht ganz gut, dass sein Geheimnis nun gelüftet sei und dass man zwar in einem Dorf, aber schließlich nicht im Mittelalter lebe.

Mia gibt keine Ruhe und sucht unermüdlich nach Marthas »Geheimversteck«. Wer weiß, was in diesem alten Haus noch so alles aus der Versenkung auftaucht.

Das neunte Rezept aus Marthas Küche

Mia: Karpfensülze. Wenn das mal nicht die Unterschiedlichkeit unserer Familien auf den Punkt bringt! Während Iris' Familie verstockt »wie ein Karpfen« den Mund nicht aufbringt, »sülzt« meine Mutter den lieben langen Tag …
Iris: Woran Mia schon wieder denkt. Karpfensülze. Das ist einfach das perfekte Essen für einen heißen Sommertag! Mit oder ohne Tischgespräch!

Karpfensülze mit Meerrettich-Kartoffelsalat
(für vier Personen)

Karpfensülze
2 kg Karpfen
Salz
2 Zitronen
etwas Öl
100 g Möhren
100 g Sellerie
100 g Porree
100 g Zwiebeln
250 g Senfgurken
Lorbeerblätter
4 EL Kapern

1 Bund Dill
¼ l Weißweinessig
¼ l Weißwein
½ l Wasser
Pfefferkörner
Senfkörner
Nelken
Salz
12 Blatt Gelatine

Karpfen ausnehmen, entschuppen und filetieren, in Würfel schneiden. Die Würfel mit Salz einreiben und mit dem Saft der ausgepressten Zitronen beträufeln. Etwa eine halbe Stunde kühl marinieren lassen. In heißem Öl anbraten. Dann mit gewürfelten Senfgurken, Lorbeerblättern, gehacktem Dill und Kapern in eine Terrinenform schichten. Kühl stellen.

Zwiebel und übriges Gemüse grob hacken, mit Wasser, Weißwein, Essig und den Karkassen (inklusive Kopf) sowie den Gewürzen etwa eine Dreiviertelstunde leicht köcheln lassen. Abseihen. Die Gelatine in kaltem Wasser einweichen (5 Minuten), ausdrücken und in der heißen, aber nicht mehr kochenden Flüssigkeit auflösen. Noch einmal abschmecken (beim Gelieren verliert die Brühe manchmal etwas an Geschmack). Den etwas abgekühlten Fischaspik vorsichtig zu den geschichteten Karpfenstücken in der Terrinenform gießen. Erkalten und fest werden lassen, dann in Scheiben anrichten.

Meerrettich-Kartoffelsalat
800 g Kartoffeln
1 Salatgurke
1 Apfel
2 Zwiebeln

250 ml Gemüsebrühe
5 EL Weißweinessig
½ TL Honig
12 EL Sahne
3 EL frisch geriebenen Meerrettich
2 EL gehackte Petersilie
1 Handvoll gehackten Schnittlauch oder Frühlingszwiebeln
Salz und Pfeffer

Kartoffeln wie Pellkartoffeln zubereiten: Mit Schale kochen, noch heiß pellen und in Scheiben schneiden. Gemüsebrühe mit Essig und Honig vermengen, abschmecken, Zwiebeln hacken, alles mit den Kartoffelscheiben, der in Scheiben gehobelten Gurke und dem in kleine Würfel geschnittenen Apfel vermischen.

Sahne, Meerrettich und Petersilie vermischen (nach Geschmack mehr Meerrettich nehmen), mit Salz und Pfeffer abschmecken, alles über das Gemüse geben und gut vermischen. Schnittlauch darüberstreuen.

Die Sülze schmeckt auch lecker, wenn man die Karpfenstücke pochiert.

10

»Vaterfreuden«
Oder: »Der Gast ist König«. Oder etwa nicht?
Während Mia, dem Familiengeheimnis auf der Spur, etwas zu tief in die Privatsphäre der Pensionsgäste eindringt, ist es ausgerechnet Iris, die einen unhöflichen Besucher vor die Tür setzt. Dabei handelt es sich um einen Mann, der beiden Frauen nur allzu gut bekannt ist …

Freitag, 4. Juli

16:30. Rezeption in der Pension Hedwig

Anmeldekarte: Pension Hedwig
Name der Gäste: *Herr Thomas Eitl und Frau Katharina Sonnenschein + zwei Kinder*
Zeitraum des Aufenthalts: Von: *4. Juli* Bis: *11. Juli*

»Kann man die Betten der Kinder vielleicht auseinanderschieben?«, fragt die Frau.

»Leider nein. Es ist eine Ausziehcou…«

»Aua!« Das Mädchen, ich schätze es auf sechs, fängt an zu weinen.

»Jonathan!« Die Stimme des Vaters ist scharf. Typ ›Geschäftsführer eines mittelständischen Unternehmens‹. Sofort dreht sich auch die Mutter um (eine leicht verhärmte, aber durchaus attraktive dunkelhaarige Mittdreißigerin. Vorstandssekretärin?).

»Ich hab gar nichts gemacht!«

»Ach, nein?« Der Mann nimmt seine Tochter auf den Arm, die sich dadurch bestätigt fühlt und in sirenenartiges Geheule ausbricht. Der Junge verdreht die Augen.

»Deine Tochter hat doch zuerst getreten, da muss sie sich nicht wundern, wenn Jonathan sich wehrt.« Die Mutter legt schützend den Arm um ihren Sohn, der ein paar Jahre älter als das Mädchen ist.

»Deine Tochter«, alles klar. Entweder hier hat jeder sein Lieblingskind, oder das hier ist eine noch nicht allzu erprobte Patchworkfamilie. Das kann ja heiter werden. Ich höre draußen ein Taxi hupen. »Elke! Könntest du …?«

Mias Mutter, die gerade draußen vorbeiflaniert, macht eine Geste, als könne sie mich nicht verstehen. Sie ist immer noch beleidigt, weil sie vor ein paar Tagen die Suite räumen musste. Aber erstens brauchen wir die Zimmer, und zweitens ist das Gössel alles andere als stubenrein. Jetzt residiert Elke samt Gänsebaby hinter der Remise in einem Zelt (ohne Boden!), das Mia für sie besorgt hat.

»Könntest du Mia sagen, Frau Jahnke ist angekommen und muss abgeholt werden?«, rufe ich also übertrieben laut und deute in Richtung Fließ, wo ich das Taxi vermute. »Bitte!« Mias Mutter verdreht die Augen, dreht dann aber in Richtung Remise ab. Ihr Ziehkind läuft aufgeregt schnatternd hinterher.

20:30. Küche im Schlangenkönig

Während die meisten Gäste auf der Terrasse sitzen und den lauen Sommerabend genießen, dünsten Anja und ich hier drinnen wie in einer Dampfsauna über den brodelnden Töpfen vor uns hin.

Als hätte Anja meine Gedanken erraten, stellt sie mir einen Aperol Sprizz neben den Herd. »Keine Sorge, nur ein Schuss Prosecco!«

Als ich mich bei unserem letzten Feierabend-Sprizz am Fließ dazu verleiten ließ, mich auffällig unauffällig nach Maik und Svenja zu erkundigen, hat mich Anja unter ihren wie Fliegenbeinchen getuschten Wimpern streng fixiert: »Mia, tut mir leid, det ick det jetzt so klar sage. Aber: Vergiss ihn. Svenja ist schwanger.« Vor Schreck verschluckte ich einen der herzförmigen Eiswürfel, die Anja in unsere Gläser hatte klirren lassen.

23:00. In der schwesterlichen Remise

»Vati?!« Ich habe einen olympiaverdächtigen Sprung vom Sofa hinter mir und ringe so unauffällig wie möglich um Fassung. Wie kommt mein Vater in unsere Küche?

»Die Tür stand sperrangelweit offen«, sagt er, und ein gewisser Vorwurf angesichts des feindseligen Empfangs ist deutlich zu hören.

»Es war so heiß und … ich muss eingenickt sein«, stammele ich.

»Offensichtlich«, sagt mein Vater trocken und mustert die beiden Bierflaschen auf dem Tisch, neben denen ich – immer noch benommen – den Kerzenleuchter abstelle. Ausgerechnet heute hatte ich, die sonst fast nie Bier trinkt, unbezwingbaren Durst auf gleich zwei kühle Pils.

Jetzt erst bemerke ich die weibliche Gestalt, die sich aus dem Schatten hinter ihm löst. Eine attraktive Frau mit kurzen dunklen Haaren kommt auf mich zu und hält mir die Hand hin. Sie ist schlank, und die Falten in ihrem gebräunten Gesicht verraten, dass sie mindestens Anfang fünfzig sein muss. »Ich bin

Hella, Bernds bessere Hälfte. Bitte entschuldige, dass wir euch einfach so überfallen. Wir waren in Berlin, das Ganze war meine Idee. Ich habe deinen Vater zu dem kleinen Abstecher in seine alte Heimat überredet.« Sie lächelt mich offenherzig an, und ich schüttle ihr leicht überfordert die Hand.

»Oh, das, ähm, freut mich. Ich bin Iris«, stottere ich. Drüben in der Pension schlummern die Mütter seiner Töchter und ahnen nichts Böses.

»Großer Gott«, ruft Hella und fängt meine Verwirrung mit einem rauen Lachen auf, »du wusstest natürlich nicht einmal, dass dein Vater jemanden an seiner Seite hat. Das sieht Bernd ähnlich.« Sie dreht sich lächelnd zu ihm um.

»Wie sieht es aus?«, unterbricht das Opfer ihres liebevollen Spotts jetzt brüsk. »Können wir hier schlafen?«

0:30. Terrasse des Schlangenkönigs

Ich rufe die »Letzte Runde!« aus. Einen aufs Haus bringe ich Opa Conny. Nicht ganz ohne Hintergedanken, brennt mir doch immer noch die Frage nach den mysteriösen verschollenen Papieren von Martha unter den Nägeln, von denen Opa Conny Iris bei der Heuernte erzählt hat.

»Noch einen für den Heimweg?«, frage ich und schwenke die Flasche mit dem Fusel in meiner Hand. »Ist zwar nicht so gut wie der von Martha, aber ...«

Ha! Das war die perfekte Überleitung! Opa Conny legt den Kopf schief, plinkert mich an und lächelt. Dann hält er mir das Glas hin. »Haste was uffm Herzen, Mädchen?«

»Also, ich ... wegen Martha. Sie haben doch meiner Schwester erzählt, dass Sie für Martha kurz vor ihrem Tod irgendwelche Papiere aus dem Keller holen sollten ...«

»Det Jesieze kannste aber mal schön sein lassen«, fällt Opa Conny mir ins Wort. »Wir sind hier ja nich bei Hofe.«

Okay. Ich nicke. »Wissen … weißt du denn, was das für Papiere waren?« Er streicht sich über die weißen Zauseln auf seinem lichten Kopf und legt dann eine Hand auf meine Hände, mit denen ich die Schnapsflasche auf dem Tisch umfasst halte.

»Weeßte, wenn die Martha jewollt hätte, det eener ihren Kram findet, denn wärt ihr schon drüber jestolpert.«

»Ja, aber …«

Er seufzt. »Ick bin zwar keen Pope und keen Arzt, aber ick respektiere, wenn mir eener wat unter dem Siejel der Verschwiejenheit anvertraut.« Opa Conny erhebt sich schwerfällig. »Also, ick bewahre meine Dokumente unter der Sitzfläche von 'nem alten Küchenstuhl auf. Spezialversteck, vastehste.«

1:00. Remise

Ich erwache davon, dass Mia in der Küche einen der alten Stühle umdreht und an seinen Beinen festhält. »Mia, kannst du deine Nachforschungen bitte auf eine angemessenere Tageszeit verschieben?«, sage ich scharf und knipse die Stehlampe neben dem Sofa an. Mia mustert das Bettzeug, das mich umgibt. »Wieso schläfst du hier?«

»Pssssst!«, mache ich und zeige nach oben. »Oben schläft Vati. Ich meine, Bernd.«

Mia starrt mich entgeistert an.

»Unser Vater ist hier heute am späten Abend aufgeschlagen. Mit Lebensgefährtin. Sie bleiben übers Wochenende. Ich habe ..«

»Was wollen die hier?«, sagt Mia jetzt leicht alarmiert.

Ich zucke mit den Schultern. »Ich glaube, sie wollte uns mal kennenlernen. Und jetzt würde ich gerne schlafen.«

Samstag, 5. Juli

9:00. Vor der Pension am Frühstückstisch

»Muss das sein? Tiere haben meines Erachtens allenfalls in Form von Aufschnitt etwas am Tisch zu suchen!«, herrscht mein Vater Elke an, gerade als ich eine Kanne Kaffee auf den Frühstückstisch stelle. Stein des Anstoßes ist das Gössel, das auf Elkes Schoß sitzt und sein Aufzuchtfutter aus einem Napf pickt. Zwei erschrockene Augenpaare starren Bernd an. Sie gehören den beiden Kindern unserer Patchworkfamilie, die nicht von Elkes Seite weichen, seit sie mit dem Vogel am Frühstückstisch aufgetaucht ist. Elke schaut so tief verletzt wie möglich zu ihrem Ex hinüber.

»Wir sind hier alle an die Gesellschaft von Tweety bei den Mahlzeiten gewöhnt«, nimmt Mia jetzt ihre Mutter in Schutz und schiebt trotzig das Kinn vor.

»Ja, das stimmt. Da wirst du dich wohl auch daran gewöhnen müssen.« Das war meine Mutter. Sie und Elke tauschen einen einträchtigen Blick.

»Ihr zwei versteht euch wohl prima, was?«, zischt mein Vater. Ich bin auch überrascht über die Solidaritätsbekundung.

»Bernd, das Kleine ist doch wirklich herzig, jetzt sei friedlich«, sagt Hella und bekommt ein Brummen zur Antwort. Jetzt wirft er mir einen missbilligenden Blick zu, als ich mich zum Nebentisch begeben will, um ihn abzuräumen.

»Kannst du dich nicht mal zu uns setzen, anstatt die ganze Zeit geschäftig zu tun?«

»Vati, wir haben Gäste, und die wiederum haben ein Recht auf ein anständiges Frühstück.«

»Jetzt lass deine Tochter ihre Arbeit machen«, höre ich Hella hinter mir leise zu meinem Vater sagen. Er grunzt unwillig.

»Ihre Arbeit! Weißt du, was meine Tochter für eine Arbeit

aufgegeben hat, um hier am Ende der Welt Leute zu bedienen? Und wieso muss sie eigentlich alles alleine machen?«

»Was willst du denn damit sagen? Glaub bloß nicht, dass Mia sich nicht auch halbtot schuftet!«, *fährt Elke schrill auf. Alle Gäste starren jetzt auf unsere illustre Gesellschaft. Gott, wie peinlich! Mia steht abrupt auf und verkündet:* »Ich gehe putzen! Zufrieden?«

9:30. Vor der Pension

Eine Sekunde lang war ich versucht, mich für verrückt zu halten, aber der Herr, der da soeben aus dem SUV auf der anderen Fließseite gestiegen ist, ist mein in Bälde von mir geschiedener Mann. Fabiennes Blick verrät mir, dass sie ihren Vater ebenfalls erspäht hat.

»Ist das nicht Michael?«, *fragt mein Vater.*

»Ist das der Ex von Iris?«, *setzt Elke gewohnt taktvoll noch einen drauf. Ich gleite mit unserem neuen Ziehkahn zu Michael, der trotz der jetzt schon brütenden Hitze so frisch und unverschwitzt aussieht wie eine wandelnde Duschgel-Werbung.*

»Wir haben so eine Art unfreiwillige Familienzusammenkunft. Mein Vater, meine Mutter, Mias Mutter, die neue Freundin meines Vaters, du kommst also genau richtig. Apropos: Wo ist denn Alice?«

Na gut, ein besonders herzlicher Empfang war das jetzt nicht. Aber dazu sehe ich auch keinen Anlass.

»Ich bin nur auf der Durchreise. Veranstaltung in Berlin. Da dachte ich, ich schau mal bei euch vorbei. Da Fabienne sich ja nicht in Frankfurt blicken lässt …«

Aha. Ein kleiner Vorwurf als Retourkutsche.

23:50. In Mias Zimmer
In der Post war eine Karte. Aus München. Von Jan. Schon die dritte, die er mir seit seinem Besuch hier geschickt hat. Diesmal ist der Englische Garten darauf zu sehen. Er hat ein Kreuz gemacht, an der Stelle im Gras, wo er saß. Und daneben einen Pfeil, über dem steht: Hier fehlst du. Irgendwie süß.

Sonntag, 6. Juli

11:50. Am Schafstall
»Ein Hahn würde Ordnung in den Hühnerhaufen bringen!«, sagt mein Vater und erntet dafür einen erstaunten Blick von Fabienne.

»Das sag ich schon die ganze Zeit, aber auf mich hört ja keiner.«

Mein Vater hat darauf bestanden, unsere tierischen Mitbewohner zu begutachten. »Wie lange hausen die KZ-Hühner jetzt schon bei euch?«

»Seit Dezember.«

»Dann sind sie in ihrer Streitkultur schon so eingespielt, dass ein Jungspund sie nicht gut in den Griff bekommt.«

»Genau!«, trumpft Fabienne jetzt auf. Im nächsten Augenblick schießt unter panischem Gegacker Colette an uns vorbei. Das arme Huhn wird verfolgt von zwei ausgesprochen aggressiven Genossinnen, weshalb es panisch mit den Flügeln schlägt. Allerdings kommt die Henne nicht weit, sondern wird unsanft von der Wand des Schafstalls abgebremst. POCK. Colette bleibt bewegungslos am Boden liegen.

»Ach Gott!«, ruft Hella. Sie eilt mit Fabienne zu dem Tier. Mein Vater bleibt stoisch auf der Stelle stehen.

»Wenn es ernst ist, rufen sie mich sowieso«, erklärt er. Und:

»Denkt noch mal über den Hahn nach, wenn ihr wollt, dass die Weiber sich vertragen.«

Pause.

Ich möchte gar nicht wissen, wie die Assoziationskette im Hirn meines Vaters verlaufen ist, als er kurz darauf unvermittelt zu mir sagt: »Bist du eigentlich … Gibt es wieder jemanden an deiner Seite?« Nach einem kurzen Augenblick der Irritation antworte ich tonlos, als handele es sich um einen persönlichen Makel: »Nein.«

»Gut. Ich hoffe, du siehst, dass die Gelegenheit günstig ist, Michael zurückzugewinnen.«

Wie bitte? Michael?

»Darf ich dich daran erinnern, dass er mich verlassen hat?«, falle ich meinem Vater aufgebracht ins Wort.

»Das bewertest du doch hoffentlich nicht über? Was glaubst du, warum Michael hier einfach so aufkreuzt?«

Etwas später. In der Küche

Eben stand Michael hinter mir in der Küche. Er möchte mich heute Abend zum Essen ausführen. Alleine!

»Ohne Fabienne?«, fragte ich ahnungsvoll. Und wurde prompt bestätigt: »Manche Dinge bespricht man besser alleine. Unter anderem auch Dinge, die unsere Tochter betreffen.« Dabei starrte er aus dem Küchenfenster auf Fabienne, die sich gerade bei Robin untergehakt hatte, um mit ihm wohin auch immer aufzubrechen.

21:00. Mal wieder in dem kleinen, aber feinen Lokal in Lübbenau

»Das ist doch nur ein junger Mann, der unserer Tochter gerade guttut. Glaub nicht, ich hätte die Liaison nicht auch erst mit Argwohn betrachtet.«

»Und dann hast du beschlossen, nicht weiter hinzuschauen, wie irgend so ein unbedarftes Landei ohne Ambitionen und Zukunftsaussichten unsere Tochter angräbt?«

»Darf ich dich darauf hinweisen, dass nicht dieses »unbedarfte Landei« unsere Tochter geschwängert hat, sondern eins dieser verwöhnten Jüngelchen aus gutem Hause, das vermutlich in Oxford studieren wird?«, zische ich meinem Exmann ein unlängst von meiner Mutter gebrauchtes Argument ins Gesicht.

»Iris, du willst mir doch nicht weismachen, dass du es begrüßt, dass unsere Tochter vorhat, die Schule abzubrechen? Wenn sie wenigstens einen Ausbildungsplatz oder auch nur eine Idee hätte, was sie aus sich machen will. Dein Vater kann dich auch nicht begreifen.«

Ich nehme einen großen Schluck von dem sehr guten portugiesischen Rotwein, der vor mir steht. »Wenn du dich so um deine Tochter sorgst, dann frag sie doch einfach mal, wie es ihr geht. Sie ist übrigens im achten Monat schwanger! Bist du gekommen, um mir einen Vortrag über Fabienne zu halten? Merkst du nicht, dass sie noch nie so …«

»Ich wollte mich gar nicht mit dir streiten, Iris«, unterbricht Michael mich. Er fährt sich über die Stirn, anscheinend ist er genauso erhitzt wie ich, der eigentlich immer so kühle Michael. »Ganz im Gegenteil, ich …« Michael wirkt irgendwie unsortiert. Ist gar nicht seine Art. »Mir wurde plötzlich bewusst, dass wir nie über irgendetwas gesprochen haben. Ich war mit Alice zusammen, dann warst du weg … Ich habe nachgedacht und … ich habe mich gefragt, was eigentlich schiefgelaufen ist zwischen uns.«

Eine kleine unerbittliche Krallenhand drückt mir Speise- und Luftröhre zusammen. Ein Beziehungsbewältigungsgespräch! Ich bin nicht gemacht für diese Art von Unterhaltungen.

»Iris, wenn ich dich jetzt so anschaue …, wie du … du bist so … Die Trennung hat dir offensichtlich gutgetan. Das wirft kein gutes Licht auf mich, haha …« Michael stockt, weil meine Aufmerksamkeit plötzlich von etwas anderem beansprucht wird.

Torben und Benno. Torben und Benno? Sie betreten gemeinsam das Lokal und steuern auf einen Tisch zu. Seit wann … Torben hat mich entdeckt. Er kommt auf unseren Tisch zu. Benno folgt Torben. Torben küsst mich zur Begrüßung auf beide Wangen. Er riecht nach Alkohol, die beiden haben wohl schon irgendwo ordentlich getankt.

»Iris! Na, das ist jetzt überraschend.« Da gebe ich ihm recht. Benno beugt sich vor, nimmt mein Gesicht in beide Hände und knutscht mich mit Schmackes und einer amtlichen Fahne auf beide Wangen. »Torben und ich müssen was besprechen. Was wegen der Schafe … und … na ja, 'n altes Kriegsbeil begraben. Ham' sich ja ein paar Dinge … jeklärt in letzter Zeit«, sagt er grinsend. Torben lächelt verlegen.

»Ähm«, mache ich überfordert, »darf ich euch meinen M…, Fabiennes Vater vorstellen? Das ist …«

»Michael Neuberger, freut mich.« Michael hat den beiden seine Hand hingestreckt. Torben und Benno schütteln sie nacheinander. Torben stellt sich vor: »Torben Kühn, ich …«

»Das ist unser Tierarzt«, sage ich schnell.

»Na, und Iris' Jugendliebe!«, posaunt Benno bierselig heraus. »Gestatten: Benno. Benno Franke. Ich bin …«

»Unser Nachbar! Sozusagen. Benno hat uns schon mehrfach mit den Schafen geholfen«, funke ich dazwischen und merke, dass ich über Gebühr laut gesprochen habe.

»Ick hab ja nie verstanden, was die Iris an dem findet …« Benno zeigt auf Torben. »Ick hättse ja früher jerne schon mal …«

»Wir hätten dann gerne die Rechnung!«, weise ich die Kellnerin über Bennos Schulter hinweg energisch an. »Nicht wahr, Michael, wir müssen dann mal?«

Zur gleichen Zeit im Schlangenkönig

Vor einer guten halben Stunde hat der aufkommende Wind, der auch die Tische auf der Terrasse leer gefegt hatte, meinen Vater und seine neue Freundin in den Schlangenkönig geweht. Bernds Auftritt glich dem eines Westernhelden, der die Tür eines verwaisten Saloons voller Kopfgeldjäger aufstößt und auf das Schlimmste gefasst ist. Erst als Marlies auf ihn zukam, fand er zu seiner Rolle zurück.

»Wir dachten, wir essen mal bei der Familie. Ich weiß nicht, ob du dich noch erinnerst – Bernd Rudolf.« Und nach einem Räuspern: »Dein Bruder.«

»Hella Löwenberg, sehr erfreut«, stellte sich auch Hella vor und gab Marlies höflich die Hand.

»Du siehst mehr deinem Vater ähnlich.«

Das hat mir gerade noch gefehlt. Maik versucht sich in Konversation. Seine holprigen Komplimente kann er sich sonst wohin stecken.

»Man kann sich seinen Erzeuger eben nicht aussuchen. Glückwunsch übrigens. Musst ja ganz schön scharf geschossen haben. Viel Zeit hattet ihr ja nicht.«

Jetzt blicke ich doch kurz auf. Maik sieht mich an. Flackert da Verletztheit in seinem Blick? Noch immer lösen seine rehbraunen Augen Kribbeln in meiner Magengegend aus, weshalb ich mich lieber wieder meinem väterlichen Zielobjekt zuwende. Was stochert Bernd denn jetzt so in der Füllung der von mir eigenhändig kredenzten Rinderroulade rum und lässt auch noch Hella probieren? Und ihr Kopfnicken, ist das … anerkennend oder kritisch?

»Mia! Komm mal her!«, mein Vater rudert gebieterisch mit dem Arm. Jetzt kommt's. Oje. Eine Hand schiebt einen Schnaps in mein Blickfeld. Kann Maik (meine) Gedanken lesen? Oder hat er den nur prophylaktisch für Heinz eingeschenkt? Egal. Ich kippe das Zeug runter und gehe möglichst lässig an Tisch vier.

»Also, Mia, meine Suppe, die war ganz ausgezeichnet. So wie es auf der Karte steht, erwartet man eine einfache Rinderbouillon, aber das, das hatte irgendwie einen Hauch von ... asiatisch.«

»Ich habe sie mit frischem Koriander verfeinert.«

»Meine Mutter, deine Oma Hedwig, hat die besten Rinderrouladen gemacht. Da kann mir keiner was vormachen.« Klar. Ist zwar ihr Rezept, also ein bisschen variiert, aber klar. »Und das hier, das ist eine *verdammt* gute Rinderroulade.«

Was? War das ... ein Lob? Ungläubig hebe ich meinen Blick und sehe meinen Vater breit lächeln. »Mensch, Kind, du kannst ja richtig kochen!«

Was soll man dazu sagen?

Etwas später vor dem Fließ

Keiner von uns findet die richtigen Worte. Ehrlich gesagt, finden wir seit einer halben Stunde gar keine Worte mehr.

»Tja, also ...«, hebe ich etwas befangen an, die Verabschiedung einzuleiten. Wir stehen am Anleger. In zwei Meter Entfernung brummt leise der Motor des Taxis, das mich hier abgeladen hat und Michael nach Burg bringen wird.

»Der eine war also deine Jugendliebe«, stellt Michael fest. Ich schlucke. »Und der andere?«

»Das war Benno«, sage ich lahm.

»Und – hattest du was mit dem?«

Ich atme einmal durch.

»Ja, hatte ich.«

Michael schweigt kurz.

»Wann?« Michaels waidwundes Säuseln macht mich wütend.

»Kürzlich«, sage ich salopp. »Ein bisschen heißer Sex, knick-knack, mehr nicht. Wir hatten wohl noch 'ne Rechnung offen. Von damals. Benno ist verheiratet.« Ich lausche meinen eigenen Worten leicht schockiert hinterher. So etwas hätte ich früher niemals von mir gegeben. Michael nimmt seine Hand von meiner Schulter.

»Verstehe«, sagt er. »Dann stehst du jetzt also auf solche … Landeier. Kein Wunder, dass du gegen Fabiennes Umgang keine Einwände hast.«

Im nächsten Augenblick schreit jemand schmerzerfüllt auf. Mein Vater!

Wenige Minuten später auf der Insel

Tumult. Während Bernd wie ein verwundeter Tiger herumbrüllt und Hella ihn zu besänftigen versucht, steigt von unten ein immer lauter werdendes, verzweifeltes »Wiwiwi« auf, übertönt von den panischen Schreien von Elke. Sie fuhrwerkt unter der Plane ihres zusammengebrochenen Zeltes herum.

»Vorsicht! Ihr zertretet noch das Gössel! Tweety, wo bist du denn? Tweety!«

Bernd ist über einen der Heringe ihres Zeltes gestolpert und mitten in die schon angeschlagene Outdoor-Behausung gekippt. Vermutlich sind die Schnäpse, die er nach dem Essen in glänzender Laune mit einer nicht ganz so begeisterten Marlies getrunken hat, um die neue Verwandtschaft zu begießen, nicht ganz unschuldig an seiner mangelhaften Haltung. Jetzt herrscht er Elke an, die aufgeregt aus den wolkigen Zeltplanen auftaucht, Gott sei Dank mit dem Gössel in den Händen.

»Was muss diese unerträgliche Frau hier auch ihre One-Woman-mit-Gössel-Show abziehen!«, pöbelt Bernd.

»Psssst!«, mahnt Hella.

»Ach, das sagt der Richtige! Du bist doch hier der Egoman…«, legt Elke los, aber Bernd wettert gleich weiter: »Ich verwette meinen Arsch, dass du das Gössel links liegen lässt, sobald du eine bessere Methode …«

»Jetzt ist es aber gut, Schnuppi«, beschwichtigt Hella meinen Vater und zieht ihn etwas von Elke weg.

»Schnuppi?« Habe ich da eben richtig gehört? Inzwischen habe auch ich den Ort des spätabendlichen Aufruhrs atemlos erreicht.

»Schnuppi? Hast du dieses Monster da eben ›Schnuppi‹ genannt?«, spult sich jetzt Elke wieder hoch. – Oben geht ein Licht an. Das ist die Suite. Vermutlich sind die Kinder aufgewacht.

»Könnt ihr bitte leise sein? Wir beherbergen erholungsbedürftige Urlauber und kein nach schlechtem Reality-TV gierendes RTL-Publikum!«, zische ich.

»Ich fordere meine Spreewälder Tochter zum Wettkampf heraus«, dröhnt mein Vater mit erhobenem Zeigefinger. Jetzt bin ich mir ganz sicher, dass er betrunken ist. »Mit dem Kahn! Wir staken um die Wette. Mal sehen, ob du genauso gut staken kannst wie deine Oma. Wo du schon genauso gut kochst! Wir werden es allen zeigen, dass eine Spreewälderin in dir steckt!«

»Ja, aber nicht mehr heute«, sagt Hella fest. »Jetzt gehen wir ins Bett!«

Montag, 6. Juli

16:00. Fließ vor der Insel der Schwestern

»Auf die Plätze, fertig, los!«, brüllt Jonathan, und die kleine Lena klingelt wild mit unserer Eingangsglocke. »Mia, Mia!«, feuert Fabienne, die mit der tüdeligen Frau Jahnke zurückbleibt, mich an, während die beiden Kinder am Ufer entlanglaufen, um zu sehen, wer zuerst an der Brücke ankommt: Bernd oder ich.

Schon nach wenigen Rudelstichen ist mir Bernd eine gute Kahnlänge voraus. Ich spüre, wie sich mein Schultergürtel verkrampft, und ermahne mich selbst: Mia, spielerisch. Nimm das Ganze spielerisch.

»Zeig's dem Arschloch, Mia! Schneller!« Das war meine Mutter. Nach wenigen Minuten kann von »spielerisch« keine Rede mehr sein. Mein sonnengelbes Sommerkleid klebt am Körper, und meine Hände schmerzen, weil ich das Rudel so fest umkrampfe. Je hektischer ich mit ihm im Wasser herumstochere, desto stärker gerät mir der Kahn außer Kontrolle. Bernd ist bereits hinter der letzten Flussbiegung verschwunden, die auf die Zielgerade zur Brücke führt. Während er elegant gleitend die Kurve nahm, hat er noch einen kurzen Blick über die Schulter geworfen, um sicherzugehen, dass ich ihm *nicht* folgen kann.

Bilder einer Memory-Partie schießen mir durch den Kopf, meine kleine Kinderhand, die eines der blauen Kärtchen umdreht, sich noch im Umdrehen besinnt, das richtige Kärtchen daneben greifen will, das mit dem Schneckenhaus drauf, doch von oben ertönt Bernds Stimme: »Gezogen ist gezogen!« Und er dreht selbst das richtige Kärtchen um. Benommen steche ich ein weiteres Mal ein und …

… ZACK! Entgleitet Mia der Stecken, und sie macht eine Fährmannsrolle über den Stab ins Wasser.

»Staken will gelernt sein«, bemerkt Bernd süffisant, als Mia prustend wieder auftaucht. »Zack, zack, keine Müdigkeit vortäuschen! Zurück auf den Kahn mit dir!« Wie ein nasser Hund hält sich Mia an der Außenkante des Kahns fest.

»Dein Rudel haut dir ab, Mia!«, rufe ich, als ich den Fährstecken flussabwärts treiben sehe. Ein halbes Dutzend gespannt-verschreckter Augenpaare verfolgt, wie Mia in ihrem nassen Kleid dem Rudel hinterherschwimmt, es zum Kahn zerrt und unter Mühen über die Außenkante wuchtet, während mein Vater provozierend langsam in Schlangenlinien auf die Brücke zugleitet. Zorn steigt in mir hoch. Wie klein muss das Ego eines Vaters sein, dass er sich auf Kosten seiner Tochter so profilieren muss!

Mia versucht inzwischen, sich wieder in den Kahn zu ziehen, und entblößt dabei ihre Brust, der Ausschnitt ihres zarten Sommerkleides reißt... doch der Kahn kippt. Platsch, landet sie wieder im Wasser, taucht unter und bleibt verschwunden. Ein Raunen geht durch die Menge auf der Brücke. Doch dann taucht sie am von uns abseitigen Ufer wieder auf. Ohne Bernd eines Blickes zu würdigen, zieht Mia ihre Schuhe aus und geht wortlos, den Arm über ihren zerrissenen Ausschnitt haltend, davon. Ihr pitschnasses Kleid klebt an ihrem Körper. Plötzlich ist es still. Etwas verloren steht Bernd auf seinem Kahn.

»Hab ja immer gewusst, du hast keinen Biss!«, ruft Bernd ihr hinterher. Und zu Elke gewandt: »Deine Tochter hat keinen Biss!«

Wie mein Vater da in seinem Kahn steht, in seiner Häme badet und Gift und Galle spuckt ... plötzlich macht etwas KLICK in meinem Oberstübchen. Es schießt einfach aus mir heraus, ohne dass ich etwas dagegen unternehmen kann: »Wer hat denn hier keinen Biss? Du bist doch im »Sich-Verpissen« der unangefochtene Meister!«

Habe ich das wirklich gesagt?

»Wie redest du denn mit mir?«

Ich schlucke, aber ein Blick auf Mia, die wie ein hingeschissenes Häufchen Elend am Ufer steht, genügt. Es ist mir unmög-

lich, aufzuhören. »Wer hat uns denn damals einfach sitzen lassen? Hast dich schön in den Westen abgesetzt. Und Mutti hat doch recht: Du hast nicht mal den Mumm aufgebracht, deiner neuen Familie von uns zu erzählen! Und bei Elke und Mia hast du dich doch auch verdrückt! Hast du dich vielleicht um uns gekümmert? Du machst es dir schön einfach, immer nur abzuhauen und dann auszuteilen.«

»Aber du, oder was? Guck dir doch deine zerstörte Ehe an!«, poltert mein Vater und riskiert jetzt, mit dem Rudel in der Luft herumfuchtelnd, ebenfalls ein Bad im schlammigen Nass.

»Also, ich denke, die zerstörte Ehe geht auf mein Konto.«

Alle Köpfe, inklusive meinem, drehen sich zu Michael um, der mit Jonathan und Lena plötzlich am Fuße der Brücke aufgetaucht ist. Und mich anlächelt.

»Ähm, Entschuldigung … aber wo finde ich denn die Pension Hedwig?«, erklingt jetzt von der anderen Brückenseite zaghaft eine Fistelstimme. Alle Köpfe wenden sich erneut. Vor uns steht – von Kopf bis Fuß in eine tarnfarbene Anglermontur verpackt und mit Kescher, Angel und einem Survivalrucksack bewaffnet – Neptun persönlich. Herr Fischer. Nomen est Omen. Unser letzter Gast. Willkommen im Irrenhaus.

18:30. Gastraum des Schlangenkönigs

Natürlich war – in seinen Augen – am Ende Bernd das Opfer. Iris sei komplett »durchgedreht« und der Rest von uns »absolut humorfrei«, wetterte er, als er mit Hella wenig später die Treppe herunterstob und ohne eine Verabschiedung zuerst die Remise, dann unsere Insel und schließlich Feulenitz und den Spreewald verließ.

»Voilà, die Hefeplinsen für die Damenrunde.«

Keine der drei Frauen sieht auf, als ich die Teller vor ihnen abstelle. Sie berauschen sich an irgendeiner Geschichte, die Frau Jahnke beseelt zum Besten gibt.

»... hat ihn ja versteckt die ganze Zeit, und dann musste er vor den Nazis fliehen, aber vergessen konnte er sie wohl nie. Ist das nicht herzzerreißend?«

Zwei Köpfe nicken stumm und ehrfürchtig.

»Aber haben sie sich denn nie wiedergesehen?«, fragt die dickere der beiden altjüngferlichen Schaller-Schwestern jetzt betroffen.

Frau Jahnke beugt sich vor: »Soweit ich weiß, nein. Er hat ja in Paris gelebt. Und sie, sie scheint sich nie mehr bei ihm gemeldet zu haben. Vielleicht ...«, jetzt sammeln sich Tränen in den blassblauen Augen der alten Dame, »vielleicht gab es sie ja schon gar nicht mehr? Den Nazis war ja alles zuzutrauen.«

»Sie meinen ...« Große Augen auf der anderen Tischseite. »Dass sie für ihn gestorben ist? Mein Gott!« Die Schaller-Schwestern heben synchron eine Hand vor den Mund, um ihr Entsetzen auszudrücken.

Frau Jahnke legt ihre faltige Hand auf mein Handgelenk, als ich so unaufdringlich wie möglich die Plinsen vor ihre Nasen bugsiere. »Kindchen, wann ist denn die Hedwig gestorben?«

»Wie bitte?«

»Die Hedwig, wann die verstorben ist.« Frau Jahnke hat ihre Stimme erhoben, als wäre ich schwerhörig. Man sieht mir wohl an, dass ich auf der Leitung stehe, jedenfalls fühlt sich Frau Schaller I. bemüßigt, mir zu erläutern: »Wegen dem Elias. Sie hat sich doch nie mehr bei ihm gemeldet.« »Dabei war das doch so eine große Liebe!«, fügt Frau Schaller II. hinzu.

Jetzt kommt Bewegung in mein lahmes Hirn. Elias, Hedwig, große Liebe ...

»Was wissen Sie denn über Elias und Hedwig?«, stoße ich heftig hervor und packe dabei Frau Jahnke unwillkürlich an der

Schulter. Das zierliche Persönchen zuckt zurück. »Entschuldigung, ich wollte Sie nicht ... Aber haben Sie sie gekannt? Oder woher wissen Sie ...«

»Dreimal die Rinderbrust für Tisch vier! Und zweimal die Gurkensuppe. – Mia!«, Marlies kommt mit leeren Tellern von der Terrasse hereingefegt und macht eine Kuschkusch-Bewegung in Richtung Küche. Mist! Ich muss Frau Jahnke später unbedingt noch erwischen.

Dienstag, 8. Juli

8:00. Am Frühstückstisch vor der Pension

»Guten Morgen, darf es schon etwas Kaffee sein, Frau Jahnke?« Ohne die Reaktion der alten Dame abzuwarten, schenke ich ihr von dem frisch gebrühten Kaffee ein und ziehe für mich ebenfalls eine Tasse heran.

»Frau Jahnke, wegen gestern. Sie hatten von Hedwig und Elias erzählt ...« Sofort beginnen die Augen der alten Dame wieder zu leuchten.

»Warum hat sie ihm denn nie geantwortet? Auf solche Briefe muss man doch reagieren! Elias war doch auch so ein schöner Mann!«

»Briefe?« Jetzt blickt die alte Frau ertappt drein. In meinem Kopf drückt endlich jemand den Lichtschalter. Frau Jahnke kannte die beiden nicht *persönlich*.

»Wo haben Sie die Briefe gefunden?« Jetzt bin ich wirklich neugierig.

»Im Sekretär, da war ... wissen Sie ...«, jetzt lächelt Frau Jahnke schelmisch, »mein Mann war Schreiner, und er hatte so ein Faible für Geheimverstecke ... ich hätte wirklich nicht gedacht, dass ich dort ...«

»Im Sekretär war ein Geheimversteck?«

Die alte Dame nickt. »Ein Hohlraum in der Rückwand. Ein einfacher Drückmechanismus. Man muss nur die richtige Stelle finden. Dann klappt die Tür auf.«

Spitzbübisch sieht sie mich an. Mein Herz klopft.

»Ich würde die Briefe gerne sehen.« Jetzt werden die Augen der alten Dame feucht. »Aber das ist es ja. Die Briefe sind weg!«

»Wie, weg?«

»Als ich gestern Nachmittag noch mal in ihnen schmökern wollte, da waren sie nicht mehr da.«

»Wo hatten Sie sie denn?«

»In meiner Tasche hier.«

»Darf ich mal …?«

Argwöhnisch zieht die alte Dame ihre Tasche noch fester an sich. »Glauben Sie mir etwa nicht?«, ihre Augen blitzen plötzlich hellwach.

»Doch natürlich. – Brötchen aus Weißmehl oder lieber Körnerbrot?«

11:00. Im Garten

»Guten Morgen! Gibt's Kompott?« Autsch. Jetzt habe ich mich gestochen.

»Stachelbeermarmelade. Musst du dich so anschleichen?«, sage ich, als sich Michaels Kopf zwischen den Sträuchern durchschiebt. An den Zweigen unserer Beerensträucher hängen Tonnen von Früchten. Ich drücke Michael eine Schüssel in die Hand. »Ich kann Hilfe gebrauchen.«

»Ah.« Michael fängt leicht bedröppelt mit der für seine Finger ungewohnten Arbeit an. – »Iris.«

»Hm?«

»Ich war ein Riesenhornochse.«

Ich räuspere mich. »Hm-hm.«

»Iris, ich möchte gerne, dass wir noch mal von vorne anfangen.« Vor lauter Schreck lasse ich den Zweig los, den ich gerade zurückgebogen hatte, um auch an die versteckter hängenden Beeren zu kommen. Er klatscht Michael voll ins Gesicht.

»Entschuldigung, aber das ...«

Michael bekommt mein Handgelenk zu fassen und hält mich fest. »Ich habe einen Fehler gemacht. Wir haben beide Fehler gemacht in all den Jahren. Es ist falsch zu denken, Beziehungen funktionierten von alleine. Aber wir können das in Ordnung bringen. Wenn nicht wir, wer dann?«

Ich ziehe meine Hand aus seiner und schnappe mir schnell meine Schüssel mit Beeren, um mich an etwas festzuhalten. Und um einen Abstandhalter zwischen mich und Michael zu bringen.

»Warum jetzt auf einmal, Michael? Was ist mit Alice?«

»Alice«, sagt Michael, und versucht einen Scherz: »Alice, was ich will, bist du!« Er lässt mich nicht aus den Augen.

»Michael! Das kann alles nicht dein Ernst sein!«

Im nächsten Augenblick landet meine Schüssel mit einem trockenen POCK auf der Erde, die gepflückten Beeren springen heraus. Ich finde mich in Michaels Armen wieder. Er hat mich gepackt und küsst mich, dass mir die Luft wegbleibt. Ich glaube, so leidenschaftlich war er noch nie dabei. Er versucht offenbar überzeugend zu sein. Und in der Tat bin ich so schockiert, dass ich mich nicht wehre. Oder jedenfalls kommt meine Reaktion zu spät.

»Mama?«

Plötzlich bin ich wieder glasklar. Als ich mich abrupt von Michael löse, sehe ich Fabienne gerade noch zwischen den Büschen davonstampfen. Sie hat heute erst spät Schule.

11:30. Zimmer von Frau Jahnke
Die Luft ist rein, und jetzt, wo ich eine konkrete Spur habe, will ich zumindest Gewissheit haben. Leise ziehe ich die Tür zum blauen Lutki-Stübchen hinter mir zu. Frau Jahnke wird erst in drei Stunden wiederkommen, sie hat die große Tageskahnfahrt in den Hochwald gebucht. Die Familie, die die Tour ebenfalls machen wollte, hat sie mit ihrem Auto zum Lübbenauer Hafen mitgenommen. Am Fenster steht Marthas alter Sekretär. Ich ziehe die Haltestäbe aus den Seiten, klappe die Tischplatte herunter und taste die Rückwand hinter den kleinen Schubladen ab. Und tatsächlich – als ich links oben in die Ecke drücke, gibt die Wand nach und öffnet sich einen Spaltbreit nach außen. Ich klappe die Tür auf. Das Versteck dahinter ist leer. Was hatte ich erwartet.

Zehn Minuten später
Weder unter dem Bett noch zwischen Frau Jahnkes Kleidern oder im Nachtkästchen war etwas zu finden. Mein Blick fällt auf Frau Jahnkes roten Lederkoffer hinter dem Schrank. Soll ich einen Blick riskieren …?

Ein paar Sekunden später
»Am besten, Sie legen sich ein wenig hin.«

Schnell versuche ich den Koffer wieder zuzumachen und hinter den Schrank zu schieben, doch zu spät. Der Schlüssel dreht sich im Schloss, und der Familienvater schiebt Frau Jahnke ins Zimmer.

»Was machen *Sie* denn da?« Beide gucken mich überrascht an, wie ich über den signalroten Koffer gebeugt mitten im Raum sitze.

»Ich, äh, … putze. Die Ecke hinter dem Schrank, wo der Koffer stand, war … staubig.«

»Aha. Und wo bitte ist Ihr Staubsauger?«

Mist. Stimmt. Wie komme ich da wieder raus? Vielleicht durch eine Ablenkung von außen, denn draußen ruft eine hysterische Frauenstimme: »Marco! Marco!« Ich flüchte auf den Flur, wo mir die Frau unseres verlobten Pärchens, nur in ein Handtuch gewickelt, entgegeneilt. »Mein Ring ist weg! Mein Verlobungsring!«

Vorne öffnet sich die Tür der Suite, und wie bei den Daltons kommen – plopp, plopp, plopp – erst der Kopf der Frau, dann der ihres Sohnes und schließlich der des kleinen Mädchen neben dem Türpfosten zum Vorschein. Der Familienvater sieht mich an. »Bevor Sie auch *meine* Frau um ihren Schmuck erleichtern, rufe ich die Polizei.«

Etwas später

»Ich war heute noch gar nicht im Zimmer der beiden! Draußen hing doch das ›Bitte-nicht-stören-Schild‹, versucht Mia sich zu verteidigen. Ich kann immer noch nicht glauben, was hier gerade passiert. Mia wird von unseren Gästen des Diebstahls bezichtigt.

»Dann müssen Sie sich eben eingeschlichen haben, als meine Verlobte geduscht hat. Ich hatte die Tür nur angelehnt, weil ich eine Flasche Wasser holen wollte«, legt jetzt der aufgebrachte Liebhaber der um ihren Verlobungsring Gebrachten nach. Mit ihm bin ich eben aus dem Speisezimmer von den schrillen Schreien seiner Liebsten nach oben gelockt worden.

»Aber ich war doch die ganze Zeit hier im Zimmer!«

»Und Sie haben sich über Frau Jahnkes Koffer hergemacht!« Mia blickt zu Boden. Und ich sehe Mia an.

»Stimmt das?«

»Ich hab das Geheimversteck gefunden, in dem Martha die Dokumente versteckt hatte. Es sind Briefe!«

Frau Jahnke, die anscheinend am wenigsten Probleme damit hat, dass Mia in ihren privaten Dingen geschnüffelt hat, nickt.

»Und wo sind diese Briefe jetzt?«, frage ich.

»Weg.«

Mia guckt betreten. Ich ziehe sie beiseite. »Aber ich habe doch nichts geklaut«, sagt Mia jetzt trotzig.

»Das weiß aber niemand, weil du, verdammt noch mal, dabei erwischt worden bist, wie du wegen deiner kindischen ›Ich-muss-Marthas-Dokumente-finden‹-Manie den Koffer von einem Gast durchwühlt hast!«

Mia starrt mich jetzt wütend an: »Wieso interessierst du dich eigentlich nicht dafür, wer der wirkliche Dieb ist? Du genießt es ja richtig, mich an den Pranger zu stellen.«

»Nein, aber ich habe keine Lust auf eine geschäftliche Verbindung mit jemandem, der sich absolut verantwortungslos verhält!«, zische ich jetzt noch aufgebrachter. »Du hast dich leider heute endgültig ins Aus manövriert«, fauche ich.

Mia stürmt die Stufen hinunter und stößt dabei fast den kleinen Jungen um, der sich anscheinend mit seiner Stiefschwester auf der Treppe versteckt und uns belauscht hat. Im Flur scheint sie dann noch jemanden umzukegeln, denn eine fremde Stimme ruft: »Vorsichtig, junge Dame!«, und eine Sekunde später scharf: »Stehen bleiben!«

Durch Frau Jahnkes Fenster beobachte ich zusammen mit unseren Gästen, wie ein bulliger Herr in Uniform Mia vor dem Fließ festhält und zurück in Richtung Remise bugsiert.

»Also, Ihnen ist wohl klar, dass Sie Ihre Pension jetzt dichtmachen können«, schleudert mir der Familienvater noch verbissen entgegen, bevor er und seine Frau sich zum Packen in die Suite zurückziehen. Und ihre beiden Kinder hinter sich herschleifen, die mich mit großen Augen ansehen. So also sieht Rufmord aus.

18:00. Zwischen den Beerensträuchern

Ich zerre so rabiat an den Johannisbeer-Dolden, dass die Zweige jede Menge Blätter lassen und mir die Hälfte der Beeren zwischen den Fingern zermatscht. Na ja, wird eh Marmelade draus.

»Mama, komm, ich helfe dir.« Meine Tochter steht neben mir und schnappt sich einen kleinen Eimer vom Boden.

»Ach, Fabienne, danke.« Ich lächle ihr zu. Sie lächelt allerdings nicht zurück, sondern zupft genauso wütend an den armen Beeren wie ich.

»Was hatte das da heute Morgen zu bedeuten? Das mit Papa?«

Ach, Gott, sie meint den Kuss. Ich habe wegen der Turbulenzen völlig verdrängt, dass Fabienne zur Zeugin dieser missverständlichen Situation geworden ist.

»Ich weiß es nicht, Fabienne. Ich bin verwirrt«, sage ich ehrlich.

»Was meinst du damit, du bist verwirrt?«

»Papa will, dass wir zurückkommen. Dass wir wieder alle zusammen als Familie leben. Und … ich kann das doch nicht einfach, ich meine, ich kann doch nicht …«

»Was kannst du nicht?«

»Ich muss das doch … vielleicht wäre es ja das Beste.«

»Was?! Spinnst du jetzt komplett? Papa ist mit Alice zusammen! Bloß, jetzt, wo sie ein Kind will, da kriegt er kalte Füße. Bloß deshalb will er …«

»Woher weißt du das?«

»Ich hab mit Alice telefoniert.«

Okay. Ich atme einmal durch. Daher weht der Wind. Deshalb Michaels großartige Läuterung. Dann ist eine alternde Ehefrau kurz vorm Klimakterium wohl doch besser als eine knackige junge Gespielin, die ihn aber leider in die Windelfalle zerren will.

»Mama?«

»Ja?«

»Du kannst Papa sagen, dass ich die Schule doch nicht abbreche. So als Argument, damit wir nicht zurückmüssen.« Sie nimmt meine komplette Entgeisterung gelassen. »Ich hab total viel mit Hella geredet. Die ist cool. Ich will Meeresbiologin werden. Dafür braucht man Abitur.«

Ich bin so fertig, dass mir vor Dankbarkeit die Tränen in die Augen schießen.

»Jetzt fang bloß nicht an zu heulen. Ich mach das nicht für dich oder für Papa.«

»Schon klar.«

»Mama?«

»Hm?«

»Ich will hierbleiben. Wenn du zurückgehst, bleibe ich bei Mia.«

»Frau Neuberger!«

Oh nein, nicht der schon wieder. Herr Eitl, der Familienvater, kämpft sich mit hochrotem Kopf durch unsere zugewucherte Obstplantage. »Ich, ähm, müsste mal mit Ihnen reden, Frau Neuberger.«

17:00. Schlangenkönig

Frau Jahnke hatte wohl ein schlechtes Gewissen. Eben kam sie unter dem Vorwand, einen starken Kaffee zu brauchen, weil ihr Kreislauf immer noch so durcheinander sei, in den Schlangenkönig. Als ich ihr das Kännchen auf die Terrasse brachte, pfriemelte sie ein Foto aus ihrer Handtasche. Es war das Foto von Elias, das ich vor Monaten in unserem Keller gefunden und das Martha konfisziert hatte. »So ein hübscher Mann«, seufzte die alte Dame. Fest steht, dass Frau Jahnke zumindest das Foto heute Morgen willentlich vor mir verheimlicht hat. Und fest steht auch, dass sie tatsächlich die Dokumente von Martha gefunden haben muss. Doch die Frage bleibt: Wo sind sie jetzt? Hat Frau Jahnke sie doch noch?

0:00. Bänkchen vor dem Fließ

»Na, alle Zimmer leer?« Mias Grinsen fällt ziemlich schief aus, als sie sich mit einem kleinen Sicherheitsabstand neben mich auf die Bank setzt. Ich schüttle den Kopf.

»Frau Jahnke ist noch da.«

Mia nickt betroffen.

»Iris, ich ...«

»Und das verlobte Paar hat verlängert.«

Jetzt guckt Mia verständnislos.

»Und die Familie hat versprochen, uns in ihrem Freundeskreis wärmstens zu empfehlen. Jetzt schaut Mia wie eines unserer Schafe. Ich lege ihr ein großes Briefkuvert auf den Schoß.

»Was ist das?«

»Ich schätze, das, wonach du gesucht hast. Herr Eitl und seine Frau kamen vorhin recht kleinlaut hier angekrochen.«

Es waren die beiden bezaubernden Kinder, die all die Dinge entwendet hatten. Mia schaut mich mit großen Augen an. »Das heißt, die Diebstähle, auch die Briefe ...«

»... gehen auf das Konto der kleinen Verbrecher«, grinse ich.

Ein paar Tage später. Remisenküche. Beim gemeinsamen Marmelade-Einkochen

Wir haben uns gemeinsam über den Inhalt des Kuverts hergemacht. Es enthielt Marthas Hebammenaufzeichnungen aus den Jahren 1945 bis 1948 und ungefähr zwanzig herzzerreißend poetische Liebesbriefe. Fest steht: Dieser Elias, der Absender der Briefe, hat unsere Oma geliebt. Ich bin jetzt sicher, dass es sich nicht nur um den Mann von dem Foto handelt, sondern auch um den Nachbarssohn aus dem inzwischen abgebrannten Holzhaus auf unserer Insel. Ein Jude, den Oma Hedwig und Martha offenbar lange bei sich versteckt hielten. Fest steht außerdem, dass dies eine unerlaubte Liebe war. Denn Oma Hedwig war ja mit Opa Wilhelm verheiratet. Doch warum wollte Martha diese Briefe kurz vor ihrem Tod bei sich wissen? Eine Vermutung hege ich aber, von der ich nicht weiß, ob sie mein Herz aus Wut oder vor Hoffnung höherschlagen lässt. Opa Conny kann sich schon mal auf ein nächstes Kreuzverhör mit mir freuen. Und ich kann (und sollte!) mich auf Jan freuen, der sein Kommen angekündigt hat.

Mutter fährt ab. Samt Marlies. Sie unterbrachen uns, während wir an jenem denkwürdigen Abend die einseitige Korrespondenz unserer Großmutter studierten. Gerade als wir uns fragten, warum Oma Hedwig nie zurückgeschrieben hat (wie von diesem Elias mehrfach beklagt), schlugen die beiden Frauen bei uns auf, übrigens nicht wenig angeheitert, und ließen die Bombe platzen, dass sie beabsichtigten, gemeinsam auf Weltreise zu gehen. Mitten in der Saison. Das sei schließlich ihr gutes Recht, wo sie ein Leben lang geschuftet hätten.

Bei uns wohnt jetzt ein Hahn, den wir beide noch ein wenig mit Argusaugen betrachten, da es sich um ein Geschenk von unserem Vater handelt. Fabienne nannte ihn »Winnetou«, und unsere Hühnerdamen erleben ganz neue Wonnen.

Das zehnte Rezept aus Marthas Küche

Mia: »Wer sich als Pfannkuchen verkauft, wird auch als Pfannkuchen gegessen«, hat Martha gesagt. Sie hätte trotzdem nicht Crêpe zu einer Plinse gesagt.
Iris: »Immer rin in die Fijur« – das hat Opa Conny gesagt und strahlend noch eine Portion bestellt.

Buttermilchplinsen

(für ungefähr 12 bis 16 Stück)

375 ml Buttermilch
½ Würfel Hefe
250 g Mehl
2 EL Zucker
1 Prise Salz
3 Eier
100 ml Leinöl

Die Buttermilch in einem Topf leicht erwärmen, die Hefe hineinbröckeln, Zucker hinzugeben, beides unter Rühren auflösen. Das Mehl in eine Schüssel füllen, eine Mulde hineindrücken und die Buttermilch-Hefe-Zucker-Mischung hineingießen. Ungefähr eine Viertelstunde gehen lassen. Die Eier trennen, das Eiweiß zu Schnee schlagen. Mehl und Hefemischung verrühren, die Eigelbe daruntermischen, den Eischnee vorsichtig unterheben. Teig noch einmal eine Stunde gehen lassen. Etwas Leinöl in einer Pfanne erhitzen und darin den Teig portionsweise zu Plinsen beliebiger Größe ausbacken.

Im Sommer mit heißen Kirschen oder gemischten Beeren und etwas Sauerrahm servieren. In der kühleren Jahreszeit schmecken die Plinsen auch mit Apfelmus, Schokoladensauce oder einfach mit Zimt und Zucker.

11

»Hundstage«
... in denen die Sterne nicht nur am Liebeshimmel zum Greifen nahe erscheinen und es auch andernorts kräftig zu brodeln beginnt.

Freitag, 1. August

Brief von Elias an Oma Hedwig, Oktober 1949

... Du, meine Liebste, meine allerliebste Hedwig, komm zu mir, fass dir ein Herz, ich weiß doch, dass auch du ohne mich verglühst wie ein Kerzendocht ohne Flamme. Verlass deinen Wilhelm und komm! Nimm dein Kind und komm zu mir!

18:00. Im Gastraum des Schlangenkönigs

»Wo ick nich der Adressat von bin, det lese ick ooch nich.« Verärgert schiebt Opa Conny mir den Stapel Briefe über den abgewetzten Holztisch wieder zu.

»Elias' Briefe werden eine wichtige Information enthalten, sonst hätte Martha sie nicht kurz vor ihrem Tod bei sich haben wollen. Und welche Information sollte das sein, wenn nicht dieser Satz über Oma Hedwigs Kind, von dem Elias glaubt, dass es seins sein könnte?«

Dafür spricht auch, dass die gute Frau Jahnke im Geheimversteck neben Elias' Briefen einen Band von Marthas Hebammenaufzeichnungen gefunden hat. Und zwar ausgerechnet den aus den Jahren 1946 bis 1949.

»Von welchem Kind sollte da die Rede sein, wenn nicht von meinem Vater, der 1946 geboren ist?« Energisch tippe ich auf den entsprechenden Eintrag in Marthas Hebammenbuch, dessen rechte Ecke – wie um die Seite zu markieren – umgeknickt war. Opa Conny wischt sich mit dem Taschentuch den Schweiß von der Stirn. »Elias scheint Feulenitz kurz nach Kriegsende verlassen zu haben, also könnte er rechnerisch Bernds Vater sein!«

»Jenauso jut wie Wilhelm. Der is im Mai '45 aus 'm Lazarett nach Hause jekommen. So, und nu – die Stasi is ja Jott sei Dank Jeschichte – lass mal 'n alten Mann nicht verdursten bei der Affenhitze.«

Fünf Minuten später im Schlangenkönig

»Dit is nich Marthas Schnaps! – Willste mich mit dem Fusel hier verjiften?«

»Marthas Vorrat geht zur Neige«, werfe ich jetzt meinen Köder aus.

»Wie? Et jibt keenen Selbstjebrannten von Martha mehr?« In Opa Connys Blick liegt ernsthafte Empörung.

»Was wäre denn, wenn ich dir Nachschub besorgen könnte?« Die kleinen Augen des alten Mannes blitzen mich argwöhnisch an. Irgendwo am Tisch klingelt ein Handy. Ein greller Ton, ähnlich dem Diebstahlwarnsystem eines Autos. Es scheint aus Opa Connys Jacke zu kommen.

»Früher war ooch nix so wichtig, det man immer erreichbar sein musste.« Er befördert eine ausgesuchte Hässlichkeit von Rentnertelefon zutage. »Hallo? – Jawoll, Konrad Franke, dit bin ick. Und wer ...« Der alte Mann lauscht angestrengt ins Telefon, und eine unheimliche Veränderung geht in seinem Gesicht vor.

»Ja, is jut. Ick komme sofort.« Als er auflegt, ist er aschfahl. Er starrt auf sein Handy. Erst, als ich ihn sachte am Arm berühre, hebt er den Blick zu mir. »Benno!«, krächzt er.

19:15. Landstraße

Benno hatte einen Unfall! Als ich mich eben über den in der Hitze flirrenden Asphalt der Unfallstelle am Straßenrand näherte, war ich fast versucht, an eine Fata Morgana zu glauben. Aber der zerbeulte Jeep, den der Abschleppdienst da vorne versucht zu bergen, ist eindeutig der von Benno.

Etwas später. Spreewaldklinik Lübben

»Sind Sie mit dem Patienten verwandt?« Es war natürlich eine idiotische Idee, hierherzufahren. Ich habe nicht mal meinen Termin abgesagt, nachdem mir der Mann vom Abschleppdienst die Auskunft erteilt hatte, der Fahrer des verunglückten Jeeps sei nach Lübben gebracht worden. Wie vom Affen gebissen, bin ich hierhergebraust. Und bekomme als Nachbarin und Ex-Affäre natürlich keine Auskunft.

Zur gleichen Zeit im Vorratsraum des Schlangenkönigs

»Hier bist du.« Anja spitzelt durch die angelehnte Tür des Vorratsraums. Seit Marlies von einem Tag auf den anderen alles stehen und liegen gelassen hat, müssen Anja und Maik fast täglich ran, um mich und Ramona, unsere einzige Küchenhilfe, zu unterstützen. »Na, wat macht dit explosive Experiment?«

»Ich glaube, die Maische ist fertig.« Vorsichtig drehe ich den riesigen Glasballon, in dem eine dunkelrote Flüssigkeit schimmert. »Blubbert nichts mehr.«

»Draußen wartet jemand für dich.«

20:00. Gastraum im Schlangenkönig

Jan lehnt lässig an der Terrassentür. »Auf dieses Lächeln habe ich mich die ganze Fahrt gefreut.«

Ich sehe im Hintergrund Maik von der Terrasse hereinkommen. Vor ihm balanciert Jannik mit höchster Konzentration ein Tablett leerer Gläser. Draußen sitzt Maiks Angebetete, wie immer perfekt geschminkt, und kommandiert ihn für meinen Geschmack ziemlich herum. Jans Hand streicht mir eine Strähne aus dem Gesicht. Verschämt blicke ich auf den Boden, dann sehen wir uns in die Augen. »Willst du was trinken?«, versuche ich die Verlegenheit unseres Wiedersehen-Moments zu überspielen.

»Gerne.« Jan fängt meinen Blick ein. Und dann küssen wir uns. »Ein kühles Pils wäre toll«, grinst er, als wir uns eine gefühlte Ewigkeit später wieder voneinander lösen. »Ein Pils«, rufe ich und drehe mich in Richtung Bar. Dort steht Maik, der etwas zu unvermittelt den Zapfhahn aufdreht. Wenn meine Vermutung über Bernds Erzeuger stimmt, wären Maik und ich gar nicht verwandt. Vor ein paar Monaten hätte ich nach dieser Erkenntnis Luftsprünge gemacht. Jetzt spielt es keine Rolle mehr.

22:30. Im Auto auf der Landstraße

Keine akute Lebensgefahr, drei Rippen angebrochen, diverse Quetschungen und irgendwas mit dem Kopf. »Irgendwas mit dem Kopf« ...?

Steht da etwa ... Da vorne steht allen Ernstes ein Tramper am Straßenrand. Mitten in der Pampa! Ich zögere, ob ich bremsen soll, und fahre vorbei. Man hört ja immer wieder, dass ... aber der ist höchstens so alt wie meine Tochter. In dieser gottverlassenen Gegend. Ich halte an. Setze zurück. Er reißt die Tür auf, als habe er Angst, ich könnte es mir noch mal anders überlegen.

»Boah, Gott sei Dank, ey!«

»Was machst du denn um diese Zeit hier mitten auf der Landstraße?«

Das Bürschchen schiebt sich mit seinem Rucksack auf den Beifahrersitz. »Ich steh hier seit drei Stunden. Da hat mich der Penner, der mich mitgenommen hat, abgesetzt.«

»Hier?«

»Hab mich blöderweise geoutet, dass ich Pauli-Fan bin. Und er war HSV.«

Aha. »Kommst du aus Hamburg?«

»Ja. Nee. Ja, schon, nur jetzt gerade nicht.«

Aha. – »Und wo möchtest du hin?«

»Nach, ähm, der Ort heißt Feulenitz.«

»Zu wem willst du denn da?«

»Also, die heißen ... da ist so 'ne Pension. Ähm, wie hieß die noch? So 'n altmodischer Frauenname.«

»Hedwig.«

»Genau.«

»Ein Zimmer ist noch frei. Allerdings ein Doppelzimmer. Kostet Aufpreis.«

»Hä?«

»Die Pension gehört mir. Unter anderen.«

»Oh.«

Ich spüre, wie der junge Mann mich mit neuem Interesse mustert. »Sind ... sind Sie Frau Neuberger?«

Ich nicke. »Mitten ins Schwarze.«

»Oh.«

Jetzt werfe ich ihm auch einen Blick zu. Er hat seine Kapuze abgesetzt. Eine ziemlich ordentliche Frisur. Irgendwie kommt er mir bek...

»Dann sag ich 's lieber gleich: Ich bin der, der ... also, Jan Kruse. Der, von dem Fabienne ... das Kind kriegt ... Vorsicht!«

Jetzt ist mir doch tatsächlich das Lenkrad kurz weggerutscht.

Na klar, denke ich, ich hab ihn damals in London vor diesem Café gesehen. Deshalb kam er mir eben bekannt vor.

»Fabienne übernachtet bei 'ner Freundin. Die schlafen sicher schon, fürchte ich«, ist das Erste, was mir einfällt, als ich meine Sprache wiedergefunden habe.

23:39. Vor dem Eingang der Pension

»Also, dann, schlaf gut.« Ich küsse Jan kurz auf den Mund, entziehe ihm meine Hand, die er bis auf unsere kurze Überfahrt mit dem Ziehkahn eben den ganzen Heimweg über gehalten hat, und drehe mich Richtung Remise. Ich kriege das nicht so schnell in Kopf und Herz rein: gerade noch Single, jetzt Teil eines im wahrsten Sinne aneinanderklebenden verliebten (verliebt?) Paares (Paar?).

Fünf Minuten später in der Remise

»Spinnst du, Jan so viel Kohle abzuknöpfen?« Mia ist auf Krawall gebürstet.

»Glaub mir, die Eltern haben Geld genug. Der Papa ist Reeder.«

»Hä?« Mia starrt mich genauso verwirrt an, wie ich mich im Kopf fühle.

»Ich meinte den anderen Jan. Fabiennes Kindsvater. Ist heute hier aufgeschlagen, also, ich hab ihn ..., egal. Was war mit deinem Jan?« Ich bin so unendlich müde, dass mein Kurzzeitgedächtnis versagt.

»Du kannst ihm doch nicht so viel Kohle abknöpfen! Für das Zimmer!«

»Wir führen eine Pension, falls du das vergessen haben solltest«, fahre ich meine Halbschwester an. »Mit gerade mal fünf Zimmern! Wir können es uns nicht leisten, eins davon mitten in der Saison für lau wegzugeben. Unser Geld reicht gerade so.«

Mia wirft trotzig den Kopf zurück. »Mann, Iris, du bist manchmal echt ein Krampf im Arsch!«

0:00. Mias Zimmer

Brief von Elias an Oma Hedwig

... Niemals mehr ein Sommer voller Mücken mit dir, niemals wieder mit dir an ein heimliches Plätzchen huschen, wo uns selbst Martha nicht findet, niemals das Kind, das du unter deinem Herzen trugst, zu kitzeln und lachen zu hören – was soll das für ein Leben sein? Jetzt wirst du wieder böse. Aber du, meine Liebste, was du auch sagst, ich spüre doch, dass es das unsere ist, und deshalb muss dein Herz ein wenig mutig sein. Nimm das Kind und besteig das nächste Schiff, das euch über den Ozean bringt, der uns trennt ...

Alles spricht dafür, dass Bernd der leibliche Sohn von Elias ist. Da kann Opa Conny sich noch so querstellen. In Marthas Aufzeichnungen waren zwei unterschiedliche Geburtstermine eingetragen. Iris' Vermutung, dass Bernd ein Frühchen war und der zweite Termin der eigentlich errechnete Geburtstermin ist, wurde von ihrer in Sachen Geburt allmählich geschulten Tochter widerlegt. Mit schreckgeweiteten Augen deutete Fabienne auf die Stelle, wo das Geburtsgewicht notiert war, und sagte: »Kein vier Wochen zu früh geborenes Frühchen wiegt 3400 Gramm!«

Bleibt also nur eine Erklärung: Oma Hedwig und Martha haben Bernd als Frühchen ausgegeben und ihn Opa Wilhelm als Kuckuckskind untergeschoben. Die Indizienlage war stark genug für mich, um einen Brief an die Adresse in Amerika zu schicken, die als Absender auf Elias' letztem Brief vermerkt war (datiert 1951). Iris hat nur die Augen verdreht. Sie glaubt nicht, dass Elias nach all den Jahren noch dort wohnt.

Aber warum hat Martha sich die Briefe und ihre Aufzeichnungen ausgerechnet kurz vor ihrem Tod noch einmal ansehen wollen? Wollte sie vor ihrem Tod klar Schiff machen und Bernd reinen Wein über seinen wahren Vater einschenken? Aber warum ausgerechnet vor ihrem Tod, Jahrzehnte nach seiner Geburt? Wenn Oma Hedwig dagegen war, hätte Martha ihn ja bereits nach deren Tod kontaktieren können. Ich werde das Gefühl nicht los, dass noch etwas anderes hinter diesen Briefen steckt. Dass Opa Conny mehr weiß, als er zugibt, liegt auf der Hand. Umso wichtiger, ihn zum Reden zu bringen!

Samstag, 2. August

6:20. Pensionsküche

»Vorsicht!« Scheppernd fallen mir der kleine Kupfertopf und eine Plastiktüte mit irgendwelchen Kleinteilen auf die Türschwelle. »Ist was kaputtgegangen?!«, schreit Mia gleich hysterisch hinter mir.

»Und wenn ... das Zeug kommt doch sowieso auf den Müll.«

»Trotzdem: »Pass doch auf!«, schießt Mia nach. Und dann kleinlauter: »Vielleicht kann es ja noch jemand gebrauchen ...«

Zum Glück – Bunsenbrenner, Thermometer, Metalltrichter – das ganze Zeug scheint noch heil zu sein. »Ist das mein Kaffee?« Fragend schaue ich auf die Tasse, die Elke in der Hand hält. Die zuckt nur mit den Schultern und verkündet, als wäre damit alles zu entschuldigen: »Ich habe beschlossen, morgen nach Hause zu fahren.« Wie bitte? Auch Iris guckt, als hätte Elke eben verkündet, ihr Ungeborenes in eine Babyklappe legen zu wollen.

»Ähh ... und das Gössel?«

»Jetzt schaut mich doch nicht so an, als hätte ich vor, einen Hund an der Raststätte auszusetzen. Dann rufen wir eben Torben an, der weiß sicher, was zu tun ist. Mir geht es wie den Hühnern. Ich brauch endlich mal wieder einen ordentlichen Fick. Pedro, du weißt, mein Yogalehrer, der war da wirklich …« Iris und ich sehen uns an.

»Wir sollten dringend die Sachen ins Auto laden.«

10:15. Im Schlangenkönig

Das Zischen der Pfanne übertönt das Klappern der Schwingtür. Ich erschrecke, als jemand hinter mir steht, und denke erst, die Gäste verfolgen mich bis in mein Allerheiligstes. Doch es ist Jan.

»Guten Morgen.« Er drückt mir einen Kuss auf die Lippen.

»Hallo.«

Ich wende Hefeplinsen, und er massiert mir die Schultern. Das ist schön, aber irgendwie auch … nun ja … beengend. Ich flüchte nach vorne in den Schankraum, um die Cappuccinos aus der Maschine zu lassen. Und Jan? Kommt nach.

»Tut mir leid, ich hab dir ja gesagt, ich hab viel zu tun.« Jan nimmt mir die fertig geschäumten Heißgetränke ab, lächelt nur und sagt: »Dann helfe ich dir eben.«

11:45. Vor der Pension

»Hallo, Frau Neuberger! Post für Sie!« Vorne am Anleger winkt unsere Postbotin mir von ihrem Kahn aus zu. Der kleine Jan (den ich zur Unterscheidung von ›Mias Jan‹ so nenne) und ich hieven drei Pakete – vermutlich unsere neue Schuhputzmaschine, den Tresor und diverse Haarföne – an Land. Dann wird mir noch ein Brief in die Hand gedrückt. »Der war wohl nicht zustellbar. Adressat unbekannt verzogen. Schönen Tag noch!«

Auf dem gemeinten Brief prangen diverse Stempel und da-

runter in Mias Handschrift: die Adresse von Elias Ringelblum in den USA. Tja – wie ich es mir schon gedacht habe …

Ein Auto hält vor dem Fließ. Sigrid winkt mir zu, und Fabienne steigt aus, stockt allerdings auf halbem Wege, als sie sieht, wer neben mir steht. Robin kommt von der anderen Seite des Autos zur ihr geschlendert. Hat der jetzt auch bei Lydia übernachtet? Fabienne hebt halbherzig die Hand zum Gruß.

»Hi!«, sagt Jan und betrachtet Fabienne von oben bis unten. An ihrem mächtig gewölbten Bauch bleibt sein Blick hängen, und er schluckt. »Wow! Krass!«

Fabienne legt instinktiv schützend die Hände um ihren Unterleib. Robin schaut von einem zum anderen und hilft Fabienne auf den Ziehkahn. Dann weist er mit dem Kinn auf Jan. »Ist das …?«

Sie nickt.

»Brauchst du mich?«, fragt er hoffnungsvoll.

Sie schüttelt den Kopf. »Nein, ich … Besser, du gehst, glaub ich.«

Kaum hat Fabienne festen Boden unter den Füßen, dreht Robin sich um und zieht sich mit aller Kraft zum anderen Ufer zurück.

»Was war denn das für'n Vogel?«, fragt Jan leider so laut, dass Robin es hört.

»Das war Robin, Fabiennes Freund«, fühle ich mich bemüßigt zu sagen, und Fabienne sieht mich an, als hätte ich soeben Einzelheiten über ihre morgendliche Verdauung preisgegeben.

»Okay«, fange ich an. »Die Sachen müssen ins Haus, vielleicht könnt ihr das eben …«

»IRIS!« Schreie vom Haus lassen mich herumfahren. Elke kommt angelaufen.

»Iris! Komm schnell, da ist eine gebissen worden! Mal wieder diese Ganter!«

13:20. Spreewaldklinik Lübben

»Sieh an, was für eine appetitliche Erscheinung in diesen schnöden Hallen!« Vor mir steht Benno und grinst. Er trägt einen Verband um den Kopf. »Wolltest du mich besuchen?«

»Ähm, nein«, sage ich. Und er: »Schade. Ick hatte schon jedacht, du würdest dir Sorgen um mich machen.« Ich lenke ab: »Ich habe das Opfer eines Gänseangriffs hergebracht. Es hat einen Feriengast erwischt.« Ich deute auf den Eingang zum Behandlungszimmer neben mir. »Jetzt mal im Ernst: Wie ist das denn passiert?«

»Ick war in Rage und bin zu schnell jeheizt. Und denn war da beim Überholen plötzlich ... ick dachte, ick nehm lieber den Baum als den LKW.«

»Und jetzt? Was ist mit deinem Kopf?«

»Na, ick wollte gerade zum CT, aber denn hab ick dich hier stehen sehen.«

»Herr Franke?« Eine Schwester eilt herbei. »Wo bleiben Sie denn?« Sie sieht mich genauer an. »Sind Sie nicht ... Sie sind doch eine der Damen, die immer die alte Frau Dubizak besucht haben?« Ich nicke. »Wie geht es ihr denn?«

»Ich hoffe, gut. Da, wo sie jetzt ist. Sie ist verstorben.«

»Oh! Das tut mir leid.« Einen Augenblick weiß keiner, was er sagen soll. »Hat Frau Dubizak ihn denn noch erreicht ...?«

»Ähm, wen erreicht?«

»Na, ich sollte doch für sie nach diesem Mann suchen. Aber die im Altenheim haben mich ja nie zu ihm durchgestellt. War angeblich jedes Mal unterwegs.«

»Was war das denn für ein Mann, den Sie ...«

Die Schwester wirft einen Blick auf ihre Armbanduhr. »Ach Gott, wir müssen, Herr Franke. Die warten doch schon auf uns.« Benno lächelt. »Ick fürchte, du musst noch mal wiederkommen, wenn du mehr erfahren willst.«

15:30. Küche
Verschnaufpause. Während Jan sich über sein zweites lauwarmes Stück Kirsch-Prasselkuchen hermacht, habe ich auf der gesamten Arbeitsfläche Backpapier ausgerollt und erwecke in Bildern die Abenteuer der Hühnerdamen mit dem Fuchs, der unsere liebe Pawlowa ermordet hat, zum Leben, um Grundschülern das Zählen nahezubringen. Denn: Ein Schulbuchverlag will seine Unterrichtsbücher neu auflegen, und Jan arbeitet da mit und hat bei der Suche nach »frischen, jugendaffinen« Illustrationen an mich gedacht! Meine Wangen glühen – diesmal aber nicht vor Hitze, sondern vor Freude. Auch Jan wirkt begeistert.

»Nicht zu glauben, dass dir das einfach so einfällt. Kein Wunder, dass ich mich Knall auf Fall in dich verliebt habe.« Schlagartig wird mir heiß und kalt. Ich lasse den Bleistift sinken und schließe die Augen.

»Mia!?« Hinter uns fliegt die Tür auf. Iris. »Sag mal, essen wir den Kuchen jetzt selbst? – Draußen sitzt eine Gesellschaft und wartet darauf, bedient zu werden!«

»Man wird ja wohl mal fünf Minuten Pause machen dürfen.«

»Die Herrschaften da draußen sprachen eher von einer guten Viertelstunde. und hast du die Kofferablagen abgeholt?«

Shit. Ich schnappe mir den Block, um draußen die Bestellungen aufzunehmen.

23:00. Vor dem Grundstück der Schwestern
»Was war denn das in dem Glasballon?« Mist. Jan hat beim Einräumen der Einkäufe meine Maische entdeckt. »Ach, das ... das ist nur ein Experiment.« – Ich nehme Jan mein Fahrrad ab und schiebe etwas schneller.

»Sag mal, soll ich für euch morgen zum Wertstoffhof fahren? Ich hab ja heute erlebt, dass ihr kaum zum Atmen kommt.«

»Nein!« Meine Gegenwehr kommt wohl etwas hastig. »Ich meine, das ist nett von dir ... aber ich muss morgen sowieso in die Stadt ...« Ich lasse mein Fahrrad ein gutes Stück neben den Volvo in die Wiese vor dem Fließ fallen und fange an, den Kahn zu uns herüberzuziehen.

»Ach, guck mal, deine Schwester hat das sowieso schon erledigt.« Ich schnelle herum. Tatsächlich. Der Kofferraum ist leer. Jan schaut mich erwartungsvoll an. »Umso besser«, sage ich zerknirscht.

23:30 Im Wohnzimmer der Remise

»Ich habe Frau Mielke angefragt, ob sie uns unterstützen will«, erzähle ich Mia. Frau Mielke, meine Assistentin bei meinem ersten und letzten Managerseminar im Spreewald, war überglücklich.

»Dass Sie an mich gedacht haben!«

Und ich war noch glücklicher.

»Frau Mielke, erstens habe ich noch etwas gutzumachen. Und zweitens verspreche ich Ihnen: Unsere Gäste tragen nur äußerst selten Kostüm und Anzug, sind im Allgemeinen entspannt und in Ferienlaune, und PowerPoint-Präsentationen müssen Sie auch nicht machen.«

»Echt? Und?«, sagt Mia.

»Sie fängt morgen an. Vormittagsschicht im Schlangenkönig, übernimmt Frühstück und Betten, sodass du bis 13 Uhr frei hast. Nachmittagsschicht in der Pension, sodass ich meine Kundentermine machen kann.«

»Aber das kostet uns ... also dich extra.«

»Ja, aber irgendjemand sagte mir mal, man muss delegieren können.« Ich grinse Mia an.

⌧ **SMS von MIA an ANJA**
»Ich brauche deine Hilfe. Operation Conny.«

»Jetzt aber Feierabend.« Darauf stoßen wir an. Das erste Glas trinken wir – bis auf eine SMS bei Mia – schweigend.

⌧ **SMS von ANJA an MIA**
Allzeit bereit. Wann? Was? Wo?

Unser zweites Glas trinken wir warm. »Erinnerst du dich noch an die kleine, rothaarige Krankenschwester, die Martha immer so umsorgt hat? Ich habe sie heute kurz getroffen. Sie wollte wissen, ob Martha ›ihn‹ noch erreicht habe.«

»Wen, ihn?« Mia ist auf dem Sofa hochgeschnellt. »Meinst du, Martha wollte Elias ebenfalls ausfindig machen?«

»Keine Ahnung.«

»Du musst noch mal ins Krankenhaus fahren.«

»Mhh …«

»Liegt Benno nicht sowieso dort?«

»Mh.«

»Torben hat erzählt, du bist dorthin gerast. – Iris?«

Ich glaube, Iris stellt sich schlafend. Gut, dass ich noch ›Operation Conny‹ in petto habe.

⌧ **SMS von MIA an ANJA**
Ich hol dich um fünf Uhr ab.

✉ **SMS von ANJA an MIA**
Morgens?!

Sonntag, 3. August

5:20. Wertstoffhof

RATSCH. »Wat war das …?« Anja sitzt auf dem Zaun und guckt panisch nach hinten.

»Nicht bewegen, ich glaub, dein …« Doch da verliert Anja das Gleichgewicht und muss auf die andere Seite des Zauns springen. Oben an der Spitze weht jetzt ein grellpinker Stofffetzen.

»Mein Kleid!« Anja dreht sich um. Ich muss lachen. Im Himmel leuchtet schon das erste Morgenrot, und hier, unter der Straßenlaterne, leuchten Anjas weiße Pobacken.

»Hast du keinen Slip an?«

»'türlich.« Sie hebt den Rest ihres zerfetzten Kleids an, und zum Vorschein kommt ein ebenso pinker Stringtanga. Logisch, was sonst. Anja schaut entschlossen. »Ick will eine gleichberechtigte Beteiligung, solltest du wirklich Marthas Erbe antreten.«

»Das ist Erpressung.«

»Entschuldije, dit Teil hier hat mich ein Vermöjen gekostet! – Und der Selbjebrannte, der würd sich super verkoofen bei mir im Laden. Bückware natürlich.« Sie grinst.

11:00. Ehemaliger Kahnschuppen neben dem Schlangenkönig

Ich stehe vor dem Berg Blech, das Anja und ich in den Schuppen neben der Terrasse gebracht haben, wie die Jungfrau vor dem Kind. Wie gehören diese Teile nur zusammengesetzt? Soweit ich mich erinnere, stand der Bunsenbrenner unter dem großen Kessel, und dieses Kupferrohr …

»Na, ausgeschlafen? Ich dachte, du hast ab jetzt vormittags frei. Ich wollte dich zum Schwimmen entführen. – Was machst du denn dadrinnen?«

»Ähh, ich …, nichts.«

Doch Jan ist schon an mir vorbei. Er sieht mich ernst an: »Ist das der Wertstoffhof von Feulenitz? Und die Maische ist auch deine erste?«

Ich nicke. Jan wusste anscheinend schon Bescheid, als er gestern den Glasballon mit der Maische im Vorratsraum entdeckt hat. Ich kann immer noch nicht glauben, dass ausgerechnet Jans Opa als Obstbauer ein Brennrecht hatte und Jan das Schnapsherstellen quasi von der Pike auf gelernt hat. »Hast wohl gedacht, einem Lehrer sei nicht zu trauen, was?« Er zieht mich zu sich. »Also gut. Ich helfe dir, wenn deine angesetzte Kirschmaische was geworden ist.«

»Echt?« Ich küsse Jan stürmisch.

Zur selben Zeit. Vor dem Auslauf der kinderlosen Gänse

»Ich habe Irene heute in die Klinik nach Berlin gebracht.« Ich starre Torben begriffsstutzig an. Wir stehen hier seit fünf Minuten, weil Elke mal »in Ruhe« austreten wollte, und haben ein Auge darauf, dass die beiden jungen Gänse, die Torben vorhin gebracht hat, mit Tweety Freundschaft schließen, anstatt die kleine Gans zu massakrieren.

»Klinik?«

»Ja, für Psychiatrie und Psychotherapie. Die machen dort, na ja, Traumatherapien und so. Ein … Freund von mir ist dort Oberarzt und hat mich beraten. Ich glaube, Irene ist dort gut aufgehoben, und sie wollte es so.«

Ich nicke lahm.

»Ich glaube, sie hat verstanden, dass Benno das nicht aushalten kann. Es gab einen schlimmen Streit vor dem Unfall, weißt du?«

Ich schüttle den Kopf, erinnere mich aber, dass Benno gesagt hat, er sei in Rage gewesen und deshalb viel zu schnell gefahren.

»Blöder Penner, tauchst hier kurz vor der Geburt auf und spannst mir meine Freundin aus, ja?!«, brüllt jemand hinter uns.

Ich drehe mich um. Robin betätigt den Ziehkahn mit Godzilla-artigen Bewegungen. Offenbar hat er das traute Zusammensitzen von Fabienne und Jan auf dem Bänkchen am Fließ falsch interpretiert. Jetzt steht Jan auf und baut sich am Anleger auf.

»Penner sagst du nicht zu mir, du Lauch, klar?«

»Nee, Sacknaht passt auch besser!«

Jan wirft Fabienne, die jetzt auch aufgestanden ist, einen Blick zu und schaut dann wieder zu Robin.

»Guck dir die Frau doch mal an! Die sieht gut aus, die ist nicht blöd – glaubst du, die steht auf so 'ne Evolutionsbremse wie dich?«

»Robin!«, kreischt Fabienne und springt zum Ufer, aber da ist es schon geschehen. Robin hat einmal kräftig genickt, und Jan geht zu Boden.

»Aua!«, sagt Torben.

Fünf Minuten später. Vor der Pension

»Aua!«, näselt Jan aus seinem Liegestuhl zu mir herauf. Er berührt vorsichtig tastend seinen Nasenrücken, unter dem zwei

riesige blutige Wattebäusche aus den Nasenlöchern in die Welt staken.

»Na und? Wenigstens benimmt er sich nicht wie der letzte Proll!«, brüllt Fabienne, die seit seiner Kopfnuss mit Robin am Fließ steht und streitet.

»Hat der Lutscher dir schon seine Zunge in den Hals gesteckt?!«, brüllt Robin zurück.

Jan zu meinen Füßen verleiert die Augen. Ich funkele ihn böse an und gebe ihm zu verstehen, dass er genug angerichtet hat. Als ich mich umdrehe, sehe ich gerade noch, wie Fabienne schwankt und zu Boden geht.

11:30. Schuppen des Schlangenkönigs

»Hast du ein Vinometer?«

Ich zucke mit den Schultern und deute auf die Schale, in der ich alle Dinge aus Marthas »Labor« gesammelt habe. Jan fischt eine Pipette und eine Art Fieberthermometer mit Auffangtrichter hervor. Ausgerechnet jetzt klingelt mein Telefon. »Iris? Moment …« Ich trete vor den Schuppen. »Oh Gott, meinst du, das Kind kommt?«

14:00. Spreewaldklinik Lübben

»Fabienne hatte vorzeitige Wehen, aber keine, die die Geburt vorantreiben«, erkläre ich Benno, den ich besucht habe. »Die Ärztin wollte sie trotzdem zur Beobachtung dabehalten«, plappere ich weiter.

»Trotzdem bist du, was haste, was kannste, direkt zu mir jelaufen jekommen.«

Ich ziehe eine kindische Fratze. »Nur, weil meine Halbschwester mir einen Auftrag erteilt hat.«

»Lass mich raten, du solltest zu mir jehen, deine Arme um mich legen und mich knutschen, als wenn 's keen Morgen jäbe.«

»Ähm, nein. Meine Schwester will, dass ich dich frage, wie die Krankenschwester hieß, die dich gestern zum CT gebracht hat. Wir können uns beide nicht mehr erinnern.«

»Die kleine Rothaarige? Lina, glaube ich. Bist wohl neujierig, wen die alte Martha da unbedingt noch erreichen wollte, was?« Er zieht mich mit einem Ruck zu sich, sodass mein Oberkörper quer auf seinem Bett liegt und mein Gesicht ganz nah vor seinem ist.

»Meine Schwester ist neugierig!«, sage ich würdevoll und bringe – ZACK – Hand und Contenance in Sicherheit.

15:00. Schlangenkönig

»Einen Kirschgeist zum Kirschkuchen?«

Opa Conny sieht mich mit seinen Knopfaugen misstrauisch an. »Der Fusel von gestern?«

»Nein, … einen Frischgebrannten.« Ich schiebe ihm das Glas, das ich hinter meinem Rücken versteckt gehalten habe, über den Tisch. Opa Conny riecht dran. Und schiebt das Glas von sich weg. »Dit trink ich nich. Dit riecht nach Klebstoff, wenn de mich fragst.«

Also bitte. Dann bin ich eben selbst mein Vorkoster. Energisch ziehe ich das Glas vom Tisch, nehme einen ordentlichen Schluck und – huste. Boah, ist das scharf!

»Ebent. Schmeckt wie Schrauben und Nägel, sach ich ja. Ist nich jut für die Oogen.« Opa Conny zeigt auf seine kleinen scharfen Augen und grinst hämisch. »Ick nehm 'nen Kaffee. Schwarz!«

Was ist denn da nur schiefgelaufen? Fest steht, damit löse ich Opa Connys Zunge nicht!

Zur gleichen Zeit vor dem Schwesternzimmer in der Klinik

Schwester Lina erweist sich als äußerst gesprächig, nachdem ich ihr versichert habe, dass ich Martha sehr gut gekannt habe.

»Ja«, sagt sie. »Das war so. Die Frau Dubizak, die kam irgendwann abends am Schwesternzimmer vorbei und hat mich da am Computer sitzen sehen. Und da hat sie mich gebeten, eine Adresse für sie herauszufinden. In Paris. Jemanden von früher. Der trug … Das war so ein besonderer Name. Gänsebl…, nein, Ringelblum. Elias Ringelblum. Ein sehr besonderer Name, finden Sie nicht?«

Ich nicke nachdenklich.

»Und haben Sie Elias Ringelblum ausfindig machen können?«

»Mein Sohn hat ihn gefunden. In einem Altersheim in Paris. Die Frau Dubizak wollte dann, dass ich da für sie anrufe. Ich sollte ihm mitteilen, dass Martha ihm unbedingt etwas sagen müsse. Etwas sehr Wichtiges!«

23:30. Pension. Jans Zimmer

März '49

Du, meine Liebste, warum schreibst du mir nicht? Du weißt nicht, wie das ist, wenn die Lippen sprechen sollen: ›Vergiss sie‹, aber nichts anderes herausbringen als ›Ich liebe sie‹ …

August '51

Du, meine Liebste, ich lasse dich nun. Meine Seele weint und verbietet mir, mich dir zu nähern, denn sie hat dein Schweigen ja längst verstanden. Meine Flamme war nicht heiß genug, um unsere Herzen zu einem zu schmelzen.

»Das muss eine richtig große Liebe gewesen sein«, flüstert Jan und schaut mir intensiv in die Augen. Bäuchlings liegen wir auf seinem Bett, Elias' Briefe vor uns. Sanft streicht er mir über die Wange, über die Lippen, küsst meinen Hals, dreht mich zu sich. »Du bist wunderschön.«

»Vorsicht, die Briefe«, ich ziehe sie unter meinem Kopf hervor und richte mich auf. Jans nächsten Kuss erwidere ich nur zögerlich. Ich trinke einen Schluck Wasser.

»Eure Oma muss eine kalte Frau gewesen sein, dass sie ihm nie auch nur einen einzigen Brief zurückgeschrieben hat.«

»Sie wird ihre Gründe gehabt haben«, entgegne ich etwas zu heftig.

»Ich finde, das hat etwas mit Respekt zu tun«, jetzt fällt auch Jans Antwort etwas schärfer aus.

Wir sehen uns an. Hier geht es irgendwie auch um uns. Ich stehe auf. »Ich bin müde.«

»Du kannst auch hier schlafen«, versucht Jan sofort mit weicher Stimme einzulenken.

»Ich glaube, das wäre Iris nicht recht.«

Montag, 4. August

10:25. Parkplatz vor der Spreewaldklinik Lübben

»Kommt überhaupt nicht in Frage«, trompete ich quer über den Parkplatz. Fabienne verdreht die Augen, die zum Glück ihren alten Glanz zurückhaben. Sie darf wieder nach Hause. Will allerdings partout nicht mit mir mitfahren. Denn wer steht da vor uns auf dem Parkplatz und bringt meine Tochter zum Strahlen? Robin, der von Jan junior informiert wurde, wo Fabienne zu finden ist und warum. Die Charaktergröße von Fabiennes Kindsvater stimmt mich irgendwie hoffnungsvoll …

»Robin fährt doch vorsichtig«, sagt sie. Es geht darum, dass Robin die abwegige Idee im Kopf hat, meine Tochter mit seiner Vespa nach Hause zu bringen.

»Mama, bitte! Sonst muss Robin mit der Vespa und ich mit dir im Auto, und …«

»Ick hätte ja 'ne bessere Idee!« Drei Köpfe fahren herum – zu Benno, der gestiefelt und gespornt und nur mit einem kleinen Pflaster auf der Stirn hinter uns steht. »Ihr beide fahrt mit dem Auto.« Er zeigt auf Robin und Fabienne. – »Und wir zwei Hübschen fahren mit dem hei...« Er mustert die Vespa kritisch. »Also mit dem Teil hier«, schließt er.

»Benno, bist du sicher, dass in deinem Oberstübchen wieder alles okay ist?«

10:30. Schuppen am Schlangenkönig

»Die Nase macht den Meister«, sagte Jans Opa immer. »Und für blutige Anfänger gibt die Temperaturanzeige weitere Anhaltspunkte«, hat dessen Enkel ergänzt und mir seinen mittlerweile bekannten strengen Blick zugeworfen. Das Destillat tropft vorschriftsmäßig langsam aus dem Kühlbecher.

»Frau Mann!« Mist. Ausgerechnet jetzt. Frau Mielke. »Frau Maaahaaann! Telefon für Sie!«

Ihre Stimme kommt näher. Schnell stehle ich mich hinaus und mime die Unschuld. »Was gibt's, Frau Mielke?«

»Ach, ich dachte schon, Sie wären gar nicht da. – Telefon für Sie. Ein junger Mann, er sagt, es wäre dringend. Irgendwas mit Kommission und Sternen?«

»Und Iris?« Frau Mielke zuckt nur mit den Schultern.

Zur selben Zeit. Auf der Landstraße

Ich muss bescheuert sein. Lag es daran, dass Fabienne und Robin mich angeschaut haben, als wäre es schon abwegig, dass jemand in meinem Alter sich ohne Vollmaskierung überhaupt auf die Straße traut? Jedenfalls habe ich Robin den Autoschlüssel zugeworfen und sitze jetzt hinter Benno, der den Fahrtwind trotz seines breiten Rückens nur leidlich abschirmt. Es gibt keine bessere Kühlung. Benno wird langsamer.

»Eine kleine Erfrischung?« Dort, wo er hinzeigt, glitzert ein kleiner, von Büschen umrahmter See verheißungsvoll in der Sonne.

Etwas später vor dem Grundstück der Schwestern

Als ich gehetzt vor unserem Fließ ankomme, hilft Jan dem weiblichen Kommissionsmitglied gerade aus dem Kahn. Iris, die die Gutachter empfangen wollte, ist anscheinend verschollen. Ich höre noch, wie Jan sagt, er wolle ihnen gerne erst mal die Außenbereiche und die Ställe zeigen, schließlich sei unser Konzept ja auf »Leben mit und in der Natur« ausgelegt. Während er die beiden vor sich her zur Schafweide schiebt macht er mir Zeichen, hinter das Haus zu gucken.

Lautlos setze ich mit dem Kahn über und laufe eilig ums Haus herum. Sofort sehe ich das Problem. Auf den Frühstückstischen hinter dem Haus steht noch das Geschirr. Und unsere Hühner machen sich samt Kater Messerjocke über die Reste her! KSCHSCHTTT! Ich verscheuche die Tiere, staple das Geschirr auf den Buffetwagen. Dann linse ich um die Ecke. Die Luft ist rein. Ich reiße die Tür zur Remise auf und wuchte den Wagen über die Schwelle. In der Pension herrscht – auf den ersten Blick – Ordnung. Ich will schon aufatmen, als ich oben Gekeife höre.

»Ich möchte auf keinen Fall noch eine Nacht länger mit euch in einem Zimmer schlafen!«

Ich stolpere die Treppe hoch und verheddere mich, oben angekommen, fast in einem Wäscheberg, der oben im Flur liegt. Mann, Iris, was ist denn in dich gefahren?

Ein kleiner glitzernder See umrahmt von Büschen …

»Der ist außerdem bestimmt mit irgendwas kontaminiert, sonst wären hier doch noch andere Badegäste«, sage ich und füge

damit das letzte Glied an meine ausufernde Argumentationskette.

»Seit ick jehört hab, dass du neulich abends wie die wilde Wutz zu mir in die Klinik jerast bist, hast du keine Chance mehr, Iris. Dit sagt mir nämlich, dass ick dir nich egal bin.«

Er zieht mich an sich. Mein kleiner innerer Preuße kann mich mal. Soll er doch an seinen ewigen Vernunftappellen ersticken! Ich will Benno küssen, und wenn die Welt daran zu Grunde geht. Als sich unsere Lippen berühren, explodiert ein ganzes Sprengstofflager in mir. Mein Handy piept.

»Lass das Scheißding«, sagt Benno heiser, aber dieser blöde Mist-Preuße weigert sich hartnäckig, den Dienst zu quittieren, und brüllt seine Befehle so laut, dass … Ich winde mich aus Bennos Umarmung.

🖂 SMS von MIA an IRIS

Wo bist du?! Die Kommission ist da!

Im ersten Stock der Pension. Suite

Hier oben ist ein veritabler Zickenkrieg im Gange. Die Blonde mit dem Pferdeschwanz zeigt ihr Temperament und fegt gerade die gesamte Kosmetik ihrer Freundin von der Kommode.

»Du kannst dich ja gleich zu Udo ins Bett legen! Sollen wir Betten tauschen, ja? Kannst du haben.« Damit knallt sie ihrer blutarmen Freundin erst eine Decke und dann ein Kissen ins Gesicht.

Wenn die beiden so weitermachen, kommt die Kommission in eine völlig verwüstete Suite. Endlich haben die beiden mich bemerkt. Für eine Schockminute herrscht Ruhe, die ich nutze: »Ich bin zufällig Zeugin Ihrer … Diskussion geworden … und wenn es Ihnen hilft, kann ich Ihnen ein weiteres Zimmer in unserem Gasthof anbieten.«

Am Straßenrand im Nirgendwo

Mein nach oben gereckter Daumen ist meine letzte Hoffnung, auf schnellstem Wege nach Hause zu kommen. Nach unserer kleinen See-Exkursion sind Benno und ich nur noch wenige Kilometer weit gekommen, bevor der Motor zu spotzen begann, schließlich final rülpste und seinem Leiden erlag. Benno greift beschwichtigend nach meiner Hand. »Jetzt mach dich mal locker. Ick bin sicher, deine kleine Schwester wird das Kind schon schaukeln.«

Zurück in der Pension

Gerade noch rechtzeitig habe ich zusammen mit den beiden befriedeten Damen das Gröbste in der Suite bereinigen können, als ich von unten die Kommission höre. »Jetzt möchten wir aber wirklich gerne mal die Pension von innen sehen.«

Ich laufe aus dem Zimmer auf den Flur und stoße fast mit Elke zusammen, die aus dem Zimmer von Fabiennes Exfreund kommt. »Das kleine Bad fehlt noch«, wispert sie. Mein Blick in selbiges lässt mir den Atem stocken. Was für ein Chaos. Kurzerhand schiebe ich Elke ins Bad und werfe den Wäscheberg hinterher. »Besetzt, okay?« Puh! Ich atme durch, wische mir den Schweiß von der Stirn und gehe möglichst gelassen die Treppe hinunter.

Abend. Schlangenkönig

»Wie habt Ihr das bloß gemacht? Das muss doch ein Mörderstress gewesen sein, so, wie ich alles hinterlassen hatte«, frage ich Mia, die mit roten Backen hinter Jan steht und soeben eine geeiste Gurkensuppe für alle serviert hat. Alle sind dankbar für

die kühlen Getränke, die Anja auf dem Tisch abstellt. »Alle«, das sind außer Jan auch Fabienne, Robin und der kleine Jan (die beiden Kerle haben sich vorhin die Hand geschüttelt wie Ehrenmänner). Außerdem sitzen hier noch Elke samt Gössel im Karton und – Benno mit Opa Conny. Jan greift mit beiden Armen hinter sich und zieht Mia an sich. Er schaut zu ihr hoch. »Wir sind halt ein gutes Team!«

Das lässt sich nicht von der Hand weisen. Drei sogenannte G-Sterne prangen jetzt vorne an der Pension. Die Kommission hatte die Plakette direkt dabei.

»Arschloch!«, tönt es einmal laut über die Terrasse. Das kam aus dem verwaisten Gastraum. Für einen Moment ersterben die Gespräche an den Tischen auf der Terrasse. »Verdammt noch mal, Svenja. Das hast du auch vorher schon gewusst …«, zischt es in die betretene Stille hinein. Wenig später erscheint Maik in der Terrassentür, wie um sich zu versichern, dass niemand etwas mitbekommen hat. Sein Blick bleibt ganz kurz an Mias und Jans harmonischer Zweisamkeit hängen, dann macht er sich daran, einen Tisch abzuräumen.

Später am Abend

Ich würde sagen: Jetzt könnte der richtige Zeitpunkt sein. Ich habe Zeit, und die fröhliche Runde am Tisch ist reichlich angesäuselt. Opa Conny mustert die kleine etikettlose Flasche, die ich vor seine Nase stelle. »Feinste Bückware!«, sage ich, stelle eine Handvoll Gläser auf den Tisch und setze mich neben ihn. Ich schenke ein. Opa Conny schnuppert misstrauisch, bevor sich seine Miene aufhellt. »Duftet wie Quasselwasser«, sagt er, »dit könnte meine Zunge lösen.« Er plinkert mir verschwörerisch zu.

»Quasselwasser?« Hier werden offenbar Insider ausgetauscht, denke ich ein bisschen eifersüchtig. Anja lässt sich neben mich plumpsen, wodurch ich näher an Benno gedrängt werde. Ich halte die Luft an, denn Bennos Hand ist wie zufällig auf meinen Oberschenkel gerutscht und schiebt meinen Rock drei Zentimeter höher.

»Jawoll!«, sagt Opa Conny und hält sein Gläschen wohlgefällig gegen das Licht. »Dit is mal 'n feiner Tropfen.« Mia und Jan tauschen einen ›Give-me-Five-Blick‹. Die Wangen meiner Halbschwester glühen.

»Hast du den aus Bayern mitgebracht, Jan?«, frage ich. Jetzt errötet er. »Ge-genau«.

»Ähm, Jans Opa hat Obstwiesen!«, schiebt Mia erklärend hinterher und strahlt in die Runde. Opa Conny bedenkt sie mit einem sibyllinischen Lächeln.

»Gut. Dann erzähl mal, Opa Conny!

»Bitte, du *musst* uns einfach sagen, was du weißt! Dieser Elias ist doch vielleicht unser Großvater …« Er druckst herum.

»Ihr müsst dit vastehen«, fängt er dann an. »Die Martha, die war wat Besonderes für mich. Ick will nich, det …«

»Ja?«, fragen Iris und ich wie aus einem Mund.

Der alte Mann fährt sich verzweifelt durch sein lichtes Zauselhaar, bis es in alle Richtungen absteht. »Die hat Schlimmes erlebt, als sie jung war, die Martha«, sagt er gewichtig. »Richtig schlimm war det.« Er hebt ein weiteres Glas zum Mund und lässt sich den scharfen Obstler durch die Zahnlücken in den Rachen rinnen. »Erst sind die Eltern einjejangen wie die Fliejen, als se noch'n Kind war. Stand dit arme Ding alleene da von einem Tag uff den anderen. Und denn hat dit Schwein von Bauer, wo se denn als kleenes Mädchen schuften musste, sich an ihr verjangen. Immer wieder isser ihr an die Wäsche …« Er krallt seine Finger um sein Glas. Wir starren ihn gebannt an. »Und denn, nach zwei Jahren, als die Bäuerin ihm uff die Schliche jekommen is, da hat se die Martha mit der Viehpeitsche vom Hof jeprüjelt.«

Eine leichte Schockstarre hat uns in Ölgötzen verwandelt. Sogar Benno hat seine Hand anstandshalber zurückgezogen.

»Die Martha hat bei der Hedwig und ihrer Mutter Asyl jefunden. Dreizehn war se da und die Hedwig achtzehn. Hat dafür jesorgt, det die Martha noch zur Schule jehen durfte und det se Hebamme jelernt hat. Und als der Wilhelm eure Oma einundvierzig heiraten wollte, hattse druff bestanden, det die Martha mit uff den Hof darf. Und dafür hat die Martha …«

Opa Conny verstummt und blinzelt uns prüfend an. »Na ja, ihr wisst ja eh Bescheid. Also die Martha hat jeschwiejen, det die Hedwig den Wilhelm betrogen hat, als er im Krieg war.«

»Mit Elias«, wirft Mia ein, die mehr hören will. Opa Conny nickt und starrt auf den Tisch.

»Und dann?« Der Alte seufzt schwer. Sagt nichts mehr.

»Was war denn dann, als …«

Er schaut auf und schlägt unwillig mit der flachen Hand auf den Tisch. »Mädchen, ick kann dir nich sagen, ob euer Jroßvater nun Elias oder Wilhelm heißt. Ick war ja nich dabei. Ick war in Kriegsjefangenschaft bis sechsundvierzig. … Der kleene Knirps sah aus wie die Hedwig. Aber die Martha war sich sicher, dit Kind hat der Elias der Hedwig jemacht. Und der Wilhelm hat's doch ooch immer irjendwie jespürt. Vaterliebe konnte man dit nich nennen, wie er dem Jungen bejegnet ist. Na, und denn wurd die Ehe unglücklich. Der Wilhelm hat jepimpert, wat bei drei nich uff die Bäume war, und denn ooch noch die Anni Nowack. Da kam denn die Marlies raus. Dit hat aber ooch keener jewusst außer Martha.«

Mia will dem Alten nachschenken, aber der hält seine Hand über das Glas: »Abfüllen kannste mich nich, da pass ick auf. Die Martha wollte dem Elias die Briefe und den Kram da jeben, dit Buch, is doch klar, oder nich?«

»Seine eigenen Briefe? Warum denn das? Ging es um Bernd? Weil Marthas Aufzeichnungen belegen, dass er sein Sohn ist?«

Opa Conny sieht Mia mit glasigen Augen an.

»Jenau. Dit war 's.«

Ein guter Lügner ist Opa Conny nicht. Auch Mia hat die Finte sofort gerochen.

»Weißt du, warum Hedwig ihm nie geantwortet hat?«

Der Alte wiegt seinen knuffigen Altmänner-Oberkörper nach rechts und nach links. Er steht irgendwelche Qualen aus, so viel steht fest.

»Warum?! Warum?!«, stößt er schließlich hervor. Der gutmütige Alte starrt Mia jetzt regelrecht verärgert an. »Also ick finde, det jeht nur die Martha an und sonst keenen. Ick sage keen Wort mehr!«

Nach Mitternacht. Auf dem Weg zur Pension

»So ein Schlitzohr. Er hat keine unserer Fragen beantwortet!« In Jans warme Armbeuge gekuschelt, stapfe ich über den »Landweg« zu uns nach Hause.

»Ich würd gerne bei dir schlafen heute«, flüstere ich und nestle an Jans Hemdkragen.

Er sieht mich an. »Sicher?«

»Ja.«

Immer noch im Schlangenkönig

»Also, irjendwie schmeckt das Zeug aus dieser Pulle hier wie Diesel. Da hat Jans Opa aber Mist jebaut«, sagt Benno und schnuppert noch einmal prüfend an seinem Glas.

»Wenigssens hätte ich nich gleich drei Gläser davon dingsen sollen – oder waren es – hicks – vier?«, höre ich mich sagen.

»Iris, geht es dir gut?«

Ich versuche Benno so würdevoll wie möglich zu fixieren.

»Oh ja, hicks!«, sage ich und kneife die Augen zusammen. Als ich sie wieder öffne, küsst Benno mich wild, eine seiner Hände nestelt an meinem Rücken unter der Bluse am BH herum. Die andere Hand … Himmel! Ich löse mich benommen.

»Benno? Wir können doch nich … nich hier!«

»Seid ihr ausgebucht?«

Ich schüttle den Kopf. Sehe Benno aufstehen, schwankend Lichter löschen. Plötzlich baumelt einer unserer Zimmerschlüssel vor meinen Augen, dann verliere ich den Boden unter den Füßen, weil Benno mich hochhebt und geradewegs in den siebten Himmel hineinträgt.

Dienstag, 5. August

9:00. Vor der Pension

»Guten Morgen!« Mia und Jan kommen – frisch geduscht – aus der Pension. Alles klar. Das war dann wohl die erste offizielle Liebesnacht. Und nach Mias Laune zu urteilen, war es eine schöne.«

Morgen!«, Fabienne brüllt mir fast direkt ins Ohr, als sie mir – ebenfalls äußerst gut gelaunt – einen Kuss auf die Wange drückt. Ich fasse mir an die Schläfe. »Geht's ein bisschen leiser? – Was war denn das gestern für ein Fusel?«, frage ich an Mia gewandt.

»Wieso?« Mias Ton ist scharf. Wieso fühlt die sich denn jetzt persönlich angegriffen? »Also, ich hab keine Kopfschmerzen. Du, Jan?« Jan schüttelt den Kopf.

»Wahrscheinlich hätten wir nicht noch die Flasche unter dem Tresen hervorholen sollen«, sage ich und wanke in Richtung Küche.

»Morgen«, flüstert jemand, der mir entgegenkommt, angenehm leise. Als ich aufschaue, verstehe ich, warum. Es ist Robin, der sich nicht sicher ist, ob ich seinen Auftritt hier gutheiße. Tue ich nicht. Hat der etwa auch hier übernachtet? Aber ich bin zu derangiert, um mich aufzuregen, und verschiebe es auf später. Ich glaube, mir ist leicht flau.

»Fällt euch nichts auf?« Hat meine Mutter etwa einen Sonnenstich? Pantomimisch blickt Elke auf ihre Füße, tut, als würde sie einen Hund streicheln, dann macht sie eine Puttputt-Geste. Ach so! Stimmt! Elkes Schatten fehlt! Sofort schaue ich zum Gänseauslauf. Tatsächlich. Da ist Tweety und läuft völlig selbstvergessen mit den beiden anderen jungen Gänsen in Richtung Fließ. »Endlich frei!«, ruft Elke und lässt sich neben uns fallen.

11:30. Im Schlangenkönig

ZACK. Draußen scheppert es laut. ZACK. Die Sonnenschirme! Ich springe auf und renne hinaus. Über mir hängen dicke, schwarze Wolken, einzelne Blitze zucken. Ein weiterer Sonnenschirm fällt mir entgegen, ich fange ihn gerade noch auf.

»Am besten, wir bringen sie in den Schuppen. Es gießt sicher gleich aus Kübeln.«

Erst jetzt sehe ich eine Gestalt hinter einem weiteren Sonnenschirm kauern. Maik. Der Schuppen? »Nein, das geht nicht!«

Irritiert dreht sich Maik um.

»Der Schuppen ... ist belegt. Mit ... ähh ... Fahrrädern unserer Gäste.« Entschlossen stelle ich mich zwischen ihn und die

Schuppentür. »Was willst du überhaupt hier? Musst du nicht arbeiten? Oder bist du wieder vor deiner Familie geflohen?«

Sofort tut es mir leid, ihn provoziert zu haben. Für einen Moment stehen wir wortlos voreinander. Der Wind hat sich jetzt auch mein Kleid geschnappt, plustert es auf und weht es hin und her, sodass ich alle paar Momente halbnackt vor Maik stehe. Doch er ist es, der die Hosen runterlässt.

»Mir ist was klar geworden, Mia.« Inzwischen muss er ganz schön laut reden, um gegen den Sturm anzukommen. »Man kann andere nicht glücklich machen, wenn man selbst nicht glücklich ist. Das mit Svenja, das funktioniert nicht.«

Ich starre ihn an. Ein Hagelkorn trifft seine Wange.

»Ich liebe dich.«

Ohrenbetäubendes Donnern. Vor Schreck klammere ich mich an Maiks Arm. Und er? Legt instinktiv seinen Arm um mich. Das Unwetter ist jetzt direkt über uns. Was hat der eben gesagt?

»Ich liebe dich, Mia.«

»Frau Mann, kommen Sie rein! Es geht jeden Moment los!« Frau Mielke steht in der Terrassentür. Ein erster großer Tropfen trifft mich auf die Wange. »Wir müssen die Schirme in den Gastraum bringen, Frau Mielke!«

Auf dem Grundstück der Schwestern

Während ich mit dem kleinen Jan die aufgeregten Schafe in den Stall treibe, sehe ich aus dem Augenwinkel, dass zwei Wahnsinnige mit dem Ziehkahn übergesetzt haben müssen.

»Jan! Was machst du denn bei diesem Wetter hier draußen?«, ruft eine der beiden Gestalten, eine Frau. Der Junge stöhnt. Wir verriegeln die Tür.

»Meine Eltern.« Das hatte ich mir fast schon gedacht. Im selben Moment dreht der Wettergott irgendeinen Schalter auf

»Vollwaschgang«. Wir sind sofort nass bis auf die Unterwäsche. Ein Gewirr von Blitzen erhellt den Himmel, so hektisch, dass die Donner gar nicht hinterherkommen.

»Bitte, gehen Sie ins Haus!«, schreie ich Jans Eltern zu, während wir uns selbst in Bewegung setzen. Die Mutter rennt auf ihren Sohn zu: »Jan, um Gottes willen ...«

»Ich bin kein Zuckerpüppchen, Mann!«, schreit er.

»Was ist mit deiner Nase passiert?«

Himmel! Mütter! Bin ich auch so? – »Alle rein jetzt! Sofort!«, kommandiere ich.

Etwas später im Gastraum

Draußen hagelt es faustgroße Bälle, und es schüttet wie aus Kübeln. Frau Mielke hat Maik und mir je ein Handtuch gebracht und uns dann wieder uns selbst überlassen. BÄM! Ein ohrenbetäubendes Krachen hinter mir hält die Welt an. Wie in Zeitlupe werde ich nach vorne geschleudert, direkt in Maiks Arme.

Wenig später

Ein Blitzschlag war das nicht. Als ich mich umdrehe und sich die dicke Staubwolke gelichtet hat, kann ich direkt vom Gastraum in den Schuppen sehen. Die seitliche Wand fehlt! Im Schuppen brennt es lichterloh.

»Da muss was explodiert sein.«

Maik sieht mich an. »Mia?«

»Vielleicht ein Blitzeinschlag?«, versuche ich meine Haut zu retten.

»Mia, es reicht jetzt mit dem Versteckspiel. Ich muss wirklich wissen, ob uns gleich noch mehr um die Ohren fliegt.« Plötzlich komme ich mir dumm vor.

»Okay. Ich ... es war ... Marthas Schnapsanlage. Ich habe eben Schnaps gebrannt. Im Schuppen.«

»Schnaps. Du?« Maik blickt mich irritiert an. Imponiert ihm das etwa? Maik zückt sein Handy und wählt eine Nummer.

»Hallo Ernesto. Einsatz. Nein, keine Meldung. Das schaffen wir alleine. Bring noch Erek mit, wenn er kann. Bei uns im Gasthaus. Eine Explosion. Ein Wagen sollte reichen.«

Er legt auf. »Wer hat dir das denn überhaupt gezeigt, wie das geht? Schnapsbrennen?«

»Jan«, sage ich und sehe an Maiks Gesicht, dass das die falsche Antwort war. Als hätte ich böse Geister heraufbeschworen, kracht hinter mir der Schuppen zusammen. Und mit ihm ein weiterer Teil der Außenmauer.

»Raus jetzt, Mia!«

Etwas später auf der Dorfstraße

Der Rauch war schon von Weitem zu sehen. Jetzt kreuzt ein Feuerwehrauto unseren Weg, ich springe vom Gepäckträger, und Jan lässt Mias Fahrrad in die Büsche fallen. Wir drängen uns durch die Menschentraube, die sich vor dem Gasthof gebildet hat. Die Terrasse und der Gastraum hinter dem Durchbruch sind mit Schaum eingedeckt – Schnee mitten im August. Der Schuppen – weggeblasen. Drei Feuerwehrmänner löschen eben die letzten Kleinbrände. Was für ein Trümmerfeld.

»Mia, alles in Ordnung?« Jan stürzt sich auf Mia, die mit blasser Nase, aber, soweit ich sehe, unverletzt neben dem Löschschaum auf dem letzten unverkohlten Wiesenstreifen am Fließ steht. Einer der Feuerwehrmänner steuert auf uns zu. Ohne Vorwarnung boxt er Jan mit beiden Händen in die Brust. »Wolltest hier wohl einen auf tollen Hecht machen, was?«

»Hey, was soll das?« Der Feuerwehrmann klappt sein Visier hoch. Es ist Maik. »Das langweilige Dorfleben ein wenig aufpeppen, was? Ist dir klar, dass da Menschen hätten draufgehen können?«

»Jetzt komm mal runter. Das war nicht meine Idee.«

»Aber ausreden hättest du es ihr können. Oder zumindest dabeibleiben. Weichst ihr doch sonst nicht mehr von der Seite.« Der Angegriffene steht etwas verloren vor seinem Kontrahenten.

»Maik, es war wirklich meine Schuld.« Mia mischt sich ein. »Ich ... und wenn du mich nicht gestört hättest ...«

»Dann wärst du wahrscheinlich jetzt mit in die Luft geflogen.« Jetzt blickt Jan erschrocken drein. »Ich hab dir gesagt, du sollst nicht so viel Maische in den Kessel tun!«, herrscht er jetzt Mia an. Maische? Kessel?

»Mia, was hat das alles zu bedeuten?«

16:00. Küche der Pension

»Bist du von allen guten Geistern verlassen?« Iris schließt die Küchentür. »Ganz abgesehen davon, Mia, dass wir strafrechtlich belangt werden können. Aber ich glaube, *das* hatte ich bereits erwähnt.«

»Ja, ist ja gut!«, brülle ich jetzt laut.

»Jetzt schrei nicht so, Mia!«

»Du schreist doch! – Ist gut, ich hab's verbockt.« Mir laufen die Tränen herunter. »Und jetzt? Was soll ich jetzt machen?«

Iris sieht mich fast etwas mitfühlend an. »Ich weiß es nicht, Mia. Jan hat mich heute Morgen gefragt, ob ich ohne dich hier zurechtkäme. Bis eben hätte ich die Frage noch verneint. Aber allmählich ...«

Mia sieht mich an, nickt und läuft aus der Küche. Das hätte ich mir wirklich sparen können. Ich will hinterher, doch Herr und Frau Kruse, die Eltern vom »kleinen« Jan, halten mich auf. »Frau Neuberger, können wir uns jetzt mal unterhalten?« Aus dem Augenwinkel sehe ich noch, wie Jan, der bisher neben sei-

nem Namensvetter vor der Pension gesessen hat, Mia hinterhersprintet.

Früher Abend. Auf der Dorfstraße Richtung Norden

Die Straßen dampfen noch. Überall sind Äste abgebrochen. Ich wollte nur weg von Jans Eltern, die ihren Sohn am liebsten ins Auto gesteckt, ein paar Scheine als Abfindung für »den Unfall« dagelassen und davongebraust wären. Ihr Herr Sohn sollte eigentlich einen teuren Sprachurlaub in Frankreich verbringen, den er offenbar – zum Ärger der Eltern – nicht angetreten hat. Da Jan sich weigert, »den Unfall« so »abzuwickeln«, wie seine Erzeuger es wünschen, und vielmehr darauf besteht, seine Ferien bei uns zu verbringen, sind diese Leute also immer noch in der Pension und nehmen ihren Sprössling ins Gebet. Vor Bennos Hof bleibe ich stehen. Ich weiß selbst am besten, dass ich nicht zufällig hier gelandet bin. Ich muss Klarheit darüber haben, was unsere Begegnungen der letzten Tage, insbesondere die der letzten Nacht, zu bedeuten haben.

»Kann ich Ihnen helfen?« Ich fahre zusammen und starre einen Schnauzbart an, der ein mir fremdes Gesicht ziert.

Zur gleichen Zeit auf der Dorfstraße Richtung Süden

»Gaststätte bis auf Weiteres geschlossen.« Ich habe eben zwei Schilder mit dieser Aufschrift an die beiden Türen des Schlangenkönigs gehängt. Jan wollte mich begleiten, doch ich brauche etwas Zeit für mich. Er würde sich freuen, wenn ich mit ihm nach München käme. Dem Verlag gefallen meine Entwürfe. Und er, er hat das Gefühl, in mir die Frau gefunden zu haben, mit der er sich Kinder vorstellen könnte. Das hat er wirklich gesagt. Und was mache ich? Ich bin auf der Suche nach Maik.

Anfangs wollte ich nur bei ihm vorbeigehen, um mich bei ihm für seine Hilfe zu bedanken. Das habe ich mir zumindest eingeredet. Doch bei ihm zu Hause war niemand anzutreffen. Auch in der Fischerei: keine Spur von Maik. An seinen Lieblingsstellen zwischen Vetschau und Feulenitz stand auch kein Lieferwagen an der Straße. Jetzt mache ich mir fast ein wenig Sorgen.

Zurück auf Bennos Hof

»Wo ist denn der Herr Franke?«, frage ich den Schnauzbärtigen.

»Nach Berlin gefahren. Was Privates. Mehr kann ich Ihnen nicht sagen.«

»Berlin, privat« – ich kann eins und eins zusammenzählen. Benno ist zu seiner Frau gefahren. Ich blöde Gans.

Vor Ernestos Haus

»Komm rein!« Ernesto winkt mir aus seinem Garten zu. Ich winke schüchtern zurück. »Ich will nicht stören«, sage ich. »Weißt du, wo Maik ist?« Ernestos Blick wird plötzlich ernst. »Er ist weg.«

»Wie, weg?«

»Er hat gesagt, er brauche etwas Abstand von alldem hier.«

»Und sein Geschäft? Seine Familie?«

»Müssen wohl ohne ihn klarkommen.«

»Das ist ja auch mal eine Ansage.« Ernesto sieht mich verständnislos an. »Was meinst du?«

»Na, erst eine Frau schwängern, sich dann von ihr trennen und jetzt nicht einmal mehr die Verantwortung für das Ungeborene tragen.«

»Svenjas Baby ist nicht von Maik.«

Ich brauche ein wenig, bis ich den Satz verstanden habe. »Wusstest du das nicht?«

Nein, das wusste ich nicht.

»Typisch Maik. Er träumt eben von der heilen, glücklichen Familie. – Jetzt doch ein Bier?«

Ich schüttle den Kopf. »Nein, ich muss heim.«

(Zu meinem Freund, denke ich.) An der Gartentür drehe ich mich noch einmal um. »Hast du … Gibt es …, also wegen dem Brand heute …«

Ernesto zwinkert mir zu. »Höhere Gewalt. Blitzeinschlag.«

Mittwoch, 6. August

12:30. Am Fließ hinter dem Schlangenkönig

Mit klopfendem Herzen wähle ich eine Nummer mit französischer Vorwahl, die mir die Krankenschwester eben am Telefon auf meinen Kellnerblock diktiert hat. Es tutet. »Bonjour?« Eine Damenstimme.

»Ah, Bonjour, ähh … je m'appelle Mia Mann, je voudrais … ähh… parler avec Elias Ringelblum …« Uff.

»… Hallo … Madame …?« Ist die Leitung jetzt tot?

»Madame? Allô?« Eine brüchige, alte Männerstimme. Ist das …? Jetzt schlägt mein Herz bis zum Hals. »Hallo. Je m'appelle … Mia Mann … avec qui … do I speak with Elias Ringelblum?«

»Yes, on the phone.«

Das elfte Rezept aus Marthas Küche

Mia: Sozusagen der Safer Sex unter den Schnäpsen. Hundertprozentig explosionsfrei!
Iris: »Es ist bekannt von alters her, wer Kummer hat, hat auch Likör« (Wilhelm Busch)

Aufgesetzter mit Himbeeren

Ein Pfund Himbeeren
700 ml Wodka
2 Vanilleschoten
100 g Zucker
80 g Kandiszucker

Die Himbeeren vorsichtig waschen und in eine Flasche füllen (je nach Flaschengröße auf zwei Flaschen verteilen). Vanilleschoten waschen und kleinschneiden, samt Zucker und Kandis dazugeben, mit Wodka aufgießen. Flasche fest verschließen und an einem abgedunkelten Ort sechs bis acht Wochen ziehen lassen. Gelegentlich vorsichtig bewegen.

12

»Feulenitz für immer?«
Letzte Geheimnisse werden gelüftet, ein Kind erblickt das Licht der Welt, und es stellt sich die Frage, ob zusammenkommt, was zusammengehört.

Dienstag, 2. September

17:00. Bahnsteig in Vetschau

»Jetzt hör doch mal auf zu hibbeln!« Neben mir auf dem Bahnsteig steht Fabienne und tritt von einem Bein aufs andere.

»Ich muss schon wieder pinkeln.«

Wir erwarten Elias, unseren potenziellen Großvater, und zwar in …

»Ich halte keine Minute mehr aus!« Fabienne wetzt – so schnell es ihr Zustand zulässt – vom Bahnsteig.

Der Zug aus Berlin kommt! Überpünktlich! Zwei Türen weiter klettert ein groß gewachsener alter Herr mit vorsichtigen, aber bestimmten Schritten die paar Stufen des Regionalexpresses hinunter.

Die stattliche Statur erinnert schon mal an Bernd. Ich schlucke trocken. Hebe die Hand und krächze ein »Hallo! Elias Ringelblum?«. Der alte Herr lächelt, hebt ebenfalls die Hand und kommt etwas staksig und auf einen Stock gestützt, aber für sein Alter mit einer ehrfurchtgebietenden Präsenz, auf mich zu.

»Mia Mann. Schön, dass du … Sie … also … freut mich«, stammle ich.

»Schön, dass Sie mich … wie sagt man … gerufen haben, Mia.« Ich erkenne die sonore Stimme, die Art, wie sie vorsichtig tastend Wörter formt, vom Telefon wieder. Seine Emigration nach Amerika und spätere Übersiedlung nach Paris sind wohl auch sprachlich nicht spurlos an ihm vorbeigegangen.

Ich strecke ihm meine Hand hin. Er ignoriert sie, beugt sich stattdessen vor. Ach so, ich kapiere. Dann landen drei angedeutete Küsse – ganz französisch – links, rechts, links auf meinen Wangen. Die Stoppeln einer frisch rasierten Männerwange kitzeln meine Haut, ich rieche männliches Aftershave. Er lässt seinen Blick prüfend über den Bahnhof schweifen.

»Hatten Sie eine gute Reise? Es hat sich ja doch einiges geändert … seit Sie … nach dem Krieg …« Mia, nicht gleich mit der Tür ins Haus fallen!

»Nun ja, ich war ja vor ein paar Monaten schon mal hier. Martha ließ mich … rufen.« Ja, das weiß ich. Auch, weil er es am Telefon erwähnt hat. Nicht erwähnt hat er in unseren knappen Telefonaten, dass er ihrem Ruf gefolgt ist.

Plötzlich blickt der Alte an mir vorbei. Aus dem Augenwinkel sehe ich, was oder besser wer seinen Blick gefangen genommen hat: Fabienne. Im Bruchteil einer Sekunde durchzieht ein Reigen von Emotionen das Gesicht des alten Mannes. »Hedwig.« Fast wie ein Blinder, der den Menschen vor ihm ertasten muss, streckt er, kaum dass Fabienne vor uns zum Stehen gekommen ist, beide Hände aus, als wolle er ihr von der Eile gerötetes Gesicht ertasten. Fabienne sieht mich irritiert an. Elias lässt seine Hände sinken.

»Ähh … das ist … Fabienne. Iris' Tochter. Bernds Enkeltochter. Deine … Ihre …«

»Natürlich. Du … gleichst sehr deiner *Grandma* … Incredible. Wie aus dem Gesicht gehauen.« Erst jetzt fällt sein Blick auf Fabiennes dicken Bauch.

Fabienne grinst schief: »Gestatten: Ihr Ururenkel. Wenn alles gut geht.« Elias quittiert diese Information mit Schweigen. Sein Blick landet auf mir: »Ist … mein … mein Sohn hier?«

Etwas später in der Remise

»Dies ist die Mailbox von Bernd Rudolph …« Bla, bla, bla. Wieder geht mein Vater nicht an den Apparat. Na schön. Einmal noch. »Hallo Vati. Iris hier. Bitte ruf mich doch mal zurück! Es geht um … Wie gesagt, dieser Elias kommt heute an. Und vielleicht möchtest du deinen mutmaßlich leiblichen Vater ja doch treffen. Fabienne wird jeden Augenblick Mutter. Falls du deinen Urenkel begrüßen möchtest … Na ja, tschau dann.« Klick.

Ich rechne nicht mit einer Reaktion.

Kurz darauf. In der Pension. Auf der Treppe

Ich möchte so schnell wie möglich entschwinden, als der alte Mann und sein Koffer glücklich in einem der beiden Einzelzimmer angekommen sind, das zuletzt noch Jan junior bewohnt hat, bevor er wieder nach London in sein Internat zurückmusste. Ich fühle mich unbehaglich. Er sieht mich an, als tackere er das dabei entstehende Abbild meiner Person an seine innere Pinnwand mit der Überschrift »Meine Familie«. Ich habe keine Ahnung, was ich sagen soll.

»Frau Neuberger?« Frau Mielke steht weiter vorne im Flur. Erleichterung.

»Ja?«

»Besuch für Sie! Unten.«

Wunderbar. Ich nicke unserem Gast zu.

»Bitte, fühlen Sie sich wie zu Hause.« Damit rausche ich davon. Und falle fast die Treppe herunter, als ich sehe, wer unten auf mich wartet. Benno.

18:45. Schlangenkönig

»Alle Mann Essen fassen!« Mit der Hüfte stoße ich, den schweren Styroporkasten unter den Arm geklemmt, die Tür zum Schlangenkönig auf. Mein Elan wird abgebremst, denn die Tür leistet Widerstand. »Aua!«

Hinter der Tür, zu meinen Füßen, kniet, eine Flex in der Hand, Maik. Er war wohl gerade dabei, den Dielenboden abzuschleifen. Im Schlangenkönig hat er sich, seit wir mit der Renovierung begonnen haben, nicht blicken lassen. Ernesto hat das damit entschuldigt, dass Maik seiner Ex half, ihre neue Wohnung in Burg zu renovieren. (Die Trennung schien also beschlossene Sache zu sein.) Und hat ergänzt: »Außerdem schätze ich, er möchte dein Liebesglück nicht unter die Nase gerieben bekommen.«

Nachdem sich die Dorfgemeinschaft überraschend schnell bereit erklärte, beim Wiederaufbau und sogar bei der Renovierung des Schlangenkönigs mitzuhelfen, haben Iris und ich erneut Frieden geschlossen. Daraufhin habe ich drei Tage damit verbracht, innerlich vorzuformulieren, wie ich Jan am besten beibringe, dass ich nicht mit nach München kommen will. Als ich dann schließlich stotternd vor ihm stand, lächelte Jan nur, hob mich hoch und sagte: »Tja, dann muss wohl *ich hierher*ziehen.«

Maik und ich starren uns an, bis Jan neben mir auftaucht, mir die Styroporkiste abnimmt und mir einen langen Kuss gibt. »Das hat mir gefehlt, seit du heute Morgen aus dem Bett gekrochen bist.«

Unter uns wird die Schleifmaschine wieder angestellt. Für einen Moment frage ich mich, ob Maik Jan den Schleifring über den Fuß ziehen will, aber er fährt nur stoisch die Leiste unter dem Fenster ab. Vielleicht war seine Liebeserklärung tatsächlich nur ein Strohfeuer.

Zur gleichen Zeit auf der Treppe der Pension

»Sieh an, auch mal wieder im Land?«, war jetzt nicht der warmherzigste Einstieg, um ein Gespräch mit Benno anzufangen. In den vergangenen Wochen habe ich mir eine gewisse Leidenschaftslosigkeit diesem Mann gegenüber antrainiert. Anlass war eine kurze Nachricht, die er mir geschickt hat, nachdem er zu seiner Frau in die Klinik verschwunden war. Denn die Belanglosigkeit der wenigen Zeilen machte mir sozusagen per Faustschlag meine eigene Belanglosigkeit in Bennos Leben deutlich:

»Muss ein paar wichtige Dinge klären. Würde viel lieber ... na, du weißt schon. Du warst hinreißend neulich nachts im Schlangenkönig. B.«

Mit anderen Worten: »Schön, dich wieder mal gevögelt zu haben. Immer wieder gerne. Was mich ansonsten umtreibt, geht dich nichts an.«

»Passt gerade nicht so gut. Ich muss noch die Tische eindecken, und wir ...«

»Ick helfe dir«, unterbricht mich Benno.

»Nein danke. Ein bisschen unverbindlich vögeln, das wär's jetzt, oder?«, höre ich mich selber fauchen. »Was wäre dir denn lieber – ein Quickie im Stall unter Schafen oder ein bisschen Fummeln unter der Tischkante oder ein ›hinreißender‹ Fick an sonst irgendeinem Ort fernab deiner Privatsphäre ...«

Plötzlich bemerke ich Bennos Blick, der die Treppe hinter mir nach oben wandert. Dorthin, wo meine Ohren soeben ein verräterisches Knarzen fast erfolgreich verdrängt haben. Ich wende mich der Geräuschquelle zu und werde eben noch Zeugin, wie sich Elias' hochgezogene buschige Augenbrauen an ihren angestammten Ort zurückbegeben und sein Mund sich zu einem liebenswürdigen Lächeln verzieht.

»Verzeihung«, sagt er. »Können Sie mir ein Taxi rufen? Ich möchte gerne die Grabstelle besuchen.«

Später Abend. Remise

»Ich glaube nicht, dass es nur um Sex geht.« Anscheinend sehe ich aus wie eine Sechzehnjährige, der gerade gesagt wurde, dass ihr Schwarm auf sie steht, denn Mia lacht und sagt: »Jetzt guck nicht wie Lovis, wenn sie wiederkäut. Ich hab Benno vorhin gesehen, als ich heimgekommen bin. Ein Mann, der nur auf einen schnellen Fick aus ist, fährt nach wochenlanger Abwesenheit nicht als Allererstes zu der Frau, mit der er Sex haben will. Der geht zuerst nach Hause und duscht. Und kommt dann zu Fuß. Benno jedoch saß geschlagene zehn Minuten in seinem Auto vor dem Fließ, seinen Koffer noch auf dem Rücksitz.«

Mhh.

»Und als ich fragend durch das heruntergekurbelte Beifahrerfenster geguckt habe, hat er geseufzt: ›Burgfräuleins Mauer zu erklimmen ist schwerer, als den Himalaja zu besteigen.‹«

»Ts!«, sage ich. Aber mein Herz ist kurz aus dem Takt geraten. Wahrscheinlich der Wein.

Mittwoch, 3. September

11:30. Ausfahrt vor dem Schlangenkönig

»Treib's nicht zu bunt ohne mich.«

»Mal sehen«, sage ich neckisch und küsse Jan noch einmal durch das Beifahrerfenster. Hinter uns hupt ein Auto. Jan gibt seinem roten Polo – begleitet von einem weiteren Hupkonzert – die Sporen.

»Mann, fahr doch einfach auf der anderen Spur vorbei! Oder ist deine Kiste dafür zu fett?«, rufe ich und drehe mich zu dem Aggressor um. Der SUV gibt Gas, nur um gleich darauf schwungvoll direkt vor mir abzubremsen. Will der sich jetzt etwa aufmandeln? Mit einem feinen Sirren geht das Beifahrerfenster runter, und klimatisierte Luft schlägt mir entgegen.

»Lass mich raten. Musiker, Künstler, Schauspieler? Oder irgendeine andere Art von Sozialschmarotzer?«

Für einen Moment steht mir der Mund offen. Vom Fahrersitz pöbelt, hinter einer noblen Sonnenbrille verschanzt: Bernd. Meine bisher auf das protzige Auto gerichtete Aggression bekommt sofort eine neue Dimension. Ich recke meinen Mittelfinger in den strahlenden Spreewaldhimmel. Dann fällt die Eingangstür unserer Gaststätte krachend hinter mir ins Schloss.

✉ SMS von MIA an IRIS

SOS: Bernd war da. Dreht vielleicht wieder ab. Kommt aber vielleicht auch zu euch. Bewaffnet euch besser.

Fünf Minuten später

»Und diesen Mann hier wollt ihr mir also als meinen Vater verkaufen«, blafft mein Vater mit der Feinfühligkeit einer Planierraupe in die Runde, nachdem ich ihm Elias vorgestellt habe. »Ich soll also ein Bernd Ringelblum sein, ja?«

Elias starrt die personifizierte Panzerdivision auf Angriffskurs vor seiner Nase entgeistert an. Der, den er für seinen Sohn hält, kam bereits mit entsprechender Laune aufs Grundstück gerollt. Nachdem ich etwas wie »Oh, so eine Überraschung, wie schön, dass du kommst« geflötet hatte, schmetterte er mir sofort entgegen, dass er nur unter Zwang hier sei. Hella habe meinen gestrigen Anruf zufälligerweise abgehört und mit Trennung gedroht, sollte er nicht sofort zu uns fahren.

»Mann, Opa, jetzt chill doch mal. Was ist denn das Problem? Ich finde, Elias ist doch 'n cooler Alter, ähm, ich meine, Vater.«

Sie errötet. Ich ebenfalls. Aber ihre Worte zaubern tatsächlich unverhofft ein Schmunzeln auf das Gesicht des distinguierten alten Mannes. Mein Vater, dem das nicht entgangen ist, lässt den letzten Rest seiner Vernunft fahren. Er hebt in dramatischer Abwehr die Hände. »Ihr scheint euch ja alle prächtig zu verstehen, da werde ich wohl nicht mehr gebraucht.« Er dreht sich auf dem Absatz um und schmettert noch ein »Mich seht ihr hier nicht wieder!« über die Schulter in unsere Richtung, bevor er davonrauscht.

Während er sich wütend auf dem Kahn ans andere Ufer zieht, brülle ich vom diesseitigen aus so laut, dass ganz Feulenitz es hören kann: »Morgen ist übrigens der Todestag deiner Mutter. Falls dir noch irgendetwas an deiner Familie liegt, kannst du gerne um zwei auf den Friedhof kommen!« Als das Auto mit knirschend durchdrehenden Reifen verschwunden ist, spüre ich eine Hand auf meiner Schulter.

»Er wird schon zurückkommen«, sagt Elias hinter mir. »Es ist nicht so einfach, in seinem Alter noch einmal Sohn zu werden.«

Donnerstag, 4. September

14:30. Friedhof Lübbenau

»Wir haben uns schon immer geliebt. Schon als Kinder. Wir waren wie ein Herz und ein Geist.«

»Seele«, sagt Fabienne in Elias' Sprechpause hinein.

Er nickt ihr zu. »Seele.«

»Womit wir beim Thema wären«, knirscht Bernd Elias an und wirft einen schnellen Blick auf die Uhr an seinem Handgelenk.

Ich kann es kaum fassen, dass wir jetzt tatsächlich hier stehen (das heißt, Elias hat sich auf die kleine eiserne Grabbank gesetzt) und über die Familiengeschichte reden. Dass Bernd hier steht. Auch wenn er sich alle Mühe gibt, auszustrahlen, dass er das alles für Zeitverschwendung hält. Er selbst hat den Anstoß dazu gegeben, dass Elias begann, von früher zu erzählen. Jetzt fragt er: »Wann haben Sie Feulenitz, also Deutschland, verlassen?«

»Ist das hier ein Verhör, oder was?«, rege ich mich auf, aber Elias winkt wieder ab. »Ist schon gut. Er hat das Recht, dass ich erzähle. Feulenitz habe ich das erste Mal mit fünfzehn verlassen. Es war *spring* ... frühes Jahr neununddreißig. Schule und Ausbildung für jüdische junge Menschen war schwierig. Ich ging in *Hachschara*-Kurs nach Ahrensdorf. Lernte Schuhe... Schuhmacher.«

»Hascha-was?«, fragt Fabienne.

»Hachschara! Das war ein Programm für jüdische junge Menschen. Eine Vorbereitung, um nach Palästina zu wandern. Eine Ausbildung. Wir lernten Landschaft... Bauer oder Küche oder Handwerk. Ich bin nicht nach Palästina gegangen. Als ich zurück ins Dorf kam zwei Jahre später, das war einundvierzig, war Hedwig seit einem Monat verheiratet. Ihre Mutter hatte sie gedrängt, als Wilhelm ihr das im Fronturlaub beantragte.

Vielleicht gibt es keinen besseren Ort, um in der Vergangenheit zu wühlen. Solange wir keine Leichen ausgraben ...

»Hedwig hat geeinwilligt. Sie war die Hübscheste im Dorf, alle wollten sie heiraten. Aber sie war ohne Geld. Vater tot, die

Mutter wollte die Tochter versorgt sehen. Wilhelm hatte den Hof, das war Sicherheit. Aber als wir uns wiedersahen … Es war schrecklich.«

Denn, so erzählt Elias weiter, seine Familie hatte Deutschland kurz zuvor in einer Nacht-und-Nebel-Aktion verlassen. Ohne ihn, weil sein Vater dachte, sein Ältester würde mit seiner Hachschara-Gruppe nach Ende der Vorbereitung nach Palästina gehen. Elias kehrte jedoch lieber schnurstracks nach Feulenitz zurück. Zu Hedwig, die nicht damit gerechnet hatte, ihre Jugendliebe jemals wiederzusehen. Oma Hedwig und Martha, die damals erst vierzehn war, versteckten Elias bei sich. Bis Kriegsende.

»Das hat mein Vater geduldet?« Bernd starrt Elias ungläubig an.

»Er kam nicht oft. Einmal war er auf Fronturlaub, da befahl deine Mutter mir, mich im Keller zu verstecken. Wir waren nicht sicher, ob er Verrat üben würde. Schließlich war es gefährliche Sache, Juden zu verstecken. Und als er kurz vor Kriegsende nach Hause kam, hatte er Verletzung und war an der Seele zerstört. Er hatte Angst, dass er sein Bein verlieren muss. Fühlte sich wie ein halber Mann. Er nahm mich erst kaum wahr. Wir sagten ihm, ich sei Marthas Liebe, dabei – Martha und ich waren schwierig miteinander nach all den Jahren in Enge und Angst. Und sie sagte, ich müsse verschwinden, jetzt, wo der Krieg vorbei sei und Hedwigs Mann wieder da. Sie war moralisch.«

Das glaube ich sofort.

»Deshalb bist … sind Sie weggegangen?«, frage ich. Elias schüttelt traurig den Kopf. »Ich wollte mit ihr weit weg ein Leben anfangen. Aber sie sagte, sie konnte Wilhelm nicht alleinelassen. Es ging ihm nicht gut damals, selbst als das Bein geheilt war. Starrte Löcher in die Luft und sprach kaum. Ehr-

lich, ich glaube, sie wollte auch Martha nicht lassen. Als ich sie immer mehr quälte, Wilhelm zu verlassen und mit mir zu kommen, schrie sie mich an eines Abends, dass sie sei schwanger. Ich wusste, dass das Kind wäre von mir, ich hätte es längst gespürt, dass etwas anders war, noch bevor Wilhelm in der Tür stand. Und so krank an Leib und Seele, wie er war ... zeugt man ein Kind, wenn man ein halber Mann ist? Ich habe Hedwig gefleht, aber sie schwor, das Kind sei von Wilhelm und dass ich sie nicht versorgen konnte. Aber sie weinte nur und weinte und sagte, ich soll weggehen. Hedwig war eine Träumerin, aber sie hat sich nicht getraut, ihre Träume zu leben. Deshalb bin ich gegangen.«

Der alte Mann vergräbt sein Gesicht in den Händen, die Erzählung nimmt ihn sichtlich mit.

»Ich ging in die Staaten, als ich hörte, dass meine Familie dort war. Ein paar Jahre später ich war Schuhfabrikant. Ich konnte ihr ein Leben bieten.«

Er schaut meinen Vater an, der die Arme ablehnend vor seiner breiten Brust verschränkt hält und finster den Grabstein seiner Eltern anstarrt.

»Ich wollte, dass ihr zu mir kommt.«

»Und was hat meine Mutter geantwortet?«

Pause.

»Sie hat nicht geantwortet«, sagt Elias leise. »Aber ich glaube fest, dass sie mich noch geliebt hat.«

»Amen«, knurrt mein Vater, den die Ausführungen des alten Mannes offenbar keineswegs beeindruckt haben.

»Ja, was denn?!«, ruft er genervt, als er in unsere bestürzten Gesichter schaut. »Glauben gibt es in der Kirche! Alles, was ich gehört habe, sind reine Vermutungen. Sie hat nie geantwortet, aber: ›Ich glaube fest, dass sie mich noch geliebt hat! Ich wusste, das Kind war von mir!‹ Alles nur Blabla!«

Unser Vater dreht sich um und stürmt ohne weiteren Abschiedsgruß davon. Er hat es so eilig, dass er um Haaresbreite die beiden Gestalten ummäht, die vorne um die Ecke biegen. Opa Conny – und Benno!

15:00. Vor Anjas Laden

»Vielen Dank fürs Mitnehmen«, sage ich steif und lege Fabiennes Notfalltasche auf meinen frei gewordenen Sitz, bevor ich die Tür von Bennos Jeep zuschlage. Ich habe mich vor Anjas Laden absetzen lassen, weil ich noch Butter für das Frühstück morgen besorgen muss.

Kaum hatte unser flüchtender Vater den Friedhof verlassen, steuerte Mia zielstrebig auf Benno und Opa Conny zu – und zog Elias hinter sich her. Viel mehr als: »Du hast den Krieg also überlebt!« und »Na, wenn ick jetze nicht als Jeist vor dir stehe, muss dit wohl so sein », wurde nicht gesagt. Benno nickte mir lediglich ernst zu und schaute sofort wieder weg.

Bevor ich Mia davon abhalten konnte, rief sie den beiden hinterher: »Sagt mal, könntet ihr meine Familie vielleicht mit nach Feulenitz nehmen? Ich muss nämlich noch einen Abstecher machen ...«

Jetzt starrt der alte Mann mich plötzlich aufmerksam durch die Scheibe an. Benno fährt an. Gerade, als ich mich abwenden will, bremst er wieder, und Opa Conny kurbelt sein Fenster herunter. Er winkt mich zu sich. Widerstrebend leiste ich seiner Aufforderung Folge. Er zieht mich ganz nah an sich heran, und ich kapiere schließlich, dass er mir etwas zuflüstern möchte. »Übrijens, Mädchen, der Benno und die Irene, die sind jetzt jetrennt. Nur, det du im Bilde bist.« Mein Blick huscht unwillkürlich zu Benno. Ob er das gehört hat? Doch Benno starrt finster nach vorne auf die Kühlerhaube. Benno fährt los.

Ich atme durch und betrete zehn Sekunden später unter

Gebimmel und in innerem Aufruhr Anjas Laden. Ähm, was wollte ich noch mal besorgen? Am Tresen steht Torben, und ich starre ihm entgeistert auf den Hintern. Das hat einen im wahrsten Sinne des Wortes handfesten Grund, der in seiner linken Gesäßtasche steckt und sich am Ende eines Armes befindet. Und der gehört einem rechts von Torben stehenden schlanken, sportlich gekleideten Mann, der sich mit seiner rechten Hand die dunklen Haare aus dem Gesicht streicht. Idiotischerweise bringt mich dieses Bild dermaßen aus der Fassung, dass ich lediglich ein eigenartiges Geräusch, gefolgt von debilem Gestammel, hervorbringe, als Anja mich fragt: »Iris! Wat darf's denn sein?«

Himmel, ich weiß doch, dass Torben auf Männer steht. Torbens Gesicht nimmt allerdings auch die Farbe eines gekochten Hummers an, als er sich umdreht und meiner gewahr wird. Sein Nebenmann betrachtet erst mich, dann ihn amüsiert, stößt Torben dann aufmunternd an und sagt: »Willst du mich Iris nicht vorstellen?«

15:00. Maiks Fischerei

Maik war nicht im Laden.Ich weiß selbst nicht genau, was ich hier suche. Nur, dass ich die ganze Zeit an Maik denken musste, als ich da auf dem Friedhof stand. Ich will eben über die Wiese zu den Fischbecken laufen, da ruft eine helle Stimme empört: »Du vertreibst den Schlangenkönig!«

Die Stimme kommt aus einem Zelt, das nur ein paar Schritte von mir entfernt auf der Wiese steht und dem Zelt, in dem Elke die letzten Wochen kampiert hat, gleicht. Meine Mutter hat sich vor knapp einer Woche verabschiedet. Eines Morgens kam eine schwarze Suzuki angebraust, und ein drahtiger, man könnte auch sagen ausgemergelter Veganer-Yogi holte meine Mutter zu einem Road-Trip nach Skandinavien ab.

»Der König hat Angst vor Geräuschen. Entweder du kommst rein, oder du gehst weg.« Jetzt endlich sehe ich, wer mit mir spricht. Maiks Sohn Jannik liegt bäuchlings im Zelt und mustert mich neugierig. »Also?«

Ich entscheide mich für Ersteres und klettere zu Jannik ins Zelt. Dabei versuche ich, nicht auf das weiße Tuch zu treten, das Jannik vor dem Zelt ausgebreitet hat.

»Und wofür ist das weiße Tuch?«, flüstere ich, als ich ebenfalls bäuchlings Position bezogen habe. –

»Auf das Tuch legt er seine Krone. Und die klaue ich ihm dann.«

Dunkel erinnere ich mich an die Schlangenkönig-Sage, die ich ein paar Wochen nach meinem Umzug in den Spreewald im Internet nachgeschlagen habe und die in verschiedenen Versionen überliefert ist. Im Kern ging es darum, dass die halbmondförmigen gelben Flecken auf dem Hinterkopf der Ringelnatter als Krone gedeutet werden, die demjenigen Reichtum und magische Kräfte verleihen, der die Krone an sich bringt. In einer Variante übergab der Schlangenkönig die Krone demjenigen freiwillig, der ein weißes Tuch auf die Versammlungswiese der Schlangen legte. In allen anderen legte ein Ritter ein weißes Leinen als Köder aus und raubte die Krone dem Schlangenkönig auf hinterhältige Art, wenn dieser sich zum Tanzen mit seinem Gefolge traf und dafür die Krone auf dem Leinen ablegte.

»Dann ist der König aber sicher traurig, so ohne seine Krone.«

Jannik sieht mich mit großen Augen an. Dann zuckt er mit den Schultern. »Aber wer die Krone hat, hat Glück und magische Kräfte. Ich male ihm dafür sein Wappen.«

Vom Fußende des Zeltes zieht Jannik ein paar Blätter her und reicht sie mir. Ganz oben liegt die Zeichnung einer gekrönten Schlange.

»Kannst du das Wappen malen? Mit einer Schlange und einem Reiter, der über eine Mauer springt? Das muss man dem König zur Ehr… Ehrer… wie heißt das?«

»Ehrerbietung?«

»Ja, genau, zur Ehrerbietung dalassen.«

Wie selbstverständlich legt Jannik sein Kinn an meine Schulter, um besser sehen zu können, was ich zeichne. Ich spüre seinen warmen Kinderatem an meinem Hals.

»Das ist aber ein schönes Pferd.«

An unserem Zelt laufen zwei grüne Gummistiefel vorbei.

»Vorsicht, du vertreibst den Schlangenkönig!«, rufen jetzt Jannik und ich im Chor.

Maik steckt seinen Kopf durch den Eingang, und kurz verrutschen ihm die Gesichtszüge, als er mich neben seinem Sohn liegen und zeichnen sieht. Sofort wird mir heiß.

»Hallo.«

»Hallo. Ich … ähh … wollte Fische bestellen. Wir grillen morgen für unsere Gäste.«

Fünf Minuten später in Maiks Fischladen

»Ein Dutzend gemischten Fisch zum Grillen. Um sieben könnte ich ihn morgen vorbeibringen.«

»Super.« Dann wäre das ja geklärt.

»Gut, dann …« Ich erwarte, dass Maik mich, da das Geschäftliche jetzt erledigt ist, nur zu gerne entlässt, doch er sagt: »Und dein … Freund zieht hierher?«

ZACK. Das war ja mal direkt.

»Ja, nun ja … also, das ist noch nicht geklärt.«

Er nickt. Dieses unbeteiligte Verhalten macht mich wahnsinnig.

»Du, Mia, ich wollte mich auch bei *dir* noch mal entschuldigen. Mein Ausraster … ich hatte mich da noch nicht ganz klar.«

Okay ... das heißt »im Gegensatz zu jetzt«?, denke ich und sage möglichst lässig: »Deine Faust hat ja nicht mich erwischt.«

Die Gedärme des ersten Fisches landen in der Mülltonne. Ich schätze, jetzt ist es Zeit für eine Entschuldigung meinerseits.

»Ich hab mich auch blöd benommen ... also dir vorzuwerfen, du wärst ein verantwortungsloser Vater ... das war ... nicht fair.«

Maik lächelt. »Dann sind wir ja quitt.« Und wendet sich wieder dem Säubern der toten Tiere zu.

Als die dritte Galle im Mülleimer landet, halte ich es nicht mehr aus: »Sag mal, hast du ... also ... das Kind ist ja nicht von dir, hast du dich deswegen von Svenja getrennt?«

Maik lässt den Fisch sinken und sieht mich an.

Ich meine, Enttäuschung in seinem Blick lesen zu können.

»Nein. Svenja hat mir das bereits gesagt, als wir wieder zusammengekommen sind.«

Okay. Er schnippelt weiter an seinen Fischen rum.

»Und ... warum hat's nicht funktioniert?«

»Weil wir uns nicht lieben, Mia. Und bevor du fragst: Wenn ich ehrlich zu mir selbst bin, wusste ich das auch schon vorher.«

Freitag, 5. September

18:40. Garten der schwesterlichen Pension

»Soll ich den Fisch erst mal in die Küche bringen?« Vor mir steht Maik mit einer Kühlbox in den Händen. Er beugt sich – typisch Mann – als Erstes über den Grill. »Wollt Ihr im Grillanzünder baden?«

Was haben diese metallenen Gebilde an sich, dass sie jeden

Mann dazu verleiten, in klassische Rollenklischees zu verfallen? Als Maik mich an den Hüften berührt, um mich sanft vom Grill wegzuschieben, fangen meine Wangen trotzdem augenblicklich zu glühen an. Natürlich ist das auch Anja nicht entgangen, die – wie aus heiterem Himmel – das Gesicht verzieht und sich mit den Händen den Bauch hält. Sie stürzt mit einem »Bin gleich wieder da« davon. Na hoffentlich, denn Anja und ich sind heute für die Abendschicht nur zu zweit, Ramona liegt mit Magen-Darm im Bett, und Iris hat sich angehübscht zu einem Abend mit Torben und dessen Freund aufgemacht! (Püh!)

Eben will ich unsere Gäste, die bereits vereinzelt in den Liegestühlen einen Aperitif trinken, zum ersten Gang an den weiß gedeckten Tisch rufen, da klingelt mein Telefon. Anja.

»Warum rufst du denn an? ... *Wo* bist du?«

»Auf der Toilette. Ich glaube, Ramona hat mich angesteckt.«

Das darf doch jetzt nicht wahr sein.

»Gibst du mir mal meinen Cousin?« Ich reiche Maik, der natürlich (!) das Feuer bereits entzündet hat, mein Handy.

»Anja.«

Maik schaut genauso blöd aus der Wäsche wie ich.

»Sie sitzt im Bad fest.« Maik lauscht ins Telefon und schiebt mit der anderen Hand die glühenden Briketts zusammen. »Einspringen? Für dich?« Ich horche auf. Anstatt einer Antwort kommen aus dem Telefon jetzt schlimme Geräusche, die klingen, als würde Anja der Kloschüssel ihre innersten Geheimnisse verraten. Maik und ich schauen uns angewidert an. »Guten Heimweg!«, rufen wir unisono ins Telefon, und ich lege auf. »Wäre natürlich super, wenn du mir hilfst«, sage ich.

Als ich fünf Minuten später mit der geeisten Gurkensuppe aus der Pensionsküche eile, sehe ich Anja quietschfidel in den Ziehkahn springen. Als sie mich sieht, winkt sie kess und formt mit ihren Fingern ein Herz. Das darf doch nicht ... – diese hinterhältige Schmierenkomödiantin!

19:20. Auf Torbens Terrasse

»Erwartet ihr noch jemanden?« Meine Gastgeber und ich stoßen an. Der Tisch ist mit allen Finessen – vom Kerzenleuchter über Platzteller bis zur fächerartig gefalteten Stoffserviette – edel eingedeckt, und zwar mit vier Gedecken. Torben räuspert sich: »Ja, einer kommt noch.«

»Wir dachten, der Abend könnte vielleicht etwas steif werden – die Ex und der neue Lover an einem Tisch ...« Torbens bessere Hälfte feixt.

Inzwischen habe ich erfahren, dass er Tobias heißt und Oberarzt in Berlin ist, und zwar in der Klinik, in der Bennos Frau ihr Trauma kuriert. Torben hatte ihn ja mal erwähnt, allerdings das wirklich interessante Detail verschwiegen, nämlich dass er sein Partner ist.

»Na, das mit Torben und mir ist ja nun wirklich schon reichlich lange her«, sage ich salopp. Tobias zieht eine Augenbraue empor. »Iris, ich sag's lieber gleich, ich find's fairer, wenn du Bescheid weißt ...« Torben rollt mit den Augen, und ich frage mich, was jetzt kommt. »›Neuer‹ Lover ist eigentlich nicht die korrekte Beschreibung für das, was ich in Torbens Leben bin. Es müsste eher heißen: ›Neuerdings hoffähiger Lover‹. Wir sind schon seit zwei Jahren ein Paar. Ich bin dir quasi zu Dank verpflichtet, denn wenn Torbens kleiner Rückfall in heterosexuell-verwirrte Zustände nicht stattgefunden hätte, säße ich jetzt nicht hier.«

Torben schaut auf die Uhr. Themawechsel.

»Iris, ich hoffe, du wirst gleich nicht sauer. Besser, ich sage dir vorher, wer ...«

»N' Abend!«, tönt es hinter mir. Ich kann mich nur mühsam

davon abhalten, aufzuspringen. Ich starre Torben an, und der sagt: »Hallo Benno!«

22:00. Im hinteren Garten der Pension

»Einen schönen Abend, weitere Decken sind im Aufenthaltsraum unter dem Fenster«, verabschiede ich mich nach dem Grillabend von unseren Gästen. Maik und ich tauchen in die Dunkelheit ab. Ich begleite ihn ein Stück des Weges – zum Luftschnappen nach dem langen Arbeitstag.

Zur selben Zeit. Auf Torbens Terrasse

Die hinter uns liegenden zwei Gänge haben wir mit Small Talk über die exzellente Qualität des Steinpilz-Carpaccio und der Entenbrust sowie über die Unterschiede zwischen Großstadt- und Landleben überbrückt. Ich vermied es, Benno anzuschauen, als Tobias (Torben zuzwinkernd) sagte: »Also, mich könnte nur die Liebe überzeugen, mich im Spreewald oder sonst wo in der Pampa niederzulassen.« Und ich rannte mit klopfendem Herzen aufs Klo, als Benno sagte: »Manche Leute müssen sich aber ooch vom Leben in der Pampa überzeugen lassen, sich auf die Liebe einzulassen.«

Jetzt räuspern wir uns beide gleichzeitig, um die plötzliche Stille zu füllen.

»Also, Burgfräulein Jungfer Rührmichnichtan«, sagt Benno, »melde jehorsamst: Ick möchte mich entschuldigen und würde jerne erklären: Ick besitze weniger Zartjefühl als der bornierteste Schafbock.«

Fünf Minuten später auf der Brücke

Maik und ich sitzen jetzt seit geraumer Zeit nebeneinander auf der Brücke, an dem Ort, wo ich ins Eis eingebrochen bin und wo das selbige zwischen uns zum ersten Mal aufgebrochen ist, als Maik mich gerettet und zu Hause bis auf die Unterhose ausgezogen hat.

»Da schwimmt was im Wasser. Aber gegen den Strom.« Maik beugt sich vor. »Das ist ein Fischotter.«

Genau genommen zwei. Jetzt, wo sie näher kommen, erkenne ich sie auch. Sie schwimmen hintereinander, ihr nasses Fell glänzt im Mondlicht.

»Er ist eigentlich ein Einzelgänger, der Fischotter«, flüstert Maik.

Geräuschlos tauchen sie unter der Brücke durch. Ich beuge mich nach unten, um ihnen nachzusehen. Plötzlich streift etwas über mein Haar. Ich schreie auf.

»Was war das? Eine Fledermaus?!« – Maik muss lachen.

Wir sehen uns an. Unsere Blicke verhaken sich.

Etwas später. In Torbens Garten

»Schuldjefühle sind 'ne verdammt feste Leine. Dit bindet besser als Uhu!«, sagt Benno. Stimmt, das kann man in jeder Brigitte *nachlesen, schätze ich. Solche Weisheiten jedoch aus Bennos Mund zu hören, ist so ähnlich, wie sie im* Hustler *zu lesen.*

»Warum hast du dich überhaupt so schuldig gefühlt? Ich meine, am Tod eurer Tochter?«

Er stützt sich mit beiden Händen am Zaun ab, der den Garten am hinteren Ende abschließt.

»Weil ick se nicht jehört habe in der Nacht. Und ick hatte Dienst.«

»Dienst?«

»Babydienst. Damit Irene mal pennen konnte. Sie hatte Ohrenstöpsel drin. Ausnahmsweise. Und ick hab nicht jehört, dass unser Kind jestorben ist.«

»Du meinst, du hast nicht gehört, dass sie am plötzlichen Kindstod gestorben ist?«, frage ich verdutzt.

Benno macht nur ein grunzendes Geräusch.

»Aber ich habe noch nie gehört, dass …, also, dass ein Baby Geräusche von sich gibt, wenn …, also …«

Benno sagt: »Weeß ick. Ick ooch nicht. Trotzdem. Hat sich so festjesetzt.«

Wir schweigen.

Ich würde ihn gerne berühren. Stattdessen drehe ich mich nach unseren vernachlässigten Gastgebern um. Sie haben den dritten Gang wohl alleine auf der Terrasse verputzt und sitzen dort noch immer Arm in Arm.

»Um die mach dir mal keene Sorgen. Wenn's nach denen ginge, könnten wir uns hier direkt zum Beischlaf ins Jebüsch verkriechen und jar nicht mehr auftauchen.« Er wertet mein Schweigen als Empörung. »Nee, nee, keene Sorge, Iris. Ick bin nicht auf ›unverbindlich vögeln‹ aus.«

Obwohl es dunkel ist, merke ich, dass er grinst, während ich so heiß glühe, dass Benno umgekehrt klar sein dürfte, wie rot ich geworden bin.

»Der Ausraster war blöd«, ringe ich mir ab.

»Ich hoffe, du …«

»Schon vergessen. Außerdem …« Er macht eine Pause. »Vielleicht könnten wir ja doch eben hier auf die Schnelle …?«

Ich boxe Benno in die Seite und liege im nächsten Moment in seinen Armen.

»In Zukunft«, sagt er, »machen wir alles schön langsam, aber so richtig. Unjefähr so:« Benno demonstriert, was er meint, indem er mich so küsst, dass mir die Blusenknöpfe von ganz alleine abspringen. Zumindest würde es mich nicht wundern, wenn sie es täten, im Takt der Musik, die meinen Kopf und meinen Körper erfüllt, meine Konturen auflöst und …

»Iris?« Benno hat sich vorsichtig von mir gelöst.

»Ja?«

»Dein Handy klingelt ...«

Zur gleichen Zeit vor Maiks Haus

»Ja, gut dann ...«, sage ich gerade zum x-ten Mal und will aus Maiks Pullover schlüpfen.

»Nein, behalt ihn doch an«, unterbricht er mich und hält meine Hände fest.

In Nanosekunden tauschen unsere Blicke Fragen, Ängste und Hoffnungen aus, bis nur noch ein Gefühl bleibt. Ich kann nicht anders. Anstatt zu gehen, küsse ich Maik auf den Mund. Wir verfangen uns ineinander, seine großen, warmen Hände greifen in meinen Nacken, seine Lippen sind warm. Sofort explodiert in mir ein Feuerwerk. Mein ganzer Körper pulsiert, ganz anders als bei ... Jan.

Jan, der gerade dabei ist, seine Wohnung in München zu kündigen. Jan, der heute vielleicht bei seinem Chef saß, um seine Stelle aufzugeben. Jan, der hierherziehen will. Für mich. Ich löse mich ruckartig.

»Maik, wir dürfen das nicht.«

Obwohl ich seinen Gesichtsausdruck im Dunkeln nicht sehen kann, spüre ich, wie krachend alle Herzklappen bei Maik zuschlagen.

»Klar, entschuldige, dein Freund.« Maik tritt einen Schritt zurück und öffnet die Tür: »Gute Nacht, Mia.«

Benebelt trete ich in den von der Straßenlampe gelblich beschienenen Hauseingang. Maik hebt die Hand zum Gruß und will schon die Tür hinter mir schließen, da stemme ich meine Hand dagegen: »Ich liebe dich.«

Für einen Moment passiert nichts. Dann geht die Haustüre langsam wieder auf.

»Kannst du das noch mal sagen?«

Ein Klimpern unterbricht die Stille. Mein Handy! Sofort verfinstert sich Maiks Miene. Doch es ist nicht Jan.

»Iris? Ist gut. Ich komme. – Fabienne kriegt ihr Kind.«

Zur selben Zeit. Im Auto auf dem Weg nach Lübben

»Aaaaaaah!« Auf dem Beifahrersitz krümmt sich meine Tochter, dann versucht sie, sich zu strecken, um die Schmerzen erträglicher zu machen. Alle sechs Minuten ist es so weit. Hinten auf der Rückbank sitzen – mit großen, vor Angst geweiteten Augen – Robin und Lydia.

»Bis eben ging es ihr wirklich noch gut«, haucht Fabiennes Freundin und umklammert die Notfalltasche.

Fabienne wimmert: »Halt an, ich muss kotzen!«

»In der Tasche ist eine Flasche Wasser.« Ich drehe mich zu Lydia nach hinten.

»Mama! Eine Katze!«, schreit Fabienne hysterisch. Erschrocken drehe ich mich zurück nach vorne und reiße am Steuer. Das Auto poltert mit Karacho auf den gefährlich hohen Kantstein des Gehwegs. Ich zwinge die Schnauze des Volvos nach rechts, die Reifen poltern wieder herunter, ich atme auf und … PENG!

Zwei Minuten später

Der rechte Vorderreifen ist geplatzt. Wenigstens ist kein geplättetes Fellwesen auf der Fahrbahn zu sehen, die Katze, oder was immer es gewesen sein mag, ist also lebend, und hoffentlich unverletzt, entkommen.

»Chinesische Reifen«, sagt Robin. »Wie alt sind die denn?«

»Ahhhh!« Fabiennes Schrei fährt mir bis in die letzte Zehenspitze.

Lydia steckt ihren Kopf durch die Tür.

»Was machen wir denn jetzt, Iris?« In ihrer Stimme liegt Panik.

Hier gibt es sicher jemanden, der uns fahren kann. Als ich mich, jetzt doch leicht panisch, im Kreis drehe, strahlt mich von der anderen Straßenseite die ockerfarbene Schrift des erleuchteten Wellnesshotels an. Und unter ihr, auf dem Parkplatz, glänzt der silberne SUV meines Vaters. Ich muss zweimal hinsehen, um mir sicher zu sein, dass meine Nerven nicht verrücktspielen. Nein, es ist Vatis Auto. Münchner Kennzeichen.

»Bin gleich wieder da!«, rufe ich ins Innere des Wagens und sprinte los.

In Maiks Sprinter

Der Motor des alten Sprinters brummt beruhigend vor sich hin. Ich sitze auf der breiten Beifahrerbank neben Maik, und mir ist flau im Magen. Flau vor Aufregung (wegen Fabienne), vor Glück (weil Maik mich immer wieder warm von der Seite ansieht) und vor Angst (weil ich mit Jan sprechen muss).

Maik biegt in den Parkplatz des Krankenhauses ein und schaltet den Motor ab. Er schnippt seine Zigarette durch den Fensterspalt und streicht mir eine Strähne aus dem Gesicht.

»Ich find's gut, Mia, dass du erst mit Jan reden willst.«

Ich nicke. Ich habe beschlossen, erst reinen Tisch zu machen. Keine unklaren Verhältnisse mehr. »Auch wenn ich dich nach ... heute noch viel mehr vermissen werde als in den letzten Monaten. Und jetzt raus mit dir, oder du verpasst die Geburt deines Großneffen.«

Eine Stunde später im Warteraum vor dem Kreißsaal

Mein erster Impuls war, auf der Stelle wieder umzudrehen, als ich sah, wer zwischen Robin und Lydia auf der Bank des Warteraums saß. Bernd. Breitbeinig raumgreifend, die *Frankfurter Allgemeine Zeitung* in der Hand, von der er nur kurz aufblickte, als ich die drei mit einem atemlosen »Hallo, wie geht's

Fabienne?« begrüßte. Die Sekunde an väterlicher Aufmerksamkeit reichte, um mir zu verdeutlichen, dass »Mann« von meinem Aufzug irritiert war. Mein reflexhafter Blick an mir herunter erklärte mir, warum: ›Metal 'til death‹« prangte, in altmodischen Lettern, auf meiner Brust. Ich musste grinsen und ließ mich auf die freie Eckbank fallen.

Gerade will ich Bernd fragen, warum er sich nicht, wie erwartet, nach München verpisst hat, da reißt jemand die Glastür auf. Eine verschwitzte Iris mit roten Flecken im Gesicht steht vor uns. Sofort springen Lydia, Robin und ich auf.

»Ist was mit Fabienne?«, stammelt Robin. Iris' Mundwinkel ziehen sich bis an die Ohren. Selten habe ich sie so befreit lächeln sehen.

»Nein, das Kind ist da. Ihr sollt kommen. Beide.«

Mit einem »Na, dann hol ich mal was zu trinken« faltet jetzt auch Bernd seine Zeitung zusammen und steht auf. Als hätte Iris einen guten Geschäftsabschluss gemacht, tätschelt er ihr im Vorbeigehen kurz die Schulter.

⊠ SMS von MIA an MAIK

Mein Großneffe ist da! Alles dran, bis auf Haare. Dafür Knutschmund. Und Segelohren! Ich küsse dich in Gedanken. (gelöscht) Schlaf gut. Deine (gelöscht) Mia.

⊠ SMS von IRIS an MICHAEL

Du bist Opa. Mutter und Sohn geht es gut. Sie dürfen morgen nach Hause. Sag Bescheid, wenn du kommen möchtest. Iris

---

🖂 **SMS von IRIS an BENNO**

Mein Enkel hat um 00:35 im Hotel Mama ausgecheckt. Iris

2:30. Remise

»Also, dann: Prost noch mal! Auf … meinen noch namenlosen Urenkel. Sie soll ihn bloß nicht Bernd nennen. Nur Idioten heißen Bernd.«

»Und Urgroßväter«, sagt Mia.

Wir wechseln einen verstohlenen Blick, dann stoßen wir bestimmt zum sechsten Mal mit unserem Erzeuger an, mit dem eine fast unheimliche Verwandlung vorgegangen ist, seit er seiner Enkelin mit Ach und Krach zu einer Entbindung im Kreißsaal unter medizinischer Aufsicht verholfen hat. Sein Gesichtsausdruck veränderte sich bereits, als er seinen Urenkel im Arm hatte. Auf der Fahrt nach Hause platzten dann die ersten Placken seines Panzers ab wie alter Nagellack. Er sagte tatsächlich etwas Herzliches wie: »Gut, dass du den Reifen geschrottet hast.« Den Rest besorgten Marthas Hebammenaufzeichnungen und eine Flasche Schnaps, die Mia bisher vor mir versteckt hat, weil sie ein Überbleibsel ihrer explosiven Brenn-Experimente ist.

Mit glasigen Augen stellt er sein Glas wieder ab und stiert in das aufgeschlagene Buch, das vor ihm liegt. Marthas Hebammenaufzeichnungen, die es geschafft haben, seine starrsinnige Haltung in der Vaterfrage aufzuweichen.

Jetzt betrachtet er kopfschüttelnd das Foto des jungen Elias.

»Der sieht mir doch überhaupt nicht ähnlich«, brummelt er.

»Weil du ja auch aussiehst wie deine Mutter«, sagt Mia.

Schweigen.

Mein Vater schiebt mir sein Schnapsglas herüber.

»Ich glaube, ich brauch noch einen Schluck«, sagt er.

Er steht auf und geht zum Fenster, dreht uns den Rücken zu. Keine von uns traut sich, den Mann anzusprechen. Als er zu uns an den Tisch zurückkehrt, hat er feuchte Augen.

»Mein Vater hat's gewusst.« Er lacht bitter.

»Mein Vater, der nicht mein Vater war. Er hat's mich immer spüren lassen. Ich konnt's ihm nie recht machen, egal, wie sehr ich mich angestrengt habe.«

Mia wirft mir einen betroffenen Blick zu. Es fühlt sich irgendwie ungehörig an, meinem sonst so unnahbaren Vater zuzuhören, während sich seine Schleusen öffnen.

»›Du verzärtelst den Jungen‹, hat er meiner Mutter immer vorgeworfen. Ich habe meiner Mutter verboten, mich zu verzärteln. Ich hab sie angeschrien, dass sie mich in Ruhe lassen soll. Und sie sagte immer, dass mein Vater nicht anders könne. ›Er hat seine Gefühle im Krieg gelassen‹, hat sie gesagt. ›Da muss ich dich doch ein bisschen mehr hätscheln‹, hat sie gesagt. Na, danke, jetzt weiß ich ja, was sie in mir gesehen hat. Ich war das Einzige, was ihr von ihrer ›großen Liebe‹ geblieben ist. **Das** *war ich.«*

Nach diesem Ausbruch schnaubt er und stützt seine Ellbogen auf der Tischplatte ab, um sein Gesicht in seinen Händen zu vergraben.

Ich hole tief Luft, um eine brennende Frage zu stellen, deren Hitze ich schon lange nicht mehr so stark gespürt habe wie in diesem Augenblick, in dem mein Vater sich seinen Töchtern zum ersten Mal als fühlendes Wesen zeigt.

»Vati … Ich muss … Ich würde gerne verstehen … Warum hast du uns damals alleingelassen?«

Er erzählte, er sei abgehauen, weil er nicht in die Forschung gehen durfte, sondern gezwungen wurde, sein berufliches

Dasein als Tierarzt der Landwirtschaftlichen Produktionsgenossenschaft in der Pampa zu fristen. »Weil ich meinen Mund ein paar Mal nicht halten konnte, deshalb. Weil mir das Wohl der Tiere wichtiger war als Planerfüllung und als der Umstand, dass der Sozialismus 15 000er-Mastkombinate brauchte«, grollte er.

»Das war der ganze Grund?«, fragt Iris bestürzt. »Dafür hast du mich verlassen?«

Bernd schaut von seinem Schnapsglas hoch. »Es gab doch nichts, was mich sonst hielt!«

In Iris' Gesicht zuckt es. Muss hart sein, das zu hören. »Die Ehe war am Ende, und mein Vater ... mein Stiefvater hatte mit mir gebrochen. Mit einem, der sich scheiden lassen wollte, wollte er nichts mehr zu tun haben, der alte Preuße.«

Obwohl einer wie Opa Wilhelm, der fremdgeht und mit anderen Frauen Kinder zeugt, sich wohl eher bedeckt halten sollte, denke ich. Ich frage mich wirklich, ob ich Opa Wilhelm sonderlich sympathisch gefunden hätte.

»Ihr wolltet euch scheiden lassen?« Iris sieht irritiert aus. Wieder ein Detail, von dem sie nichts wusste. Bernd nickt. »Ich war eine Katastrophe als Ehemann. Immer nur am Schuften. Ich konnte Jutta und ihre Vorwürfe einfach nicht mehr ertragen. Ich dachte, für dich wäre es auch besser, wenn ich verschwinde.«

Plötzlich lächelt Bernd und zeigt mit dem Kinn auf die Flasche mit meinem Selbstgebranntem. »Der's gut, der Fusel. Dafür hat es sich doch gelohnt, den Schlangendings abssufackeln!« Wow. Hicks.

Bernd gähnt.

Plötzlich quietscht es, und ein frischer Wind weht in unsere Stube. In der offenen Haustür steht – Jan?! Wollte der heute schon zurückkommen?

»Hallo. Störe ich?«

Bernd blinzelt Jan von oben bis unten an und versucht schließlich, einen Punkt in seinem Gesicht zu fixieren.

»Ach!«, säuselt er betrunken. »Der Lehrer.«

Er streckt Jan die Hand hin.

»Bernd. Mias Vater.«

»Jan Kellner. Mias Freund. Freut mich.«

Absurd. Jetzt ist ausgerechnet Jan der erste Mann in meinem Leben, bei dem mein Vater sich Mühe gibt. Schlagartig wird mir schlecht.

Bernd verschwindet mit Iris in den ersten Stock, und Jan setzt sich zu mir.

»Ich hab dich so vermisst.« Jan gibt mir einen Kuss, und in mir und um mich dreht sich alles. Als ich die Augen wieder aufmache, ist zumindest der Schluckauf verschwunden. Muss der Schreck sein. Jan zieht an meinen Kapuzenbändern.

»Ist der neu?«

Ich ziehe die Kapuze ab, unter der ich wie unter einer Sauerstoffglocke Maiks Geruch geatmet habe.

»Fabienne hat ihr Kind bekommen.«

Samstag, 6. September

10:30. Im vorderen Garten der Schwestern

Jan hat nicht weiter nachgefragt, als ich ihm erklärte, in der Jugend mal eine Heavy-Metal-Phase gehabt zu haben. Von schlechtem Gewissen und unzähligen Gläsern Schnaps gebeutelt, saß ich wenig später wie ein nasser Lappen auf der Bettkante und schaute dem vor Energie und Worten sprudelnden Jan beim Ausziehen zu.

Als er schließlich mit einem »Jetzt gehöre ich also mit Haut und Haaren dir« splitterfasernackt zu mir aufs Bett kroch, brach es dann im wahrsten Sinne aus mir heraus. Ich schaffte es gerade noch ins Bad, wo ich mein Elend der Toilette übergab.

Jetzt allerdings kommt der Schwindel zurück. Das liegt aber nicht an der Sonne, die heute noch mal ihre ganze Strahlkraft auspackt und mich blendet, während ich den frisch gebrühten Kaffee für unsere Gäste auf die Terrasse trage. Es liegt an dem ausgestreckten Zeigefinger von Frau Krüger. Dieser zeigt in den wie mit Watte betupften blauen Himmel über Maik, der auf dem Dach unserer Remise steht und etwas an einem unserer Blitzableiter befestigt. Ist das … eine Wäscheleine?

»Pullerparty! Damit der kleine Kahlkopf gut pullern kann!«, ruft Robin.

Ein »Ah« und »Oh« geht durch die Damenrunde, als Ernesto und Maik die Wäscheleine spannen und sich ein Reigen aus Stramplern, Schnullern und Babyhemdchen vor dem blauen Himmel aufspannt. Fast schüchtern winkt Maik vom Dach zu mir herunter. Er weiß nicht, dass Jan wieder da ist, denke ich noch, als ich Maiks Lächeln schon ersterben sehe und einen Kuss in meinem Nacken spüre.

»Für dich besser kein Kindsbier, was?«, flüstert Jan mir ins Haar und nimmt mir die Kaffeekanne ab. Als ich wieder nach oben in den Himmel sehe, hat Maik mir bereits den Rücken zugewandt. Während er die Leiter herabklettert und ich fieberhaft überlege, ob ich ihn unten in Empfang nehmen und ihm ein paar klärende Worte (nur welche?) sagen soll, da ruft Ernesto vom Dachfirst: »Sie kommen!«

Meine Tochter lächelt, als sie Mias Luftballons an der Remise bemerkt und das von Lydia handgemalte Herzlich-Willkommen-Schild, um das herum wir uns versammelt haben und applaudieren. Sogar Herr und Frau Schwarz aus dem Eckdoppelzimmer klatschen, obwohl sie für Fabienne, die minder-

jährige Schwangere, bisher nur missbilligende Blicke übrighatten.

»Er hat noch keinen Namen«, erklärt mein Vater Frau Schwarz gerade.

Fabienne entdeckt jetzt Elias, der sich die Szene aus einem gewissen Abstand anschaut. Fabienne sagt leise zu ihrem Sohn: »Das da ist dein Ururgroßvater«, und winkt den alten Mann zu sich.

Elias schnuppert am kahlen Köpfchen seines Ururenkels und betrachtet stumm seine feinen Züge, die zarten langen Fingerchen. Das kleine Wesen, das seinen ersten Tag auf dieser Welt verbringt, auf dem Arm des alten Mannes an seinem Lebensabend – der Anblick zaubert ein Lächeln auf die Gesichter der meisten Anwesenden.

»Er lässt ihn bestimmt fallen«, knurrt mein Vater plötzlich neben mir.

»Was? Nein. Wie kommst du denn darauf?«, erwidere ich spontan, noch immer völlig eingenommen von Elias und meinem namenlosen Enkelkind.

»Er hat seine beiden Söhne bestimmt auch schon mal auf dem Arm gehabt«, plaudere ich leichthin, und bemerke erst ein paar Sekunden später, dass sich das Gesicht meines Vaters jäh verschlossen hat.

Elias hat ihn ins Visier genommen und bewegt sich samt Baby auf ihn zu. Ich sehe, wie Bernds Kiefer mahlen. »Das schaue ich mir nicht mehr länger an, wie er hier den liebenden Familiengreis mimt«, zischt mein Vater mir zu. Ehe ich auch nur meine Hand nach ihm ausstrecken kann, hat er sich auf dem Absatz umgedreht und prescht davon.

Elias ist so bleich geworden, dass ich mir Sorgen mache, er könnte jeden Moment umfallen. Ich gehe zu ihm und lasse mir das Kind in den Arm drücken.

»Ruf ihn zurück«, sagt er tonlos. »Sag ihm, dass ich reise ab.«

14:30. Schlangenkönig

»Auf den neu erblühten Schlangenkönig. Vielen Dank für eure Hilfe!«. Ich zwinge mich dazu, Unbeschwertheit auszustrahlen, und hebe meine Bierflasche.

»Ohne euch …«

»Schon jut, Mädchen, quatsch keene Opern! Wir mussten lang jenuch auf'm Trockenen sitzen«, krakeelt Heinz. Und Peter ruft: »Uff unsere alte Dorfpinte in neuem Jewand.«

»Auf den Schlangenkönig!«, fallen die Umstehenden ein. Dann folgt allseitiges Anstoßen. Bis auf Opa Conny, Benno und Iris, die bei Fabienne bleiben wollte, sind alle unsere freiwilligen Helfer und Dorfbewohner erschienen.

»Auf den Neuanfang«, lacht mich Jan an und zieht mich zu sich. Ich weiche seinem Kuss aus. Ich gebe vor, mich bei den Helfern bedanken zu wollen, und laufe, auf der Suche nach Maik, auf die Straße.

Er ist schon fast vor seinem Haus angekommen.

»Maik, warte!« »Warte!«, sage ich noch mal, als ich bei ihm angekommen bin. Meine vorsichtige Berührung an der Schulter streift er wütend ab.

»Was? Soll ich weiter rumstehen und euch beim Knutschen zusehen?«

»Ich sag's ihm noch.«

»Und wann? Wenn er ein Haus gekauft hat? Wenn du schwanger bist?«

Jetzt werde auch ich laut.

»Jan ist gerade erst zurückgekommen. Er hat seinen Job und seine Wohnung aufgegeben. Soll ich ihn begrüßen mit ›Pech gehabt. Ich hab's mir anders überlegt. Ich trenne mich von dir‹?«

»Stimmt, da ist es besser, die Demütigung mit einem Kuschelkurs noch ein bisschen in die Länge zu ziehen.«

Bevor ich noch ein Wort sagen kann, steigt Maik in seinen Sprinter, der am Seitenrand geparkt ist, und fährt davon.

15:30. Vor der Remise

»Das war 's dann wohl mit der Familienzusammenführung«, sagt Fabienne, als wir dem Taxi hinterherschauen, das Elias zum Bahnhof bringen soll. Fabienne und ich schlendern in Richtung Remise zurück.

Hinter uns rollt ein Auto ans Fließ heran. Türenklappen. Wir drehen uns um. Ich schnappe nach Luft. Als ich Michael eingeladen habe, hatte ich eigentlich nicht gemeint, dass auch Alice kommen soll.

»Mama«, sagt Fabienne neben mir, mich scharf beobachtend, »ich mag Alice. Kannst du dich zusammenreißen? Mir zuliebe? Ich dachte, du bist da inzwischen drüber weg mit Papa?«

Dass ich »da mit Papa inzwischen drüber weg« bin, heißt nicht, dass ich »da mit Alice auch drüber weg« bin, dieser hinterhältigen Puffotter! Trotzdem sage ich mit knirschenden Zähnen: »Ist gut. Mach dir keine Sorgen.«

✉ SMS von IRIS an BENNO

Hallo. Würde mich freuen, wenn du später zur Kaffeetafel in familiärer Runde vorbeikommst. LG, Iris.

17:30. Schlangenkönig. Hinter der Bar

»Ich hab doch gesagt, die Fässer sind noch nicht angeschlossen!«, herrsche ich Jan an, der vergeblich versucht, Bier aus der Anlage an der Bar zu zapfen. Dann gebe ich der Schwingtür einen ordentlichen Stoß und verschwinde in der Küche. Jan folgt mir und sieht mit hängenden Schultern zu, wie ich energisch einen Kasten Bier aus dem Kämmerchen zerre.

»Mia, was ist denn los?«

Ich richte mich auf. Er steht mir im Weg.

»Was soll denn los sein?«

»Seit ich zurückgekommen bin, benimmst du dich ... irgendwie ... ablehnend.«

»Blödsinn. Ich kann es nur nicht leiden, wenn fremde Leute an meiner Bar rumspielen.«

»Fremde Leute ...«

Ich dränge mich an Jan vorbei. Er hält mich am Oberarm fest. »Mia, worum geht 's denn hier wirklich?«

Sein Blick ist ernst.

Ich schaue ihn an: »Ich liebe einen anderen.«

19:15. Auf der Dorfstraße. Vor Anjas Laden

»Ich fahr die Hauptstraße nach Burg ab«, höre ich eine bekannte Stimme, und schon läuft mir Maik, der aus Anjas Laden gerannt kommt, in die Arme. »Mia«, sagt er nur kühl und greift zu seinem Fahrrad. Will der jetzt etwa einfach abhauen? Ich halte ihn am Gepäckträger fest.

»Maik, warte. Ich ...«

Er reißt sich von mir los. »Mia, es geht nicht immer nur um dich!« Ohne mich noch eines Blickes zu würdigen, radelt er, so schnell ihn seine Beine tragen, davon. »Dann leck mich doch!«, schreie ich dem Flüchtenden hinterher.

Anja kommt aus dem Laden. »Jannik ist verschwunden. Die

Mutter von Fabian hat ihn heute Nachmittag bei Maik abgesetzt. Svenja ist am Durchdrehen, weil Maik vergessen hat, dass Jannik heute Nachmittag zu ihm kommt. Maik sagt natürlich, dass das so nicht ausgemacht war.«

Sofort komme ich mir mit meinen Problemen albern vor.

»Wie lange ist er schon weg?«

»Seit vier Uhr. Maik hat schon ganz Feulenitz abgesucht. Die Polizei ist auch schon informiert.« Anja steigt auf ihr Rad. »Ich fahr zu Maik nach Hause, für den Fall, dass Jannik dort auftaucht.«

Ich nicke benommen und bleibe alleine auf der Dorfstraße zurück. Unsere automatische Außenbeleuchtung springt eben an. »Schlangenkönig« ist jetzt in flackernd-vergilbten Neonbuchstaben von Weitem zu lesen. Irgendwo in meinem Kopf macht es »klick«. So schnell Marthas altes Fahrrad es zulässt, radle ich nach Hause.

Kurze Zeit später. In der Remise

Ich stampfe zwischen Küche und Speisezimmer hin und her und zermartere mir mein in den Backfischzustand zurückgekehrtes Hirn, warum Benno sich nicht meldet.

»Hallo Iris.« Ich wirbele herum, wobei mir der Gurkensalat mit Schmackes vom Teller witscht und mit einem nassen KLATSCH zu Füßen meines Vaters landet. Er bückt sich, um die Schweinerei mit bloßen Fingern zu beseitigen. Ich komme ihm mit einer Serviette zu Hilfe. »Lass mal, Vati«, sage ich. Er steht auf. Räuspert sich. »Also, vergraulen wollte ich den Alten jetzt auch nicht. Tut mir leid.«

Ich zucke mit den Achseln. »Ist jetzt nicht mehr zu ändern.« Ich merke, dass sich meine Augen auf sehr verdächtige Weise mit Wasser füllen.

»Ich kann ihm ja schreiben.«

Ich nicke, stehe auf und befördere den Salat samt Serviette in den Müll.

»Es ist vielleicht doch ganz schön, einen Vater zu haben«, sagt mein Vater. »Besser spät als nie.«

»Iris?!« Mia stürzt in die Küche und ruft: »Jannik ist verschwunden! Und ich glaube, ich weiß, wo er sein könnte!«

Wenige Minuten später …

Jetzt hätte mich Iris fast zum Kentern gebracht! Springt die mit einem Satz auf den Kahn!

»Genau genommen hat Jannik gesagt, die Schlangen wären *vor* dem Haus. Auf der Wiese. Sie hätten Flügel und wären so groß wie ein Erwachsener.«

»Das muss am Schuppen des alten Kahnbauers Linke sein«, tönt es vom Haus her, an dem wir vorbeigleiten. Am Ufer steht Bernd. »Die ›geflügelte Wasserschlange‹. Die hässliche Skulptur hat sein Sohn damals geschnitzt. Um zu beweisen, dass er nicht zwei linke Hände hat.«

Iris und ich sehen unseren Erzeuger staunend an. Und der? Macht einen Sprung und landet – ZACK – vor Iris auf dem Kahn.

»Und ähh … wie kommen wir dahin?«

»Mit dem Kahn? Wie soll ich das wissen, ich war seit Jahrzehnten nicht mehr hier.«

»Die alte Kahnbauerei liegt am Dluybuschfließ, kurz nach dem Bytschnikfließ.«

Wir haben das Taxi gar nicht kommen hören, das anscheinend Elias und Opa Conny ausgespuckt hat und jetzt geräuschvoll im Rückwärtsgang den Waldweg wieder hochfährt. Sollte Elias nicht gleich im Flieger sitzen?

»Ich kann euch bringen hin«, sagt Elias jetzt, als hätte er sich

nicht vor ein paar Stunden für immer von uns verabschiedet, und dreht sich zu Opa Conny um.

»Also wenn …«

Opa Conny legt Elias die Hand auf die Schulter. »Ich kann warten.«

Irgendetwas muss wohl vorgefallen sein, wenn Elias seinen Entschluss zu fahren geändert oder zumindest aufgeschoben hat.

»Immer flussabwärts und beim nächsten Fließ rechts abbiegen. Warum fahren wir dorthin?«

»Der Sohn von Maik No… Annie Nowaks Urenkel ist verschwunden«, sagt Bernd.

Es ist dunkel geworden. Auf einem der unzähligen Fließe
Elias muss die Wege seiner Kindheit wirklich in sein Herz eingraviert haben, denn er lenkt uns – selbst jetzt, wo es dunkel geworden ist – durch die verzweigte Flusslandschaft, als hätte er die letzten Jahre nichts anderes getan. Ab und an leuchtet ein erstauntes Augenpaar auf, wenn das Licht von Mias Taschenlampe, mit der Bernd den Weg absucht, ein Tier streift. »Jannik! Da, ich glaub, da war was«, ruft Mia. Bernd leuchtet dorthin, wo Mias Finger hinzeigt. Tatsächlich. Ein weißes Handtuch!

»Jannik, Jannik.« Diffuse Umrisse eines Schuppens. Ich stürze in die Richtung, falle, rappele mich auf und laufe die letzten Meter in die Dunkelheit.

An die seitliche Wand des Schuppens gekauert, sitzt Jannik. Zwei verheulte Augen schauen mich an.

»Ich hab den ganzen Tag gewartet. Aber der König ist nicht gekommen.« Jannik streckt mir ein Blatt Papier hin. Meine Zeichnung des Schlangenkönig-Wappens.

Wenig später. Dorfstraße

Wie ein Ritter, der mit wehendem Umhang aus der Schlacht zurückkommt, läuft Jannik neben Mia die Straße entlang. Das weiße Handtuch weht von seinen Schultern, darunter schleift Mias Strickmantel über den Boden.

Ich habe eben mein Telefonat mit Benno beendet. Nachdem Maik auf Mias Anruf nicht reagiert hat, blieb mir nichts anderes übrig, als ihn – widerwillig – zu kontaktieren. Benno ging sofort ran.

»Iris, entschuldige, dass ich mich noch nicht gemeldet habe. Ich war schon fast an eurer Tür, da hat Maik mich angerufen. – Wir suchen Jannik.«

Wann, Iris Neuberger, lernst du endlich, dass du dem Mann vertrauen kannst.

Wie ein Paar in einem ZDF-Melodram stehen Svenja und Maik, in der Sorge um ihr Kind vereint, vor Maiks Haus. Doch anders als noch vor ein paar Monaten kenne ich inzwischen die Brüche hinter der vermeintlichen Fernsehidylle. Als Jannik seine Mutter erblickt, lässt er meine Hand los und stürzt mit einem lauten »Mama!« in Svenjas Arme, die ihm ebenfalls entgegengerannt kommt.

»Du kannst doch nicht einfach weglaufen! Ich hab mir solche Sorgen gemacht!«

Eine Mischung aus Wehmut, Eifersucht und Mitgefühl erfüllt mich, als sie ihren Sohn küsst, an sich drückt und vor Erleichterung fast mit ihm auf die Straße fällt.

Svenja gibt erst Iris und dann mir die Hand. »Danke.« Ein kurzer, offener Blick, bevor sie die Schotten wieder dicht macht. »Ich bringe ihn nach Hause«, sagt sie zu Maik gewandt, der seinem Sohn noch einmal über das Haar streicht.

»Schlaf gut, Großer. Und keine Alleingänge mehr. Okay?«

Während Svenja mit Jannik Richtung Haus läuft, reicht Maik mir meine Jacke, die Jannik umständlich ausgezogen und seinem Vater in die Hand gedrückt hat. In seinem Blick liegt Erschöpfung und etwas, was ich nicht deuten kann. Einen Moment später ist er im Haus verschwunden.

Wenig später. Remise

Eine denkwürdige kleine Truppe saß schweigsam auf unserem Bänkchen am Fließ und erwartete Mia und mich: mein Vater und Elias, die uns mit dem Kahn am Schlangenkönig abgesetzt hatten, und – Opa Conny.

Dem etwas kryptischen Gestammel der beiden alten Männer war zu entnehmen, dass sie sich auf dem Friedhof begegnet waren. Anscheinend hatte Elias das Taxi auf dem Weg zum Bahnhof noch einen Umweg machen lassen, weil er sich noch einmal von Oma Hedwig verabschieden wollte. Und Opa Conny hatte sich von Benno zum Friedhof fahren lassen, um das Grab seiner Frau zu pflegen. Offenbar hat Conny auf dem Friedhof einen kleinen Schwächeanfall erlitten, als er sich mit Elias unterhielt, und Elias hat ihn in sein Taxi manövriert, das die beiden nach Feulenitz zurückbringen sollte. Opa Conny wollte aber nicht, erzählte Elias. Er habe sich Sorgen gemacht, aber: »Conny wollte unbedingt ein Bier trinken.«

Opa Conny winkt ab. »Ach, Unkraut vajeht nich. Ick wollte nicht, det der Alte zurück nach Paris oder Amerika oder wo er auch wohnt, jeht. Ick dachte, möglicherweise sollte ick ihm wat erzählen, wo ick erst meinte, dit wäre besser unerzählt jeblieben.«

Mia warf mir einen Blick zu.

Elias boxte Opa Conny freundschaftlich gegen den Oberschenkel. »Ich war sehr froh«, sagte er.

Opa Conny seufzte. »Jenau. Und wir sind übereinjekommen, det ihr ooch Bescheid wissen sollt.«

Ich sagte: »Aber vielleicht gehen wir dazu besser rein? Mir ist nämlich kalt, und ich habe Hunger.«

Deshalb sitzen wir jetzt hier an unserem Tisch, den Rest von Mias Selbstgebranntem und einen Berg Butterbrote vor uns, und lauschen Opa Conny. Oben schlummern Mutter und Kind, Michael und Alice haben sich ins Hotel verkrümelt.

»Diese Briefe«, sagt Opa Conny jetzt, »dit is, wie Elias schon vermutet hat. Die Martha hat sie abjefangen. Die Hedwig hat sie nie zu Gesicht bekommen.«

Wie bitte?! Ich verschlucke mich fast an meinem Bissen Brot. Mia schielt zu Elias, der, obwohl er sitzt, den Knauf seines Gehstocks mit einer Hand fest umkrallt.

»Bammel hatte se. Det die Hedwig abhaut zu dem Mann, den se jeliebt hat. Det se Martha alleene lässt. Die hatte doch sonst keenen.« Opa Conny schaut in die Runde und schiebt fast vorwurfsvoll hinterher: »Ick hab euch doch erzählt, wie dit jewesen ist bei der Martha!«

Er kann einfach nicht ertragen, dass jemand schlecht über den alten Dragoner denkt. »Sie hat die Hedwig jeliebt, als wenn ihr Leben davon abhinge«, redet Opa Conny weiter. »Dit hatse der Hedwig ooch jesagt, nur ... zu spät hatses ihr jesagt. Dit war nämlich, als euer Haus abjebrannt is'.«

»Neunzehnhundertvierundachtzig. In der Zampernacht!«, sagt Mia.

»Die Martha hatte der Hedwig eine Freude machen wollen. Die hatte sich doch immer heimlich in dem alten Haus herumjedrückt. Da hatse denn jesessen und jezeichnet, wennse nich an 'n Herd oder uff'n Acker musste, und davon jeträumt hatse, det se Café-Chefin wär.«

Martha, so Opa Conny, hat ihrer Freundin mit den einfachsten Mitteln und in liebevoller Kleinarbeit dort ein Kaffeehaus eingerichtet.

»Dit sollte 'ne Überraschung sein. Und denn kamst du im Fernsehen.« Opa Conny schaut Elias an.

»Na ja«, sagt Opa Conny, »irjendso 'n Bericht über die Einweihung von 'ner Holocaust-Jedenkstätte in Amerika, sagte Martha. Da warst du Ehrenjast, oder so. Als Stifter, bist ja wohl zu Jeld jekommen da drüben. Da hat die Hedwig dich erkannt, und denn jab's keen Halten mehr.« Opa Conny zeigt auf meinen Vater. »Seit du abjehauen bist, hatte se ja nichemal mehr dich. Zwischen Wilhelm und ihr war kalter Krieg. Da wollte se im zarten Alter von über sechzig Mann und Maus verlassen und in 'n Westen. Zu Elias.«

»Martha war wie von Sinnen, als sie spitzkriegte, det Hedwig den Ausreiseantrag jestellt hatte. Dit hat Hedwig ihr nämlich erzählt beim Zampern. Da ist Martha durchjedreht. Und, ick kürze jetzt mal ab, da hat sie im Affekt vernichten wollen, was se wochenlang heimlich für Hedwig jefrickelt hatte.«

Iris und ich wechseln einen ungläubigen Blick.

»Martha hat …?«

»Martha hat Elias' Elternhaus abjefackelt, jawoll. Und denn isse in 'n Fließ jejangen, und ick habse rausjefischt. Ick bin ihr nämlich hinterher, weil ick beobachtet hatte, wie se die Festlichkeiten verlassen hat und so komisch aussah.«

»Und alle dachten, meine Mutter und Hans hätten das Haus auf dem Gewissen«, sagt Iris tonlos. Sie sieht aus, als wenn ihr nicht wohl wäre. Vermutlich denkt sie daran, dass Martha beinahe Jutta und Maiks Vater mit abgefackelt hätte. Martha hat ja nicht ahnen können, dass das sündige Pärchen sich heimlich in Elias' Haus vergnügte.

»Damals, in der Nacht, hat sie mir alles jebeichtet«, schließt Opa Conny. »Und ick hab ihr mein Wort jejeben, det ick dichthalte.«

»Und Oma Hedwig?«

»Is denn doch jeblieben, als sie kapiert hat, det Martha denn stirbt, wenn se abhaut. Is ja fast zusammenjebrochen, als ick ihr jesteckt hab, wie 's Martha jeht. Hat ihre Martha ebent ooch jeliebt. Der Mensch lernt immer erst durch Verlust.«

Er wirft Elias einen leicht trotzigen Blick zu.

Uff. Wir sind alle reichlich geplättet. Gieße uns allen einen ein. »Auf die Liebe«, sage ich, und nach diesem verunglückten Toast behalten alle ihre Gläser in der Luft, anstatt zu trinken.

»Und auf alle, die überwinden die ... *fearfulness* ... ihrer Herzen.«

»Auf alle, die was?«, fragt Opa Conny. –

»Die keine Memmen sind«, sagt Bernd und zeigt dahin, wo sein Herz sitzt. Und darauf trinken wir.

Ein paar Wochen später

An jenem Abend blieb es bei dem einen Schnaps. Iris begleitete Opa Conny nach Hause, und der Grund war ganz sicher nicht, dass Opa Conny den Weg durch Feulenitz nicht alleine gefunden hätte ...

Während ich mich, kaum waren Elias und Bernd zur Tür hinaus, zu Maik stahl. Ich focht in dieser Nacht die erste Lektion im nächsten Level »Kampf gegen die Memmenhaftigkeit des Herzens« aus. Mit Erfolg: Ich hatte meinen ersten Sex mit Maik.

Jan hat das mit der Memmenhaftigkeit anscheinend schon länger raus. Er ist keine. Eine Woche nach der Trennung reagierte er auf meine Entschuldigungsmail und schrieb zurück, ob ich denn trotzdem noch den Illujob für den Schulbuch-Verlag machen wolle. Klar will ich!

Hier im Spreewald greift allmählich der Herbst mit seinen kühlen, feuchten Fingern nach uns, während die Sommerurlauber uns den Rücken zukehren. Außerdem kommen Jutta und Marlies bald zurück, und ich sehe mich schon Apfelschnitze kauend an Marthas bollerndem Ofen sitzen und den Bleistift schwingen.

Das Kind hat einen Namen! Nach einer längeren Skype-Sitzung mit Jan, dem Kindsvater, wurde aus dem namenlosen Neuberger junior ein Wilhelm Elias Sven Neuberger. Wobei Wilhelm und Elias nur wegen der angenehmeren Rhythmik vorne stehen. Der Rufname ist Sven.

Das zwölfte Rezept aus Marthas Küche

Mia: Nicht dass in Bälde eine Hochzeit geplant wäre! Aber dieses Rezept eignet sich auch für andere Festessen und große Familien, denn:
Iris: Fünf sind geladen, zehn sind gekommen. Gieß' Wasser zur Suppe, heiß' alle willkommen. (Österreichisches Sprichwort)

Sorbische Hochzeitssuppe
(für sechs Personen)

350 g Hohe Rippe
1 Liter Wasser
2 Zwiebeln
1 Lorbeerblatt
Pimentkörner
Suppengrün und Kräuterbukett
½ kleiner Blumenkohl
100 g junge Erbsen
100 g Möhren

Eierstich
4 Eier
1 Tasse Milch

Leberklößchen
200 g Leber
1 Ei
Muskat
Semmelmehl
Schnittlauch und Petersilie, je ein ½ Bund

Das Fleisch in kaltem Wasser zum Kochen bringen und abschäumen. Suppengrün, Piment, Kräuter und Lorbeer zufügen. Die Zwiebeln in der Mitte teilen, die Hälften in Butter anrösten und zum Fleisch geben. Salzen. Bei niedriger Temperatur ca. 1,5 Stunden garen. In der Zwischenzeit Blumenkohl, Erbsen und Möhren in Salzwasser bissfest garen.

Für den **Eierstich**: Eine feuerfeste Form mit Butter einfetten. Eier mit Milch, Salz und Pfeffer verschlagen, in die Form füllen und diese in ein kochendes Wasserbad stellen, bis die Eiermilch stockt. In kleine Würfel schneiden.

Für die **Leberklößchen:** Die Leber durch den Wolf drehen oder sehr klein schneiden. Mit dem Ei, Salz, Pfeffer und etwas Muskat und etwas Semmelmehl für eine festere Konsistenz vermischen. Eine Stunde kalt stellen.

Fleisch aus der Brühe heben, die Brühe durchseien. Das Rindfleisch würfeln. Die Leberklößchen in die Brühe geben. Sie sind fertig, wenn sie an die Oberfläche steigen. Fleisch, Eierstich und Gemüse zur Brühe geben. Petersilie und Schnittlauch fein hacken und zur Suppe geben. Mit Pfeffer nachwürzen.

Werde Teil der Bastei Lübbe Welt
You Tube
www.luebbe.de/ Meinewelt
Lesen, rezensieren, Bücher gewinnen
Lerne Autoren, Verlagsmitarbeiter und andere Leser kennen